『青鞜』人物事典

110人の群像

らいてう研究会編

大修館書店

目次

凡例

一、見出し項目について

（1）配列は、女性、男性、外国人の順でそれぞれ五十音順とした。

（2）原則として『青鞜』時代に用いていた名前を見出しとした。戸籍名・別名・号・筆名・旧姓・婚姓などは年譜に付した。名前の「子」の有無は『青鞜』誌上でも両方使われている場合があり、執筆者に任せた。

（3）外国人名は、ファミリー・ネームを慣用に従ってカタカナで表記し、フル・ネームの原綴を付した。

二、解説文・年譜について

（1）女性については、解説文と年譜の二頁としたが、情報不足の人物の場合は、年譜を省いた。男性と外国人については一頁とした。

（2）解説文中にある人名のうち本事典に立項されているものは、その語の肩に＊を付した。また、巻末の用語解説に取り上げた語については、その語の肩に☆を付した。

（3）かなづかいは引用文の一部を除き現代かなづかいを用いた。漢字は原則として常用漢字を用い、それ以外は原則として正字体を用いた。ただし、人名では慣例に従った場合もある。

（4）書名・新聞名・雑誌名は『　』で、作品名・引用文は「　」で示した。『青鞜』については、（　）で示す場合はすべて（巻―号）とし、その他の新聞・雑誌については（発行年・月）と示した。

（5）直接の引用については、基本的に文中に（著者「論文名」『書名・雑誌名』発行年）として示し、依拠資料、個人別参考文献は一人につき上限五点を巻末に付した。

（6）平塚らいてうの自伝『元始、女性は太陽であった』（全四巻、大月書店、一九七一～七三年）については、煩雑さを避けるため『元始』という略称で示した。

（7）解説文・年譜中にある年齢は、原則として満年齢とした。

（8）年代記述については西暦を使用し、適宜（　）内に元号を示した。

『青鞜』人物事典

―一一〇人の群像―

I 『青鞜』——歴史の水脈となった人々——

はじめに

二〇〇一年九月は『青鞜』創刊九〇周年にあたる。『青鞜』はその創刊の当初から毀誉褒貶を含んでさまざまに語られてきた。しかしその本当の姿がどれだけ人びとに知られていただろうか。『青鞜』が発刊されると、知的好奇心にもえる若い女性や一部の知識人たちには歓迎され、ジャーナリズムも当初は好意的に紹介した。しかし、「五色の酒」や「吉原登楼」などのささいな「事件」(四三頁)をきっかけに、『青鞜』は世論の非難攻撃をいっせいに浴びることになる。青鞜社の女性たちは「堕落」した不良少女の集団のごとく見なされ、極端な場合は「色欲の餓鬼」(安河内内務省警保局長)などという暴言まで投げつけられた。その非難の嵐のなかで離れていった人びともあるが、『青鞜』は単なる文芸誌から女性たち自身がみずから取り巻くさまざまな問題を提起する「婦人問題誌」へと脱皮を遂げた。

『青鞜』に集まった女性たちは、すでに名を知られた一部の賛助員を除いて、一〇代から二〇代の若い女性たちである。彼女たちは世間の激しい攻撃にさらされながらも、自分たちの生き方と関わらせながら「貞操」「堕胎」「売買春」など性の問題を含んで、恋愛・結婚・出産などについても議論を闘わせた。お金に苦労のない裕福な家庭の娘たちと見られがちな青鞜社員だが、岩野清子のいう「思想の独立と経済上の独立」は誰にとっても切実な課題であった。また明治民法が規定する女性の地位は、「家」制度の枠に閉じ込める

◀『青鞜』1巻1号
(1911-9　長沼智恵子)

壁として彼女たちの前に立ちはだかっていた。こうした問題を取り上げた作品は、当然議論を呼ぶことになる。『青鞜』は創刊から一九一六年二月、第六巻第二号をもって無期休刊になるまでの約四年半の間に、三回の発禁処分を受けている。最初は荒木郁（子）の「手紙」（二―四）で姦通を扱ったもの、二回目は福田英子の「婦人問題の解決」（三―二）で社会主義的思想による婦人問題論、三回目は原田（安田）皐月の「獄中の女より男に」（五―六）で堕胎罪に関するもので、いずれも当時タブーとされたことが主題となっていた。

一世紀近くも前にこうした問題を大胆に取り上げた『青鞜』の女性たちは、どんな人たちだったのだろうか。五年弱『青鞜』の青春時代を経験し、その後はそれぞれどんな人生を歩んだのだろうか。平塚らいてう、伊藤野枝など一部の著名な人を除いて、発起人たちですらその生涯は余り知られていなかった。これら『青鞜』の女性たちをなるべく多く、『青鞜』の時代を中心としながらも生涯にわたって明らかにしようと試みたのがこの「『青鞜』人物事典」である。

『青鞜』2巻1号▶
(1912-1　長沼智恵子)

一　『青鞜』研究のあゆみ

『青鞜』研究史は、岩田なつが「『青鞜』復権への歩み――研究史・研究文献目録」（『鶴見文学』創刊号、一九九七）で、簡潔によくまとめている（その後『「青鞜」を学ぶ人のために』で九九年まで文献目録を追加）。

『青鞜』については、創刊当時からさまざまに論評されてきた。文芸雑誌や新聞の文芸欄でも取り上げられているが、その内容について真面目に論じるよりも、「新しい女」に対する興味本位の取り上げ方であった。特集や連載でいわゆる「新しい女」を取り上げるやり方は、すでに『青鞜』以前の『東京朝日新聞』の「東京の女」(筆者松崎天民、一九〇九・八・二九～一〇・二二の五〇回)あたりから始まっている。『青鞜』が発刊されて「五色の酒」や「吉原登楼」事件などとともに、その取り扱い方は次第にスキャンダラスになっていた。『青鞜』が休刊となり、こうした騒々しいまでの同時代評が姿を消したのち、「『青鞜』復権への第一歩」となったのは、一九二一年の山川(青山)菊栄の「新婦人協会と赤瀾会」(『太陽』七月号)であると岩田は述べている。しかしこれはそのタイトルからもわかる通り、新婦人協会に対抗する形で成立した赤瀾会の立場から新婦人協会を批判する文として書かれており、『青鞜』に対する批評は最初に少々触れているにすぎない。しかし内容的には『青鞜』の運動は日本の資本主義の発展が生み出したブルジョア婦人運動であるが「空想的、遊戯的、個人的な気まぐれな犯行」であると痛罵している。本書にも記載されているように、山川は伊藤野枝との廃娼論争で『青鞜』末期に登場している。

青鞜社員の回想はさまざまあるが、なかでも群を抜いて多いのは当然その中心にあった平塚らいてうのものである。一九二六年の「青鞜時代のおもひで」(『婦人公論』一月号)から始まり、座談会、自伝を含めて一九七一年の『元始、女性は太陽であった』まで、戦前八回、戦後一〇回計一八回書いている。その間『青鞜』に対する思いや評価も微妙に異な

◀在京社員有志の集合写真(万年山にて)
(1912-1　2巻1号)

ってきている。

『青鞜』について同時代評や当事者の回想を除いて、本格的な研究が始まったのは戦後といっていいだろう。『青鞜』同人より一世代ばかり若く『青鞜』には関わらなかった宮本百合子が、一九三九年の『中央公論』『改造』（各一回ずつ）と『文芸』に連載した近代の女性の文学史は、一九四八年『婦人と文学』として実業之日本社から刊行された。その「四、入り乱れた羽搏き」で『青鞜』を取り上げ批評している。百合子は塩原事件（二一九頁）に対して「周囲にまきおこった声々に対する（らいてうの）抗議と宣言として」『青鞜』は発刊されたとしている。また『青鞜』同人たちや『女子文壇』の投書家の「社会的な生活の向上をもとめて熱烈な表現をしている若い女性たちの多くは、地方」の「上流的といふよりは中流の或は地主としての空気の中に生れた若い女性たちであった」と分析しているのは、早い時期の鋭い指摘である。

その後岡野他家夫「『青鞜』の作家」（『国語と国文学』一九五二・三）、板垣直子「平塚らいてうと青鞜派の文芸運動」（『明治大正文学研究15』一九五五）、草部和子「青鞜」（『文学』一九五六・六）などが出されたが、いずれも文学としての『青鞜』であった。なかでも板垣は「ここから養成された女流作家は全く一人もいない」と極端に否定的である。

『青鞜』を女性史のうえに最初に位置づけたのは、一九四八年に出版された井上清の『日本女性史』（三一書房）であった。井上は「青鞜社のひとたちは、恋愛にも、結婚にも、大胆な実践で古い道徳とたたかった」と評価したが、「封建的な社会的政治的圧迫の廃止に、

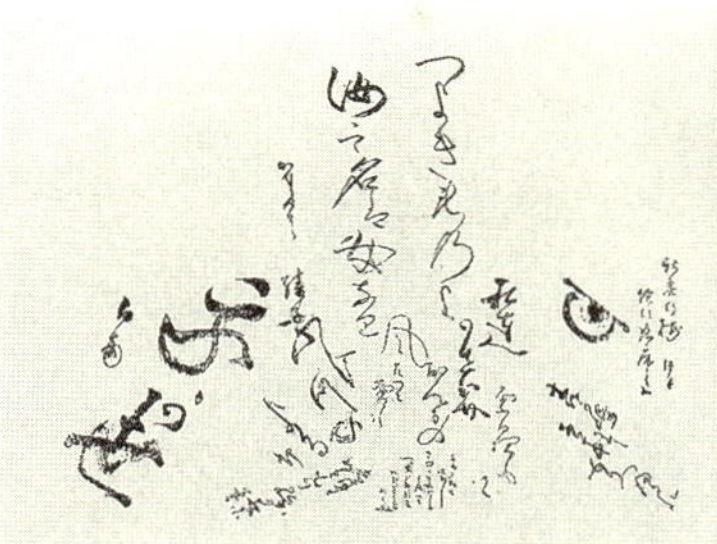

主力をおかず、個人的な天才主義にとどまった」ところに限界があったとした。帯刀貞代は『現代女性十二講』（ナウカ社、一九五〇）で『青鞜』について書いたのち『日本の婦人』（岩波新書、一九五七）を出版したが、「文学運動をとおして、婦人の人間的自由と、人格の独立とをかちとろうとした闘いであった」と位置づけた。日本の資本主義の発展が社会に新しい胎動をうながした、いわゆる大正デモクラシーのなかにこの運動を位置づけ、「次第に学者・思想家・文学者たちの間にも、婦人問題の研究が起り」と『青鞜』の社会的な影響の大きさを評価した。こうした帯刀の研究の背景には、民主主義科学者協会婦人運動史部会の集団での地道な研究があり、そのなかには『青鞜』研究の先駆けとなる井手文子がいた。

戦後一〇年、日本の経済が高度経済成長に向かおうとしていた五〇年代後半から六〇年代初めにかけて、『青鞜』関係者の座談会が続いて行われている。それは戦後の混乱期を一応抜け出て、占領期の民主的改革によって獲得した「男女同権」を、近代を振り返ることによって改めて検証しようとしていたのだろうか。「青鞜社のころ」（『世界』一九五六・二、三）、「婦人運動・今と昔」（『朝日ジャーナル』一九六一・九・三）、「『青鞜』の思い出」（『国文学・解釈と鑑賞』一九六三・九）などである。そしてこの時期、井手文子や子安美知子らの研究が始まった。井手の『青鞜』（弘文堂）が発刊されたのは、『青鞜』創刊五〇周年の一九六一年だった。これは本格的な『青鞜』研究の最初の書であった。井手はその後これを書き改めて『「青鞜」の女たち』（海燕書房、一九七五）とし、さらに『自由・それは私自身――評

（右）大森森ヶ崎富士川新年会▶
（1912-2　2巻2号）

（左）同新年会での寄せ書き▶

◀『青鞜』2巻4号
（1912-4　尾竹紅吉）

伝伊藤野枝』（筑摩書房、一九七九）、『平塚らいてう——近代と神秘』（新潮社、一九八七）と一貫して『青鞜』を追い続け、『青鞜』研究に大きな役割を果たした。『青鞜』や平塚らいてうが高校教科書に載るようになったのも、六〇年代からであった。

『青鞜』研究が広がりを見せるのは、一九七〇年代に入ってからである。ウーマン・リブの波、国際女性年とそれに続く国際的な女性運動の高まり、いわゆる第二次フェミニズムの影響によって女性学が誕生し女性史研究が活発化した。さまざまな史料整備、復刻が行われるなかで、『青鞜』の復刻も行われ（明治文献、一九六九、のち龍渓書舎、不二出版）研究の条件は格段に整った。また研究を志す人の裾野も広がり内容も多様化して、まだ限られてはいたが富本一枝（尾竹紅吉）、生田花世、山田わかなど『青鞜』の女性たちの評伝も刊行されるようになった。一九八〇年代にはいって『平塚らいてう著作集』（一九八三〜八四、大月書店）が刊行された。私たちの「平塚らいてうを読む会」（現在のらいてう研究会）が発足したのは、この著作集を読むためであった。私たちは『らいてうと私』というまことにささやかな冊子を三号までだして、その四号が『「青鞜」の五〇人』となった。

『青鞜』研究で落とすことが出来ないのが小林登美枝である。らいてうの自伝『元始、女性は太陽であった』を終始一貫そばにいて手助けし完成させたが、らいてうの評伝（『平塚らいてう——愛と反逆の青春』大月書店、一九七七、『平塚らいてう』清水書院、一九八三、『陽のかがやき——平塚らいてう・その戦後』新日本出版社、一九九四）を書き、『平塚らいてう著作集』や『平塚らいてう評論集』（岩波文庫、一九八七）、『青鞜セレクション』（人文書院、一九八七）を

『青鞜』2巻5号▶
（1912-5　石崎春五）

編み、その解説を書いている。

次は堀場清子である。『青鞜の時代——平塚らいてうと新しい女たち』（岩波新書、一九八八）で、青鞜社員のひとり青木穠（子）の残した「芳舎名簿」をもとに社員名簿を作製し、その後の研究に大きな手懸りを与えた。また自身の主宰する詩誌『いしゅたる』で二度にわたって『青鞜』特集を組み、遺族の証言を集めたことは貴重な仕事といえる。

私たちの研究会を最初に呼びかけた米田佐代子は、小林登美枝とともに『平塚らいてう著作集』の編者・解説者であり、その後「平塚らいてうの『近代日本』批判」（山梨県立女子短大紀要、一九九四）など、らいてう、『青鞜』関連の論文を多数書き、新しい視点を提供している。

近年の成果としては、新・フェミニズム批評の会の『「青鞜」を読む』（学芸書林、一九九八）が文学の分野から『青鞜』を分析し、女性史からは米田佐代子・池田恵美子編『「青鞜」を学ぶ人のために』（世界思想社、一九九九）が資料編も付した格好の入門書として出ている。

また、らいてうの出身校である日本女子大学で、中嶌邦を中心とした卒業生たちの平塚らいてう研究会が地道に研究を続け冊子『らいてうを学ぶなかで』（一九九七）などを刊行している。

なお『青鞜』研究史について詳しくは、前述の岩田ななつの研究を参照されたい。

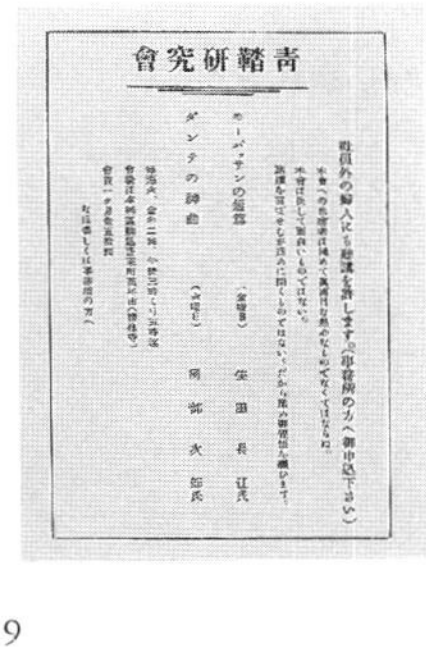

◀「青鞜研究会」広告
（1912-5　2巻5号）

二　『青鞜』の時代

『青鞜』が発刊されたのは明治も終わりに近い一九一一（明治44）年のことだった。明治維新から始まる日本の近代は半世紀近いときを経て、政治的には天皇制国家としての明治体制を確立し、また産業革命ののち近代産業も成立し発展、さらには日清・日露戦争によって台湾、朝鮮などの植民地をも領有する国家となった。明治民法によって確立した近代の「家」制度は、強い戸主権のもとに、女性を「家」に従属する存在として位置づけていた。女子教育は「良妻賢母主義」の名によって、この「家」制度を支える従順貞淑な女性を育成することを専らとした。

しかし資本主義の発展は、新しい勢力の台頭をも促した。一九〇〇年前後から労働運動が胎動をはじめていたし、足尾鉱毒事件、社会主義思想による社会民主党の結成（届け出と同時に禁止）や平民社の設立・『平民新聞』の発行、また日露戦争後の日比谷焼き打ち事件など体制を揺さぶる事件が続いていた。こうした事態を封じるためにフレームアップされたのが、いわゆる大逆事件であった。

「良妻賢母」を旨とするとはいえ高等女学校が次々と設立され、その卒業生が増加するにつれ女子の高等教育への要望も高まっていた。女性の地位向上を謳って一九〇〇年に創刊された週刊『婦女新聞』は、その要求の第一に女子高等教育を掲げていた。また発展する資本主義は、ブルーカラーとしての女性のみならずいわゆる職業婦人を求めはじめてい

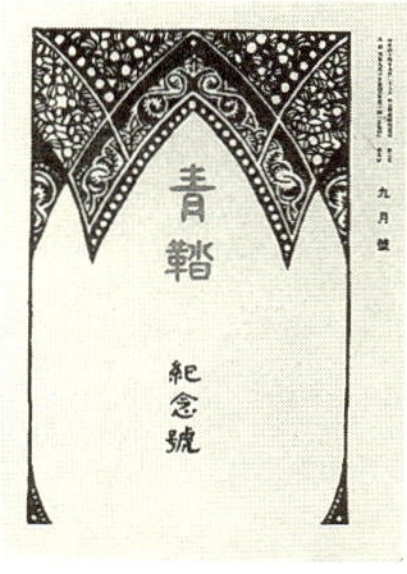

『青鞜』2巻9号▶
（1912-9　奥村博）

た。こうした社会の要求が、女子英学塾、東京女医学校（一九〇〇年）、女子美術学校、日本女子大学校（一九〇一年）など女性の専門学校を誕生させた。なかでも『青鞜』と縁の深い日本女子大学校は、校長成瀬仁蔵によって「女子を人間として教育すること」「女子を婦人として教育すること」「女子を国民として教育すること」の三つをモットーとして創立され、知的向上心をもつ若い女性たちに希望を与えていた。

思想・文芸の分野では、欧米の近代思想が次々と輸入され、それに刺激されて日本でも活発な動きを示した。『明星』の創刊と浪漫主義、自然主義文学、ニーチェイズム、社会主義思想、西欧近代劇と文芸協会など、百花繚乱の趣を呈していた。大胆に官能の解放をうたった与謝野晶子の『みだれ髪』は世に衝撃を与え、現在ではあまり読まれていないが小栗風葉の『醒めたる女』や『青春』、小杉天外の『魔風恋風』など、恋愛への目覚めや女性の自立へのたたかいをテーマにした作品も生まれていた。

こうした状況のなかで「とにかく若い婦人たちには何かしらはっきり掴めないが、今までの女の生活では満足できない、現状を破りたいという或るものを内に感じ、何かしら望み、求め、そうして焦慮していたのです」（らいてう「黎明を行く」『婦人之友』一九三六、三～五月号）。『青鞜』に参加した多くの女性たちは、こうした何かを求め焦慮するなかで『青鞜』にであい、そこに自己を表現し、自己を確立するための一つの場を見出したのだった。そして本人が意識するとしないとに関わらず、その行動は時代のなかで「冬の時代」を突き破り大正デモクラシーの大きな流れをつくる一つの水脈となった。

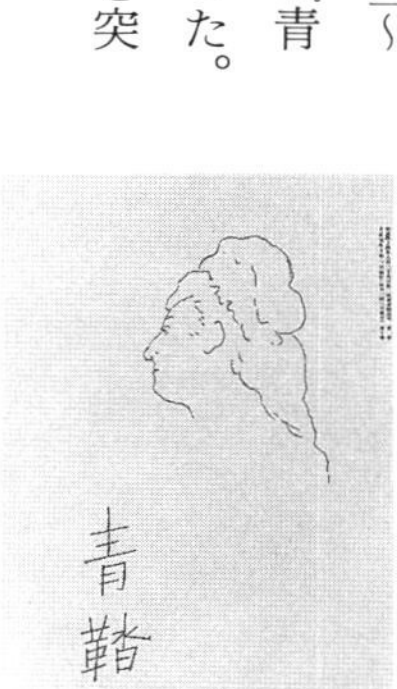

◀『青鞜』2巻10号
（1912-10　作者不明　マネのデッサンのコピーか）

三　『青鞜』の人びと

この「『青鞜』人物事典」には、女性八八人、男性一三人、外国人九人、計一一〇人が収録されている。この一〇〇人を超える群像から何が見えてくるだろうか。

①『青鞜』の女性たち

ここに収録した八八人の女性たちは、何らかの形で『青鞜』にかかわった女性たちである。社員名簿が現存していないため社員を限定するのは難しく、八七号まで社員番号をつけた堀場清子の労作（『青鞜の時代』）もあるが、『青鞜』は途中で規約を改め補助団員や甲乙種会員などを設けており、ただ寄稿しただけと見られる人もいる。こうした人びとを含め、青鞜にかかわり消息のつかめた人を収録した。「Ⅲ資料」に載せた人名は、ペンネームも含め何らかの形で『青鞜』に名前が残っている人びととそのわずかな情報である。

有名無名を問わずこの八八人の女性たちは、いずれも個性豊かにその人生を生きたまさに「新しい女」たちである。私たちは研究会の席上一人ひとりについての研究発表があるたびに、「あまり目立たなかったこの人もやはり『青鞜』の新しい女だったのね」と互いに確認しあうのが常だった。「『青鞜』は一人の作家も生みださなかった」とか「『青鞜』の女性たちは薄幸で早世した」などという従来の通説を打ち破って（もちろん早世した人もいるが）、ここに登場する女性たちは心のなかに『青鞜』の火種をかたく守り続けて生きて

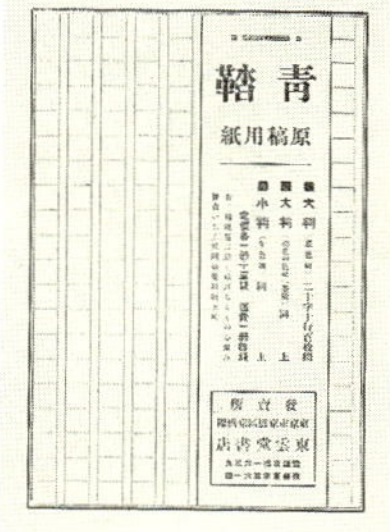

青鞜原稿用紙の広告▶
（1912-12　2巻12号）

いたように思われる。年譜上空白のように見える期間でも、それは女性のライフサイクルにとって大切な出産子育ての時間であり、その火種が消えたわけではなかった。『青鞜』が休刊となって約四年後、らいてうらによって創立された新婦人協会に参加した二〇人を越す青鞜社員たち。一二年後『青鞜』の志を受け継ぐように創刊された長谷川時雨の『女人芸術』。日蔭茶屋事件を起こしたが、のち『婦人文芸』を主宰し戦後は国会議員になった神近市子。こうした目に見えるような形でなくとも、晩年まで「反戦の心」を抱き続けた斎賀琴、一〇〇歳まで生き絵を描き続け『青鞜』に加わっていたことを誇りとしていた小笠原貞など、『青鞜』はそれぞれの人生にとっても一つの水脈だった。

そして『青鞜』に直接かかわってはいないが、読者だった人びともいる。読者名簿もあるわけではなく読者の場合は追跡が難しいが、書き残されたり語られたりして判明している人びとがいる。『いしゅたる』一二号の池山諄一の「『青鞜』に生きた母」によると戦時下も軍事教官をしていた夫の目からひそかに『青鞜』を隠し続け、戦災で焼けてしまった後に「『青鞜』はすばらしい集団だった」と息子に語ったという池山静。まだ女学生だったが『青鞜』を読んだという望月百合子。東京女高師のころひそかに『青鞜』を読んでおり、のち新婦人協会にも参加した河崎なつ。また、のち婦人参政権運動で活躍することになる秋田の鷲尾よし子は、『青鞜』の存在を女性の英語教師に教えられて購読を始めその内容に感激して東京の青鞜社を訪ねたあと、「太陽の子」という筆名で「青鞜をお読み下さい」という文章を新聞に投稿したという。岩波ホール支配人高野悦子の母杉野柳は金沢

◀『青鞜』3巻1号
（1913-1　尾竹紅吉）
＊下絵は富本憲吉によるといわれる。

に住んでいた高等女学校時代『青鞜』を読んでおり、のち金沢女子師範から奈良女高師に通学している。『青鞜』はさまざまな形でたくさんの女性たちに影響を与えていた。

ここに収録した八八人の女性を、出身、学歴、職業などでみてみたい。

出身　戦前は「家」制度のもとで本籍地は容易に動かせなかったため、仮に東京で生まれ育っても出身は本籍地とされ、生い立ちなどの実態がつかみにくい。そこで「Ⅲ資料」の図（二二八頁）では出身地としないで出生地としたが（父親の転勤などで出生地不明のため本籍地の人もいる）、その地域は三一道府県にわたっている（『「青鞜」の五〇人』では二三府県）。『青鞜』の女性たちは都市、主として東京出身の中産階級であるとかつては言われていたが、現在ではその定説はまったく崩れたといっていい。日本の近代は中央集権国家として急速に発展を遂げ、政治、経済のみならず教育、文化の面でも首都東京を中心とする体制となっていた。明治維新後、いわゆる「青雲の志」を抱いて上京する青年たちは後を絶たなかった。東京を出生地とする『青鞜』女性たちのなかにも、親の代などに上京している人は少なくない。例えば平塚らいてうの場合は、祖父が一八七二（明治5）年に妻子をつれて和歌山から東京に出てきており、青山（山川）菊栄の父は松江から、母は水戸から出てきて東京で結婚している。

青鞜世代では女性たちもまた「志」―知的向上心を抱いて東京にきている。日本女子大や女高師などへの進学のために上京した人も多いが、生田花世、伊藤野枝、山田邦子などは家出同様にして東京にきた。親の言うがままの結婚をする人生を拒否し、上京する女性

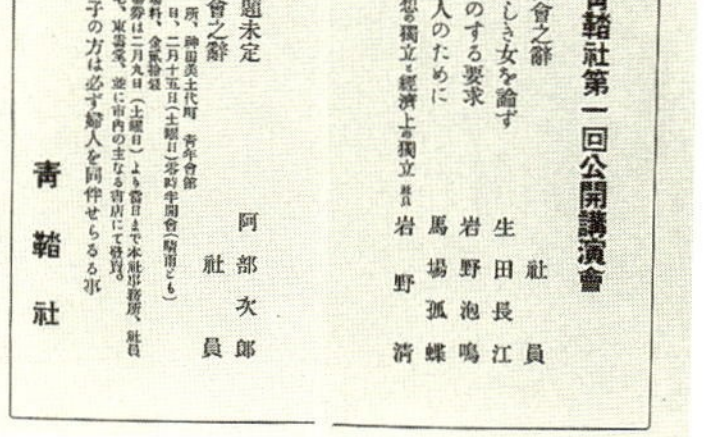
青鞜社第一回公開講演會

一、開會之辭　社員
一、新しき女を論ず　生田長江
一、男のする要求　岩野泡鳴
一、婦人のために　馬場孤蝶
一、思想の獨立と經濟上の獨立　社員　岩野清
一、演題未定　阿部次郎
一、閉會之辭　社員

場所、神田美土代町　青年會館
時日、二月十五日（土曜日）零時半開會（雨天とも）
入場料、金貳拾錢
入場券は二月九日（土曜日）より當日まで本社事務所、社員自宅、東雲堂、並に市内の主なる書店にて發賣。
□男子の方は必ず婦人を同伴せらるゝ事

青鞜社

青鞜社第１回公開講演会の広告▶
（1913-2　3巻２号）

たちは明治末から次第に増加していた。『婦女新聞』の投書欄には、そんな女性たちの声が多数掲載されている。高等女学校教育は「良妻賢母」を標榜していたにもかかわらず、皮肉にも一方で自我に目覚めた女性をつくりだしていた。地方在住で『青鞜』に参加した人も多いが、なかでも名古屋は原田琴子を中心に、名古屋グループとでもいうべき集団で参加しているのが特徴的である。

こうして『青鞜』に集まった女性たちの階層は、おおむね中流といっていいだろう。士族や裕福な商家、地方出身者は、地主、旧家など、いわゆる地方名望家層だが、時代に取り残されて没落していく家では、その生活の負担が娘の肩にも重くのしかかり、当時未だ少なかった女性の職業を求めて苦闘した。岩野清子などはそんな生活の中で「思想上の独立と経済上の独立」を追求した一人である。経済的には問題がなくとも、自分の人生を自分で選び取りたいと願ったとき、その行く手を阻む「家」との闘いが始まり、自己を貫くには当然「経済上の独立」が要求される。安田皐月は原田潤との結婚のために水菓子屋「サツキ」（一八三頁）を開店する。一方親や夫からの圧力のために、やむをえず『青鞜』を脱退したり、または物集芳子（岩田百合、または岩田由美）のようにペンネームで執筆した人もいる。

学歴　出身ともかかわるが、高等女学校卒業以上が多い。『青鞜』が発刊された明治四四年の全国の高等女学校数（実科高等女学校を含む）は二五〇校、生徒数は六四、八〇九名、女学校は四年制と五年制とあるが四で割ると一学年平均一六、二〇二名、同年の小学校就学女児数は三、四七五、二九四名、六で割ると一学年五七九、二一六名（『明治の女子教育』国

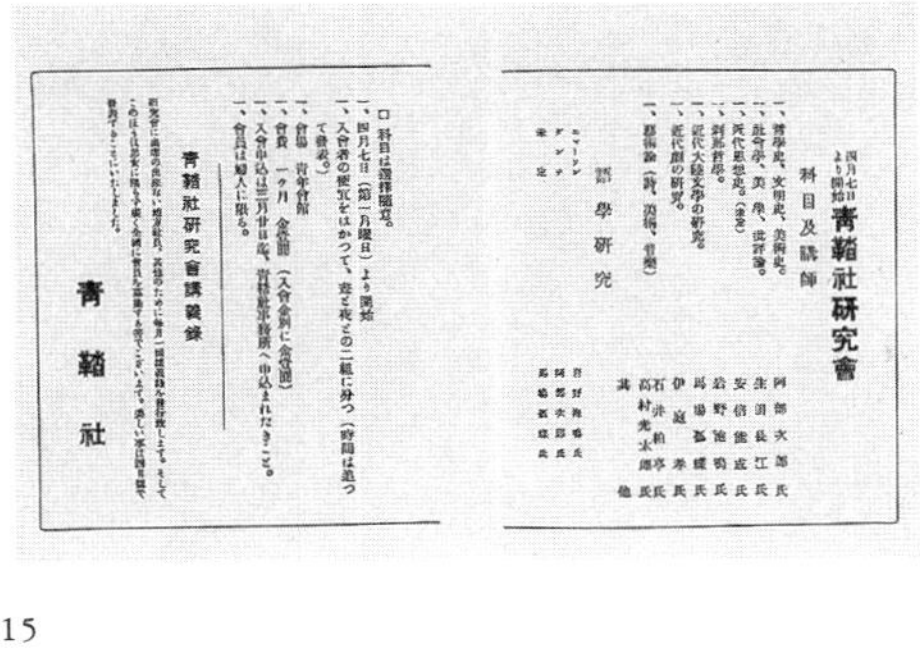
青鞜社研究會

四月七日より開始

科目及講師

一、哲學史、文明史、美術史。　阿部次郎氏

一、社會學、美學、批評論。　生田長江氏

一、現代思想史。（未定）　安倍能成氏

一、劉那哲學。　岩野泡鳴氏

一、近代大陸文學の研究。　馬場孤蝶氏

一、近代劇の研究。　伊庭孝氏

一、藝術論（詩、美術、音樂）　石井柏亭氏　高村光太郎氏　其他

語學研究

口 科目は選擇隨意。

一、四月七日（第一月曜日）より開始

一、入會者の便宜をはかつて、晝と夜との二組に分つ（時間は追つて發表。）

一、會場　青年會館

一、會費　一ケ月　金壹圓（入會金別に金壹圓）

一、入會申込は三月廿日迄、青鞜社事務所へ申込まれたきこと。

一、會員は婦人に限る。

青鞜社研究會講義錄

青鞜社

◀「青鞜社研究会」広告
（1913-3　3巻3号）

土社、一九六七)、女学校進学者は約二・八%でまだまだ少数派であったことがわかる。さらに上級の日本女子大学校(平塚らいてう、保持研など女子大卒は多い)、東京女子高等師範学校(上野葉子など)、女子英学塾(青山菊栄、神近市子など)、女子美術学校(小笠原貞、尾竹紅吉など)に進学した女性は、全く限られた知的エリートであった。当時のジャーナリズムが目の色を変えてこうした女性たちの言動をおもしろおかしく報道したのも、「良妻賢母」に反抗する不敵な女性たちという道徳論からであることはもちろんだが、ある意味では少数派ゆえの悲喜劇であったかもしれない。

職業　職業で多いのは教員と新聞・雑誌の記者である。女学校以上の教育を受けた女性にとって、当時開かれていた職業はまず教員であった。上野葉子のように結婚し、その夫の任地に次々と転居しながら、その先々で女学校の教員をしている例もある。『青鞜』に参加しようと志す女性は文学に関心が深いのは当然で、地方在住時代すでに『女子文壇』などの常連投稿者であった人も多く、文筆で身を立てようと上京して記者となった人もいる。五明倭文子のように結婚後経済的自立を求めて新聞記者になった人もいるが、当時の「女記者」は興味本位に扱われることも多く、安定した職業とはいいがたかった。また、そのころ率先して女性を採用した三越には、女店員の監督のような仕事をした国木田治子、三越のPR雑誌の編集をした神崎恒がいた。神崎は結婚・出産しても雑誌記者として働き続け、評論も多数かいている。

世良田優子や武市綾のように幼稚園で幼児教育に携わった人もいた。武市は吉賀貞輔と

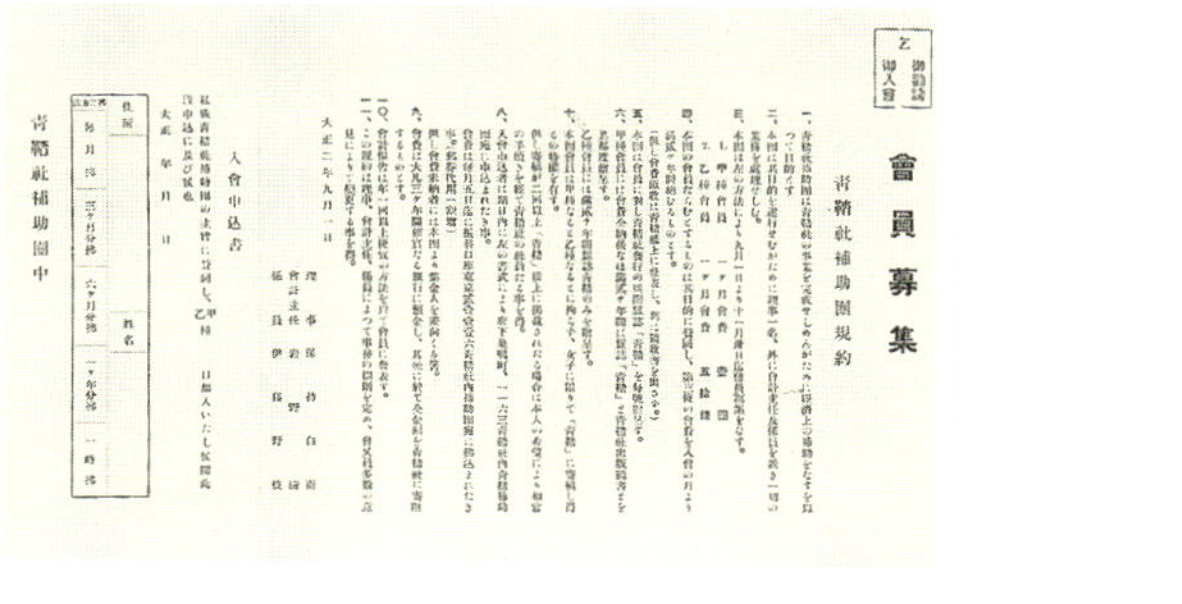

青鞜社補助団会員募集広告▶
(1913-11　3巻11号)

結婚したのち渋谷で「私立家庭幼稚園」を創立したが、この幼稚園はのち世田谷に移転して綾は死去、吉賀は再婚したため『せたがや女性史』で「家庭幼稚園」を私が書いた時、武市綾とこの幼稚園との関わりは全くわからなかった。女性は結婚によって改姓させられるため、その動向がつかみにくい。尾竹紅吉（本名は一枝）も紅吉というペンネームは『青鞜』時代しか使っていないが、その印象があまりにも強いため、富本憲吉と結婚し富本一枝となっての後年の活動とは結びつかないのが常だった。鈴村不二は結婚して高田不二となったことが今回判明し、新婦人協会大阪支部高田不二であることを発見することができた。

　異色の職業としては女優があり、有名な松井須磨子のほかに林千歳がいる。林千歳の後半生はなかなかわからなかったが、国立近代美術館フィルムセンター蔵の映画「寒椿」（国活角筈）を見ることで映画女優としての林を確認することができた。ほかに田村俊子、加藤みどりも女優として舞台に立っている。

　『青鞜』は一人の作家も生み出さなかったなどといわれるが、賛助員以外にも平塚らいてうはもちろんのこと、野上弥生子（本人は入社した覚えはないといっているが、多くの作品を発表している）を初め、尾島（小寺）菊子、青山（山川）菊栄、生田花世、神近市子など評論も含めて多数の書き手を出している。吉屋信子が『青鞜』後期の参加者であったことも、余り知られていない。

　『青鞜』は文芸誌としてスタートしたため文筆家が多いのは当然だが、意外に美術関係者が多い。創刊号表紙の長沼（高村）智恵子は有名だが、荒木郁子、小笠原貞、尾竹紅吉、

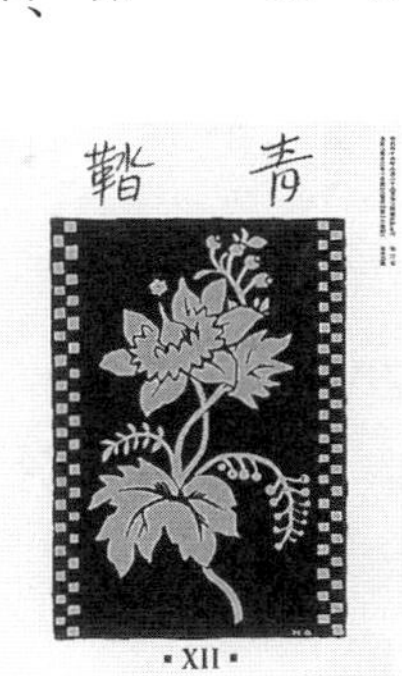

◀『青鞜』3巻12号
（1913-12　H.O. 署名）

五明倭文子らは女子美で、小笠原は『青鞜小説集　第一』の装丁をしており晩年は油絵で埼玉県展に入選もしている。尾竹は『青鞜』の表紙絵やカットを描いている。尾島菊子は女性画家団体朱葉会の創設に尽力、みずからも描いている。田沢操のファイバーアートもユニークである。

　親の残した旅館を継ぎ、独身で家族を養っていた荒木郁子は、職業人としては『青鞜』のなかで異色であった。その仕事柄身についた世間的な知恵を、『青鞜』同人たちに授けたりもした女性だった。加藤みどりも長野から上京後、煙草や化粧品を扱う高仲商店を経営し弟妹を養った。蒲原房枝は夫と死別後、弓道場や化粧品店を開いたりしたがこれはあまりうまくいかなかったようである。

『青鞜』と短歌　村岡嘉子の調査によると『青鞜』には、五五名による三、〇六一首が載っている（『「青鞜」を学ぶ人のために』世界思想社、一九九九）。なかでも回数、歌数とも群を抜いて多いのは三ヶ島葭子の三三回、一、〇一六首である。一〇〇首以上掲載されているのは、以下多い順に原田琴子（二四七首）、原阿佐緒（二〇四首）、岡本かの子（二〇〇首）、斎賀琴（一八七首）、柴田かよ（一六七首）、岩淵百合（一〇七首）である。詩が一七名、俳句が二名であるのに比べて、詩歌の中で短歌が圧倒的に多いのは、短歌（伝統的には和歌）が女性の自己表現形式としてふさわしく、古来から認められていたからではないかと思う。加えて『青鞜』賛助員の筆頭に与謝野晶子がおり、その影響下にあった人びとが多い。右記の七名のうち斎賀と柴田を除くとすべて新詩社に所属し、上位四名は晶子が選者をしていた

『青鞜』4巻1号▶
（1914-1　作者不明）

『女子文壇』の常連であった（「III資料」参照）。

『青鞜』の編集が伊藤野枝に移ってからの「八月の歌壇より」（五―八）、「九月の歌壇より」（五―九）、「十月短歌抄」（五―一〇）には、若山喜志子、四賀光子、水町京子、川端千枝といった歌人として著名な人びとの作品が載っているが、それらは直接『青鞜』への出詠ではなく他雑誌からの抜粋であり、これらの人びとについても本書で解説している。

いくつかの点で『青鞜』の女性たちを見てきたが、『青鞜』後の彼女たちに少し触れると、大別して文学志向組と女性問題志向組とに分けられるのではないだろうか（両方に関わっていく人もいる）。文学組はのち創刊される『ビアトリス』に参加する人も多く、終生何らかの形で文筆を手放さないで生きていたようである。面白いのは晩年短歌から俳句に転向した人が多いことである。女性問題組は『青鞜』後、与謝野晶子、平塚らいてう、山田わか、山川（青山）菊栄によって行われた母性保護論争ののち、平塚らいてうがおこした新婦人協会に参加している人も多く、さらに行動的な伊藤野枝は山川菊栄とともに社会主義的婦人団体赤瀾会を結成した。

『青鞜』に参加した女性たちは、まだ少数派の知的エリートといってもいい人びとだったが、時代に対する鋭いアンテナをもってそれに反応しつつ生き、意図するとしないとにかかわらず歴史の水脈を形成した人たちであった。

②『青鞜』周辺の男性たち

◀巣鴨の岩野泡鳴・清子宅での新年会（1914-2　4巻2号）

今回取り上げた『青鞜』周辺の男性は一三人である。『青鞜』は発刊と同時に注目を浴び、社員たちは「新しい女」と指弾されたが、『青鞜』の応援団的存在だった男性たちもいた。『青鞜』の歴史的意義をどこまで見通していたかはもちろん各人にもわからなかったろうが、そこに新しい時代の息吹を感じていたことは確かであろう。しかし、ここに登場する男性一三人の『青鞜』へのスタンスの取り方はそれぞれである。

生田長江は、女性作家を育てたいというひそかな望みを持って閨秀文学会（金葉会）を開き、これが塩原事件で挫折すると、らいてうを中心に据えての『青鞜』発刊に漕ぎつける。その意味では閨秀文学会は、『青鞜』の先駆ともいえる。長江は『青鞜』の名付け親であるまえに、その「助産夫」的存在だった。この閨秀文学会の講師だったのが、馬場孤蝶と森田草平である。阿部次郎は青鞜研究会（二二一頁）の講師であり、『青鞜』への協力を惜しまなかった男性の一人といえる。小倉清三郎はセクソロジスト（性科学者）として青鞜社員に性の問題を説き、女性の真の自由のためには性を重視することの必要性を認識させ、性と愛をめぐる青鞜三論争の遠因を作った人物である。『青鞜』廃刊後も社員たちと交流があったらしいが、問題の性格もあって詳しい事情がわからないのが残念である。西村陽吉は一時『青鞜』の発行・発売を手掛けた東雲堂の若主人で、文学志向が強く自らも短歌を作った。

残る七人は青鞜社員の恋人あるいは夫たちである。生田春月は、花世の書いた文章を読んで未だ見ぬ花世に長文の熱烈な恋文を送って、花世と結ばれた。しかし『青鞜』や女性問題に関心を寄せていたとは思えない。岩野泡鳴も、清子の噂を聞いていきなり訪ねて行

『青鞜』4巻4号▶
（1914-4　奥村博）

き、二回目にはプロポーズしている。しかもそのとき泡鳴にはまだ妻がいた。こうした強引な方法を見ると、この時代の日本の男性たちは花柳界以外の女性との付き合い方を知らなかったのではないかとも思われてくる。そんななかで辻潤は終始一貫（離婚後も）野枝に好意を持ち続け、荒削りの素材だった野枝を『青鞜』に紹介し、のちの野枝たらしめた人物である。大杉栄は社会主義者らしく「新しい女」に関心を持っていた。しかしその「多角恋愛」が日蔭茶屋事件（七九頁）で終止符をうったことで、それははからずも『青鞜』の挽歌となった。山田嘉吉は長らくアメリカにいたこともあって、当時の日本の男性とは少し女性に対する感覚が異なっていたのかもしれない。自分はむしろ陰の人となって妻のわかを世に押し出すことに腐心した。富本憲吉は紅吉（一枝）の当時の日本女性には見られない新しい感覚と芸術的センスを愛して結婚したが、結局は自分の芸術のために妻の才能を呑み込んでしまった。「若い燕」という言葉を生んだ奥村博は、らいてうの八項目の質問状に答えてらいてうと共同生活（結婚）を始めるが、終始芸術的な生活を貫き、当時の家父長制とはもっとも遠いところにいた男性であったのかもしれない。

『青鞜』周辺の男性については、森鷗外、夏目漱石を初めとして高村光太郎、武者小路実篤、原田潤などなど、『青鞜』の側から見つめる必要のある人物がたくさんいるが、それは次への宿題である。

③外国の人びと

◀『青鞜』4巻9号
（1914-9　奥村博）

取り上げた外国人は九人である。これら外国の人びとは、直接『青鞜』に関わったわけではないが、その翻訳や劇評などが『青鞜』に載り、社員たちに思想的影響を与えた人たちである。

『青鞜』＝イプセンの『人形の家』のノラ＝新しい女という図式が書けるほど、（ヘンリック・）イプセンと『青鞜』の関係は人びとに強い印象を与えている。そして『人形の家』は今日でも上演されている。またエレン・ケイは平塚らいてうに多大な影響を与えた思想家としてその母性主義が知られており、母国のスウェーデンから日本へのケイの影響を調べに研究者が来るほどである。またバーナード・ショーは『青鞜』との関係というより、多くの傑作を書いたイギリスの劇作家として著名である。

しかし他の人びとは、現在では知る人ぞ知るという存在ではなかろうか。（レスター・）ウォードの「女性中心説」は、堺利彦も翻訳し当時かなりの影響力を持っていた。エマ・ゴールドマンは伊藤野枝の名とともに記憶される。一九八〇年代だったと思われるが、その伝記映画がアメリカで製作され日本でも上演されて評判を呼んだ。オリーブ・シュライナーは大正期いくつもの翻訳がでており、その『女性と労働』は神近市子によって完訳されているが、戦後はあまり読まれることもなく、『知られざるオリーブ・シュライナー』（晶文社、一九九二）が出版されて初めてその生涯の全貌が明らかになった。（ハヴェロック・）エリスは戦後の一時期は読まれていたと思われるが、（ヘルマン・）ズーダーマンは「マグダ」の作者としてマグダを演じた松井須磨子、それを批評した『青鞜』とともに記憶されるだ

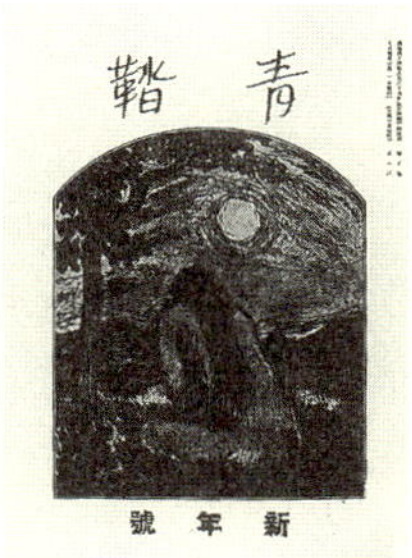

『青鞜』5巻1号▶
（1915-1　奥村博）

ろう。（スコット・）ニアリングは現在ほとんど知られていないのではないだろうか。

『青鞜』誌上に載った人物としては、野上弥生子がその自伝を連載したソニヤ・コヴァレフスキーもおり、誌上にはないが当時一世を風靡し、らいてうも影響を受けたニーチェなども載せる必要があったのかもしれない。

『青鞜』の女性たちがこのように諸外国の思想にいちはやく触れることができたのは、ひとつには山田語学塾のお蔭ともいえよう。神近や青山菊栄など女子英学塾出身の人は別として、わかはもちろん、らいてうも野枝も斎賀琴も吉屋信子も山田門下生だった。

おわりに

「『青鞜』人物事典」という本書の性質上、『青鞜』時代を中心とした簡略な記述にならざるをえず、後半生は主として年譜を参照していただくことになったが、その年譜も情報量が少なすぎて作成できなかった人びともいる。わずか五年弱の年月だったが、『青鞜』は青春時代にそこにかかわった人びとのその後の人生に大きな影響を与えたであろうと推測される。早世した人もいるが、それぞれに波瀾の戦中戦後を生き抜いたかつての青鞜社員たちは、晩年も消息のわかるかぎりお互いに親しく往来をした。そしてその交際は個人的な域を越えて、戦後草の根的な広がりを見せる女性たちの運動や平和運動のなかで、核となる役割を果たした。

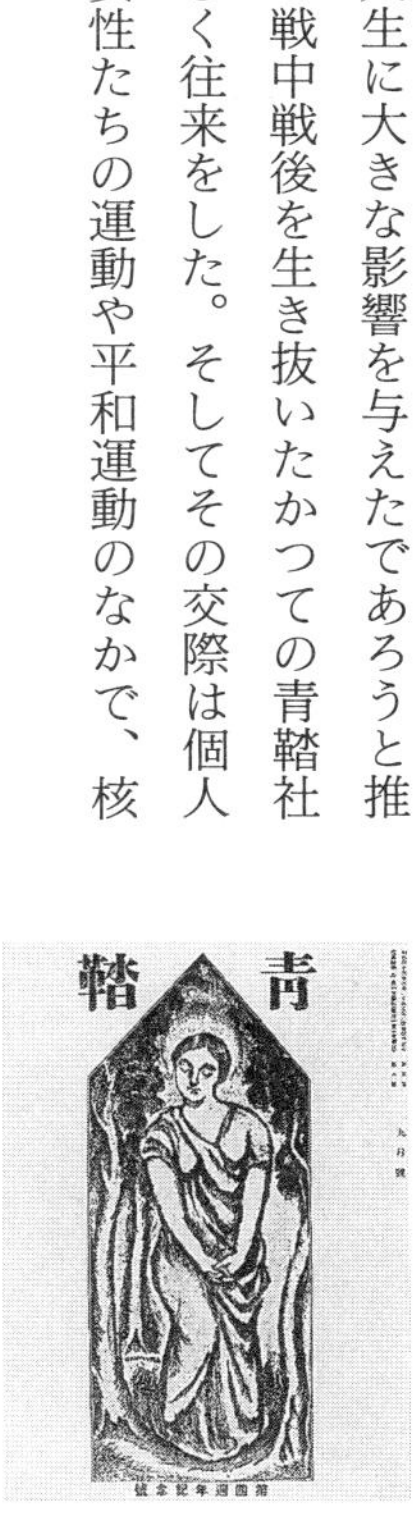

◀『青鞜』5巻8号
（1915-8　奥村博）

一九五〇年、講和条約締結に際し、世界平和に逆行する単独講和条約に反対し「非武装国日本女性の講和問題についての希望要項」を起草したらいてうは、同じ成城地域に住むかつての『青鞜』仲間である上代たの、野上弥生子にまず相談し、ガントレット・恒子、植村環の承諾を得て五人の連名で、対日講和特使として来日したアメリカのダレス国務省顧問に手渡した。以後らいてうは積極的に平和運動、婦人運動にかかわっていくようになる。一九六二年の新日本婦人の会結成にあたっては、富本一枝が積極的に動き平塚らいてうを代表委員に推挙した。らいてうは死の一年前の一九七〇年六月、安保条約固定期限終了にあたって、安保廃棄の意思表示をしたいと強く希望し、静かな住宅街の成城で女性たちのデモ行進が行われた。らいてうの遺されたノートには「生きるとは行動することである。ただ呼吸することではない」という言葉が書かれていた。そして「わたくしは永遠に失望しないでしょう」と若い世代の女性たちに希望を託して八五歳で死去した。らいてうの希望は、『青鞜』に参加した女性たちの秘かな願いでもあったろう。私たちはこの志を二一世紀に受け継いでいかなければならない。

本書に記述した女性は八八人、「Ⅲ資料」に名前を列記した女性は一二〇人――このなかにはペンネームもあり重複もあると思われるが、約二〇〇人の女性が『青鞜』にかかわっていたことになる。これらの女性たちの生涯を一人でも多く明らかにして、歴史の水脈として位置づけたいというのが私たち研究会の今後の課題である。これらの女性たちについて何らかの情報をお持ちの方はお知らせいただければ幸いである。

青鞜
新年號

『青鞜』6巻1号▶
(1916-1)

II 『青鞜』の一二〇人

■家督相続権を妹に譲って自立

青井禎子

Aoi Teiko

1890.9.14-1938.6.?

禎子は一八九〇（明治23）年九月一四日、父青井藤助、母ひろの次女として名古屋市中区東橘町で生まれた。本名てい。家は「京万屋」という砂糖小売商であった。

禎子は少女の頃から意欲的で、女学校進学の際、父が商人の娘に学問は必要ないと彼女の進学を許さなかったが、親戚に頼み親族会議にて父を説得してもらい、名古屋市立女学校への進学を果たした。ここでは後に『青鞜』へ一緒に参加する*岸照子、*山田澄子と同級で、一九〇八年に同校を卒業した。才色兼備の聞こえ高かった禎子は卒業後も、近所に住んでいた同窓で歌人の*原田琴子のもとで短歌を学んでいた。

『青鞜』への参加は琴子から誘われてのことだという。禎子の『青鞜』との関わりについて、『母の時代――愛知の女性史』（一九六九）は、社員にはならず賛助団員にとどまったとするが、「青木穠と唯一の青鞜社名簿」（堀場清子『文学』一九八八）は、照子らと同時に入社したが、禎子は名簿からもれてしまったのであろうと推論している。三人の短歌が最初に掲載されたのが二巻一一号であること、青鞜社名簿作成が創刊一周年の少し後であることから、入社は一九一二年秋頃と思われる。

禎子の投稿は短歌が計九首（三－一一、一二、三－二）および手紙文の「野枝子様はじめまして」（六－一）である。

禎子は『青鞜』への参加を家族には内緒にしており、家にあってはまったく変わったところなく、妹でさえわからなかったという。禎子が口を閉ざしていたのは、女学校進学の際に一騒動あったことがその理由のようである。

禎子の『青鞜』への出詠をみると、「ある時は心にもなき笑みつくりおのが身をさへ欺けるわれ」など、自分の意思どおりに生きられない思いを胸に秘めていたのではないかと推測される。禎子の『青鞜』への参加を父はすぐに知り、自分では判断つかず兄にやめさせてくれるよう頼んだ。しかし、その後も禎子は自分の意思を通して『青鞜』との関わりを続け、六巻一号に六ページにわたる手紙文を寄稿している。これは親友澄子の死を*伊藤野枝が自殺と誤解していたこと、マスコミのスキャンダラスな扱いへの抗議をこめて綴ったものである。家督相続を妹に譲って上京した禎子は、一九一九年二月、東京・神田区に住む弁護士塚原辰弥と結婚し、二男一女をもうけたが、長子が一五歳の時夫を亡くし、自らも二年後の一九三八年六月、四八歳にて病没した。

（南川よし子）

■「芳舎名簿」を残した

青木穠子

Aoki Jouko

1884.10.22-1971.1.20

名古屋市の繁華街錦通の一角に、地下一階・地上三階建ての名古屋市短歌会館が建っている。玄関には〈この短歌会館は、青木穠子氏が社会教育振興のための文化施設として名古屋市へ寄付したものです〉と刻まれたレリーフが掲げられている。歌人としての人生を全うした青木穠子が、一九六四年、地所に建造したもの。穠子自身最晩年を短歌会館の一室で起臥し、現在も地域の人々に広く利用されている。

青木穠子は、らいてう*より二つ歳上の一八八四（明治17）年一〇月、名古屋市下長者町の富裕な洋反物卸商の娘として生まれた。翌月父の錠太郎が結核で亡くなり、店を閉じる。漢詩人の母さち（琴水）も、穠子六歳の時に亡くなるが、貸家収入などで何不自由なく育てられた。幼少から和歌をたしなんだ穠子は、一七歳で御歌所歌人の大口鯛二の門に入る。七年後の一九〇八年、短歌の革新をめざし、片野珠*らとともに「めざまし会」を結成した。この時、二つ違いの兄はすでに亡くなっており、二五歳の穠子は、度量衡商守随鍈之助二男錫《あとう》（養子）と結婚した。

短歌に新風をおくり込みたいと望んでいた穠子の目に、〈唯一の女流文学雑誌〉と銘打った『青鞜』創刊の新聞広告が飛び込んできた。片野珠、原田琴子*らとともに『青鞜』に名古屋から参加した女性は六人おり、名古屋の〝新しい女〟と呼ばれた。穠子が『青鞜』で活躍したのは、三巻二号から四巻三号までで、「詠草」（二回）、「うつら〳〵と」、「玉のくもり」、「小鳥よ」、「黙想」の計六回・七一首を発表。一九一三年四月には、第一歌集『木霊』を出版している。

青鞜社（らいてう宅）を訪ねたのは、佐々木信綱を訪問するために上京した一九一四年（大正3）三月二二日。生田花世*、保持研*、伊藤野枝*、岩野清子*・泡鳴*らと親しく語り合うことができた。穠子は、青鞜社員名を記した「芳舎名簿☆」を残した人として知られるが、晩年、『青鞜』との関わりをこう語っている。

「当時、女には（和歌を）発表する場合も機会も与えられなかったんです。読売新聞だったでしょうか、青鞜の広告がのったのです。女の人の雑誌だし、一流の婦人のものが掲載されているので、私も申しこみました。『小鳥、小鳥、汝が声聞けば、わが心琴線のごとく。ふるへてやまず』これ一つしか覚えていませんが、私の和歌もいくつかのりましたよ」（名古屋女性史研究会著『母の時代　愛知の女性史』風媒社、一九六九）。

文芸雑誌の『青鞜』が次第に婦人問題に傾斜していく中で、穠子は青鞜を退社する。「結婚していましたし、また和歌一すじに打ちこみたかった」（前掲書）と回想するが、師の大口鯛二が『青鞜』を快く思っておらず、「またもとの道に戻りたまえ」と諭したことも退社を決心させる一因となった。一九一九年に歌道研究会の「このはな会」を結成し歌会を開き、合同歌集『このはな』を発刊した。

一九四一年に、夫錫が病没、悲嘆にくれたが、戦後は「明鏡短歌会」を主宰し、『明鏡』の発行と後進の指導にあたるなど、中部地方短歌界の中心的存在として活躍した。また、地域の文化活動にも貢献し、八〇歳の時には第二歌集『持統天皇』を刊行した。青木穠子は、作歌を生きがいに、文字通り短歌ひとすじに生きた女性であった。

（池田恵美子）

◆青木穠子

1884-10	22日、名古屋市西区下長者町に、洋反物卸商の父錠太郎と母さちの二女として生まれる。本名志やう
-11	父が没し、兄鐐太郎が幼少のため閉店
1890- 4	名古屋市菅原小学校入学
- 9	母が病没したため祖父母と叔母に育てられる。この後、飛騨高山町高山小学校に転校
1896- 3	名古屋市菅原小学校高等科卒業
1901	大口鯛二（御歌所歌人）の門下に
1904- 5	兄鐐太郎死去。歌日記を始め生涯続ける
1908- 4	短歌の革新を目指して結社「めざまし会」を結成、翌年から会の年刊歌集『かけ』を発行（以後11年4集まで）
1909- 7	名古屋市の度量衡商の守随鉄之助二男錫（養子）と結婚
1911- 9	青鞜社に入社。3巻2号から4巻3号まで計71首の短歌を発表したが退社
1913- 4	第1歌集『木霊』を刊行
1914- 3	青鞜社（らいてう宅）を訪問
1919- 3	新聞記者たちによる文芸雑誌『胎動』の会員となる（約1年で廃刊）
1920	女性短歌会「このはな会」を主宰、源氏物語の講義と作歌指導を行う。翌年から合同歌集『このはな』を発刊（以後41年12集まで）
1923	名古屋短歌会を創設
1941	夫錫病没（享年56歳）
1945- 3	戦災により家財一切を消失、高山市へ疎開
1946- 8	常滑高等女学校などの短歌クラブ常任講師となる
-11	愛知県横須賀へ移り、横須賀高等女学校の短歌クラブ常任講師となる
1947- 6	下長者町焼跡に仮屋を建てる。「このはな会」を改称して「明鏡短歌会」を始め、機関誌『明鏡』を発行（以後70年8月13巻8月号まで）「短詩型文学連盟」の委員となる
1948	「中部日本歌人会」副委員長となる
1964- 9	第2歌集『持統天皇』刊行
-10	短歌会館完工、名古屋市に寄付。同館内に青木文庫を設ける
-11	愛知県知事表彰（文化）受賞
1971- 1	20日、死去（享年86歳）

■『青鞜』での廃娼論争で論壇デビュー

青山菊栄

Aoyama Kikue

1890.11.5-1980.11.2

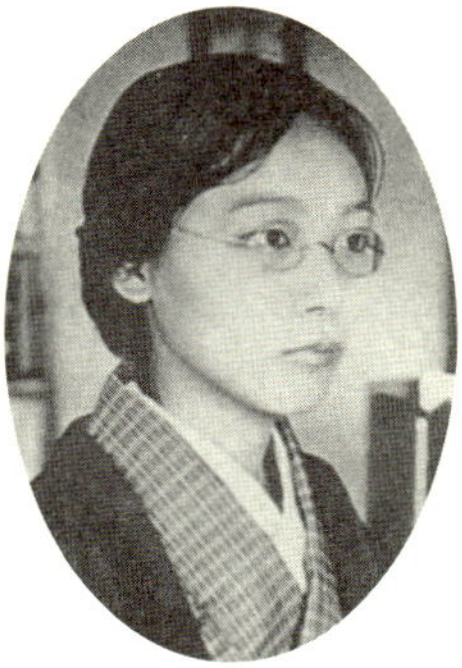

青山菊栄は、後期『青鞜』誌上に始まる☆廃娼論争の論者の一人であり、その後社会主義の立場に立つ「女性評論家」として活躍し、敗戦後、労働省に新設された婦人少年局初代局長に就いた山川菊栄その人である。

一九〇七（明治40）年、東京府立第二高女を卒業した菊栄は、教員資格を取ろうと考え国語伝習所へ入所したが、そこは沈滞しきっており、学友の話から☆閨秀文学会に出席してみた。講師は*与謝野夫妻、島崎藤村、*馬場孤蝶などで、かの晶子がなよなよと、だが口ぶりは自信満々に「源氏物語」を講義するのに驚いた。また、聴講生の中の気品高いその人が「女子大の*平塚さん」であることも菊栄は知った。会は立ち消えとなったが、菊栄は有志で馬場孤蝶の家で文学の講義を受け、孤蝶の書斎を図書室代わりに多くの外国文学作品を読んだ。

国語伝習所をやめ女子英学塾へ入学した菊栄は、学業の傍ら大町桂月、小栗風葉らの講座に出席するなど、常に自己研鑽を積んでいた。女子英学塾を卒業した年、青鞜社講演会（一七一頁）に出席し、*岩野清子が熱弁をふるったことも記している。その後、欧米文献より理論を学び、*大杉栄、荒畑寒村らの平民社の講演会に出席し、社会主義の立場を明確にしていった。

菊栄は『青鞜』を読んではいたが、社員にはなっておらず、『青鞜』への寄稿は、*伊藤野枝の婦人矯風会の公娼廃止運動批判（五－一二）が、いかにも無責任な放任論に思われて書いたという「日本婦人の社会事業に就て伊藤野枝氏に与ふ」（六－一一）である。菊栄は品川や洲崎の遊廓を友人の案内でひそかに見学し、張見世が「さらし首」のように見え、野枝の廃娼運動への批判には黙っていられなかった。菊栄の理詰めに野枝は同号で、公娼制度について全く無知であると素直に告白している。その正月、菊栄は大杉栄の案内で、*辻潤と暮らす野枝を訪ねたが、彼女の気持ちは客のもてなしにあり肝心な話は出来なかった。菊栄は「更に論旨を明かにす」（六－一二）を寄稿するが、ここでは、経済問題が解決されない限り売淫は根絶出来ないと明確に主張した。この☆廃娼論争が『青鞜』の最後を飾る結果となり、菊栄の論壇デビューともなった。

菊栄が評論家として地位を確立したのは、一九一八年に始まる晶子、らいてうらとの☆母性保護論争においてである。これは女性解放の具体的課題を、ジャーナリズムが取り上げたことでも注目された。一九一八年『婦人公論』三月号で晶子が女性の経済的独立を論じ、らいてうが母は社会的、国家的な存在であり、国家による保護が必要であると反論した。菊栄は両者は相容れないものではないが、根本的な解決には資本主義制度そのものの変革が必要であると鋭い筆致で批判、問題点を整理した。論争の名手と言われたゆえんである。

一九二五年三月、普通選挙法が成立し、統一した無産政党結成への機運が高まり、菊栄は政治研究会に無産政党綱領への「婦人の特殊要求」を提出した。翌年四月には日本労働組合評議会本部に婦人部を設置すべきか否かで論争になるが、その「婦人部テーゼ」は菊栄の起草であり、夫山川均、少数の幹部とともに設置を主張した。女性幹部の大半が反対に回り、議論は白熱した。婦人部設置は保留となったが、菊栄の主張の正当性、革命的な男性運動家の女性問題に対する無理解が露呈された。

（南川よし子）

◆青山（山川）菊栄

1890-11	5日、東京市麹町区四番町で父森田竜之助（食肉加工・養豚開拓技術者）母千世の第3子として生まれる。本名菊栄
1896- 4	番町小学校入学
1902- 4	東京府立第二高等女学校入学
1906-11	祖父青山延寿死去。青山家を継ぎ戸主となる
1907- 3	第二高女卒業。国語伝習所へ通学 5月頃閨秀文学会でらいてうを知る
1908- 9	女子英学塾（現津田塾大学）予科入学
1912- 3	女子英学塾卒業。青鞜社講演会に出席
1916	『青鞜』に「日本婦人の社会事業に就て伊藤野枝氏に与ふ」(6－1)「更に論旨を明かにす」（6－2）寄稿。11月、山川均と結婚。12月、肺結核により鎌倉へ転地
1917- 9	7日、男児（振作）出産
1818	母性保護論争行われる
1919- 6	『婦人の勝利』10月、『現代生活と婦人』『女の立場から』刊行
1921- 4	赤瀾会結成に参加。5月、大森新井宿に新居完成し移転
1922- 5	『女性の反逆』刊行
1923- 9	関東大震災で家屋倒壊
-12	兵庫県垂水村（現神戸市垂水区）へ転居
1925- 7	『婦人問題と婦人運動』刊行。10月、政治研究会へ「婦人の特殊要求」提出。12月、日本労働組合評議会全国婦人部協議会の「婦人部テーゼ」を起草
1926- 1	鎌倉へ転居。4月、評議会婦人部論争展開
1928-10	『無産者運動と婦人の問題』(均と共著) 刊行
1936	鎌倉郡村岡村に「湘南うずら園」開業
1947- 4	民主婦人協会設立に参加。7月、日本社会党入党。9月、労働省婦人少年局長就任
1951- 6	労働省婦人少年局長退任。11月、ヨーロッパ諸国への旅に出発（翌年7月帰国）
1953-10	『婦人のこえ』創刊
1956- 5	『女二代の記』刊行
1958- 3	23日、均死去
1959- 9	中華人民共和国訪問、国慶節式典参列
1962- 4	婦人問題懇話会設立に参加
1975-10	『覚書幕末の水戸藩』大仏次郎賞受賞
1979- 4	『日本婦人運動小史』刊行
1980-11	2日、死去（享年89歳）

■発起人木内・中野の下級生

阿久根俊

Akune Toshi

1888.6.2-1927.10.28

阿久根俊は一八八八（明治21）年六月二日、官吏細川俊茂の長女として誕生した。本籍は東京麹町区である。一九〇四（明治37）年実践女学校を卒業後、日本女子大学校に進学し、一九〇八（明治41）年国文学部五回生として卒業した。その秋、阿久根政夫と結婚し、一九一二（明治45）年一月一五日に長男を出産した。

『青鞜』創刊の発起人木内錠*・中野初*は女子大同学部の一年先輩である。俊は創刊時に社員となり九月二日の『青鞜』社員の会に出席している。一巻三号予告・同四号予告に小説、二巻七号の次号予告に脚本掲載の予告があるが『青鞜』に掲載された作品はない。妊娠・子育て中の身で、意欲はあっても実行が難しかったのかもしれない。

俊は『家庭週報』（五五頁）に短歌を寄稿したりしているが、一九一三（大正2）年の同紙二一五号に「親族の関係上細川の名跡を相続する」ことになった旨の広告が載り再び細川の姓を名乗るようになった。その後も短歌などの作品を寄せ「あの頃の日記から」と題した誕生日の翌日発病した愛児の肺炎の看病の様子を記した記事や、関東大地震で被災し、お見舞いのお礼と一同無事の報告もある。五人の子女を持ったが一九二四（大正13）年秋一児を失い、いろは四七文字を頭にした四七首の傷心の挽歌を寄稿。また友人より贈られた恩師村田勤編の『我子の思い出』を読んだ想いを述べている。一九二七（昭和2）年八月には「保田漫詠」と題して

・浪こえて松こえて来る濱風にしばらく人も身をも忘るゝ
・こひしきといふにあらねど何時の間に都と思ふ空に眼の行く

などを含め一二首の歌が載っている。その内容から転地療養中だったのであろうか。

同年秋の『家庭週報』九一一号の「細川俊子氏略歴」によれば九月初旬より腹膜炎で臥床中の処肋膜炎を併発、一〇月二八日心臓麻痺で死去とある（享年三九歳）。同級生高桑菊子の「細川俊子氏の追憶」では、俊は在学当時から「才華絢爛の人」で結婚間もない頃帝劇が募集した劇作に応募し予選を通過。茶道、詩歌、謡曲など夫妻ともども趣味豊な生活を送ったが、華奢な身体で数度の出産、多忙な主婦生活が命を縮めたのではなどと述べられている。次号には母子の写真と二葉の短冊の筆跡が掲載されている。

（鳥井衡子）

青鞜社事務所

『青鞜』創刊から休刊にいたる五年余の間に青鞜社事務所は数か所にわたり移転している。まず発起人会も開かれた最初の事務所は、発起人の一人物集和子の父物集高見邸内に置かれた。本郷区駒込林町九番地にある「樹木にかこまれた宏大な屋敷」では、らいてう等が出入りをしても和子の家族に会うことはめったになかった。らいてうが自分の家に事務所を置かなかったのは、父親への遠慮と、『青鞜』は片手間仕事で、自分の本拠をかき乱されるのがいやであったからと自伝で述べている。

だがこの事務所は、『青鞜』二巻四号の発禁により転居を求められ、本郷区駒込蓬莱町にある臨済宗万年山勝林寺内に移った。ここは以前より青鞜社の会合や、研究会に借りていた寺であった。しかしこの事務所も世間から青鞜社への非難で来訪者が多くなり、住職より立退きを求められた。

以後事務所は、事務担当の保持研が、青鞜社の仕事に専念することもあり、借家であるが、初の独立した事務所を巣鴨町字巣鴨一一六三にかまえた。巣鴨の事務所等を経て、事務担当保持研の退社後は、らいてうと奥村博の新居（巣鴨上駒込四一一）が事務所となる。

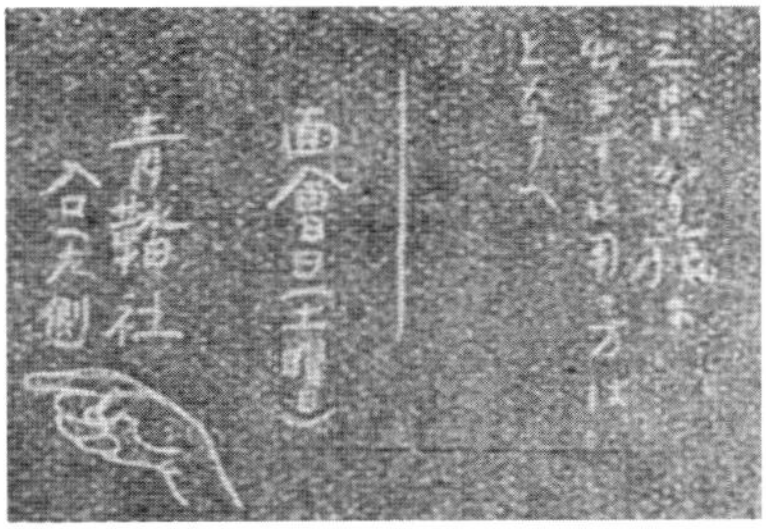

事務所入口に置かれた看板
（『淑女画報』3巻8号）

入り口にらいてうが面会日を土曜の午後とした看板が掲げられた。『青鞜』が伊藤野枝に譲渡されてからは、野枝の自宅（小石川区指ヶ谷町）が最後の事務所となった。

（加賀山亜希）

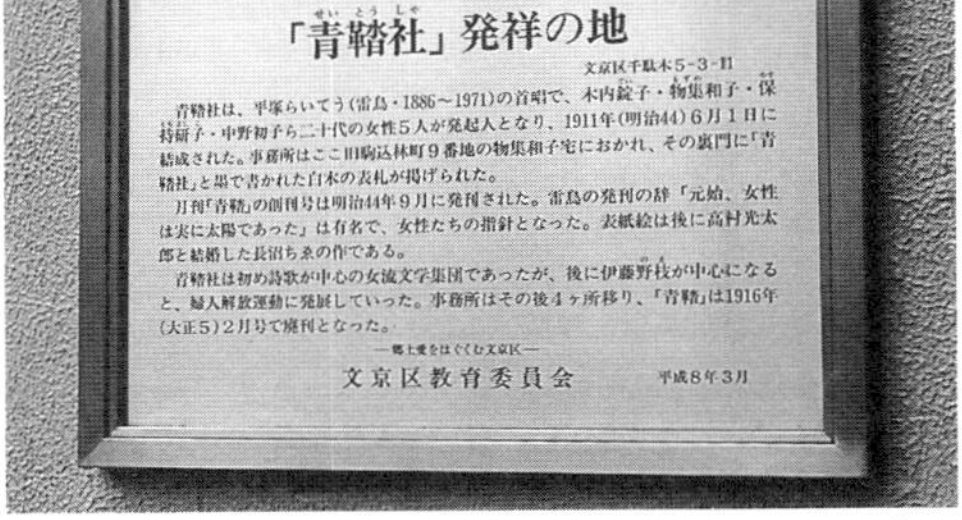

「青鞜社」発祥の地（現東京都文京区千駄木五－三）

■姐御肌の自由人

荒木郁子

Araki Ikuko

1890.1.30-1943.2.26

『青鞜』が創刊されて初めて発売禁止処分を受けたのは、一九一二年二巻四号。荒木郁子の小説「手紙」が理由であった。「冬の夕暮時、私は北間の四畳半でこの手紙を認めます」という書き出しで始まる。「この部屋には私独りきりだ。夫は眠っている。女中も高鼾だ。こんな夜はどんな事でも出来る。万一も貴方が来なされば、私の座布団の上に座らせて、久しぶりで若い貴方のひざによりかかることが出来る。そして右の手を貴方の首にからませて唇と唇とをつけて幸福な時をつくることが出来る」と、人妻が若い愛人宛に熱い胸の内をつづっている。「姦通」の内容の手紙形式の作品だった。

荒木郁子は神田三崎町に父荒木官太、母フクの三女として生まれる。父は熊本県玉名《たまな》郡八幡村の出身で、明治維新後上京し、神田三崎町に玉名《ぎょくめい》館という旅館を経営していた。文明開化のシンボル鹿鳴館に対抗する民間の文化交流の場に役立てたいという思いもあったようである。そのためか、熊本出身の宮崎民蔵、滔天《とうてん》兄弟や、それに連なる中国革命家が出入りしていた。

一六歳の時すでに目白坂にある下宿兼旅館をまかされていた郁子のもとに、日本女子大学校の卒業式に出席するために四国から上京していた保持研*母娘がこの旅館に泊まった。そのため保持研と知り合い、『青鞜』創刊号から参加することになった。小説六編、戯曲二編を載せている。一九一三年の☆『青鞜小説集　第一』には「道子」(一―三)を載せている。

一九一四年には、小説集『火の娘』を尚文社より出版し、発禁となった「手紙」を手直しして「道しるべ」として収録している。荒木郁子の作品の女主人公には郁子の生活意識が投影されている。

旅館が目白坂にあったせいか、早稲田出身の文士が頻繁に利用していた。文学青年の増田篤夫は郁子の恋人であり、そのほか、三富朽葉、今井白楊、相馬御風、徳田秋声、有島武郎らもよく泊まりにきていたといわれている。父が亡くなった後、玉名館の実質上の経営者となる。『青鞜』の社員は女子大出身が多いなか、郁子は大胆で自由な生き方で生涯結婚もせず家業を継ぎ、家族を養いながら、別れた愛人(南方でゴム園を経営していた人物といわれる。)の没後はその妻の生活の世話をするなど、異色の存在であった。

『青鞜』休刊後は田端に住んでいるらいてう*に生活の知恵をさずけたり、新婦人協会の発会式に参加したり、その活動のための金策にも心をくだいた。『青鞜』同人の遠藤*（岩野）清子の遺児の養育や、岩野泡鳴*の墓の建立などの世話をした。

旅館のほかに、一時、鳥料理店を開いたが、この頃から飲む酒の量が増え、経営難で店を手放してしまう。昭和に入って、玉名館もやめ、中野で小料理店を営んでいたが、戦争で存続が困難となった。

一九四〇年には愛国婦人会本部嘱託として勤めていたが、この頃、すでに酒なしではいられなくなっていた。

晩年は弟の東一郎の家庭に身を寄せ、家族に看取られ、一九四三年に、肺炎による心臓マヒで死亡した。（山城屋せき）

◆荒木郁子

1890- 1	30日、東京市神田三崎町に、旅館業の父荒木官太、母フクの三女として生まれる。本名郁子。姉に滋（『青鞜』にも参加）
1904	女子美術学校造花選科入学
1906	同校卒業。目白坂で下宿兼旅館を経営
1910	父官太死亡。玉名館を経営
1911	『青鞜』に喜劇「陽神の戯れ」(1－1)、小説「道子」(1－3)
1912	『青鞜』に戯曲「闇の花」(2－2)、小説「手紙」(2－4)（発禁処分）
- 7	「所謂新しい女」(『国民新聞』7月12日付)でスキャンダルに取り上げられる 小説「死の前」(2－10)
1913	小料理屋「くみ羽」を経営する 『青鞜小説集第一』に「道子」、『青鞜』に小説「愛の郷へ」(3－1)
1914	『火の娘』(尚文堂発刊、装幀尾竹一枝) 『青鞜』に小説「父」(4－1)、「美しき獄」(4－3)
1915	荒木宅で青鞜社の新年会
1916	小野賢一郎（東京日日新聞社記者）と出版業「美人大学社」を始める 伊藤野枝が玉名館に身を寄せる
1919	岩野泡鳴と親しくなる
1920	新婦人協会発会式に参加、遠藤清子死亡、遺児民雄を養育
1923	関東大震災で民雄を見失う
1935	谷中に遠藤清子、民雄の墓の建立
1937	雑司ケ谷で岩野泡鳴の墓の建立
1940	愛国婦人会本部嘱託として働く
1943- 2	26日、肺炎による心臓マヒで死去(享年53歳)

■自己にこだわり続けた女性

生田花世

Ikuta Hanayo

1888.10.15-1970.12.8

徳島県出身。県立徳島高女卒業後、地元で小学校の教員をしながら『女子文壇』☆などに長曽我部菊子のペンネームで投稿、「産土神」などにより選者横瀬夜雨に認められる。

父病没後の一九一〇（明治43）年家出同様にして上京、弟を呼び寄せて勉学の道を開いてやるために職を求めて悪戦苦闘、ようやく得た職場で雇主の「セクシュアルハラスメント」にぶつかる。このころ『青鞜』に参加、生活苦をテーマに「恋愛及生活難に対して」（四―一）などを発表したのがきっかけとなって詩人生田春月*にプロポーズされ結婚。

その後『青鞜』から離れた生田長江*らが発刊した『反響』☆に春月とともに参加、一九一四年九月号に「食べることと貞操と」を発表。これは雇主に「貞操」をうばわれても他に職がなく、食べるためには職場を離れることができなかった自分の「セクハラ体験」を「女に財産を所有させぬ法律がある限り及び女に職業のない限りは女は永久に『食べることと貞操』との戦いに恐らく日に何百人と云う女は貞操よりも食べる事の要求を先きとする」と告発するものであったが、これを「食べるためには性を犠牲にしてもやむを得ない」とうけとった安田皐月*が『青鞜』誌上で反論、「貞操論争」☆となった。だが、一方で自己の性的欲求にまで踏み込んだ花世の主張は十分理解されなかったらしく、花世への批判的な声が『青鞜』誌上に紹介されている（「編集室より」五―一二）。

にもかかわらず、一九一五（大正14）年『青鞜』の編集がらいてう*から伊藤野枝*の手に移ってからまもなく、『反響』の出版元である日月社が発売をひきうけることになり、野枝が出産のため帰郷したときは花世が「私は青鞜の手伝がしたかった」と実務に協力している（「編集だより」五―八）。

花世は、一九二八（昭和3）年長谷川時雨*による『女人芸術』☆発刊のときも、さらに戦時体制下の一九三三（昭和8）年『輝ク』発刊のときも実務面で協力、慰問袋づくりや「皇軍慰問視察などにも参加した。野上弥生子*は日記（一九二九・七・二六）の中で、いわゆる文壇人が「別に信頼も尊敬もしていない生田さんを勝手に使い廻し」ている、と批判している。

しかし、花世はたんに「頼まれればいやといえない」タイプの女性だったのではなく、自らのいたみをさらけ出しながら自己にこだわりつづけるという点で独自な個性の持ち主であったと思われる。『青鞜』に書いた文章でもしつこいほど生活難にこだわっているし、熱烈なプロポーズを受けて結婚したはずの春月が、他の女性に心を移すたびに死ぬほどの苦しみを味わい、一度は三原山まで出かけるが自殺できずに帰宅したという。夫の浮気を黙って耐えることが女の美徳とされた時代に、花世はあえて自己のセクシュアリティにこだわりつつ「獅子は抗し難し」（一九二八）などの思索的な文章を書きつづけたのであった。文学辞典などのなかには、花世は生田春月の「妻」と書かれ独立した項目として記述されていない例もあるが、もっと花世個人としても紹介されるべきではないかと思われる。

一九三〇（昭和5）年春月自殺後は独りで生き、戦後は源氏物語の講座が好評で、多数の会員に慕われて一九七〇（昭和45）年八二歳で死去。

（米田佐代子）

◆生田（西崎）花世

1888-10	15日、徳島県板野郡松島村に西崎安太郎の長女として生まれる。本名花世。西崎家は砂糖、藍玉などを製造、村長も務めた旧家であったが明治維新後没落
1903- 4	県立徳島高女2年に入学。文芸を志し『明星』『文章世界』などに投稿
1906	卒業後半田小学校教員。詩人横瀬夜雨に師事、長曽我部菊子の名で『女子文壇』に投稿
1909	父病死
1910	「家出」のかたちで上京、小学校教師になるがまもなく退職。職を求め「生活難」を体験
1912	出版社の事務員となり「貞操問題」に直面。『青鞜』に参加
1913	長曽我部菊子、西崎花世の名で『青鞜』に執筆をはじめる
1914- 1	『青鞜』に書いた「恋愛及生活難に対して」（4－1）を読んで感激した生田春月と、出会って2週間後に結婚
- 9	春月とともに生田長江らの『反響』に参加し「食べることと貞操と」を発表、「貞操論争」に発展
1916- 2	『青鞜』無期休刊
- 7	『ビアトリス』創刊、発起人となる
1928	春月の恋愛に悩みつつ「獅子は抗し難し」などを書く
	長谷川時雨の『女人芸術』発刊に協力
1930	春月、自殺。もともと結婚届を出していなかったので、生田家からの要請で「西崎花世」をなのるが、まもなく「生田花世」にもどる
1932	『女人芸術』終刊
1933	『輝ク』発刊にあたり、協力
1938	『輝ク部隊』評議員。上海、南京への「皇軍慰問視察」に参加
1940	傷病兵慰問、海軍記念日行事（講演）等に参加「銃後純情」「生かす隣組」（文部省推薦）などを書く。「日本文学報国会」会員になる
1945	空襲で自宅焼失
	戦後「松花塾」をはじめ、やがて源氏物語の講座を開く（生田源氏）
1967	80歳の誕生祝いに300余名参加
1970-12	8日、死去（享年82歳）

■石井柏亭・鶴三画伯の妹

石井光子

Ishii Mitsuko

1892.3.18-1967.9.1

光子の生家の石井家は祖父の代からの画家の血筋であり、長兄柏亭、三兄鶴三は近代美術史に顕著な足跡を刻んでいる。また妹の幸はじめ近親に画才に恵まれた人が多くいるが、光子の絵は残されていない。父鼎湖が八人の子どもを残して他界したとき光子はまだ五歳だった。一五歳の柏亭が印刷工生となって家計を支えながら絵の修業をし夜学にも通うという生活の中で光子は絵に専念することができなかったのであろうか。文学への興味のほうがより強かったとも考えられる。とにかく絵に関して光子は描かれる側にいた人のようである。

「妹」と題し柏亭が六歳と一〇歳の光子を素描と水彩で描いている。お烟草盆に髪を結い着物姿の無垢で可憐な表情には兄である画家の親愛感が満ちている。また東京国立近代美術館所蔵の油彩「草上の小憩」は兄妹四人が枯芝に座る構図である。お下げ髪の少女だけが横臥して清楚な顔をこちらに向けている。これが一二歳の光子で、第三回太平洋画会に出展し、柏亭の代表作となった。「姉妹」も油彩で、女学生の光子が妹と手をつなぐ全身像である。庇髪で袂をなびかせて袴に編み上げ靴の光子は清雅で気品がある。第一回文展（1907）の入賞作となったが戦災で焼失してしまい図録で見るほかはない。

柏亭と同年の山本鼎は東京美術学校（現東京芸大）をトップで卒業した。石井家に寄留し鶴三とも仲がよく、読書好きで快活な女学生だった光子とも親愛し合っていたので卒業を待って求婚した。だが母ふじは天才肌で野放図な鼎を嫌い結婚に強く反対した。光子は「みんなに祝福されないのなら結婚しない」と諦めてしまう。失恋した鼎は身を捨てるように渡仏し、パリの女を描いてもみんな光子の顔になってしまうと嘆き、傷心は長く癒えなかった。

『青鞜』創刊後間もない一九一一年一二月九日、社員の集会が万年山勝林寺であり、光子は府立第二高等女学校時代の親友の田沢操と参加し、この時操と一緒に入社したと考えられ、『青鞜』一巻二号に二人の入社が報告されている。「青鞜研究会」にも常連となり、阿部次郎や生田長江の文学論を聴講しているが『青鞜』への執筆は見られない。らいてうが『元始』に、文芸研究会の講師に石井柏亭さんをお願いしたのは

「令妹の光子さんが『青鞜』社員であった関係から」とあるが、この会はやがて立ち消えになってしまった。

大正四（1915）年結婚し、帰国後農民美術運動や自由画教育に生涯をかけ貧窮のうちに死んだ鼎とは対照的な資産家の夫和田順平と平穏に生活した。高田真琴とも親交を続けていたため、一九五一年六月上野博物館の六窓庵で催された青鞜同人会に一緒に出席し記念写真にらいてうや神近市子などとともに上品な白髪ですらりとした若いころの姿のままに写っている。晩年は鶴三の家を継いだ孫娘蹊子のもとで長女ルリヤとともに暮らし、七六歳で病没した。

（村岡嘉子）

◆石井光子

1892- 3	18日、東京市下谷区仲御徒町に生まれる。父重賢、母ふじの三女で本名はみつ。男4人女4人の中の第7子である。父は鼎湖と号し日本画家だが制作以外に大蔵省印刷局紙幣寮に勤務し石版や銅版の仕事にも携わっていた。光子の10歳年上の長兄満吉はのち画家として名をなす石井柏亭であり三兄の石井鶴三も画家となり東京芸術大学名誉教授、日本芸術院会員となっている。光子は幼少時からこの2人の兄のモデルとなって描かれている
1897-11	父が50歳で死去（光子5歳）
1906- 3	下谷尋常小学校卒業
1910- 3	府立第二高等女学校（現竹早高校）卒業。兄たちの画家仲間の山本鼎に求婚されるが母の強い反対にあい諦める。鼎は破談に錯乱したが絵画修行で心を癒すため渡仏し貧窮の4年を経て帰国。北原白秋の妹家子と結婚。鶴三との友情は終生篤かったが柏亭は母に同調したとして絶交した（鼎の誤解で「本当に好きなら駆け落ちすればいい」と言ったのだという近親の証言がある）
1911-12	9日、万年山勝林寺（駒込蓬萊町）に社員が集まり、20歳の光子も女学校同級生だった田沢操とともに出席し集合写真に参加している。この時に入社したと考えられる
1912	『青鞜』2巻2号に入社が記載されている 4月より開講の「青鞜研究会」でダンテの『神曲』やモーパッサンの短編を受講する
1915- 5	和田順平と結婚し板橋区中丸町に住む。夫は高田馬場一帯の土地を持つ資産家で鶴三の著作権や財産問題などの相談役を務める
1934- 1	母ふじ死去
1945	夫順平死去 子供は4人で男3人女1人。孫娘蹊子を鶴三の養女とする
1951- 6	青鞜同人会が上野博物館内の六窓庵で催され親交していた坂本真琴と出席し、らいてう、神近市子らとの集合写真がある
1967- 9	1日、病没（享年76歳）

■らいてうから『青鞜』を引き継ぐ

伊藤野枝

Itou Noe

1895.1.21-1923.9.16

伊藤野枝と『青鞜』とのかかわりは、上野高等女学校五年のときに『青鞜』創刊号を読んだことに始まる。野枝は上野高女を卒業する前年に、親や叔父夫婦が決めた男性と郷里で仮祝言をあげたのだが、卒業し帰省した後、九日目には婚家を飛び出してしまう。家出した野枝を引き受けた辻潤*は、そのために上野高女の英語教師の職を失う。上京するにあたっては、*らいてうに自分の身の上を訴える手紙を書き、旅費を都合してもらうという経緯もあった。

『青鞜』に社員として野枝の名前が載るのは一九一二（大正元）年一〇月のことである。『青鞜』に初めて発表した作品である詩「東の渚」（二―一一）には*尾竹紅吉がカットを描いている。その後野枝は、編集委員として毎日のように青鞜社の事務所やらいてうの自宅に出入りして、編集作業を実地で身につけていく。

『青鞜』三巻一号付録の「新らしい女、其他婦人問題に就て」という特集号では、野枝は「新らしき女の道」と題し、「新らしい女には新らしい女の道がある。新らしい女は多くの人々の行止まった処より更に進んで新らしい道を先導者として行く」と訴えた。さらに「女の自覚を促すと同時により以上の力を以て男の自覚をせまりたい」（「此の頃の感想」三―二）、「俗衆の愚論を相手にする馬鹿々々しさ」（「染井より」三―七）というように、次々と持論を発表し、頭角をあらわしていった。

三巻八号に書いた「動揺」は、辻の子どもを身ごもっている野枝が、木村荘太という青年に心を乱されるという七日間にわたる「恋愛事件」のいきさつを詳細に告白した内容である。この「事件」は当時の新聞などで騒がれ、『青鞜』誌上でも、らいてうや小倉清三郎*が「事件」に触れた文章を発表している。

売春問題をとりあげた「ウォーレン夫人とその娘」（四―一）では、「世間普通の何の考えもない妻君達はそれ等の賤劣な職業をもつ女とは五十歩百歩である」と、野枝独特の見解を示している。また、一九一三年に来日したアメリカのアナーキスト、エマ・*ゴールドマンの思想と生き方は野枝に大きな影響を与えた。野枝はゴールドマンの『婦人解放の悲劇』の一部を『青鞜』で紹介している。

野枝がらいてうから『青鞜』を引き継いで、『青鞜』の編集兼発行人となったのは、一九一五年、二〇歳のときであった。「助手の資格しかない田舎者の私がどんなことをやり出すか見てゐて頂きたい」（「青鞜を引き継ぐに就て」五－一）と気負う野枝は、☆これまでの社員組織をやめてすべての婦人たちに開放する、「青鞜は今後無規則、無方針、無主張無主義です」と宣言した。野枝が編集発行人になってからの『青鞜』では、☆「貞操」☆「堕胎」☆「廃娼」といった問題が取り上げられるようになる。廃娼運動を批判する論を書いた野枝に対して*青山菊栄が反論を書き、論争になるが、野枝が敗北を認めたかたちで、論争は終わっている。

「呼吸のつづく限り*青鞜を手放そうとは思ひません」とまで宣言した野枝だが、結局大杉栄のもとに走り、『青鞜』は六巻二号で無期休刊となった。

（飯村しのぶ）

◆伊藤野枝

1895- 1	21日、福岡県糸島郡今宿村大字谷1147に生まれる。伊藤亀吉、ムメの長女。戸籍名ノヱ
1901- 4	今宿尋常小学校入学
1909	周船寺高等小学校卒業。今宿郵便局に9か月勤務。その後女学校編入準備のために伯父・代準介を頼って上京
1910- 4	上野高等女学校4年に編入学
1911- 4	辻潤が上野高女の英語教師になる
- 8	郷里で周船寺村の末松福太郎と仮祝言
1912- 3	上野高女卒業。帰省後9日目に家出
- 4	辻は女学校を辞職。上京した野枝は辻と同棲。らいてうに手紙を書き、訪ねる
-11	『青鞜』2巻11号に「東の渚」を発表
1913- 1	3巻1号付録に「新しき女の道」を発表
- 2	末松福太郎との協議離婚成立。青鞜社講演会で講演。題目は「最近の感想」
- 8	『青鞜』3巻8号に「動揺」を発表
- 9	長男一（まこと）を出産
1914- 3	『婦人解放の悲劇』を刊行
- 8	『ウォーレン夫人の職業』（翻訳）を刊行
1915- 1	らいてうから『青鞜』を引き継ぎ、編集兼発行人となる
- 2	「貞操についての雑感」（『青鞜』5－2）
- 7	辻との婚姻届を出す
-11	今宿で二男流二を出産
-12	「傲慢狭量にして不徹底なる日本婦人の公共事業について」（『青鞜』5－12）
1916- 1	「雑音」の連載開始（『大阪毎日』）
- 2	『青鞜』6巻2号をもって終わる。大杉栄と恋愛関係に
-11	日蔭茶屋事件
1917- 9	辻潤と協議離婚成立。長女魔子出産
1918- 1	大杉と『文明批評』創刊
1919-12	二女エマ出産。養女とし幸子と改名
1920- 2	大杉と共著『乞食の名誉』刊行
-11	大杉と共著『クロポトキン研究』刊行
1921- 3	三女エマ出産
- 4	赤瀾会に顧問格として参加
1922- 6	四女ルイズ出産。『二人の革命家』刊行
1923- 8	長男ネストル出産
- 9	16日、大杉・橘宗一とともに虐殺される（享年28歳）

■『新しき女の裏面』にも名はあるが…

井上民

Inoue Tami　1883.3.23-1945.2.14

井上民は大阪市南区問屋町三五番屋敷に染手拭商井上清兵衛の長女として一八八三（明治16）年三月二三日誕生した。大阪市立高等女学校卒業後、一九〇一（明治34）年創立したばかりの日本女子大学校へ入学し、一九〇四（明治37）年国文学部一回生として卒業した。『青鞜』創刊時の社員で、同誌一巻二号に劇詩「一諾」を発表した大村かよ子*は同学部同期生である。

井上民は『青鞜』一巻二号に社員として名が載るが作品は発表していない。

民は卒業後、一旦帰郷したが、一九〇七（明治40）年には上京して市内で転居している。一九一一（明治44）年と翌年とも住所は、東京府下渋谷女子音学院内であり、一九一二（大正元）年は校内楓寮である。一九一三（大正2）年以降は「問合中」となっている。一九一六（大正5）年から一九三八（昭和13）年まで大阪府南区天王寺松ケ鼻町で変わらず一九四〇（昭和15）年以降は不明と記されている。

一九四五（昭和20）年二月一四日に死去（享年六一歳）。以上が『花紅葉』や『桜楓会会員名簿』などの資料（五五頁）による民の動向である。住所の記載は事実よりおくれるが『青鞜』創刊の頃に東京に在住していたことはたしかである。『青鞜』発起人達が趣意書や規約草案を刷っていた楓寮に当時住んでいて社員になったか、あるいは社員となってから楓寮に転居したのかは不明である。

『二六夕刊』（一九一三・一・二五）の「現代女流色分け」に『青鞜』の同人として実名をあげられた十数名のなかに井上民子の名があり、まとめて非難されている。そのためもあろうか「新しい女」を誹謗した『新しき女の裏面』☆（一九一三年）という本に、創刊当時の会員の中には名前もなく、『青鞜』には作品も出していない井上民子の名が「……一言に評価すれば自堕落娘とか我儘令嬢とみなすが適当なるべく、何等具体的の新しき女としての思想も実行も無き頭脳のガラン洞なる生意気至極の度し難き手合也」と中傷された一群の中に含まれている。この本は極めて汚い言葉で実名をあげて『青鞜』に加わった女性たちを非難しており、神近市子*はこの本に名前が出たことが原因となり、職を失ったことを一九六三（昭和38）年『国文学解釈と鑑賞』九月号の座談会「『青鞜』の思い出」のなかで話している。

（鳥井衡子）

青鞜社の二大スキャンダル

青鞜社にとって、吉原見学は降ってわいた話であった。持ち込んで来たのは尾竹紅吉、お膳立てをしたのは、彼女の叔父の日本画家尾竹竹坡であった。後年、紅吉こと富本一枝は、彼から、女の問題を研究するなら不幸な女の生活を実際見てみるように誘われたと語っているが、当時日本画壇に異彩を放っていた、越堂（紅吉の父）、竹坡、国観の尾竹三兄弟は、総じて遊廓への親炙が強く、画題にもしばしば紅燈の巷を取り上げていたから、あるいは早熟な画才を見せる姪への教育の一環といった意味もあったかと思われる。

吉原登楼（『東京パック』1912.8.1）

急なことで、当日都合のついたのが中野初、らいてう、紅吉の三人。彼女らが竹坡馴染みの「大文字楼」に登楼し、花魁「栄山」の話を聞いて一泊したその一夜は、さして問題意識のなかった紅吉が、親しい新聞記者に口をすべらしたことで、歪曲されて世間に流布されることとなった。

紅吉は、先にも、『青鞜』の広告を取るために訪れた「メイゾン鴻の巣」で振るまわれた、五色に注ぎ分けられたカクテルの美しさを気負った筆で記事にしたことがあったが、そのことと合わせ「吉原登楼」、「五色の酒」は、様々なメディアで面白おかしく仕立て上げられ、青鞜社の二大スキャンダルに膨れ上がっていった。

らいてうの部屋に石つぶてが投げられ、青鞜社内部にも批判、動揺が満ちる中、紅吉は責任を問われる形で、秋には退社に追い込まれるのだが、これら一連の「新しい女」攻撃が、『青鞜』を、文芸雑誌から、婦人問題雑誌へと、方向転換させていく直接のきっかけともなった。

なお、当時の婦人雑誌には、『青鞜』に刺激を受けたものか、女性記者が、遊廓に取材したり、五色の酒を体験したりといった後追い企画が目につき興味深い。

（池川玲子）

■女性の自由と独立を

岩野清子

Iwano Kiyoko

1882.3.11-1920.12.18

一九一三（大正2）年二月の青鞜社講演会（一七一頁）で、清子は「思想上の独立と経済上の独立」と題して講演した。そのなかで「婦人にも思想の自由と、独立を享有する権利があると悟って、各自自分の人生を作って生きていこうと存じております」（三―三）と主張した。

清子は祖母の姓を継いで遠藤家の戸主となっていたが、兄は早くに家を出て父との二人暮らしだった。士族だった父の仕事が思わしくないため、清子は教員、記者などをして生計を立ててきた。そんな環境から女性の独立、特に経済的な独立に関心が深かったと思われる。明治三〇年代、女性を政治から排除する☆治安警察法第五条の改正運動に、平民社の女性たちとともに積極的に取り組んでおり、その仲間今井歌子・川村春子らの雑誌『二十世紀の婦人』の編集・発行人にもなっている。*岩野泡鳴との同棲（のち結婚）は、今井歌子の紹介によるものだった。

清子の青鞜社への加入は*生田長江の推薦によるもので、入社勧誘状に対して「賛成だから入社する」と簡潔な返事を大阪から書き送った。泡鳴に勧められて小説を書き始めた清子は「お高」「枯草」「暗闘」など次々と『青鞜』に書いた。青鞜社第一回講演会には、泡鳴も演壇に立って「男のする要求」と題して演説をしている。『青鞜』の新しい女特集号には「人類としての男性と女性は平等である」（三―二）を載せているように、清子はかなり明確な「婦人問題」意識を持って『青鞜』に参加していた。

長男民雄が生まれた後、泡鳴は青鞜社員の*蒲原房枝と愛人関係になり家を出て同棲する。清子は夫に対して同居請求の訴訟を起こし、泡鳴は逆に清子に対して離婚承諾請求訴訟を起こす。いずれも清子の勝訴となるが、この裁判は社会的な反響を呼び、『婦女新聞』の福島四郎は社説で「愚かなる裁判」と書き、*平塚らいてうも形式上の夫婦に何の意味があるのかと批判した。しかし清子にとっては、男性によって一方的に踏み躙られる妻・女の立場を、法を盾に主張し守ることに意味が存在した。「私は断じて妥協しません。また屈従をしません。自分の力について、自分と云ふ意識のはつきりしなかつた時代には、女はかういふ場合、かうした男の不道徳に対して泣き寝入りをしたことでありませう。（中略）兎に角、私は、自分が弱いであらうか、強いであらうか、自分一人の力で、戦つて見やうと思ひます」と清子は「別居に就いて思ふ事ども」（五―八）で書いている。この訴訟の最中に、清子は夫との関係を書いた『愛の争闘』（一九一五）を出版する。しかし泡鳴との協議離婚が成立し、清子は遠藤姓に戻った。

その後、清子は年下の洋画家遠藤達之助と恋愛し、愛子を生んだ。生活のため花屋を開いたりもしたがうまくいかなかったようで、『婦人公論』に「貧乏の一年」（一九一八・五）という文を書いている。

らいてうが起こした☆新婦人協会にも参加し、その第一回講演会では「治安警察法第五条解禁請願の回顧」と題して演説をし、新しい社会的な活動にも意欲を示していた。しかし一九二〇年暮、京都の達之助の実家を訪ねて、その旅先で発病し、手術の甲斐もなく愛する夫と幼い子ども二人を残して三八歳で急逝した。

（折井美耶子）

◆岩野（遠藤）清子

1882- 3	11日、東京芝で生まれる。木村信義の長女。母とは2歳で死別する。兄騰蔵。本名清
1895	祖母わさの生家遠藤家の跡を継ぎ戸主となる。東京府立第一高等女学校中退
1897- 7	東京府教員伝習所卒業、准教員免許取得
1898	北多摩郡谷保尋常小学校、私立神田区尚褧小学校、南葛飾郡花畑小学校に勤める
1904	東京に戻り赤坂桧町に住み、鉄道局に勤める
1905	電報通信社に入社、同僚の中尾五郎と恋愛。人民新聞社に移る
1906	治安警察法第5条改正運動に参加（09年まで）
-11	雑誌『二十世紀の婦人』の発行人となる
1909- 7	28日、中尾との恋愛に絶望、国府津の海で自殺未遂
-12	9日、西大久保の家で岩野泡鳴と同棲を始める
1911- 4	泡鳴が大阪新報記者となり、大阪池田に転居
- 9	青鞜社に入社。小説「お高」（1－2）
1912	小説「枯草」（2－2）、「暗闘」（2－4）、「日記の断片」（2－5）
- 9	東京に戻り、下目黒に住む
1913- 2	15日、青鞜社第一回公開講演会で「思想上の独立と経済上の独立」を講演（3－1） 19日、泡鳴と婚姻届、4月巣鴨に転居 「人類として男性と女性は平等である」（3－1）、「目黒から」（3－2）ほか
1914- 2	11日、民雄を出産 「思っている事」（4－5）、「個人主義と家庭」（4－9）ほか
1915	蒲原房枝と同棲した泡鳴に対し同居請求訴訟
-11	『愛の争闘』を出版
1917- 2	8日、泡鳴と離婚、清子は遠藤家の戸主に戻る。洋画家遠藤達之助と同棲。生活のため花屋を開くが失敗
1918	「貧乏の一年」（『婦人公論』5月号）
1920	新婦人協会に参加
- 5	8日、泡鳴死去、清子「別れたる夫泡鳴氏の死の驚愕を前におきて」（『新小説』6月号）
- 6	愛子を出産
-12	18日、達之助の故郷京都で持病の胆石となり、京都府立病院で手術したが死去（享年38歳）
1935-12	らいてうと荒木郁子が中心となり旧青鞜社員の募金により谷中に清子の碑が建つ

■横須賀文学サロンの女主人

岩淵百合

Iwabuchi Yuri

1885.1.5-1959.10.29

「百合の花が好きでしてね。庭にも百合がたくさんありましたよ。だからペンネームにしたんではないかしら」と百合の娘、門田《もんた》敏さんは語る。本名のタケは、歌人には似つかわしくない堅い名である。

百合は小田原で生まれたが、父の勤務の関係で小学校はいくつか転校した。女学校がどこか不明だが、そのころから百合は短歌を創りはじめ、与謝野鉄幹・晶子*の新詩社にも入っていた。結婚は逗子開成中学の校長の媒酌によるという。夫となった岩淵陸奥丸は宮城県石巻の出身、横須賀で産婦人科医院を開業しており、百合より一四歳年上であった。

一九〇四年には長男龍太郎が生まれたが、岩淵家の広い屋敷はまるで横須賀の文学サロンのような賑いで、海軍機関学校の英語教官だった芥川龍之介や、吉井勇、久米正雄らが出入りし、華やかな雰囲気に包まれていた。「父は文化人の後援者のようなつもりだったんでしょうね。母はとても自由に振る舞っていました」と敏さん。百合は一九一〇年ころから、地元横須賀の日刊紙『相模中央新聞』や『公正新聞』の歌壇の選者になった。さらに一九一二年には、白星社をおこして歌誌『白星』を刊行する。

百合が『青鞜』に参加するのは、与謝野晶子の『明星』☆の関係と思われる。『青鞜』には茅野雅子*など明星系の歌人も参加しており、百合もそのつながりであったろう。『青鞜』への初出は、二巻九号の「おもふこと——青鞜社同人詠草」に矢沢孝子*、北原末とならんでの五首である。『青鞜』には合わせて一一回、一〇七首の歌が掲載されており、歌数では七位で多いほうである。「おもふこと」の歌は

・目を伏せて思へば悲し幻影は牛酪色の渦巻をかく

・絵絹透きて蠟の灯あはく漂へる夜のなやみに愁まつはる

などで、他の歌も「悲し」「愁ひ」「なやみ」が多用されて明星調である。「母は情熱的な恋歌を書いていますけれど、あれは絵空事だと思いますよ」と敏さん。百合は北原白秋にも師事して、白秋の主宰する『朱欒《ザムボア》』『曼陀羅』にも歌を発表しており、一九三五年創刊の『多磨』☆にも参加している。

らいてう*らが起こした新婦人協会にも会員となり、一九二〇年三月上野で行われた発会式に出席して、地方代表として

祝辞を述べている。のちにできる横浜支部の一員でもあった。機関誌『女性同盟』の三巻一〇号には百合の歌が七首掲載されている。

「母は婦人運動ってタイプではないんですよ。婦人参政権よりみんなと付き合うのが楽しかったんではないでしょうか。平塚さんもよく家族で家に見えましたよ。博史*（奥村博）さんの絵、今でも一枚だけ残っているはずです」と敏さん。歌舞伎、義太夫、新内など芸事が大好きだったともいう。

戦時中夫と死別し、一人息子もサイパンで戦死した。敏さんは百合の好みで幼いときから日本舞踊を習い、踊りのお師匠さんとして生きていたが、のち結婚した。「母は私を自由に育ててくれた、とてもありがたいと思います。また母は愚痴をこぼさなかった、それはエラかったですね」。孫に「おばあクン」などと呼ばせて、最後まで自由闊達に自分を貫いて生きた百合は、やはり「新しい女」の一人である。

（折井美耶子）

◆岩淵百合

1885- 1	5日、神奈川県小田原で生まれる。父井沢巻次郎、母ツネの長女。本名タケ、百合は筆名。父は元小田原藩士で静岡県庁などに勤務、母は伊豆の温泉旅館の娘だが早くに亡くなっている 女学校時代から新詩社に入り、詩や短歌を創り始める 横須賀市若松町78番地で産婦人科医院を開業していた岩淵陸奥丸と結婚
1904	長男龍太郎を出産
1910	このころから横須賀の日刊紙『相模中央新聞』や『公正新聞』の歌壇選者となる
1912-10	12日、長女敏を出産 このころ『青鞜』に参加 「おもふこと－青鞜社同人詠草」(2－9) 5首 「京人形」(3－1) 12首 「ひとり歌える」(3－9) 7首 「旅の歌」(3－10) 23首 「霊に」(4－1) 12首 「不平」(4－9) 8首　など11回107首を発表
1912	歌誌『白星』をアララギ派歌人伊藤青暮らと発刊
1916ころ	北原白秋の主宰した『朱欒』『曼陀羅』に参加
1920- 3	28日、新婦人協会の発会式に出席し祝辞を述べる
1922	『女性同盟』(3－10) に「秋」短歌7首を発表
1935	白秋の『多磨』に参加
1942-12	18日、夫陸奥丸死去 愛知県蒲郡に疎開
1944- 7	18日、龍太郎サイパンで戦死
1959-10	29日、死去（享年74歳）。鎌倉の円覚寺松嶺院に眠る

■子育てしながら大垣から参加

上田君

Ueda Kimi

1886.5.31-1971.6.28

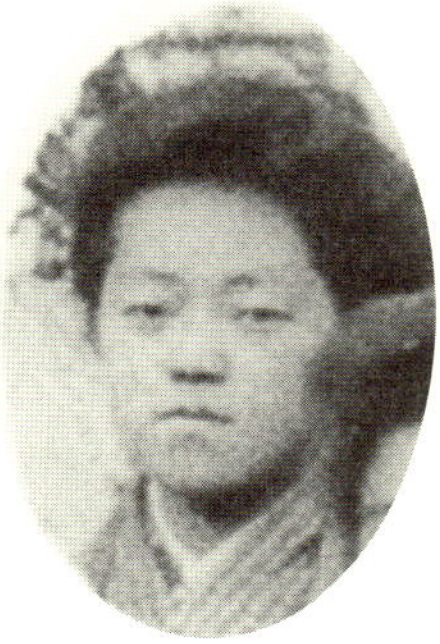

上田君は『青鞜』創刊時からの社員で、一巻三号から二巻七号まで四編寄稿している。日本女子大学校では学部は違うが、らいてう*の一年後輩で『青鞜』発起人の保持研*、中野初*、木内錠*とは同学部の同期生、茅野雅子*とは予科、学部を通じての同期生、長沼智恵子*とは同寮で予科の同級生である。

君は一八八六（明治19）年五月三一日、岐阜県に上田清蔵、きむの長女として誕生した。この場所は上野葉子*の生家の近くで、君の家は後に大垣市丸の内に引越したが、二人は小学校、女学校とも一緒で親しかった。女は学問などせず花嫁修業をして早く養子を迎えればよいと進学に反対する母を父が説得してくれて、文学の勉強を志していた君は「卒業したら必ず帰ってくる」という約束をして上京、日本女子大学校予科に入学した。四年後国文学部四回生として卒業し、父との約束通り郷里大垣へ帰った君は、大阪毎日新聞が募集した懸賞小説に「黒牡丹」を書いて応募したところ一等に当選した。「黒牡丹」は一九〇八年四月二二日から六月三〇日まで大阪毎日新聞に七〇回にわたり連載され、同年七月には京都歌舞伎座で井上正夫により上演され、翌年には単行本として出版された。

一九〇九（明治42）年京都帝国大学医学部学生日比三弥と結婚。翌年八月長男敏郎を出産。その後二男二女を出産する。

『青鞜』一巻三号「初秋」は乳飲み児を持つ若妻とその妹と先生をしている独身の友人とのやりとりを描いたもの。二巻一号「人形の家を読む」はあらすじを丁寧に述べノラに同感している。二巻四号「旅」は自身の体験であろうか新妻が初めて夫の生家を訪ねる旅を描いている。二巻七号「モルヒネと味噌」は喜劇としては深刻な開業医の家での出来事が描かれている。これらは家庭にあって子育てをしながら執筆したものであろう。『青鞜』以外にも桜楓会機関紙『花紅葉』『家庭週報』『家庭』（五五頁）などにも寄稿している。

『葉子全集』の「思ひ出」には上野葉子との幼い頃からの様々の交友を述べ「実に貴女の天稟の怜悧は貴女自らのゆく可き道を選び自ら切り開き（中略）いう〴〵と正しき道を歩いて来られた四十年の生涯であった（中略）私の弱々しさをどんなに悲しく貴女は眺めて下さつた事であらう（後略）」と記

し、最後に「ふるさとは君思ひ出のかず〳〵がころがりて出づ野にも山にも」など短歌三首を載せている。

夫の仕事の都合で転居が多かったが、山口県宇部に住んでいた一九三〇年頃から句作を楽しみ、夫急逝の二年後大垣へ帰郷、一九四五（昭和20）年七月米軍の空襲で罹災し疎開した。この空襲で智恵子からの絵と文の便り、写真など思い出の品々全て焼失。一九四九年再度大垣へ帰ってから玉藻婦人句会を開き同好の人々と句作に励む。旅行も好きで日本全国を旅し紀行文を書く。そうした作品を三男二女の子供達とその配偶者、孫たちも協力し、三百頁余の句文集『旅路』として刊行、八〇歳の記念にと君に贈った。多くの俳句と文章の中に「春炉随筆」という文があり智恵子との学生生活や『青鞜』の人々の思い出も記述。あとがきは「会者定離長寿の春を楽しまん」という句で結ばれ君の思いが偲ばれる。最後の病床で、自作の中で一番好きな句はと長男に問われ「あけくれの花にいゆきし幾山河」と答えたという。

（鳥井衡子）

◆上田君
〔喜美／喜美女〕

1886-	5	31日、岐阜県安八郡切石村に旧大垣藩士上田清蔵、きむの長女として生まれる。戸籍名きみ
1900-	3	大垣興文尋常高等小学校高等科4年を卒業、同年創設された大垣高等女学校2年に編入学
1903		日本女子大学校普通予科に入学
1904		日本女子大学校国文学部に入学
1907		日本女子大学校国文学部卒業（4回生） 「黒牡丹」が『大阪毎日新聞』募集の懸賞小説一等に当選
1908		「黒牡丹」は4月22日から70回同紙に連載 『花紅葉』に桜楓会員の「黒牡丹」批評と君の手記が載る。「黒牡丹」京都歌舞伎座で上演。『家庭週報』に「晩帰」
1909		京都帝大医学部学生日比三弥と結婚（養子）
1910-	8	26日、長男敏郎出産 『家庭』に「空費」（小説）
1911		『家庭』に「赤い帯」（小説）
-	9	『青鞜』創刊。社員として参加 『青鞜』1巻3号に「初秋」（小説）
1912		同誌2巻1号に「人形の家を読む」 同誌2巻4号に「旅」（小説） 同誌2巻7号に「モルヒネと味噌」（喜劇） 『家庭週報』に「幼かりし日の友」
1914		『花紅葉』に「文科四回生通信」
1915		彦根へ転居（夫、彦根病院長）
1917		『家庭週報』に「心の扉を開いて」
1921		京都へ転居（夫、博士号取得の研究）
1924		大阪へ転居（夫、医院開業）
1927		山口県宇部へ転居（夫、沖ノ山同仁病院長）
1928		『葉子全集』に「思ひ出」（追悼文）
1930		長女三保子の許婚者の誘いがきっかけとなり俳句を楽しむようになる
1933		宇部若菜婦人句会を作る
1939-	3	夫三弥死去、京都に仮寓
1941		大垣へ帰郷
1945-	7	米機の空襲で罹災、養老郡多良村に疎開
1949		大垣へ復帰後　玉藻婦人句会を主宰 句作と旅行を楽しむ
1966		句文集『旅路』80歳の記念にと贈られる
1971-	6	28日、死去（享年85歳）

■生きることは「追求と憧憬」

上野葉子

Ueno Youko

1886.4.5-1928.7.17

上野葉子について、「創刊号を見て打てばひびくように、すぐに入社された人です」（『元始』）とらいてう*の自伝に記されているように、葉子の名前が『青鞜』誌上に登場するのは一巻三号の社員名簿からである。その時、彼女は東京を遠く離れた福井高等女学校の教諭兼舎監の職にあり、海軍中尉の上野七夫とすでに結婚していた。

葉子の『青鞜』入社以前の論文「婦人問題と文部省の態度」（一九一〇年頃執筆、発表誌不明）における「我国の賢母良妻主義は欧米のそれに比して無自覚である。（中略）ただ単に男にとって目先の方便たらしむべく考案されている。御都合主義の方便教育には感謝することが出来ぬ」との文部省の女子教育方針批判は明快である。この葉子のテレパシーが「元始、女性は実に太陽であった」「山の動く日来る」などに強く反応してすぐに入社したのであろうことは想像に難くない。

『青鞜』には一巻四号の「痛みと芸術と」にはじまり五巻一号の「女房始め」まで計一〇回投稿している。内容は最後の投稿となった「女房始め」が小説の他は評論およびエッセーなどである。葉子の『青鞜』誌上の文章は長文でしかも難解なものが多い。それは「痛みと芸術と」で「吁人生、一度此生命なるものの覚醒し始めた時に、吾々はぢつと落ち付いてゐることは出来ぬ。追求！　憧憬！」と叫びが聞こえてくるように記している葉子の、あらゆる事に対する探求心旺盛な生きる姿勢に基づくものと思う。

二作目の「人形の家より女性問題へ」（二―二）では、「長い間の因習を打破し、覆いかかる黒雲を排除するには、女性自らせねば誰も知った事でない。それには夫をも捨て、子供をも捨て、家庭をも見くびらなくてはならぬ程の悪闘をせねばならぬ」と女性の生き方の思索は五三ページにも及び内容ともに他を抜きん出た労作である。また、「進化上より見たる男女」（二―一〇）では男女平等社会、「超脱俗観」（三―一）では貞操について、「『性』について」（四―八）では離婚した四〇代女性の結婚と性について論じている。いずれも力作である評論には、多数の『青鞜』研究者が関心を寄せている。

硬派の論客であった葉子だが会ってみると「おつとりと落付いた思つたよりは大変やさしい小母さんとでも呼びたいや

うな方」（「編集室より」二－一〇）だったという。

葉子は一八八六年、岐阜県大垣番組町に生まれ、*上田君とは幼なじみで大垣高等女学校まで一緒に通学した。女学校卒業後地元の尋常小学校の代用教員となったが、一年後、母の猛烈な反対を押し切って東京の女子高等師範学校文科へ入学した。一九〇八年四月、同校を卒業した葉子は福井高等女学校の教諭となり、教え子奥むめおによれば「〝新しい女〟の息吹きを伝える先生として学校のなかで評判だった」（『野火あかあかと』）という。結婚後は夫の転勤により何度か転居を余儀なくされたが、葉子は佐世保市、呉市でも高等女学校の教諭となった。その間、一九一五年には男児を出産している。また、一九二一年には長編小説「雑音の中より」が大阪朝日新聞の懸賞小説の佳作に入った。常に未来への道を切り拓いていた葉子ではあったが健康に恵まれず、二回の大手術に耐えたが、一九二八年七月、一子に心を残しながら四二年の生涯を閉じた。

（南川よし子）

◆上野葉子

1886- 4	5日、岐阜県安八郡大垣番組町で稲葉覚二郎、せいの第2子として生まれる。本名てつ
1892- 4	大垣興文尋常高等小学校入学
1900- 4	同校高等科卒業。4月、大垣高等女学校設立、2年に選抜入学
1903- 3	同校卒業
- 5	地元六街尋常小学校高等科代用教員となる
-11	同校を依願退職する
1904- 4	女子高等師範学校文科入学
1908- 3	同校卒業。福井高等女学校教諭となる
1909-12	兄（陸軍工兵大尉）死去、母を引取る
1910- 6	2日、結婚（夫・海軍造兵中尉上野七夫）
1911-11	青鞜社入社、「痛みと芸術と」（1－4）を投稿
1912- 3	福井高女退職。夫転勤により佐世保市へ移住
- 4	私立成徳高等女学校教諭となる
- 9	15日、「葉子」と改名する（樋口一葉に因む）『青鞜』に「人形の家より女性問題へ」（2－1）、「ルーヂンを弔う」（2－7）「進化上より見たる男女」（2－10）
1913	『青鞜』に「超脱俗観」（3－1、4）
1914- 3	成徳高女を退職、夫転勤により東京へ移住。『青鞜』に「枕草子現代語訳抄」（4－6）、「性について」（4－8）、「新しい女のために」（4－9）『反響』6号「芝居ごっこと顔」、同7号「骸骨を抱いて」
1915- 1	『青鞜』に「女房始め」（5－1）
- 9	2日、男児（遥）出産
1917	秋、鎌倉へ移住（夫英国へ長期出張）
1918- 8	母死去
1919-12	夫帰国、呉市勤務となり同地へ移住
1921- 4	呉市実科高等女学校教諭となる 長編小説「雑音の中より」大阪朝日新聞懸賞小説の佳作に入る
1922- 3	実科高女を退職し京都市へ移住。夫海軍を退官し会社勤務。遥小学校へ入学。謡曲（宝生流）に熱中する
1925-10	京都大学病院にて開腹手術を行う
1926-12	名古屋市へ移住（夫NHK名古屋勤務）
1927	春、病床につく（秋、愛知医大病院へ入院）
1928- 7	17日、死去（享年42歳）

■「社交界の花形」の自死

江木栄子

Egi Eiko

1877?-1930.2.20

一九三〇（昭和5）年二月二一日の『大阪朝日新聞』に「往年の『新しい女』江木欣々女史縊死」の見出しがある。欣々女史とは、明治大正期の法曹界で活躍した江木衷《ちゅう》の妻、栄子であり、その華やかな生活ぶりは当時の婦人雑誌に度々紹介され、人々の羨望の的となったり、またある時はひややかな目を向けられたりもした。

栄子の経歴はよくわからない点が多い。彼女が自死を遂げたのは早川電機（シャープ）創設者、早川徳次の家であるが、彼は栄子の異父弟である。早川の『私と事業』（衣食住社、一九五八）によると出生は一八七七（明治10）年、父は佐賀県出身の愛媛県令関新平、母は東京・麴町の袋物問屋大和屋源兵衛の娘で、藤谷花子といった。この結婚は正式なものではなかったらしく、母花子はまもなく実家に帰り、栄子は関家から里子に出されている。その後花子は「一貫張りのチャブ台」の製造販売を家業としていた早川政吉の三度めの妻となり、徳次ら一女二男をもうけたのである。また父方には二人の異母姉妹がいる。この妹が鏑木清方の「築地明石町」のモデルといわれる江木ませ子であるが、栄子はどちらの兄弟姉妹とも自分の方から探しあてて対面を果たし、交際を続けている。

里子に出されたのは本所とも高井戸ともいわれ、それから一九〇四（明治37）年ごろ新橋の半玉として江木衷と出会い結婚するまでのことがはっきりしない。*長谷川時雨の『近代美人伝』（一九八五）では、江木に出会う前にすでに九州の分限者に根引きされ、一旦花柳界から離れたが、その人と死別して再び芸妓となっていたところ江木と出会ったとしている。しかしもっと若い時分から二人は面識があったという説もあり、真偽はわからない。

江木衷は冷灰という号を持ち、漢詩を作り、随筆も書く。趣味豊かで進歩的な思想の持ち主であることがその著作からうかがえる。栄子より一九歳年上で、すでに社会的地位も経済力もあり、彼女はその夫の庇護のもとで、あらゆる学問技芸に励んだ。絵画、書、漢詩、謡曲、乗馬、琴などすべて一流の指導者について熱心に学んだが、中でも篆刻には抜きん出た才能を示したという。また神田淡路町の邸宅には常に訪問客があり「社交界の花形」と喧伝されたが、早川は栄子のことを「新しい思想の派手好きな女だと世間には思われていたが、内面は案外古い東洋的な思想の持ち主であった」（前掲『私と事業』）と書き、栄子自身も「世間では私を新しい女だと思って居るようですけれども、それは間違いで、私は古い女ですよ。そして江木が却って新しい男なんです」（福島四郎『婦人界三五年』一九三五）と言う。それらの趣味は「すべて良人の趣味に同化するために始めた」と言うのである。

一九一二年に『青鞜』社員になっているが作品はない。☆『新真婦人』にも夫婦で会員になっているが、活動のためというより、趣旨に賛同し資金援助をしたものではなかったか。

一九二三年関東大震災に遭い、さらに一九二五年江木が病死して彼女の生活は一変した。財産を失くし、夫に死なれ、自分は年をとり、訪問客もなくなって毎日が寂しいと妹ませ子に話していたそうである。次第に神経衰弱が悪化し、ついに自死という道を選ぶ。

（室ゆかり）

◆江木栄子（欣々）

1877	父愛媛県令関新平、母藤谷花子の子として生まれる。まもなく里子に出される
1904	この頃、江木衷と結婚か
1906	『女閨訓』発行
1909	「婦人と謡曲」を『ムラサキ』に掲載
1910	「私の趣味生活」「婦人の生活と謡曲の趣味」を『女学世界』に掲載
1911	「神田の女」を『婦人くらぶ』に掲載 「私の百道楽」「名流婦人の旅行談」を『婦人世界』に掲載
1912	『青鞜』社員となる 「現代の美人は誰か」を『婦人世界』に掲載
1914	「宝石の装飾を全廃した私の決心」を『婦人世界』に掲載
1915-11	「芸者論」を『女の世界』に掲載
1916	「容貌よりは精神」を『新真婦人』に掲載 早川徳次ら異父弟妹と会う
1918	「森律子と松井須磨子」を『新時代』に掲載
1923	関東大震災により淡路町の家、書画、珍籍、什物のことごとくを失う 一時小石川に仮寓し、後牛込の砂土原の新居に移る
1925	江木衷死去。練馬に転居
1930- 2	20日、大阪田辺の異父弟早川徳次宅で縊死（享年53歳）

■アメリカに渡った創刊時の社員

大竹雅

Otake Masa

1890.2.15-1922.11.28

大竹雅は一八九〇（明治23）年二月一五日北海道札幌区南四条大竹源五郎の長女として誕生した。一九〇七（明治40）年日本女子大学校国文学部に入学。一九一〇（明治43）年同学部を七回生として卒業し、暫く母校の桜寮に住んでいた。母校楓寮ではこの頃、謄写版で『青鞜』の趣意書や規約草案が刷られていた。発起人保持研*、中野初*、木内錠*は同校同学部の同窓生である。

当時『少女世界』には大竹雅子の名で小品「真紅の光」（一九一二・一）と「横須賀から」（一九一二・四）が載っている。雅は『少女世界』誌友としても活躍していた様子である。

『青鞜』創刊時の社員一八名のなかに大竹雅の名前があるが『青鞜』には作品は載っていない。

一九一一（明治44）年『花紅葉』（五五頁）九号に「母校創立十年記念式来賓随行記」を寄稿、「前途ほど遠し、われらが使命。あゝ、肉動き、血躍る。たゝでやは。ふるはでやは。」と結んでいる。雅の実家は一九一二（明治45）年春北海道から東京に転居した。

一九一三（大正2）年三月一七日、理学士青木儀市と結婚し、同年六月渡米してサクラメントに七年間居住した。『家庭週報』（五五頁）に「ヨセミテの夏一・二」という記事を寄せているが、これによれば滞米中、一九一八（大正7）年八月一五日夫の運転する自動車に乗って出発、二人の子供と親子四人で二週間の旅をし「日本に帰つた二年後の今なほ『ヨセミテは面白かつたわね』と七つの子供が口にする」と楽しかった思い出を記している。この記事に添えて「青木雅子さんと二愛嬢」と題する写真がある。

『家庭週報』七二九号の「青木雅子氏の訃」によると、雅は一九一九（大正8）年に子供達の教養のために二児を連れて帰国、雑司が谷に居住して、桜楓会子供会のためにも尽力し、関東大震災後には上野の救護部で罹災児童を童話で慰安するなど桜楓会の諸事業に貢献した。しかし一九二三（大正12）年一一月、風邪の心地で床につき、数日後二八日に心臓麻痺で死去（享年三三歳）。「来春再び渡米の希望をもって準備」していたとも記されている。同頁には「亡き雅子様の霊に」と題する同級生時実直江の追悼文と「故青木雅子氏と遺愛の二嬢」と題する写真も載っている。

（鳥井衡子）

桜楓会とその刊行物

桜楓会は、日本女子大学校の第一回卒業生が「卒業後も生涯にわたって自発的な活動と向上を願って」組織した同窓会で、一九〇四（明治37）年四月一〇日に発足した。桜楓会の刊行物の主なものは次の三種である。

『家庭週報』

桜楓会発足の年六月二五日に機関紙として創刊された。当分は隔週発行、八頁の新聞（普通新聞の半切大）であった。編集人は国文学部一回生の小橋三四子と橋本（柳）八重子であった。論説から雑報に至るまで一切女子の手によってなされるのは、当時としては画期的な出来事であった。一九〇九（明治42）年一九〇号で発行が一時中止となる。これは桜楓会月刊誌『家庭』との合併によるものであった。『家庭』は大学拡張事業の一部として桜楓会が着手した通信教育事業における日本女子大学通信教育会発行の講義録『女子大学講義』の機関誌で、読者をより一般的にと拡張を意図したもので一九〇九（明治42）年四月三日創刊されたが、月刊では迅速さに欠けるなどの会員の要望もあり一九一二（明治45）年六月二五日『家庭週報』第一九一号を再刊初号として、週刊の刊行を続けた。戦時中には用紙割当の制限、郵便事情の悪化などにより、一九四三（昭和18）年六月より月刊となり、遂に一九四四（昭和19）年一一月一五日第一六一三号で発行不能となった。一九四六（昭和21）年一月復刊、戦後の経済事情により季刊となり、大学昇格を機に、一九五一（昭和26）年四月一五日第一六三三号で終刊となった。

『花紅葉』

一号から四号までは『花もみじ』、五号から『花紅葉』、一九〇五（明治38）年五月一四日創刊された。発刊の趣旨は「『家庭週報』によって母校、桜楓会の主義、目的、消息、発展等は伝えられるとはいえ、紙面に限りあるためこれを補い、また多くの会員の経験、研究、消息を載せ、本部、支部の状況を明らかにし、会員相互の連絡を密にして有機的な活動をするため」とあり、年二回の発行が予定された。一九一六（大正5）年一五号で休刊。

『桜楓新報』

日本女子大学に昇格後『家庭週報』終刊に続いて一九五一（昭和26）年五月二六日創刊、月刊紙として現在も続いている。

（鳥井衡子）

＊参考『桜楓会八十年史』（一九八四）
『成瀬記念館』No.7（一九九一）

■脚本を書き続けた生涯

大村かよ子

Omura Kayoko

1883.12.23-1953.5.3

大村かよ子は創刊の時からの『青鞜』社員で一巻二号には「一諾」という劇詩を発表している。しかしこの後は予告に名前が載っているだけで作品は無い。「一諾」は七五調の文語体で一三節にわたって書かれている。

内容は父母亡きあとの廃屋の庭に偶然再会した兄弟の話。弟は一度の約束がもとで、兄と、伯父である妻の父を、敵として戦わねばならなくなった。妻がそれを苦にして自害したことを知らぬまま、妻へと八重桜の一枝と伝言を兄に託す。その弟の心を思いやって事実を明かさぬままそれらを墓前に捧げていくつもりの兄、武士の義理人情の物語である。

かよ子（本名嘉代子）は、父木野村政徳が陸軍高崎連隊に「支那語」教師として勤務していた時に母基子と結婚、長女として誕生した。四歳の時に父が士官学校外国語教官となり東京に転居する。番町小学校、東京府高等女学校卒業後、一九〇一（明治34）年創立された日本女子大学校に高女時代の同級生佐藤（田村）*俊子、小橋三四子等と共に国文学部一回生として入学した。かよ子は新体詩に熱中し学報第一号に作品を発表するなど、充実した学生生活をおくり卒業、伊豆大場の実業家大村琹（和吉郎）と結婚し、静岡で暮らすこととなる。一方俊子は一年で退学し幸田露伴に師事、同門の田村松魚と結婚、作品を発表する。

一九一一（明治44）年の一月に発表した田村俊子の「静岡の友」は、かよ子をモデルにしたもので、家庭の人となって駄目になってしまったと冷笑されたかよ子は、俊子と絶交した。

一九一三（大正2）年、かよ子の作品、史劇「紫蓮譚《しれんたん》」が有楽座で上演されると『読売新聞』（一九一三・一・六）は「新しい女星」と取り上げ「新しく生れた女流劇作家大村嘉代子」と、写真入りの記事が書かれ「田村とし子にモデルとされた腹いせも一つの動機となって」劇作の筆をとるようになり「試作二、三篇を岡本綺堂氏に見せ　遂に今回その中から『紫蓮譚』が上場されることになった」と事情を述べ「目白の空気を呼吸した静岡の友はやはり単なる良妻賢母ではなかった」とし、最後に「劇壇は今や混沌たり閨秀劇作家の前途を祝福しておく」と結んでいる。

かよ子は綺堂が顧問の一人である『舞台』の同人となり作

品を発表する。一九二一（大正10）年一月には帝劇でかよ子の「柳橋夜話」が上演されて、*阿部次郎、茅野蕭々、津田青楓、*茅野雅子その他の合評が『家庭週報』（五五頁）に載り、この年から日本女子大で「国語」を教える。かよ子は面倒見がよく、高女・女子大の後輩気駕（松岡）君子、女子大の後輩広津千代などの劇作や上演を助けた。

女子大退職後も劇作を続け『サンデー毎日』『舞台展望』などの懸賞に応募し入選する。一九五三（昭和28）年五月三日、文部省芸術祭の応募作品「巴御前」の浄書直後に脳卒中のため急逝した。作品も多く作品集もある。『花紅葉』『家庭週報』『家庭』などにも身辺雑記、劇、脚本、感想など多数寄稿し掲載されている。『日本戯曲総目録（一八八〇～一九八〇）』にはかよ子の作品が四四編も載っている。この中にある「目白の雪の日」は母校日本女子大創立の際の事情を劇化したもので、松竹上演の予定もあったのに破談になり残念との綺堂の手紙が残っている。

（鳥井衡子）

◆大村かよ子

1883-12	23日、群馬県高崎市に生まれる 木野村政徳、基子の長女。戸籍名嘉代子
1886	一家は東京番町に転居
1891	番町小学校に入学
1900- 3	東京府高等女学校卒業
1901- 4	日本女子大学校創立され国文学部に入学
1902- 5	母基子腹膜炎のため死去
1903	新体詩「衣笠城」を『日本女子大学校学報』第1号に発表
1904- 3	日本女子大学校国文学部卒業（1回生）
1906- 1	伊豆大場の実業家大村槑（和吉郎）と結婚
1908-12	静岡に転居
1910	長女三保子出産
1911- 2	高女の同級生田村俊子に小説「静岡の友」のモデルにされ俊子と絶交
- 9	『青鞜』創刊　社員となる
-10	『青鞜』1巻2号に「一諾」（劇詩） この年岡本綺堂に入門
1913- 1	史劇「紫蓮譚」有楽座の女優劇に上演
1916- 3	創刊された『新演芸』に劇評など発表する
1918	『舞台』同人となる
1919- 9	親友木内錠死去。『家庭週報』に追悼文
1920- 5	出世作「みだれ金春」帝劇で上演
1921- 1	「柳橋夜話」帝劇で上演 この年から日本女子大で「国語」を教える
1922- 5	高女、女子大での同級生小橋三四子死去 『家庭週報』に追悼文
1923- 1	「白糸と主水」帝劇で上演
1924- 9	第一戯曲集『たそがれ集』新作社より出版
1925- 5	「改訂柳橋夜話」帝劇で上演
- 9	「春日局」歌舞伎座で上演 第二戯曲集『水調集』文成社より出版
1929	日本女子大退職、『日本戯曲集』第36巻が発刊され『みだれ金春』掲載
1932- 9	『サンデー毎日』懸賞に「堂島繁盛記」入選
1933- 5	『舞台叢書第三巻大村嘉代子戯曲集』舞台社より出版
1935- 4	『舞台』に脚本「目白の雪の日」発表
1952	舞台展望社の懸賞に「日本永代蔵」入選 「出雲路」佳作
1953- 5	3日、文部省芸術祭の応募作品「巴御前」の浄書直後に脳卒中のため死去（享年70歳）

■『青鞜小説集』の装丁家

小笠原貞

Ogasawara Sada

1887.11.25-1988.6.6

貞について、らいてう*は自伝のなかで「『女子文壇』☆の投書家でここで育てられた人で、生田花世*さんと同じ系統。絵の勉強もしていられた、色白のほっそりした美しい人だった、早死されたと聞いております」（『元始』）と書いている。しかし実のところ彼女は一〇〇歳まで生きたのである。

貞の父小笠原貞信は福島県二本松の出身で、貞は父の赴任地仙台で生まれる。貞信は当時仙台始審裁判所判事であったが、貞二歳の時福島に戻り弁護士を開業。後福島県弁護士会長、福島民報初代社長、衆議院議員を歴任、この間の生活環境は貞に大きな影響を与えたと思われる。しかしこの父は貞が一五歳の時に死亡。その後一家は長野に移り、さらに貞が女学校を卒業すると、高等工業に入学した兄の後を追うように、東京に居を移した。

貞は子供の頃から絵がうまく女子美術学校に入学するがあきたらないものがあり、小説や短文を書いては『女子文壇』『秀才文壇』などに投稿。女子美は退学してしまうが、絵は黒田清輝、中沢弘光に師事し、結婚するまで描いていた様子が作品の中からうかがえる。

母は生活のためにいろいろな事業に手を出しては失敗し、ともに貞も苦労したらしい。早稲田で下宿屋を開業していた頃、「早稲田の文科生の一部の間では貞子嬢と呼ばれ（中略）小さな汚い下宿ではあったが深切《ママ》な主婦と美人とが評判」（『新しき女』X生稿）といわれた。「新しい女」として新聞にもとりあげられ、『女子文壇』に盛んに書いていたこの頃、一時は小説で身をたてることも考えたのではないだろうか。

『青鞜』には五編の小説を発表しており、女の生き方、男女の愛の形、結婚という鋳型にはめ込まれることへの不安などを書いている。「東風」（三―四）では、一緒になった頃の新鮮さも色あせ、妊娠した女は「恋とは何ぞや」と問いかけ、男は、もうおまえなんか何が出来るものか、只子供の為に生きて行かなくっちゃならないのさという、ともに青春と恋の行く末の不安な様を描いている。

『青鞜小説集　第一』☆の木版装丁も行っており、表紙の門のデザインについて、「女は門から外に出なければならない、『桜の園』の主人公を思い浮かべて描いた」と後に語っていたそうである。

結婚後は夫の転勤にともない転々とし、その間に二人の娘を亡くす。一人息子を音楽家に育てることに専念、『青鞜』の仲間と交流することはほとんどなかった。

夫の死亡後再び少しずつ油絵を描き出し、八四歳の時埼玉県展に入選、個展も開いた。絵はカンバスだけではなく、ベニヤ板の両面にさえあきることなく身近な花々を量感あるタッチで描いている。

一九七八年NHK浦和のラジオインタビューでは「明治の頃ヨーロッパでブルーストッキングという集まりがあり、平塚さんと私が相談して日本でもと青鞜社を始めた」と語っている。『青鞜』時代への思いと、『青鞜』に関わっていたという「誇り」が表れている。

貞は、同時代を生きた同姓同名の伯爵夫人と間違われやすく、小説を書いていたにもかかわらずほとんど知られていないのが実態である。

（井上美穂子）

◆小笠原（奥村）貞

1887-11	25日、仙台芭蕉ヶ辻で生まれる、戸籍名サタ。本籍福島県安達郡石井村大字平石、父貞信、母コウ、兄勝人（明治19年生）
	福島高等女学校入学
1903- 2	父死去、一家は伯父渡辺敏（長野高女校長）を頼り長野へ転居
- 4	県立長野高等女学校に転校
1904- 3	同校卒業
	上京、女子美術学校入学
1907	この頃母は、下宿「八雲館」開業
1910	『女子文壇』に投稿、短編小説掲載される
	母、芝居小屋「早稲田座」座付茶屋に転業
- 8	早稲田にて大洪水に遭う
1911	この頃『女子文壇』に投稿多数
1912	『青鞜』2巻6号に小説「客」
	7月『青鞜』社員になる
	『青鞜』2巻7号に小説「或る夜」
	『青鞜』2巻9号に小説「泥水」
1913	『青鞜』3巻1号に小説「ひな鳥」
- 2	『青鞜小説集　第一』に「客」
	結婚（夫奥村豊蔵、保険会社勤務）
	『青鞜』3巻4号に小説「東風」
- 9	『処女』（『女子文壇』後継誌）投稿小説の選者になる
	長女稔子出産
1914- 3	『番紅花』編集に参加
	『番紅花』創刊号に小説「さふらんの香」
	『番紅花』2号に小説「姉と妹」
	夫の転勤により名古屋、広島、松本、小樽など転々とした後には東京に落ち着く
1921	二女禮子出産
1925	長男一出産（音楽家　奥村一）
1940- 1	母ユウ死去
1941	この頃埼玉県与野市大戸へ疎開、以後この地に住む。日本石炭に勤める
1954- 2	夫豊蔵死去（享年71歳）
1960	この頃油絵を再び始める
1972	埼玉県展入選（84歳）、10月個展を開く
1978- 9	敬老週間にNHK・FM浦和のインタビューを受ける
1987- 9	敬老週間に与野市長の訪問を受ける
1988- 6	6日、死去（享年100歳）

■「伊達虫子」にこめた想い

岡田八千代

Okada Yachiyo

1883.12.3-1962.2.10

兄の小山内薫によると、八千代は幼い頃学問の嫌いな子であったという。手に職をつけるほうがよいということで、職業学校へ入学させている。だがそのような妹が突然小説を書き始めたことには薫は驚いていた。以後薫は八千代に厳しい小説のてほどきをしている。その甲斐あってか、第一作「めぐりあひ」は『明星』☆に掲載された。

薫が森鷗外の知遇を得た関係から、八千代も鷗外の弟三木竹二の主宰する『歌舞伎』に劇評を掲載するようになる。

作家として活躍がさかんとなった頃森鷗外の世話で、東京美術学校教授岡田三郎助と結婚。この時薫は八千代へ「嫁に行ったら小説は断念しなければならない。日本では『細君』と『小説家』の兼業はできない」と言った（『文学散歩』一九六二7号）。だが八千代はそれに反するかのように、結婚後精力的に作品を発表している。

『青鞜』が創刊され、著名な八千代は賛助員☆となった。当時の様子を小林哥津*は「本当にきちょうめんな方で原稿は〆切の日までお送り下さいました」又後年青鞜社の集まりに出席しても自分たちの話に穏やかに耳を傾け、「御自分からは何かお話なさる事はめったにない無口なお方」と語る（前掲『文学散歩』）。穏やかな八千代の面影が浮かぶ。

『青鞜』に参加した後の一九一三（大正2）年から八千代は伊達虫子の筆名で作品を書き始める。

伊達虫子の作品は『青鞜』への寄稿は詩「お前の日記」（四―五）一編だけである。他には「真実と額」（『我等』一九一四・四）、「さようなら」（『番紅花』一九一四・四）、「翼《たすく》と朝子」（『三田文学』一九一四・六）が見られるが、それ以外は現在未詳である。

伊達虫子と名告るのは、生きていく間に何かにぶつかり、今までの自分では本当のことは書けない。伊達虫子で「本統《ママ》の事」を書くのだと八千代は言う（『番紅花』一九一四・四）。

八千代がぶつかった壁とは、夫三郎助との生活に原因があったらしい。八千代は夫に画家として自由な芸術活動を願っていたが、夫は経済観念に乏しく、そのような夫を管理できない妻は世間から失格と言われた（「東郷ペン」五―四・五）。そこから逃れるかのように八千代は関西方面から広島へ旅立つ。これが離婚の噂となるが、三郎助は（家庭の）経済的事情による神経衰弱の療養であり、「新しい女にカブレタのではない」と離婚を否定（『読売新聞』一九一四・五・一七）。しかし一連の伊達虫子の作品からは当時の八千代の心情が読み取れる。登場する主人公は、八千代本人ではないかと察せられる。ここで主人公朝子に家出は昨日今日の出来事ではない。夫は立派な人だが「おかみさん」でありたくない。自分は何からも影響されたくないと言わせている（前掲「翼と朝子」）。

*平塚らいてうは伊達虫子の出現に異議を唱えた。名前を変える小細工は無意味であり、「自己内部から発した心的革新」が必要と述べている（「読んだものの評と最近雑想」四―五）。

一五年から筆名は「岡田八千代」に戻る。八千代は夫の絵画展覧会へ足を運び、鑑賞後の随筆を書き、画家がモデルの作品もある。しかし「結婚すべきではなかった二人」のすれ違いは、埋めがたく、自分と「同じ魂」を持つ人との生活を切に望っていた（前掲「東郷ペン」）。八千代が夫と別居を決意するのは一九二六（大正15）年である。

（加賀山亜希）

◆岡田八千代〔芹影〕〔伊達虫子〕

1883-12	3日、広島市大手町に父小山内建（陸軍軍医で広島衛戍病院長）、母錞の三女に生まれる。戸籍名八千代。兄に小山内薫
1885- 2	26日、父建が37歳で急逝し、一家は母と供に東京麴町区富士見町26番地に転居
1898	麴町の富士見小学校卒業後、共立女子職業学校入学。1900年同校甲科卒業
1902	成女学校特別選科卒業（2回生）
- 8	第1作「めぐりあひ」を発表。『歌舞伎』に劇評を書き始める。成女学校会誌『この花』に「入相」を寄せる
1903	以後『万年草』『婦人界』『新小説』等に小説脚本を発表。作家活動が盛んになり始める
1906- 4	短編集『門の草』刊行。12月31日岡田三郎助と結婚。渋谷区伊達町に住む
1907- 7	小説『新緑』
1911-10	青鞜社の賛助員となる。『青鞜』への第1作は「よそ事」(1－2)。以後小説、感想、詩、戯曲、劇評を終刊まで寄せる
1912- 3	『閨秀小説十二篇』(岡田八千代編)
1914-11	三郎助が八千代をモデルとした作品に『縫ひとり』『支那絹の前』(20年) がある
1917	短編集『八千代集』刊行
1922-12	児童劇団「芽生座」創設。機関誌『芽生』
1923- 7	長谷川時雨と前期『女人芸術』創刊（関東大震災のため、同年8月2号まで）
1924- 7	第1回「芽生座」公演「たけくらべ」脚色
-11	第5回「イワンの馬鹿」脚色
1925	三郎助と別居。大阪、千葉の知人を頼る
1930- 4	三郎助と和解し渡仏。芽生座解散。11月、三郎助帰国。八千代34年10月帰国
1935- 7	「未明座」を監督、第1回試演上演
1939	「輝ク部隊」参加。41年中国へ慰問
- 9	23日、三郎助死去（70歳）。渋谷区伊達町へ帰る
1948- 5	2日、日本女流劇作家会発足。会報誌『アカンサス』を監修並びに作品発表
1949	ラジオドラマや舞踏劇の脚本をてがける
1951	平塚らいてう・野上弥生子等と「田村俊子の会」を発足。俊子の墓碑銘の文字は八千代
1962- 2	10日、死去。青山墓地に眠る（享年78歳）

■自己を尊重して生きる

岡田ゆき

Okada Yuki

1895.8.28-1966.1.22

「太陽を真理として真理に浴して、只一直線に進む女達は、まさに自覚した女性である」と、『青鞜』（「折りにふれて」五－四）に記した岡田ゆきは、一八九五（明治28）年八月二八日、東京芝区三田に生まれた。式部官の父平太郎、女子師範学校出身の母信子、そして兄と弟たちのなかのただひとりの女の子として、家族に愛されて、ゆきは成長する。ゆきが、兄と共に文学を愛好するようになったのは、風流人であった祖父の影響である。

一九〇七（明治40）年に、キリスト教の教えのもと、英語教育に力を入れていた香蘭女学校に入学。のちにゆきは、シャーロット・パーキンズ・ギルマンの評論を、みずからの女性解放理論の手引きとするため翻訳するが、その英語力の基礎を形造ったのが、香蘭女学校だった。そして、この香蘭女学校時代から、ゆきは小品を書き始める。

おそらく、読者として『青鞜』に接していたであろうゆきの入社が、伊藤野枝*らとともに報告されたのは、一九一二（大正元）年一〇月である。ゆきは、まだ一七歳。しかし、入社後二年間は『青鞜』誌上にその名は登場せず、青鞜社規約改定後は、社員にも、さらには補助団員にもなっていない。ようやく掲載しだすのは、一九一四（大正3）年一一月からである。規約改定後に社員から離れたゆきが、『青鞜』に執筆したのは「私と云ふものにも束縛と云ふ目隠しをされてゐる境遇」（「夏草の繁みより」『ビアトリス』一九一七・四）から、抜け出す決意をしたからであろう。それは、やはり『青鞜』を読み、同時代の新しい女たちを知ったことが、ゆきの精神を自由に、豊かにしたのだと思う。

岡田ゆきは、『青鞜』誌上に全一三作品を掲載。山田わか*のもとで、英語を学んでいたゆきは、わか、斎賀琴*たちと共に、後期の『青鞜』で活躍する。ジャンル別にみれば、感想七作品、対話三作品、戯曲二作品、小説一作品である。これらを通して、ゆきが描きたかったのは、自己の尊さを第一義に、人間として生きて行こうとする女性であった。例えば、『青鞜』掲載初作品である感想「結婚に就いて両親へ」（四－一〇）においては、家柄や社会的地位などを基準に、親が決める一方的な結婚を否定し、個人尊重の思想を示す。そして、小説「水神の祟」（五－五）で、親の決めた結婚がもたらす悲劇を描く。

ゆきは『青鞜』から出発し、☆『反響』、『婦人文芸』（丹いね子主宰）、☆『ビアトリス』、『第三帝国』、『婦人公論』、『女性日本人』などに、小説、戯曲、短歌、評論を書き、翻訳を試みた。その他、新婦人協会の会員にもなるが、積極的な活動はしていない。ゆきの文筆活動は、一九二三（大正12）年頃まで続く。この間に結婚し、ふたりの娘にも恵まれた。ゆきの後半生は、鎌倉でイチゴ園を経営し、俳句をつくり、年に一回母校の校友会誌に近況を載せることを楽しみにしていたようだ。その文章から伝わってくるのは、『青鞜』時代に望んだ、ささやかでも自立し、親子関係も個人を尊重しながら暮らしていくこと、を実現しながら、齢を重ねた岡田ゆき像である。岡田ゆきは、一九六六（昭和41）年一月二二日に七一歳で亡くなるまで、こころ豊かな人生を生きぬいたひとだったといえよう。

（岩田なつ）

◆岡田ゆき（岡田幸子）

1895- 8	28日、東京芝区三田に、父平太郎、母信子の長女として生まれる
1907	香蘭女学校予科2年に入学
1911- 3	「秋の山寺」（『春秋之香蘭』）
1912-10	青鞜社入社
1913- 3	香蘭女学校卒業
1914-11	「結婚に就いて両親へ」（『青鞜』4－10）
1915- 1	「折りにふれて」（『青鞜』5－1）
- 2	「ある男の夢」（『青鞜』5－2）
- 3	「四篇―兄妹の悲しみ、電車を待つ間、二人の女、ある夫婦」（『青鞜』5－3）
- 4	「折りにふれて」（『青鞜』5－4）
- 5	「水神の祟」（『青鞜』5－5）
- 7	「幕間になる迄」（『青鞜』5－7）
- 9	「折りにふれて」（『青鞜』5－8）
-10	「世間知らず」（『青鞜』5－9）
-11	「折りにふれて」（『青鞜』5－10）
-12	「二つの心」（『青鞜』5－11） 他に『婦人文芸』（丹いね子主宰）や『反響』にも執筆
1916- 1	「折りにふれて」（『青鞜』6－1）
- 2	「折りにふれて」（『青鞜』6－2）
- 7	『ビアトリス』創刊、発起人、社員になる
-10	「女子大学教育の要求」（『婦人公論』）など。『第三帝国』にも執筆
1917	この年結婚するか。4月「夏草の繁みより」（『ビアトリス』2－3）など。『第三帝国』にも執筆
1918- 3	短歌「春浅き頃」（『第三帝国』94号）など
1921- 3	「貴女は選挙権を如何に行使なさいますか」（『女性同盟』6号）のアンケートに答える
1923- 3	「或る夜の出来事」（『女性日本人』）など。これ以降、香蘭女学校校友会誌『春秋の香蘭』に毎年のように近況を執筆する
1966- 1	22日、死去（享年71歳）

■『青鞜』が受けとめた「魔の時代」

岡本かの子

Okamoto Kanoko

1889.3.2-1939.2.18

らいてう*は、閨秀☆文学会で初めて岡本かの子に会い、「こちらへ押し寄せてくるような、ねつっこい特異な印象を忘れかねていたわたくしが、いち早くかの子さんに入社の呼びかけをした」（『元始』）と自伝に記している。

かの子の作品が『青鞜』に掲載されているのは、二巻三号から五巻九号までの二〇〇首の短歌、三巻一二号の「編集室より」に紹介されているかの子の悲痛な手紙、五巻八号の「病衣を脱ぎて」と題し、生田花世*宛ての手紙形式の文章とである。

かの子が、歌を詠み始めてから亡くなるまでの生涯は、「短歌の時代」「仏教の時代」「小説の時代」に分けることができ、かの子の『青鞜』の頃は「短歌の時代」であった。しかも、『青鞜』に短歌が掲載された一九一二年から一九一五年までは、後に、かの子自身が「魔の時代」と表現したように、辛い苦しい時代であった。太郎を出産後、仕事に成功した夫一平の放蕩と裏切り、敬愛していた兄雪之助と母の死去、堀切茂雄との出会い、追い打ちをかけるような豊子と健二郎という二人の子どもを相次いで亡くし、やむにやまれぬ心の発露を短歌にたくし、『青鞜』に発表したのであった。

らいてうは当時のかの子の様子を、「娘時代の面影もないほど、あまりにも疲れて、痩せて、弱よわしくみえる」のに驚き、「一度訪ねてこられたかの子さんから、家庭の悩みを告げられた」と記し、「もとから人を見据える癖のある黒目がちの大きな目が、いっそう大きくみひらかれて、何か異様な光をたたえていた」（『元始』）と回想している。

「編集室より」（三－一二）に、岡田病院に入院しているかの子からの手紙を掲載している。それによると、歌も詠めず生きている心地がしないこと、血潮を振り絞り尽くし、悲しみのみに苛まれ辛く情けないこと、もう何も書けないことなどを訴えている。

このような状態にあったかの子が、女性として心の叫びを発することができ、その叫びを受けとめられたのが『青鞜』であり、青鞜社の社員たちであった。

「病衣を脱ぎて」でかの子は、産後の逆血といわれる発作を起こし、「殆ど正気を失つて」いたこと、心も体もぼろぼろになってしまったことなどを綴り、その間、らいてう始め*小林哥津や花世から、かの子の病を気遣う手紙を貰っていたが、「根気よく送られてくる『青鞜』」とともに、健康が快復した時、初めて家族が見せてくれたことなどを記し、「大患のために、『以前の私』をすつかりなくして、また新に造りかへられた様な私に対して、なほ、三年以前の私なり私の歌なりにお払ひ下さつた御厚志が続くものやらと思へば、何となく、心淋しく」思ったと述べ、二か月ほど前に作った歌を「あなた様の御まへにお捧げいたします」と、詫びとともに花世に述べ、左の二首を含む八首の短歌で結んでいる。

ひなげしのなつかしさよな青白き病衣をほせる初夏の緑

火の海か氷の山か三年ほどうめきて我のさまよひ来しは

その後かの子は、「仏教の時代」に入り、そして「小説の時代」へと歩むのである。

（篠宮芙美）

◆岡本かの子

1889- 3	2日、東京市赤坂区青山の旧家に生まれる。父大貫寅吉、母アイの長女。本名カノ
1894	この年から乳母となったつるから源氏物語、古今集などの手ほどきを受ける
1901- 3	尋常高等第一高津小学校卒業。兄雪之助（晶川）の影響で文学書に親しみ出す
1905	大貫野薔薇の雅号で投稿し始める
1906- 7	与謝野晶子を訪れる。7月号の『明星』から大貫加能子の筆名で歌が載り始める
1907- 3	跡見女学校卒業。閨秀文学会に参加。この講座でらいてう、青山菊栄らを知る
1909	追分の旅館油屋に滞在中、同宿の東京美術学校生岡本一平の存在を知る。『スバル』同人として活躍、秋、雪之助の下宿で一平と会う
1910- 8	一平と結婚、入籍。岡本の家に同居
1911- 2	太郎出産。赤坂区青山に転居
-12	『青鞜』の社員になる
1912	一平の放蕩により夫婦の危機。初夏頃、早稲田の文科生堀切茂雄を知る
-11	雪之助、急性丹毒症で死去
-12	第1歌集『かろきねたみ』（東雲堂）刊行
1913- 1	母アイ死去
- 8	豊子出産
-11	神経衰弱のため岡田病院に入院
1914- 4	堀切茂雄を同居させる。豊子死去
1915- 1	健二郎出産
- 7	健二郎死去
1917	キリスト教に救いを求めるが、後、仏教に入る。垣松源吉、安夫兄弟下宿
1918- 2	第2歌集『愛のなやみ』刊行
1920- 3	新婦人協会の発会式に参加
1922	短歌から小説への転向を志す
1924- 9	慶応病院の医師新田亀三を知る
1927	仏教研究家として世に知られるようになる
1929-12	『わが最終歌集』刊行。欧米旅行に出発
1932- 3	帰国。赤坂区青山に居を定める
1936- 6	「鶴は病みき」を『文学界』に発表。以後、精力的に作品を発表
1938-12	油壺の宿で3回目の脳充血に倒れる
1939	自宅で療養。「老妓抄」昭和13年下半期芥川賞候補作となる
- 2	18日、小石川帝大病院で死去（享年50歳）

■少女小説をバネに小説家となって

尾島菊子

Ojima Kikuko

1884.8.7-1956.11.26

富山市旅籠町に父英慶、母ヒロの二女として生まれる。家業は売薬業で、父英慶は商売が好きでなかったうえ、一八八二年売薬印紙規制で営業に打撃を受けた。一方、前田藩の士族の娘として育った母ヒロと浄土真宗で極楽浄土にいけると信じている祖母との葛藤が絶えなかった。このような家庭環境のなか、菊子は地元の高等小学校を卒業する。

一七歳のとき、従姉のふさを頼って上京し、樽井藤吉、ふさ宅に足かけ四年間世話になる。女学校に入学したが続かず、教育会の教員養成所や英語塾に通ったが、ふさ夫婦の破局によって家を出なければならなくなる。この頃、次弟の死で、母と弟妹が上京し、一家の生活の主として働かざるをえなくなる。蔵前の高等工業高校のタイピストとして生計をたてながら、少女小説を書き始める。当時、出版界は金港堂『少女界』、博文館『少女世界』、実業の友社『少女の友』などの少女雑誌が創刊されていた。『少女界』では、投稿原稿が採用されると、一ページにつき二円以下が贈金され、菊子は原稿を書き、生計をたてるまでになる。

小説を書きながら、小説家三島霜川《そうせん》の紹介で徳田秋声の門下生となる。一九一〇（明治43）年、『中央公論』一二月号の「女流作家十篇」に「赤坂」が入り、小説家として認められる。一九一一年、大阪朝日新聞の懸賞募集小説に応募し、「父の罪」が次席で当選する。同年九月、『青鞜』創刊の集まりが物集宅で開かれ、田村俊子*とともに出席した。

『青鞜』では「ある夜」（一一-二）、「夜汽車」（一一-四）、「老」（一二-四）、「旅に行く」（一二-一〇）を執筆。なかでも「老」は☆『青鞜小説集　第一』（東雲堂、一九一三）に入っている。「老」では、人生の価値は歓楽よりはパンを求める努力にあると信じている七四歳の老人が、村の若者たちにたくさんの苦労をしないといけないと説きつつも、時代の波に流されて、家族やまわりの社会から取り残され、老いていくことを書いている。

一九一四年、洋画家の小寺健吉と結婚する。少女時代の暗い家庭環境、成人してからも一家を養うという厳しい生活を経て、この結婚は菊子に幸せを与えてくれた。

一九一八年、津田青楓の妻、敏子（山脇）ら四人と女流画家の朱葉会☆を創設し、みずからも絵筆をとり、幹事として会の発展に尽くした。

一九三四年から月刊雑誌『あらくれ』を、山川朱実とともに女性作家の発表の場になるように努力するが、戦争のために、この雑誌も中断してしまう。また、一九三五年頃からは女流文学の先輩ないし元老という位置にまつりあげられて文壇活動には華々しいものを示さなかった。戦争で自宅や疎開先も空襲にあい、終戦後も住まいを転々とした。

一九四七年、脳溢血で倒れてから半身不随で一〇年間病臥生活を送り、一九五六年に亡くなる。（山城屋せき）

◆尾島（小寺）菊子

1884- 8	7日、富山県富山市旅籠町12番地で父尾島英慶、母ヒロの二女として生まれる。本名菊子
1900	従姉樽井ふさを頼って上京。ふさ宅に寄宿
1906	金港堂『少女界』へ投稿を始める
1907	父死亡。一家上京
1908	三島霜川の紹介で徳田秋声の門下生となる
1909	『東洋婦人画報』記者として秋香女史の名で記事を載せる
1910	『文子の涙』（金港堂）出版
1911	『青鞜』に「ある夜」（1－2）、「夜汽車」（1－4）寄稿。「父の罪」が大阪朝日新聞の懸賞小説に次席入選
1912	『青鞜』に「老」(2－4)、「旅に行く」(2－10)寄稿
1913	『青鞜小説第一』（東雲堂)出版。『頬紅』（春陽堂）出版。少女小説集『小鳥のささやき』（東京社）出版
1914	『紅あざみ』（日比谷書院）出版。少女小説『紅ほうずき』（東京社）出版。洋画家小寺健吉と結婚。大久保百人町に住む
1915	『百日紅の蔭』（実業之世界）出版
1917	『十八の娘』（須原啓興社）出版
1918	「朱葉会」創設に参加
1919	「朱葉会」第１回展覧会を開催
1925	『美しき人生』（広文社）出版
1927	徳田秋声の二日会に参加
1928	『情熱の春』（教文社）出版
1931	徳田秋声還暦の祝賀会に出席
1934	「あらくれ」（あらくれ会発行）に参加
1935	「朱葉会」第17回開催。『婦人文芸』、『婦人運動』に短文掲載
1936	『深夜の歌』（教文社）出版
1942	随筆集『花、犬、小鳥』（人文書院）出版
1945	前年より甲府に疎開。大久保百人町の自宅及び甲府の疎開先が戦災にあう
1956-11	26日、死去（享年73歳）

■新しい風を起こした十代の社員

尾竹紅吉

Otake Beniyoshi (Koukichi)　1893.4.20-1966.9.22

「私はある朝、一枚の生々とした活字のならべてある葉書を伯母に渡しました」（「痛恨の民」『婦人公論』）。この一枚の講読勧誘状が一枚を『青鞜』に結び付けた。女子美術学校を中退したあと、叔父尾竹竹坡《ちくは》のもとで食客をしながら絵の修業をしていた一枚は、友人小林哥津《かつ》*に連れられてらいてう*の円窓のある室を初めて訪れる。この時一枚は一八歳だった。らいてうに魅せられ『青鞜』に加わった一枚は、求められるまま表紙絵を描き詩や文を発表し、「紅吉」と自分で号を付けた。

表紙絵は二巻四号の「太陽と壺」、三巻一号から一一号まで使われた「アダムとイブ」で、のちに夫となる富本憲吉*の下絵による木版である。当時一枚は巽画会展に入選し、期待されていた新進日本画家でもあった。

音楽学校を希望した程の高い澄んだ声で楽しげに歌ったり笑ったりしながら編集室に出入りし、そして広告取りに「メイゾン鴻の巣」（九五頁）にでかける。ここで見た「五色の酒」の美しさに興奮し会う人ごとに無邪気に話したことが、「女だてらに酒場通い」としてスキャンダルにされた。さらに、竹坡の紹介で、らいてう、中野初*と三人で吉原の花魁に会いに行ったことがまたまた事件になる（四三頁）。世間は『青鞜』の同人たちを「新しい女」として指弾し、『青鞜』の内部でも事件の種をまいた紅吉に非難の目が向けられた。らいてうは毅然として「周囲にひきまわされてはいけない。自分自身をしっかりもっていらっしゃい」と紅吉や社員を励ました。しかし自分の言動が増幅されてジャーナリズムを賑すことに傷ついた紅吉は「退社してお詫びします」と『青鞜』から去る。だが十代の紅吉の自由で個性的な発想と行動が当時の「常識」や道徳を打ち砕き、『青鞜』を『青鞜』たらしめる一定の役割を果たしていたことは明らかである。『青鞜』はこのあと文芸雑誌から婦人問題雑誌へと性格を変える。

一枚は神近市子*や松井須磨子*らと☆『番紅花《サフラン》』を創刊する。森鷗外や与謝野晶子*も協力した芸術的な雑誌だったが、富本憲吉との結婚によって六号で終わった。陶芸家憲吉との奈良・安堵《あんど》村の生活は、新しい芸術の創造に苦闘する憲吉とともに助けともに闘う日々であった。芸術のための二人の喧嘩はいつも盛大だったが、憲吉の芸術をもっとも愛し理解していたのも一枝だった。一枝は子どもたちの養育にも力を注ぎ、家庭雑誌を発行したり、二人の娘のために小さな学校を設けたりした。だが妻・母としての忙しい生活と、それだけでは充足されない自我のはざまで一枝は揺れていた。

昭和に入って一家は東京に転居する。一枝は再び友人たちの輪に加わり、☆『女人芸術』にも参加する。しかしそこには有能な若い女性たちがひしめいており、一枝は自分の芸術を創造するより若い人々を応援する立場になっていった。この頃から一枝と憲吉との間は少しずつ亀裂を深めていく。一枝の感性をも吸収して芸術の花を開いた憲吉と、見果てぬ芸術への夢を抱いている一枝との溝。終戦を境に憲吉は一人で京都に去り、残された一枝は生活のために苦闘する。

戦後の一枝は澎湃として起こる女性たちの運動に加わり、しっかり時代を見据えた発言をしている。一枝は豊かな芸術的才能を一つの形に完成して残すことはできなかったが、まごうことなき新しい女だった。

（折井美耶子）

◆尾竹紅吉
〔富本一枝〕

1893- 4	20日、富山市越前町で生まれる。父は日本画家尾竹越堂、母うたの長女。戸籍名一枝
1899- 4	東京市下谷区根岸小学校に入学
1906- 4	大阪府立島の内高等女学校（のちの夕陽丘高等女学校）に入学
1910- 7	女子美術学校日本画選科に入学、翌年中退
1912	青鞜社に入社、紅吉と号す。第12回巽画会展に屏風「陶器」入選。「五色の酒」「吉原登楼」事件。軽い肺患により南湖院に入院
	「最終の霊の梵鐘に」（2－3）
	表紙絵「太陽と壺」（2－4）
	「赤い扉と家より」（2－5）
	「夏の日と昼顔」（2－8）
	「群衆のなかに交わってから」（2－11）など
1913	第13回巽画会展に屏風絵「枇杷の実」入選
	表紙絵「アダムとイブ」（3－1～11）
1914	『番紅花』創刊（3～8月、6号で終刊）
-10	27日、富本憲吉と結婚
1915- 3	奈良の安堵村に転居
- 8	長女陽を出産
1917-11	二女陶を出産
1920	新婦人協会に参加
1926-11	東京千歳村下祖師谷に転居
1927- 1	長男壮吉を出産
1928	『女人芸術』に参加
1933- 8	青年共産同盟のシンパとして検挙される
1935	「痛恨の民」（『婦人公論』2月号）
1945- 1	大谷藤子の縁故で秩父に疎開、敗戦で帰京
1946- 6	夫憲吉、安堵村へ、のち京都に移る
1947	中村汀女の句誌『風花』の編集者となる
1948	児童図書出版の山の木書店を創立
1951	「奥さんと鶏」（『暮しの手帖』12月号）
1952	「お母さんが読んで聞かせるお話」（『暮しの手帖』に13年間連載）
1956	座談会「『青鞜社』のころ」（『世界』2・3月号）
1961	座談会「婦人運動、今と昔」（『朝日ジャーナル』9月3日号）
1962	新日本婦人の会結成に参加、中央委員になる
1966- 9	22日、死去（享年77歳）
1972	『お母さんが読んで聞かせるお話A・B』暮しの手帖社から出版

■因習にとらわれず生きた旧家の跡取娘

片野珠

Katano Tama

1884.?-1921.?

珠は一八八四（明治17）年、父東四郎、母すずの四女として名古屋市東区矢場町で生まれた。本名たま子。家は永東書店といい、本居宣長の『古事記伝』や北斎の漫画などを出版した江戸時代から続いた異色の本屋であった。

彼女は師範付属小学校卒業後すぐに養子を迎え、一八九七年五月に結婚した。一三歳の時である。同年一一月三日男児東四郎を出産した。待たれた旧家の跡取誕生であったが、珠ら夫婦は一九〇二年離婚している。その背景には三人の娘が三人の異なる母を持つという複雑な家庭環境で、祖母、母をめぐる家庭内の争いも一因であったようである。

離婚後、珠は子どもを母に預けて上京し、棚橋絢子宅に寄宿して氏が校長を務める私立東京高等女学校へ入学したが、一年半程で名古屋へ帰っている。その後の珠は旧家ということで結婚は許されなかった。しかし、能に打ち込み、短歌は佐々木信綱に師事し、暇さえあれば読書にふけるという生活を送った。一見、気ままに見える生活を送るなかで、珠は新しい女の生き方を求め続けたという。

青木穠子*の『芳舎漫筆』には、珠の家とは裏庭が地続きのうえ、短歌をやる者同士で親しい付き合いがあった様子が記されている。一九〇八年四月、穠子らとの歌人集団「めざまし会」結成に参加した。翌年より年刊歌集『かけ』を発行したが、珠は一号に出詠したのみで、恋愛の噂が広まり脱会を余儀なくされた（『名古屋新聞』一九一二・六・二七）。

珠の『青鞜』入社は一九一二年一〇月（「編集室より」一二―一〇）で、その動機は短歌の発表というより、らいてう*らの主張する自立した女の生き方に共鳴したためといわれる。『青鞜』には短歌を二一首（三―二、一一、一二）出詠しており多くは恋の歌である。地方にあって、子を持つ女が恋をすれば新聞はスキャンダルかのように書きたて（前掲『名古屋新聞』、『扶桑新聞』一九一三・二・二六、同八・四）、さまざまに批判もされただろうが、珠は悪びれることなく堂々と歌に詠んだ。

「血をたてに涙をよこに織りしかとあまり生しき恋の何と見る」など、旧家の跡取ゆえに再婚は許されず、成就は望めぬと分かっていつつも恋をし、悩み、そして、それをのり越える強さをうかがわせる。

旧家を継ぎつつ因習にとらわれず生きた珠であったが一九二一年腸チブスのため死亡、三七歳であった。（南川よし子）

青鞜社同人と生田長江
1912年夏　茅ヶ崎にて　前列左より　生田長江、平塚らいてう、富本一枝、後列左より　荒木郁子、保持研、木村政、生田長江夫人(この写真は『青鞜』一周年記念号より)

■「作家の奥さん」と言われた賛助員

加藤籌子

Katou Kazuko

1883.6.24-1956.12.26

籌子の夫小栗風葉は、明治三・四〇年代の文壇で最も人気を博した作家のひとりである。一九一〇（明治43）年、自然主義文学全盛期の中央文壇を去って籌子の郷里豊橋に隠棲した。『青鞜』の創刊はその翌年である。らいてう*自伝によれば、籌子の参加は「作家の奥さんを入れたほうがよい」という生*田長江の助言による（『元始』）。籌子は賛助員☆として『青鞜』の創刊に名を連ね、三編の作品を寄稿している。第一作「おきな」（一一－一）は籌子の恩師小林彭翁《ぼうおう》をモデルに、貧しい暮らしの中で無欲を標榜し儒者を気どっているが、生活の糧を得るため自分の書を売り歩く老いた漢学者を描いた力作である。二作目の「重子」（二－九）は「妾の児」として生まれた屈辱を味わい父を憎みながらなお、父の愛を得たいと思う屈折した若い女教師の姿を描いた。二作とも理想と現実の狭間で生きる人間の哀しみをドライな筆致で描いている。三作目の「或る日」（三－九）は現実に一人息子を亡くしたばかりの籌子が、夫に誘われ春の一日散歩に出かけた日の出来ごとを淡々と描写した作品で、末尾に青鞜社から度々の原稿依頼を受けたのでその責を果たすために書いた、と記されている。「或る日」は『青鞜』二周年記念号に間に合わせるため筆を執ったと思われるが、一人息子を亡くした哀しみが癒えず「或る日」を最後に籌子の寄稿は途絶えた。

らいてう自伝には『青鞜』以前の作品はない、と記され、賛助員の中では最も等閑視されている籌子だが、『青鞜』以前に『女子書簡文の作法』の著書と一〇編ほどの小説作品があり、今後を有望視された女流作家だった。『青鞜』創刊当初の編集後記には籌子の第一作がなかなか届かず残念がっている社員の様子が読みとれる。『青鞜』以前の作品は小栗姓で発表、主観を抑えウィットのある明快な文章で風葉との結婚生活や周辺の出来ごとに題材をとった小説を書いている。中等教員検定受験の顛末を描いた「多事」は籌子の代表作ともなり、一九一二（明治45）年三月に博文館から出版された『閨秀小説十二編』に収載されている。

籌子は武士だった父から儒教道徳の薫陶を受けて育った。内に強い自我を秘め、結婚後は女の自立や因襲打破の思想に共感を抱いて教員資格を取得した。しかし実生活では執筆に悩み酒と女に耽溺する風葉の心理を理解し、賢夫人を通そうと努めた。ノラのような「新しい女」を肯定し得なかった籌子の初期作品について、『新潮』記者の中村武羅夫は、作品に近代的匂いはするが鋭さと深さがない、と評した。

『青鞜』以後は、豊橋郊外に留月荘と名づけた広壮な邸宅を建て、風葉と共に池を廻らせた庭園造りを楽しみ、ひっそりとした生活に入った。風葉没後、再び作家として立つ野心を抱き『随筆』に健筆をふるったが一年ほどで筆を折り、以後亡くなるまで玉園の号で漢詩を、竹寿の号で句作を楽しんだ。豊橋の俳人田中梅甫の主宰した俳誌『群盲』の女性会員と共に婦人俳壇を創立し俳誌『くれ竹』を主宰。広壮な邸宅でくれ竹句会を開く籌子を梅甫の門弟たちは「豊橋の紫式部」と呼んだと聞くが、留月荘は戦火で焼失。失意の中で晩年を過ごし、養子富蔵夫妻に看取られ七三歳で死去。

能筆家としても知られる籌子の句碑が豊橋の仁長寺と石巻神社境内に建っている。

（安諸靖子）

◆加藤（小栗）籌子

1883- 6	24日、愛知県豊橋町に加藤倉次、みさの長女として生まれる。本名かず
1897- 3	高等小学校卒業。在学中より小林彭翁につき書道、漢籍を学び漢詩を詠む。竹尾正久主宰の和歌結社「随園社」に入社
1900-11	26日、尾崎紅葉門下の作家、小栗風葉と結婚、上京し牛込に住む
1903- 6	15日、長男丈夫出産
1905- 4	『新声』に詩「菫の歌」発表
1907- 2	文部省中等教員検定試験に合格（国語、漢文）
- 4	29日、二男磯市出産（5月1日死亡）。7月、東京市外戸塚村に転居（夫風葉を慕って相馬御風、生田長江、森田草平等が出入りする）
1908- 1	『新潮』に「媒酌」を発表。5月『女子書簡文の作法』出版。『新潮』に「賢婦人」、10月『秀才文壇』に「幸不幸」発表
1909- 2	『文章世界』の「現代文士録」に加藤籌子の名が収録。『中央公論』に「留守居」、8月『女子文壇』に「男一匹」発表
1910- 3	豊橋に帰郷。12月『中央公論』に「多事」を発表
1911- 9	『青鞜』創刊、賛助員となる
1912- 1	『青鞜』2巻1号に「おきな」2巻9号に「重子」を寄稿
1913- 3	23日、長男丈夫病死。『青鞜』3巻9号に「或る日」を寄稿
1920-12	豊橋市花田町西郷に留月荘と名づけた新居完成。数百坪の庭園造りを楽しむ
1924-12	風葉の末弟富蔵を養子にする
1926- 1	15日、風葉死去。自宅庭に風葉供養碑を建てる。3月16日付読売新聞に「感想二、三」6月『随筆』に「春深く」10月「新秋のころ」12月「冬隣り」を発表
1927- 1	『随筆』に「まにまに草」2月「藪ふところ」4～7月「造園記」を発表
1928- 9	田中梅甫主宰の句誌『群盲』に加わる
1937- 1	『群盲』の女性会員たちと俳誌『くれ竹』発行。留月荘で句会を開く
1945- 6	戦災により留月荘焼失
1947- 9	21日、豊橋市の石巻神社に句碑建立
1956-12	26日、脳梗塞のため死去（享年73歳）

■「新しい女」を希求しつづけた人生

加藤みどり

Katou Midori

1888.8.31-1922.5.1

みどりの文学への目ざめは一三歳の頃で、『明星』☆を愛読し与謝野晶子*の歌や島崎藤村の詩に憧れた。一七歳の時上京、東京の学校に通う弟妹の世話をする傍ら徳田秋声に師事し小説を書き始める。女流作家として文壇の一部に名が知られ始めた二〇歳の頃、『詩人』の誌友で早稲田大学英文科の学生加藤朝鳥から巻紙三間の長い恋文が届き求婚される。一九〇九年（明治42）年、朝鳥と同郷の生田長江に仲人役を依頼、秋声ら文壇の友人に祝福されて結婚した。

　みどりが『青鞜』の発刊を知ったのは、新聞記者の職を得た夫について大阪に転居して間もなくのことで、前年には長男を出産し母となっていた。らいてう*自伝によれば、みどりは岩野清子*の紹介で社員として創刊に参加した（『元始』）。作家として歩み始めたばかりで東京を離れたみどりにとって『青鞜』は中央文壇とつながる唯一の作品発表舞台となった。『青鞜』付録として発行された二巻一号の「ノラ」合評、三巻一号の「新しい女、其他婦人問題に就いて」の評論を積極的に執筆し、一二編の小説、感想四編を寄稿している。三巻一号の「『新しい女』に就いて」の中で、みどりは「新しい女」は職業をもち経済的に自立すること、男に頼らぬこと、と書いているが、結婚後夫と妻それぞれが「生活上の権利を二分し得た」としても、そこにまだ「云い得ぬ矛盾、衝突が生じ」はしないか、と深い問題提起をしている。四巻七号の「五月雨の日に」の中に「私は新しい女になりたい」と書いたみどりは、未知なる「新しい女」を手探りで生き、その現実を『青鞜』に書き残した。

　青鞜時代の五年間は、みどりの生涯の中で最も多忙で波乱に富んだ日々である。大阪時代は朝鳥と共に演劇活動に熱中し女優として舞台に立ち、二編の戯曲を『大阪文芸』に発表している。一九一三（大正2）年、上山草人の計画した演劇雑誌『近代』の編集を引き受けた朝鳥と上京するが『近代』は一号で廃刊。職を失った夫に代わりみどりは東京日日新聞社に入社、探訪記者として働いた。お互いの自立のためにと朝鳥から別居結婚を提案され心の動揺する時期もあり、里子に出した次男を亡くすという悲しみも味わった。『青鞜』誌上には実生活上の悩みを小説の中に昇華させ、生きる方向を見出していったみどりの五年間の軌跡が読み取れる。青鞜時代のみどりは、小説を書くのは虚栄のためでも世に問題提起をしようとするためでもなく「主観が客観となって返って来るところに」書く楽しみがある、と記している。

らいてうは、みどりの『青鞜』作品の中で「卜者の言葉」(四—五)が一番好きで良い作品だと誉めている。出世の門口に立っているのに夫との相性が悪いので運が開けないと占師に言われ悩む婦人記者の話である。らいてうを始め同人たちの多くが結婚、出産を経験するのは一九一五年、『青鞜』末期の頃である。みどりは母となる前のらいてうの思想は「机上のもの、円窓の中のもののやうに思はれました」と書いている。

『青鞜』以後のみどりは児童文学へ関心を拡げ、通俗小説に新境地を開こうとした。晩年の一九二〇年、『新公論』誌上で角田珊陸*に岡本かの子に比べみどりの作品の方が「物になっている」と評されたがこの年子宮癌を病み入院、一九二二(大正11)年、三三歳の若さで亡くなった。

(安諸靖子)

◆加藤みどり

1888- 8	31日、長野県上伊奈郡赤穂村に医師高仲泰一、久与の長女として生まれる。本名きくよ
1899-12	母久与病死
1902- 3	赤穂尋常小学校高等科卒業
1906- 2	上京。飯田町に住み弟妹の世話をする傍ら「高仲商店」を開き煙草や化粧品等を商う。徳田秋声に師事し作家を志す
1907- 1	『女子文壇』に「愛の花」が載る
- 6	河井酔茗主宰の『詩人』創刊。社友になる
1908- 5	10日、『詩人』に「高仲菊子は煙草商をよして専心文芸の修養に入る」の記事
1909- 7	10日、早稲田大学を卒業した加藤朝鳥との結婚が読売新聞「文壇はなしだね」の記事に
1910- 9	1日、長男水城出産
1911- 5	大阪に転居。9月『青鞜』創刊に参加、1巻4号に「高窓の下」を発表
1912- 1	『青鞜』2巻1号に「人形の家」、2巻4号に「執着」、2巻9号に「懐疑」等発表
1913- 1	『青鞜』3巻1号に「『新しい女』に就いて」
- 4	大阪婦人博覧会の余興で上演した「幻の海」に主演。11月上京。青鞜社、みどり帰京歓迎会をメイゾン鴻ノ巣で開く
-10	3巻10号に「芸術の春」
-12	2日、鷺城新聞に連載小説「呪ひ」を掲載開始(～1914.1.22まで全41回)
1914- 3	東京日日新聞社入社。探訪記者となるが体調を崩し秋頃退社。『青鞜』4巻5号に「卜者の言葉」他この年7作品を寄稿
1915	『青鞜』5巻2号に「年の墓」、5巻11号に「たゞ一人」を発表
1916	『青鞜』6巻1号に「星の空」を発表。春、茅ヶ崎のらいてうを訪ね、らいてうの勉強部屋(日盛館)を借り朝鳥と滞在。7月、『ビアトリス』創刊に参加「少女と自然」寄稿
1917-12	10日、世界新聞に連載小説「咲く花」掲載開始(～1918.2.10。57回で中絶)。11日、長女葵を出産
1919-11	15日から21日まで読売新聞婦人欄におとぎばなし「ブラ公と茶目さん」連載
1920-10	子宮癌で入院手術。朝鳥が爪哇日報主筆となりジャワへ出立のため術後郷里で静養
1922- 5	1日、死去(享年33歳)

■「悲劇」の恋愛から人権擁護運動へ

神近市子

Kamichika Ichiko

1888.6.6-1981.8.1

一九一二（大正元）年一〇月一七日、『青鞜』発刊一周年祝いの会が、鶯谷の料亭伊香保で開かれた。神近市子と青鞜の女達との初見の日。幼くして父と兄を亡くし「学問がしたか」と上京した神近は、女子英学塾で学んでいた。三か月前に級友から『青鞜』のことを聞かされ、小説「手紙の一ツ」と社員申し込みの手紙を、平塚らいてうに送っていた。『青鞜』には、この小説（二―九）のほかに、榊纓という筆名でモオパッサンの「コルシカの旅」（二―一二）とエリスの「ホイットマン論」（三―一〜四）の計六本を寄稿した。

しかし、神近の『青鞜』での活躍は不本意ながらここで終わる。青鞜社員であることが津田梅子塾長の耳に入り、脱会せざるを得なかった。塾を卒業する条件として、弘前の青森県立女学校の教員となったが、ここでも青鞜社員であったことが災いして、一学期で職をとかれた。

一九一五（大正4）年一月、神近は、東京日日新聞社に社会部見習員として採用され、六月から社会部記者として得意の英語を活かし同僚を凌ぐ活躍をみせる。だが、大杉栄との恋愛が発覚し「病気依願退職」する。神近が大杉を刺した日蔭茶屋事件が起きたのは、一九一六年一一月九日。「社会主義者の大杉栄が　新しい女神近市子に斬れた　短刀で咽喉を刺し瀕死の重傷を負す」（『都新聞』一九一六・一一・一〇）など、事件はジャーナリズムの好餌となった。神近は、殺人未遂事件の被告として、横浜地方裁判所と控訴院大法廷で裁かれた。同時に報道によって、それまでの神近二八年の人生が否応なく白日の下に晒され、女児を産んでいたことも暴かれた。結局、一審での懲役四年の判決が二年に減刑され、神近は、一九一七年一〇月三日、東京監獄八王子分監に収監された。下獄するまでに事件の真相を『引かれものの唄』として綴り、とびらには「禮子の幼き霊に捧ぐ」と刻んだ。

一九二〇（大正9）年、神近は、評論家の鈴木厚と結婚し二女一男をもうけた。長谷川時雨の『女人芸術』や全日本無産者芸術連盟（ナップ）の機関誌『戦旗』への参加を経て、一九三四（昭和九）年、文芸総合雑誌『婦人文芸』（月刊／全三七冊）を創刊した。編集兼発行人は夫の厚。「進歩的な婦人の啓蒙雑誌」を目指して、尾竹紅吉や生田花世などの『青鞜』世代から、若き日の大原富枝らまで女性文筆家が広く参加した。しかし、同誌は、一九三七年八月一日発行の四巻八号をもって終刊。神近は、厚と離婚し、文筆生活を続けながら子どもたちを育てていく。

敗戦後は、民主婦人協会、自由人権協会の設立に参加し、理事として女性解放運動、人権擁護運動に従事する。一九五三年には、左派社会党から立候補して衆議院議員に初当選し、六九年の引退まで五期を務め、とくに売春防止法成立に尽力した。また七〇年に、神近がモデルの一人となっていた映画『エロス＋虐殺』によってプライバシーが侵害されたとして吉田喜重監督などを提訴した。最晩年の神近は、若き日の恋愛を「一生の悲劇」と形容しており、その胸中には、「悲劇の恋愛」が終生抜けきらない刺のように疼いていたのかもしれない。

奈落の底から這い上がり果敢に生きた神近市子の姿に、新しい女の反骨精神がみてとれる。

（池田恵美子）

◆神近市子
〔榊纓〕

1888- 6	6日、長崎県北松浦郡佐々村に、漢方医神近養斉とハナの2男3女の末子として生まれる。本名イチ
1893	父死去。97年に長兄が亡くなり一時他家に預けられる
1895- 4	佐々尋常小学校入学
1904- 9	長崎市の活水女学校に入学、初等科3年に編入
1909	活水女学校中等科3年で退学、上京
1910- 4	女子英学塾に入学
1912	「平戸島」が万朝報の懸賞小説に当選。7月青鞜社に入社、小説「手紙の一ツ」と榊纓の筆名で翻訳ものを計6回掲載
1913- 4	青鞜社員であることが津田塾長に知れ退社。弘前の青森県立女学校に赴任するが、1学期で退職、帰京
1914- 3	文芸雑誌『蕃紅花』に参加
1915- 1	東京日日新聞に入社、社会部記者に。16年5月退社
1916-11	大杉栄、伊藤野枝との多角恋愛に悩み、葉山日蔭茶屋で大杉を刺す
1917- 3	日蔭茶屋事件1審判決で4年の刑を受けたが控訴。6月、控訴審で2年の刑を宣告され八王子刑務所に服役
-10	『引かれものの唄』（法木書店）出版（以後著書・訳書多数出版する）
1919-10	出獄して文筆生活に入る
1920-10	鈴木厚と結婚
1921- 6	女児を出産（2女1男）
1928- 7	長谷川時雨の『女人芸術』に参加
1935- 6	『婦人文芸』を主宰・創刊（以後37年まで）
1939	鈴木厚と離婚
1947- 4	民主婦人協会を設立。11月、自由人権協会の理事に就任
1950	婦人タイムス社長となる
1953- 4	第26回衆議院選挙に左派社会党より立候補、初当選。通算5期務め売春防止法成立に尽力
1962- 4	日本婦人会議結成、同顧問に就任
1970- 9	映画『エロス＋虐殺』の吉田喜重監督らを提訴（76年に和解）
1981- 8	1日、死去（享年93歳）

■恋に歌にひたむきに生きて

川端千枝

Kawabata Chie　1887.8.9-1933.7.4

兵庫県神戸市下山手通りに炬口又郎の次女として生まれた。本名川畑ちゑ。父は「神戸又新日報」記者から副社長となり劇評家でもあった。「人力車を何台も連ねて神戸市内を景気よく走らせ」て父母と五人の子供たちが芝居見物に行ったと千枝は回顧する。神戸親和女学校（現親和女子大学）を一九〇五年卒業、間もなく懇望されて淡路島大野村の小地主の長男川畑隆平と結婚した。大家族に囲まれた一七歳の新妻は翌年長女加寿を出産するが二一歳の時夫は事故で死亡した。

一九一三年春、勧められて前田夕暮の☆『詩歌』に入会し鬱屈した思いをほとばしらせるかのように歌った。新人発掘に熱心な夕暮に清新な叙情性を愛され一年を経ず同人となり、夕暮夫人の狭山信乃と並ぶ歌人となってゆく。『青鞜』に五首掲載された歌はその時期の『詩歌』からの抜粋である。

・すがるべきよすがもあらず野の草の蔓と蔓とがまつはりてをり

（「八月の歌壇より」五―八）

・入海のなぎさに人をみいでたりわが舟をまつひとみいでたり

（「十月短歌抄」五―一〇）

『詩歌』同人で三歳下の青年田中白夜との相聞歌である。早稲田卒の白夜は評論にも優れ夕暮に嘱望される関西白日社のリーダーであった。二首は連作の中にあり、その前後には

・世に臆しはばかる君のいとしかも野茨の花ほのほの白し

（『詩歌』一九一五・七）

・乗り捨てしままわが舟をかへりみず渚をゆけり逢ひしふたりは

（同一九一五・一〇）

というように恋の体験をそのまま投げ出し直截に生の感じをつかみ取っていて、感情の沈潜と高揚を歌い込めている。密かに同棲もしたが結婚することはできなかった。一九一八年、『詩歌』は夕暮の意思により廃刊となるが、千枝は白日社の代表的女性歌人として、夕暮の編集する回覧雑誌や合同歌集に重用されている。一九二一年、姑の死後家屋敷を処分して上京したのは娘の教育、頻発する小作争議への不安、因循な村での未亡人生活の息苦しさ等の理由も考えられるが、夕暮の膝下で自分の才能を賭けてみたかったのであろう。

一九二四年白秋、夕暮らが『日光』を創刊、千枝も主要門下として活動したが、廃刊後は白秋の『香蘭』同人となる。一九三二年三月『白い扇』を出版した。結核のため四五歳で死去。没後『川端千枝全歌集』を娘夫婦が刊行。（村岡嘉子）

日蔭茶屋事件

一九一六（大正5）年一一月九日未明、神奈川県葉山の旅館日蔭茶屋において神近市子が、大杉栄を刃物で刺した事件が起こった。大杉栄には「妻」堀保子があり、同時に神近と伊藤野枝と恋愛関係にあった。当時新聞は、この事件を「男一人に女三人」の「複雑を極めた婦人関係」からなると書き立てた。

興味深いことに当事者たちは、事件前に互いの自由恋愛観を主張していた。大杉は「自由恋愛」論で自身に好都合な条件を三人の女に示した。市子は保子の存在よりも、野枝の存在に危惧を感じながらも大杉に魅かれ、野枝は大杉に何人の愛人がいようが、彼の愛を確信していると語っている。

だが結果的にこの多角関係は、「所《いわ》謂《ゆる》『新しい女』も『古い女』と同一の婦人心理に支配されていたことを立証した」形となった。野枝がらいてうから譲り受けた『青鞜』は、彼女が大杉に奔ったことで放棄される。らいてうは後にこの事件が『青鞜』の挽歌であったと述べている。事件で重傷を負った大杉であるが、その容態は良好で、収監された市子に対し、毛布、弁当の差し入れの心配をしている。だが一方で大杉はこうも述べていた。事件の発端は、野枝のみを愛することに疎外感を覚えた市子の誤解から殺傷ざたに至った。そして「いかに僕の主義を了解して居るようでも、徹頭徹尾、女は女である」と（『東京朝日新聞』一九一六・一一・二）。後日事件を「お化けを見た話」（『改造』一九二二・九）として、大杉の一方的な立場から書いたものがある。対し市子は、「（大杉は）自分は頭の好い仕事のできる偉大な人間だと考えたがる」と、「豚に投げた真珠」（『改造』一九二二・一〇）の一文で反論している。

（加賀山亜希）

戦前の日蔭茶屋

■女性評論家として活躍

神崎恒

1890.7.10-1975.2.3

Kanzaki Tsune

若い頃小説を書き「新しい女」といわれた神崎恒は、昭和十年代に雑誌記者を経て女性評論家平井恒子として活躍。書くことにこだわり続けてきた彼女であったが、戦後は病気療養中の長男の看護に専念し表舞台に出ることはなかった。

恒（ツネ・恒子）は佐賀県の出身。佐賀高等女学校を卒業し、一九〇八（明治41）年日本女子大学校の国文学部に入学。

作家を志し国文二年の時、西洋美術史の大塚保治（大塚楠緒子の夫）に紹介を依頼、漱石山房を訪ねる。漱石のもとで習作を重ね、「『傍観者』という三〇枚ばかりのを書いた時初めてほめていただいて、新小説に載せ」てもらったと自著『明日の女性』（一九四二）に記している。女子大の同期卒業生には『青鞜』発起人の*保持研や社員の*田原祐らがおり、恒が『青鞜』発刊時より社員となった大きな要因ではないだろうか。

女子大を卒業した恒は三越呉服店の職員となる。三越では企業PR誌として、『みつこしタイムス』を一九〇八（明治41）年から、また一九一一年からは「営業宣伝だけでなく文化全般にわたる啓蒙を旨とする」雑誌『三越』を発行、その編集担当として採用されたものであろう。三越で働きながらも『青鞜』や、『淑女かゞ美』などに小説を書き続けているが、三越は一年程で退職。

『青鞜』には小説三編を発表している。「タイピスト」（二一・四）では、「お嬢様同士の交際に始まった二人の間」が、いつか一方は生活を背負う立場になっていることから来る、二人の関わりの変化を書いている。

恒は、「新しい女」として一九一二年五月一四日付読売新聞の特集や『新しい女』（X生稿）などにも取り上げられるが、その後は『女学世界』の記者になり、*長谷川時雨邸などの訪問記事や自ら小編を書いている。

一九一五年洋画家の平井武雄と結婚。出産そして育児という永遠の課題をかかえながらも、『淑女画報』『婦人世界』『女性日本人』などの雑誌記者として書き続け、日本女子大同窓会機関誌『家庭週報』（五五頁）にも家庭生活の様子や子育てについてよく記事を送っている。

一九二三年、日本婦人記者倶楽部発足に際し参加。また、婦選獲得同盟の会員となり、一九三一年同盟第七回大会においては中央委員、同盟機関誌『婦選』の出版委員にもなる。この頃から一九四一年頃までの間『婦選』『婦女新聞』『東京朝日新聞』家庭欄、『婦人運動』『輝ク』『女性展望』などに評論・随筆を多数書いている。

恒の書く評論は人柄そのままのような、シャキシャキッとした明快な切れ味のよい文章である。一九三八年頃には『東京朝日新聞』家庭欄の「相談応接室」担当者の一人になり、またラジオ家庭放送委員会委員にもなっている。中央放送局から、「明日の女性はかくありたい」などの講演を行い、この頃は多彩な活動をしている時期であった。

モダンで時代の先端を走っているような恒であったが、長男が結核のため療養生活に入るようになってからは、書くことからも遠ざかりがちとなった。

戦後は『家庭週報』の後継誌『桜楓新報』に随筆を書いたり、中島湘烟（岸田俊子）の日記を筆写するなどして、最後まで書くことへのこだわりを持ち続けた。

（井上美穂子）

◆神崎（平井）恒

1890- 7	10日、佐賀市松原町で生まれる。本名恒。父神崎東蔵は東大英法科卒、地方裁判所判事、弁護士、佐賀市会議員、佐賀県会議員、衆議院議員
1907- 3	佐賀高等女学校卒業
1908- 4	日本女子大学校国文学部入学
1909	夏目漱石に弟子入
1911- 3	日本女子大学校国文学部卒（第8回）
	『三越』編集担当として三越呉服店に入社
	『新小説』7月号に小説「傍観者」
- 9	『青鞜』創刊時から社員になる
1912	『青鞜』2巻2号に小説「人の夫」
	『青鞜』2巻4号に小説「タイピスト」
	『読売新聞』5月14日付「新しい女」特集第9回に掲載される
	『淑女かゞ美』7月号に小説「姉娘」
1913	『青鞜』3巻1号に小説「雑木林」
	『女学世界』記者になる
1915	結婚（洋画家平井武雄）。東京・赤坂区青山南町に住む。長男晴一出産
1918	二男勇次出産
	この頃『淑女画報』『婦人世界』などの記者となる
1931	婦選獲得同盟第7回大会にて中央委員になる
	機関誌『婦選』出版委員になる
	この頃『輝ク』『婦女新聞』『東京朝日』家庭欄、『婦人運動』などに随筆、評論などを多数書く
	『女性展望』定期執筆者になる
1938	『東京朝日』家庭欄「相談応接室」担当者の1人になる
1939- 2	婦人時局研究会会員になる
- 3	中央放送局より講演
- 6	ラジオ家庭放送委員会委員になる
1941	人事調停委員になる
- 6	随筆・評論集『明日の女性』出版
1942	「大日本言論報国会」の女性思想評論家12名の1人として登録される
1943-10	夫武雄死去（享年61歳）
1945- 3	東京大空襲で青山の自宅全焼する
1950	長男死去
1975- 2	3日、死去（享年84歳）

■新潟から上京、岩野泡鳴との出会い

蒲原房枝

Kanbara Fusae

1890.5.8-1944.4.8

房枝の名が初めて『青鞜』誌上に載るのは二巻二号「本社の為に御助力せらるゝ方及社員名簿」である。数少ない地方における青鞜社員であった。四巻八号に四頁にわたる「最近の感想」が載っている。これは彼女が上京前に新潟県村上町尋常高等小学校に勤めていた時の経緯である。「其校には二十四人の職員が居ました。学校内の職員だけで読書会と言つて月々廿銭づつ出し合つて新刊の書を順序に講読し学期末毎に回覧ずみの書を入札するのでつまり多くの本を読みかつ落札したいので私も赴任する早々其会へ入りました。」と書かれ、その読書会で婦人問題を特集した『太陽』一九一三年六月号の購入をめぐり男性職員と女性職員が対立した。女性職員九名は全員賛成だが男性職員の中で賛成の印を押したあと訳なく取消した人が四名あり、房枝はその人たちに強い態度で質していった。結局婦人問題号は買うこととなった。房枝は「新しい人間を作り出す学校教員が最も腐敗し」と書き、続いて「先新しい男性のないのを最も悲しく思ひます」と締めくくっている。四巻九号には「嘉悦女史の西洋の廃物について」と題して女子教育家嘉悦が日本の婦徳を主張するのに対して痛烈に批判している。

房枝は新潟市にある蒲原浄光寺の住職の四女として生まれ、新潟高女を卒業後教員として就職した小学校で知り合った渡辺勘次と結婚、子どもも生まれたが夫との生活はうまくいかず別居した。彼女はすべてを振り切って上京し離婚した。

上京一年後、作家*岩野泡鳴の日記一九一五年四月二四日の欄に「今日から蒲原嬢を翻訳の筆記に頼むことにした（月十五円の手当で）」と書かれている。その経緯は*岩野清子の話として「私の家へ度々出入りをする中に私共夫婦の原稿の清書や筆記を頼むやうになつて三月の初から日々通つて来るやうになりました」と『万朝報』一九一五年九月九日に載っている。そして八月、二人は同棲するようになる。泡鳴は既に清子と結婚していたので、当時これはスキャンダルとして報道された。房枝の実家では「困った恥知らず」として弟が急遽上京し、二人と話し合っている。

泡鳴と清子の離婚は訴訟となり、清子との離婚が成立して房枝と泡鳴が結婚届を出すのは、同棲を始めてから三年近く

経た一九一八年五月である。その月に房枝は子どもを連れて新潟の実家へ帰省している。その後家庭内にトラブルはあったが、泡鳴の作品も売れてしばしの安定した生活であった。

一九二〇年五月、泡鳴が突然病死し、房枝はまだ幼い三人の子どもを育てていくこととなった。彼女は雑誌に小説や手記などを載せ、短歌も寄稿している。翌年には『泡鳴全集』が出版されまとまったお金が入ったので巣鴨宮仲に菖蒲館という名の弓道場を開いたが、軌道にのせることができず、本郷に泡鳴堂という化粧品店を営み生計を立てていた。

一九三五年四月の『報知新聞』『新潟新聞』等に房枝にはもう一人女児がいると報道されているが、未詳である。

娘の美喜が満鉄勤務の斉藤昇を追って中国へ行くというので、房枝も子どもたちと一緒に奉天市小西関有愛胡の斉藤宅へ行った。息子の諭鶴は大連の中学で語学の才を認められ特務機関員として中国で働いていたが、二三歳で病死した。その二年後、房枝も病のため中国で亡くなった。


（清水和美）

◆蒲原房枝
〔岩野英枝〕

1890- 5	8日、新潟市西堀通り10番町1618番地蒲原浄光寺に誕生。父蒲原霊性、母政尾の第4子。本名房枝
1904	新潟県立新潟高等女学校入学
1908	同校卒業（第6回生） 古志郡上塩小学校勤務
1910	第1子正英出産、渡辺勘次と結婚 中蒲原郡早通尋常高等小学校勤務
1911	中蒲原郡下新尋常高等小学校勤務
1912	『青鞜』に社員、寄付者として掲載される
1913	下新尋常高等小学校を退職。 岩船郡村上尋常高等小学校勤務
1914	同校退職し上京。東京下谷小学校に臨時教員として勤務とされるが記録はない。 『青鞜』に「最近の感想」「嘉悦女史の西洋の廃物について」を寄稿
1915	下谷小学校退職。 翻訳筆記者として岩野泡鳴に雇われる。 渡辺と離婚、岩野泡鳴と同棲。 『新潮』に「泡鳴先生と同棲した事件の真相」を掲載
1916	第2子美喜出産
1918	第3子諭鶴出産
1920	『自由評論』に「婦人の請願運動不可」を掲載。 泡鳴死去。『読売新聞』に追憶談片が載る 泡鳴著『女の執着』のはしがきを書く 『女の世界』に「ある夜の夢物語」「お仙ちゃん」を掲載
1921	『明眸』第2集から第6集まで短歌を寄稿
1922	弓道場（菖蒲館）を開く 『婦人世界』に「未亡人を脅かす不良少年ども」を掲載
1925	本郷駒込西片町へ移転 『婦人画報』に「生活の第一線に立ちて」を掲載
1930	『婦人画報』に「愛慾と金慾との受難」を掲載
1933	広島市三篠町へ移転
1934	子どもたちと中国の奉天市へ移転。その後大連市、北京市へ移転
1942	第3子諭鶴病死
1944- 4	8日、房枝死去（享年53歳）

■『青鞜』発起人の一人

木内錠

Kiuchi Tei

1887.7.31-1919.9.11

木内錠は旧幕臣で海軍技師の家に生まれ、夭折した二人の姉の後の一人娘として育つ。母は静岡の士族の娘。能や歌舞伎などを好む日本趣味の家庭で、少女時代には小鼓方一二世宗家幸清次郎に小鼓を習う。東京府立第一高等女学校卒業時の同窓会誌の文苑欄に俳句が掲載され、日本女子大学校在学中から幸田露伴に師事、一九〇五（明治38）年刊行の露伴門下生の短詩集『初潮《はつしほ》』には舒芳の号で二編載る。卒業後は『婦人世界』社友となり作品や訪問記などを発表し『東京朝日新聞』（一九〇九・一〇・二）に「当世婦人記者」の一人として松崎天民に紹介された。『ホトトギス』（一九一〇・九）に一宮滝子の名で発表した「をんな」は同誌発禁の原因となった。『婦人世界』に体験記の代筆を六編書いたが、その中に女子大入学時に同級生であった*保持研の闘病記もある。

その保持研に誘われ同級生の*中野初と共に『青鞜』の発起人になる。*平塚らいてうは一年上の家政学部出身。この四人に*物集和子が加わり『青鞜』は創刊された。錠はこの頃フランス語の勉強を始めており仏英和女学校選科に入学。ここで学生であった*小林哥津と知り合い、哥津は錠の話を聞いて『青鞜』社員となる。

錠は『青鞜』に作品を七編発表した。小説四・感想二・史劇一である。最初に載せた「夕化粧」（一一・三）は男遊びをする酒屋のおかみを描いているが、他は時代にとり残されて行く孤独な老人を描いたり、婚約者の子の死を聞く複雑な思いを描いている。最後は二巻九号の「老師」であるが、二巻一〇号にはらいてうの「女としての樋口一葉」が掲載され、この中でらいてうは、一葉を旧い女としてきびしく批判し、この号の「編集室より」には「来月あたり木内さんが一葉論を出される筈です、此の間の晩らいてうと可成り盛むに話合つてゐらした。一葉を自分の姉さんの様たつて、あんな一葉崇拝者は今の世の中ぢやないでせう」とある。錠は一葉を「姉さんの様」に慕っていた様子だが、一二号の予告に錠の名は出ているが作品は無い。一葉に対する見解の相違でらいてうと論争し『青鞜』から身をひいたのではあるまいか。錠は同年☆『女子文壇』一二号の「一葉女史論」に島崎藤村、水野葉舟、*森田草平、相馬御風と並んで一葉への思いを述べている。

錠はフランス語の勉強を続け文部省の検定試験に合格した。フランス語を教えたり『能楽』『演芸画報』『新演芸』『舞台』『趣味』『婦人問題』などに批評や作品を書いていたが、志半ばで死去。『家庭週報』にはその記事と『青鞜』の趣意書を送られた柳八重子と、フランス語の教え子と、高女・女子大の先輩で初期の『青鞜』社員で錠にフランス語を習い共に劇作を志していた*大村かよ子の三人の追悼文が載っている。一九二五（大正14）年の*野上弥生子の日記には錠の鼓をゆずって貰いたいと両親を訪ねた記事があり、一九六七（昭和42）年*遠藤（中野）初から*上田君宛の手紙には「木内さんの思出は限りなく勉強のため生まれて来た方のやうに実によく学ばれました　仏蘭西語を二人して卒業後仏英和女学校へ通つて勉強　私は世間に追ひ回されて中退　木内さんは検定をとられ其他謡曲　太鼓　和歌　創作と息も出来ない程の勉強ぶり（中略）其後雑司が谷に墓参しますと御両親つぎつぎ石になつてしまはれ」とあり、錠や両親の人柄が偲ばれる。（鳥井衡子）

◆木内錠
〔舒芳〕〔一宮滝子〕

1887- 7	31日、小石川区小日向武島町に海軍技師木内愚、千賀子の三女として生まれる。戸籍名錠
1900- 3	小石川区立黒田小学校高等科3年終了
- 4	東京府第一高等女学校2年に編入学
1904- 3	東京府第一高等女学校卒業（18回生）
- 4	日本女子大学校国文学部入学
1905-12	幸田露伴門下生の短詩集『初潮』刊行
1907- 3	日本女子大学校国文学部卒業（4回生） 中野初、上田君、茅野雅子などと同級生 東京毎日新聞社入社、間もなく退社 『婦人世界』社友になる
1910	『ホトトギス』に「隠れ家」と、一宮滝子の名で「をんな」を寄稿、「をんな」で同誌発禁
1911	フランス語を習い始める
- 5	保持研にさそわれ中野初とともに『青鞜』の発起人となることを承諾
- 6	物集家で発起人会
- 9	仏英和女学校（現白百合学園）選科に入学
-11	『青鞜』1巻3号に「夕化粧」（小説）
-12	同誌1巻4号に「編集室より」
1912- 1	同誌2巻1号に「さすらひ」（小説）
- 2	同誌2巻2号に「他人の子」（小説）
- 3	『閨秀小説十二編』（岡田八千代編・博文館）に「行末」（小説）
- 6	『青鞜』2巻6号に「史劇　延寿（一幕三場）」 同誌2巻6号付録に「マグダに就て」（感想）
- 9	同誌2巻9号に「老師」（小説）
-11	『趣味』に「ある日」
-12	『女子文壇』に「一葉女史論」
1914- 1	『趣味』に史劇「米山越」
- 4	11日、神田天主公教会（現カトリック神田教会）で受洗
1915-10	『能楽』に「宝生流別会と喜多夜能」
1916	文部省の仏語検定試験に合格
1917	『婦人週報』に小説「力」
1918	同誌に翻訳小説「愛」 『舞台』に脚本「競渡」
1919	『演芸画報』に「期待の多い福助の将来」 『婦人問題』に「徳川時代の婦人」
- 9	11日、死去（享年32歳）。13日、葬儀神田天主公教会、埋葬雑司が谷墓地

■私は古くも新しくもない別の女

岸照子 1892.?.?-?

Kishi Teruko

照子は一八九二（明治25）年、父岸太郎の二女として名古屋市中区久屋町で生まれた。本名てる。家は鉄材商を手広く営む老舗で、照子は恵まれた家庭環境のもとに成長した。

名古屋市立女学校では*山田澄子、*青井禎子と同級生で、一九〇八年同校を卒業した。短歌も好きだったため、照子は女性には珍しい鼓の名手であったという。照子は女性には珍しい鼓の名手であったという。

同窓で歌人の*原田琴子と親しく交流をもつなかで、勧められて青鞜社員になったといわれるが、『青鞜』誌上には入社の記録はなく、*青木穠子の『芳舎漫筆』の社員名簿に記されている。

『青鞜』には短歌を八首出詠（二―一一、三―二）しただけである。それも紙の端に書きつけておいたものを琴子に見せると、琴子が投稿していたのだという。好きで続けていた短歌であったにしては出詠数は少ない。

照子の短歌は「ふと空に月を仰ぎてふと君の恋しくなりぬ出でて逢はまし」など、幸せな恋心を詠んだと思われるものがほとんどである。しかし、彼女ははっきりと自己主張をしており、青鞜社の「新しい女」には必ずしも賛同ではなかった。

例えば、「青鞜社の会員だとさへ聞けば、世間の人は新しい女だとか、変り物だとか噂するが、自分は決して覚醒した女でもなければ、又夫程新しがる女でもない寧ろ同人の怪気な動作と是に大騒ぎをする世人の態度を活きた芝居として客観する、謂はば古くもなく新しくもない別の女である」と述べている（「問題の女」『扶桑新聞』一九一三・三・六）。加えて、同じ社員に対する批判にも遠慮はない。

例えば、*尾竹紅吉のように外見までも男性と同じようにしなければという考えは、時には自分をも欺くことになるといい、また、*福田英子は共産主義社会を実現して恋愛を自由とし、性交が神聖なものとなるよう婦人の解放を図らなければならないと言うが、これはよい環境にある者の発言ではなく、逆境にある者の愚痴にすぎないと述べ、記者を「御尤もな次第」と納得させている。英子について述べていることは「婦人問題の解決」（三―二）の一側面に関してである。

青木穠子が語っているように、照子は芸事に熱心な誇り高いお嬢さんであったのであろうが、家が第一次大戦後没落したまま不明という事情にあり、照子もまた、一九一八年に結婚して以降消息は不明である。

（南川よし子）

■らいてうの終生の友人

木村政

Kimura Masa

1885.12.1-1958.2.3

木村政はらいてう*の自伝によれば、背が高く体格がよく、バスケットボールや自転車競技の花形で、実際的なことに明るく、勘がよく、親しくなる頃にはすでに禅門に入って見性もし慧浩という大姉号も持っていたという。終生の友人となるきっかけは三年生の時、同級生でありながらあまり親しくなかった政の部屋に立ち寄ったらいてうが「禅海一瀾」という本に目をとめ木版刷りの本の珍しさにひかれ、現在の自分に対する警告のことばを見た思いで借りて帰ったことに始まる。それ以後、禅を通して深い交わりが続く。まもなくらいてうは政に案内されて両忘庵を訪ね、禅の道に入った。(『元始』)

政は、一八八五(明治18)年一二月一日陸軍将校木村才蔵の二女として誕生。母は金沢の家老の娘という。父が軍人のため各地を転居。一九〇三(明治36)年日本女子大学校家政学部に入学。一九〇六(明治39)年らいてうとともに家政学部三回生として卒業した。政は英会話、速記、簿記などの勉強をしてアメリカへ渡って向こうで大いに働き、資産を築いて、それを婦人たちの仕事に自由に使いたいという夢をもって事業家として立つ日に備え勉強していた。力行会という移民の世話をする会にもでかけた。政とらいてうの二人は一緒に海禅寺を訪れ、ここを起点に東京中を日和下駄で歩き回った。そのため桜楓会会長から叱られたこともあったという。

らいてうは塩原事件☆決行の日、別れの手紙を添えて日記や古い原稿、手紙などを一まとめにして政の家に届けた。そこで事件直後、政は、父から知っていたのにだまっていたとは平塚家の御両親や世間に対し申し訳ないことだとひどく叱られた。そしてその後町立尼崎女子技芸学校の教師となって関西に赴任した。しかし二人の交遊は続き、政はらいてうを支えた。『青鞜』創刊後、政は補助団☆の甲種会員となり、新婦人協会☆にも入会し、経済的にも協力した。

一九一七(大正6)年に七歳年下の画家金島政太(桂華、後に芸術院会員)と結婚、以後京都に居住。一九二一年「桂華夫人の処女作」帝展に出品と『読売新聞』(二〇・七)に記事が載る。政は三男一女の母となり、働きやすい着物や帯の工夫をして商品化したこともあった。らいてうとは家族共々交際を続けていた。一九五八(昭和33)年二月三日死去(享年七三歳)。らいてうから「春寒し君ばかりかはあとやさき」と弔句が贈られた。

(鳥井衡子)

■実務派のキャリアウーマンとして

国木田治子

Kunikida Haruko

1879.8.7-1962.12.22

国木田治子は東京・神田末広町で父榎本正忠と母米の六人姉妹の長女として生まれる。父は旗本の三男で、外国人に洋画を習い、士官学校で図画を教えていた。祖父はお蔵奉行などをしていた。芝居好きで役者をひいきにするような人だった。また、家にはかなり本を所蔵しており、治子はこの本を早くから読んでいた。

九歳の時、麹町に転居。麹町の富士見小学校を卒業した。一七歳の時、父を亡くし、戸主となる。この頃、国木田独歩の弟収二が隣の家に住んでおり、後に、独歩が移り住み、知り合うようになる。独歩は最初の妻佐々城信子との結婚に破れ、京都に流浪し、田山花袋と日光照尊院に滞在した後、弟の家にやむなく落ち着いたところだった。独歩に定職がないということ、治子が長女であり、戸主であることもあって、双方から反対されたが一八九八（明治31）年に二人は結婚する。翌年、長女を出産。結婚しても生活は安定せず、四谷、赤坂などを転々とし、治子は子どもを連れて実家で養ってもらう状態が五年くらい続いた。

一九〇二年末、矢野竜渓のすすめによって独歩が近事画報社に入社したことで、生活が安定し、ようやく一家で住むことができるようになる。この頃、治子は独歩のすすめもあって、小説「貞ちゃん」を書きはじめる。一九〇四年頃、専八が病死。その看病をかねて奥井君子が一家に同居。君子は独歩と愛人関係にあり、八畳と四畳半の家に姑、夫、夫の愛人、子ども三人の計七人が四年間も暮らした。

一九〇六年、近事画報社の『新古文林』を独歩自身が経営する独歩社の発行とするが、まったくの素人経営のため、半年で破産する。独歩は過労と精神的打撃のため健康を害し、知人高田畊安の南湖院（一五五頁）に入院したが、死亡した。治子は、虎雄、貞子、みどりの三人の子どもに加え、翌年、哲二を出産した。文筆では子どもたちを養育できないと考えて、三越に勤め女店員の監督のような仕事をして生活を支えた。また生け花教授として『青鞜』に何度か広告を載せている。

『青鞜』への参加は、独歩が南湖院に入院していた時、わがままな患者であった独歩が保持研*の言うことだけは聞いたという経緯もあって、保持研が直接赤坂の自宅までいって、治子に賛☆助員として協力を乞い、快諾を得た。創刊号に小説「猫の蚤」を書いている。文筆活動をしていたのは一〇年余りで、代表作「破産」は前述の独歩社の破産を扱った小説で、冷静な記録体の文章である。『青鞜』以外では「モデル」、「小夜千鳥」などがある。

一九一〇年、『中央公論』の「女流作家一〇篇」の企画で、治子は「鶉《うずら》」を書いている。わがままで、自分の欲望のおもむくままに行動する夫と少し離れて接し、結果的には独歩より地についた人生を送ったように思える。

晩年は二女柴田みどり宅で過ごし、八三歳で死亡。

（山城屋せき）

◆国木田治子

1879- 8	東京市神田末広町に6人姉妹の長女として生まれる。父榎本正忠、母米。本名治
1888	麴町1番地に移転。麴町の富士見小学校を卒業
1895	父正忠死亡。戸主となる
1896	祖父死亡
1897	国木田独歩が隣家に下宿し、知り合う
1898	独歩と結婚
- 9	原宿に移転
1899	長女貞子出産。この頃家を転々とする
1901	独歩『武蔵野』を岡落葉と編集、装幀
1902	長男虎雄出産
1903- 1	「貞ちゃん」を『婦人会』に発表
1904	舅、専八死亡。奥井君子、国木田家へ同居。二女みどり出産
1906- 6	「料理会」を『新古文林』に発表
- 7	独歩社をおこす
- 8	「愁」を『新古文林』に発表
-10	三女ふみ出産、まもなく死亡
1907	独歩社破産。「お露」「胸騒ぎ」を東洋画報社に発表
1908- 1	独歩、南湖院に入院
- 2	南湖院近くに一家移住。「当世」を『中央公論』に発表
- 6	23日、独歩死去
- 8	「破産」を『万朝報』に発表
- 9	二男哲二出産
1909	『黄金の林』（有倫堂）を独歩と共著で出版
1910	『中央公論』12月号「女流作家10篇」に「鶉」掲載
1911	『青鞜』に「猫の蚤」（1－1） 「妹」を『婦人界』6月号に、「萩の宿」を『少女の友』9月号に発表
1912	三越に勤める（1918年まで）
1913- 6	「おさと」を『文芸倶楽部』に発表
1914	『小夜千鳥』（岡村本店）出版
1916	『黄金の林』（大阪屋）共著出版
1956	現代日本文学全集月報50「夫独歩の謎」
1962-12	22日、二女みどり方で死去（享年83歳）

■女性翻訳家の先駆

小金井喜美子

Koganei Kimiko

1870.11.29-1956.1.26

喜美子は森鷗外の妹である。教育熱心な森家の一人娘として、開校まもない東京女子師範学校付属女学校に入学し、祖母と共に千住の自宅から本郷の素人下宿に移り通学した。国文は抜きんでており、英語も、当時東大医学部在学中の次兄篤次郎（のち三木竹二の名で劇評）の友人を、家庭教師に迎えるなどして、熱心に語学力を高めていった。

女学校在学中、ドイツ留学から帰国してほどへた小金井良《よし》精《きよ》との縁談がおこる。一家はその決定を留学中の鷗外に委ねた。頭脳明晰で兄達と同等の学問を目指す喜美子はこの縁談に強く反発するが、結婚後学問を続けることは、望むところとする小金井の考えに次第に惹かれていく。ほどなく小金井の学識と人物を見込んだ鷗外からの「大賛成」の電報が届く。なるべく早く来て貰って困難を共にしたいと言う小金井の希望をいれて卒業を待たずに結婚した。そして夫とは別の人力車で通学し、英語の個人レッスンも続ける生活が始まった。

喜美子は鷗外帰朝後の文学啓蒙活動の一環である新声社（S・S・S）に加わり、優れた短歌の才能をよりどころとして文学の研鑽を積んでゆく。鷗外の訳業はドイツ語によっていることが、東京大学総合図書館「鷗外文庫」によって検証される。したがってドイツ語のできない喜美子は、原詩を読んで育んだ鷗外の詩風をつかんだ上で、彼女独特の豊かな感性によって新文体の創造を試みたのではないだろうか。一八九〇年代の女性作家台頭の気運の中で、二男二女の出産、育児をこなしながら、鷗外の励ましを受け、良精の理解の下で、ドオデエの「星」をはじめ次々と美しい文語訳を発表した。聊斎志異《りょうさいしい》の『皮一重』により石橋忍月から「若松賤子《しずこ》と並ぶ閨秀二妙」と賞賛された（『国民之友』七三号）。三〇歳代に入って小品を少し発表した後、しばらく筆を休める。鷗外の『スバル』☆が発刊され、そこが再び喜美子の発表の場となるが、もう翻訳はせず身辺雑記風の随筆を綴っている。

『青鞜』☆発刊に際して賛助員となる。喜美子の住所が曙町で近かったのでらいてう*が訪問した。「上品な中年の令夫人という感じで、遠慮深い感じながら好意ある態度で『出来るだけのお手伝いはいたしましょう』」と賛助員を快諾した喜美子の印象を、らいてうが自伝（『元始』）に記している。『青鞜』に発表した「太鼓の音」(一－二)は、向かいの家から子どもの太鼓の音が聞こえてくる、その音の断続を通じてその家の消長を観察した立体感のある佳作であり、『青鞜』に寄せる喜美子の気構えがうかがえる。

しかし、その後注目すべき作品は残していない。ただ、歌人としては『明星』☆の後身『冬柏』に拠り活動し、晩年には歌文集『泡沫千首』を出している。また、『日本古書通信』より求められ、生涯敬愛し、知的な交流をした兄鷗外の記憶をみずみずしい筆遣いで描き、連載されたその随筆は喜美子の没後、回想集『鷗外の思い出』として刊行された。

鷗外は留学時代に「独逸婦人会」総集会に出席し、女性問題に目が開かれ、その後の喜美子の生き方に大きな影響を与えた。またらいてうや青鞜社に対して温かい理解と深い関心を示し、女性の思想的向上を期待した。しかし喜美子のまなざしはあくまでも身内のものたちに注がれ、より広い社会的視野を獲得するまでにはいたらなかったようである。(小俣光子)

◆小金井喜美子

1870-11	29日、島根県鹿足郡津和野字横堀に生まれる。父静男、母ミネの長女。本名キミ。森家は津和野藩の十三代続いた藩医
1873- 6	31日、祖母キヨ、母、次兄篤次郎と上京し、前年上京の父、長兄林太郎と共に向島に住む
1880-10	18日、千住小学校卒業。東京府庁賞を受賞。佐藤応渠に漢学、福羽美静に和歌を学ぶ
1884-10	2日、東京女子師範学校付属女学校入学
1888- 3	31日、小金井良精(東京帝国大学教授)と結婚
- 7	4日、本郷区駒込東片町110に転居
1889- 2	「星」ドオデエ(『日本之女学』)。8月共訳詩集「於母影」が『国民之友』夏期付録に。喜美子訳はホフマンの「わが星」とされる
1890- 1	「皮一重」(聊斎志異) 3月「人肉」(石點頭) いずれも『しがらみ草紙』
- 8	6日、長男良一出産
1892-10	小説「浴泉記」レルモントフ(『しがらみ草紙』)(〜'94.6) 翻訳家としての地位を確立
1893- 1	7日、長女田鶴出産
1895	「戊申のむかしがたり」(『国民之友』)。「浮世のさが」ハイゼ(『太陽』)
1896- 1	27日、二女精出産。「あずまや」ヒルデック(『めざまし草』)。12月、本郷区駒込曙町16に転居
1897	森林太郎著『かげ草』(春陽堂)出版。この中に喜美子の翻訳収録される
1899- 7	12日、二男三二出産
1902- 6	「重衡卿」(『心の花』)。7月「舞の莚」(『婦人界』)。12月「黄金」(『萬年艸』)
1910- 5	「子の病」。8月「粽」。11月「向島の家」(『スバル』)。12月「借家」(『中央公論』)
1911- 1	「千住の家」。5月「卒業前後」(『スバル』)。「太鼓の音」(『青鞜』1－2)
1930- 4	「不忘記」(『冬柏』)
1935- 7	「兄君の最後に」(『浪漫古典』)
1936- 6	「森於菟に」(『文学』)
1940- 6	歌文集「泡沫千首」を自家版として刊行
1943-12	『森鷗外の系族』を大岡山書店より刊行
1944-10	16日、良精死去(享年86歳)。追悼歌集『朴の落葉』を自家版として刊行
1956- 1	26日、死去(享年87歳)。29日、『鷗外の思い出』八木書店より刊行

■江戸趣味の少女

小林哥津

Kobayashi Katsu

1894.11.20-1974.6.25

哥津は青鞜社員の年少者グループの一人であった。『少女世界』などの投稿少女であったが、仏英和女学校で知り合った『青鞜』発起人の一人木内錠*に誘われ社員になる。

哥津は東京京橋に生まれ、浅草周辺で幼児期を過ごし、下町風な自由な雰囲気の中で育つ。

父小林清親《きよちか》は明治の浮世絵版画家、特に光と影を巧みに表した「光線画」で有名である。哥津はその五女、父四七歳の時の子供で、父に愛されたことが、後に父の画業を評価し伝えることに力を注ぐことになった。

哥津が『青鞜』に参加したのは、仏英和女学校を卒業し、専攻科在学中のとき。哥津と尾竹紅吉*、伊藤野枝*の「三人は三羽烏といった格好で社内を賑わすようになりました」（『元始』）とらいてう*は自伝でいう。

『青鞜』には小説一一編、他に詩、戯曲などを発表している。小説や戯曲は主に東京の下町、特に浅草や柳橋など江戸の面影が残る場所と、芸者や役者など下町に住む江戸っ子、そして江戸情緒を主題に書いている。

まだ少女であるにもかかわらず「江戸趣味」的な作品を書く哥津を、田村俊子*は「細おもてで顔が緊まって、鼻がほそく高くって、江戸芸者の俤を見るようなすっきりとした顔立ちだった」と見ている。

書くことの好きな作家志望の少女哥津は、『青鞜』の他にも『享楽』編集を手伝ったり、尾竹紅吉の『番紅花《サフラン》』☆に参加したりするが、同人が次々と結婚する年代になると、彼女も日本画家尾竹竹坡の弟子である小林祥作と結婚。

結婚後は出産と育児に追われるが、まだ生活に余裕のある頃は『赤い鳥』に童話を書いたり、『瑞典のお伽噺不思議な旅』を翻訳したりしていた。しかし夫に働きがあるとはいえず、また夫の実家が火災に遭うという災難も重なり、心ならずも小説を書くことからは遠ざかる結果になってしまった。

戦中から戦後の一時期、守屋東創設の大東高等女学校、大東学園において教鞭をとっていた。成長期の子供たちを抱えて生活の糧を得なければならないという事情もあったことであろう。しかし当時の教え子たちには好評で、その一人は「髪はゆるやかに束ね、着物もゆったりと着付け、粋であった。

江戸弁でシャッキリ喋る口調も合わせ独特の雰囲気があった。国語を教えていたが、戦後は自らガリ版で教科書を作り、『人形の家』を取り上げたりしてとても新鮮な思いがした」と語っている。

その後は、父清親の追想と研究資料の紹介に努め、また東京回想の随筆などを執筆。

一九六〇年*田村俊子賞が設けられた時にはその選考に関わり、東慶寺で行われる授賞式には、毎年のように出席している。哥津のことを瀬戸内晴美は「始終『青鞜』の編集部にいて、この時代の若者のあらゆる動きを聡明な目に見つづけてきた。らいてうの恋も、野枝の恋も、哥津さんは最も身近でながめている」、また「この時代にひかれる度に、哥津さんの可憐な姿を作品の中にはめこんできた」と『遠い風近い風』（一九七五・一一・三〇）に書いている。

晩年は俳句、水彩画に親しみ最後まで絵筆とペンは手放さなかった。

（井上美穂子）

◆小林哥津

1894-11	20日、東京京橋で生まれる。父清親、母芳の五女、父は浮世絵版画家。戸籍名かつ
1901	寺島尋常小学校入学
1906	富士見小学校高等科2年転入
1907	仏英和女学校（現白百合学園）2年に編入学
1911- 4	仏英和女学校卒業　専攻科入学
-11	『青鞜』社員になる
	『青鞜』1巻4号に詩「寂しみ」
1912- 4	母死去
	この頃から編集室に顔を出し編集を手伝う
1913	伊藤野枝とともに編集の助手として校正を担当する、小説など作品多数発表
- 9	『享楽』(編集生方敏郎) 創刊号に「口上茶番」
1914	『女子文壇』1月号に「をし絵」
- 3	『番紅花』編集に参加
	結婚（小林祥作、日本画家）
1915	『青鞜』5巻8号に小説「お隣りのおくさん」
-11	父死去
-12	長男俊夫出産
1917	二男健男出産（1939年22歳で戦死）
1919-12	『瑞典のお伽噺不思議な旅』玄文社より刊行
1920	『赤い鳥』に童話「藁の牛」、「灯籠祭」
	三男通男出産（梅津家へ養子）
1922	四男芳郎出産（木村家へ養子）
1924	五男完郎出産（1940年16歳で病死）
	『中央公論』 6月号に「清親の追憶」
1928	長女理子出産
1932	六男基男出産（1948年16歳で病死）
1934	二女喜子出産
1942	この頃大東学園で国語の教師
1954-10	『芸林間歩』創刊号に「清親のスケッチ帖」
1956- 6	夫祥作死去（享年64歳）
1958	野田宇太郎主宰の『文学散歩』に参加（昭和36年）まで
1962-12	博物館明治村評議員になる
1968	同人誌『素面』（季刊）に「清親絵巻」「青鞜雑記」、この頃俳句・水彩画にしたしむ
1973- 2	NHK教養特集（TV）「最後の浮世絵師・娘から見た清親」に出演
1974- 6	25日、死去（享年79歳）
1977-11	『最後の浮世絵師小林清親』（吉田漱編）に「「清親」考」収録

■辛口の行動派

五明倭文子

Gomyou　Shizuko

1890.?-?

青鞜末期に参加した五明倭文子は、五巻五号に「沈丁花」、五巻六、七号に「青畳」、五巻一一号〜六巻二号に「最初の家」を発表し作家の道を歩み始めた。三作とも自伝的色彩の濃い作品である。「沈丁花」について「投書といふものを嘗《かつ》て試みなかつた私が、家事の余暇《ひま》にいたづらしてみた小説風のもの」で、らいてう*から「此度初めて書いて御らんになつたの左様ぢやないでせう」と言われたと記している。（「らいてう様へ」『才媛文壇』一九一七・六）。『青鞜』の後、『ビアトリス☆』の創刊に参加、戯曲を含む三作品を寄稿するが、雑誌経営の知識も思想もないのに「高尚なハイカラな雑誌を出そう」という同人たちに対し「女の仕事」というだけで世間に喜ばれる雑誌はもう通用しないと批判（ビアトリス同人に与ふ」『女の世界』一九一七・二）、脱退している。

倭文子は、一八九〇（明治23）年九月、信州松本の医師百瀬興政の長女として生まれた（興政は木下尚江の従兄で後に町議、県議を経て一九三九年松本市長に就任）。松本高等女学校から東京府立第三高等女学校に転じ女子美術学校で造化を学び一九〇九（明治42）年卒業。法学士五明正と結婚、一児を産むが一九一六（大正5）年、経済的自立をもとめ東京日日新聞社会部記者となりのち離婚。らいてうから「あんな家庭的な温順《おとな》しい女が、まアどうして新聞記者になどなつたのか」と「繰り返し不審がられた」という（同上『才媛文壇』）が、一九一七年には読売新聞に転じ、一九一九年九月、特派員として釜山、京城、北京などを二か月にわたり取材。「朝鮮から満州へ」と題し百瀬しづ子の署名で「よみうり婦人欄」に現地での見聞記を連載した（九月二〇日〜一二月二五日）。ここに「彼の地に住つている日本の婦人達」が「其国の婦人達と親密に交際して」いないことに驚き「失望した」と書いた倭文子は、一九二一（大正10）年四月、朝鮮に深い理解を示す日本人男性と朝鮮人女性との恋愛を描いた小説「地に逆く者」を『自由評論』に発表した。一九一九（大正8）年には江木欣々の口絵や岡田八千代の序文を得て、初めての著書『三角の眼』を出版、大阪朝日新聞の懸賞小説にも応募（選外佳作）している。

一九二〇年、新婦人協会☆発会式に出席。婦人問題への関心も深かったように思われるが、新婦人協会での活躍の様子はみられず、大正末期以降の消息は不明である。（安諸靖子）

メイゾン鴻の巣

日本橋兜町の東京証券取引所から人形町方面に渡る橋がある。頭上を首都高に遮ぎられて昔日の面影はないがこれが鎧橋で、「パンの会」をはじめ文士、画家に愛された「メイゾン鴻の巣」はこの袂にあった。レストラン&バーと銘打って、売り物は二階の窓から眺める日本橋川の江戸情緒と「鴻の巣特有のカクテルやポンチ酒」。

メイゾン鴻の巣外観

明治四五年初夏、田村俊子と長沼智恵子の「あねさまとうちわ絵の展覧会」の帰りに広告取りに立ち寄った尾竹紅吉は、名物のカクテルの色彩から見て来たばかりのうちわ絵を連想し、展覧会記事の最後に「五色につぎ分けたお酒」（ペパーミント、キュラソーなど色彩の異なる酒を比重の重いものからグラスに注いで層を作った、レインボーと呼ばれるカクテルであろう）のことを書き加えた。もちろんこれがその後の「吉原登楼」と結びついて、「娼妓を買い、五色の酒をあおる新しい女」というスキャンダラスなイメージを呼び起こすとは、予想もせずに。「鴻の巣」はよほど青鞜社員のお気に入りだったとみえ、スキャンダルにもかかわらず、頻繁に利用されている。その年のクリスマスに社員が集ったのも、翌年の大晦日、生家から独立の決心を固めたらいてうが奥村博と記念の晩餐をとったのもここだった。下の写真の『十日会』とは、岩野泡鳴が主宰していた文士、画家の集まりで、保持研、荒木姉妹、らいてう、尾島菊子らが写っている。

（池川玲子）

泡鳴主宰の十日会（「メイゾン鴻の巣」にて）

■「家」制度と戦争に反対して

斎賀琴

Saiga Koto

1892.12.5-1973.9.24

*らいてうの自伝には「斎賀さんは、わたくしより五、六歳年下でしょうか、いつも控え目な、つつましい態度の人でした」と書かれている（『元始』）。たしかに琴はもの静かな印象を与えたが、芯には実に強いものを秘めた人だった。

　子どものころ美しい夏の夜空を眺めて「天文学者になりたい」と思ったという琴は、「女に学問はいらぬ」という父親にようやく許されて東京の家政女学校に進学した。だがその裁縫科に満たされず、成女高等女学校に転入学する。☆塩原事件のあと平塚明（らいてう）を評価した宮田脩の文章を読み、その宮田が校長をする学校だった。成女の教育のなかで文学への関心を深めて短歌や文を綴りはじめ、校友会誌にも書いている。

　日本女子大学校教育学部に入学したのち、友人に誘われて☆青鞜研究会に出席している。しかしすぐ『青鞜』に作品を出しているわけではなく、初出は四巻二号の短歌「別後」である。跡取りだった姉が亡くなったことで婿養子の義兄との結婚を強いられた琴は、宮田を頼って家出をする。義兄は分家し、琴が家督を継ぐことで落着するが、この「家」制度との闘いの体験を書いた小説が「夜汽車」（四―四）である。このなかで琴は「愛情のない虚偽の結婚は深い罪悪で、自分の生活を侮辱するもの」といっている。

　このころ太田水穂の主宰する歌誌『潮音』に加わり、ここで教育学者でありのちにエレン・*ケイの翻訳をする原田実と知り合い、結婚を決意する。しかし、斎賀家の家督相続者となった琴と、原田家の長男である実との結婚は二年近く紛糾し、生まれた子を斎賀家の跡継ぎとすることでようやく合意が成立し、結婚にこぎつけることができた。

　この二度にわたる「家」制度とのたたかいは、のちに二編の長編小説となって結実した。「をとめの頃」は『万朝報』に連載され、「許されぬもの」は『国民新聞』の懸賞小説に当選し一九〇回にわたって連載された。どちらも「家」制度がいかに人間性を無視したものであるかを描き、「家族各が『家』といふ一つの観念よりも遥かに遥かに尊むべきものである事」（「をとめの頃」）と述べている。

　また琴は幼いころ祖母から「幕末のいくさ」の悲惨な話を聞かされて育った。少女時代には日露戦争によって不幸となった人びとを身近に体験し、これを「戦禍」として第一次大戦のさなか、『青鞜』に発表した。戦争の犠牲になる若い嫁とその小さな娘の悲劇を描き「何故に人類は多額の費用と時と知識とを無益にして徒らな殺生に耽るのでせうか」と告発する。第一次大戦の影響がほとんど見られない『青鞜』にあって、唯一の反戦的な作品であった。

『青鞜』が終焉したのちは☆『ビアトリス』や『婦人と新社会』その他の雑誌にも作品を発表している。子育てに忙しくなってから小説は書いていないが、短歌だけは創り続けた。のち古稀記念に出版した歌集『さざ波』には戦時下の

・大君の赤子一万屠られし記事みて泣かゆ秋風の窓に

といった反戦的な短歌が収録されている。またこの「あとがき」にはチンドン屋のように反戦の文字を背に掲げて歩きたいと書き、『新婦人しんぶん』では「戦争反対を訴えて自由に全国をさまよい歩きたい熱情にとらわれることがあるのですよ」と語っている。

（折井美耶子）

◆斎賀（原田）琴

1892-12	5日、千葉県市原郡五井町に生まれる。父斎賀文太、母やえの三女、父は小湊鉄道創設の功労者。戸籍名こと
1898	五井小学校入学
1906	五井小学校高等科卒業
1907	東京家政女学校入学
1909	成女高等女学校に転入学（四学年）
1910	「夕の思ひ」成女校友会誌『明治乃婦人』
1911	日本女子大学校教育学部に入学、2年で中退
1912	青鞜社研究会に参加 山田語学塾で英語を学ぶ
1912-11	27日、姉うめ死去。義兄との結婚を強いられ「家」制度とのたたかい始まる
1914	家出上京。宮田脩宅に寄寓 『青鞜』に書き始める 小説「夜汽車」（4－4）　ほか短歌を6回 太田水穂の歌誌『潮音』の社友となる
1915	小説「昔の愛人に」（5－5） 感想「戦禍」（5－10）　ほかに詩歌を4回
1916	スコット・ニーアリングの翻訳を2回 ほかに短歌2回 「逝く春の頃」（『ビアトリス』創刊号） 「尼となりて操をたてしエロイズ」（『女の世界』12月号）
1918-12	18日、原田実と結婚 「秋風をききつつ」（『婦人と新社会』） 小説「をとめの頃」『万朝報』連載　79回 『第三帝国』に翻訳エレン・ケイ、マリイ・スクロワ、ズットナー夫人「近き将来の物語」 小説「幼き春」、「幼き者等」
1924	「許されぬもの」『国民新聞』の懸賞小説に当選、190回連載 『少女世界』の歌壇選者になる
1925	小説「或る妻の生活」（『婦人公論』10巻3号）
1926	小説「姉妹」（『小学校女教員雑誌』） 家事、育児（泉、洋、洸、津）に専念するが作歌活動は継続
1962	古稀記念に私家本の歌集『さざ波』出版
1970	句誌『馬酔木』に投句を始める
1971	『新婦人しんぶん』「母の歴史」欄に登場
1973- 9	24日、死去（享年80歳）

■『二六新報』にも名が載る

佐久間時

Sakuma Toki

1886.11.9-?

創刊時の社員であり、『二六新報』や『☆新しき女の裏面』にも名前のみ出ているが、作品は無い。没年も不明である。時は、千葉県千葉郡生実浜野村北生実に久保徳太郎の長女として生まれる。千葉県立高等女学校補習科を修業し、一九〇四年日本女子大学校国文学部二年に入学、一九〇七年四回生として卒業した。

卒業後は母校の寮舎に生活していたが、一九一〇年結婚、佐久間姓となり滝野川村田端に住む。一九一一年には北海道札幌区北六条に転居、その後仙台市に再度居を移した。戦前までは仙台にいたようだが、戦後の住所等は不明である。

『青鞜』の創刊時には既に結婚しており、また、札幌で生活していたにもかかわらず社員となったのは、同じ国文学部四回生に、木内錠*や中野初*、茅野雅子*、上田君*等がいたためであろうか。時に関する情報は、女子大同窓会機関紙『花紅葉』『家庭週報』（五五頁）による以外ほとんど無い。（井上美穂子）

与謝野晶子と子どもたち

「最近の与謝野晶子氏と御家族」というタイトルで『青鞜』(2−4)の口絵にのった写真。

■太田水穂と共に『潮音』を運営

四賀光子

Shiga Mitsuko

1885.4.21-1976.3.23

光子は本名有賀（結婚して太田）みつ。長野県長野市に父有賀盈重、万代の次女として生まれた（七人の子どもの第二子）。

諏訪郡四賀村出身の父は春波と号して和歌、漢詩、書画の素養の深い文人肌の教育者で、その感化を受けて成長した。ペンネームの「四賀」に小学生のころ暮らした父祖の地への思いがこもる。小学校教員の父は転勤が多く光子も転校を余儀なくされたが、松本高等小学校補習科から一九〇〇年四月、長野師範学校女子部へ入学し寄宿舎生活を始めた。その新聞閲覧室で創刊間もない薄っぺらな☆『明星』を繰って与謝野鉄幹、*晶子の作に接し、父や教師の詠む旧派和歌とは異なる新しい歌の息吹を感じた。鉄幹著『新派和歌大要』を買って読み「詩歌へのあこがれを、秘密のもののごとく胸に抱いて、学業の暇をぬすむやうにして文を綴つたり、新体詩を書いたり、歌を作つたりして、かういふ心ゆたかな孤独といふもののあるといふことを知つた」（「機縁」『潮音』一九六一・一二）と回顧するが、聖公会の教会に通って聖書を熱心に読み学業もおろそかにしない抑制的な学生生活を過ごしている。

一九〇三年に師範学校を卒業して松本市の小学校教員となり、太田水穂を知り彼の主宰する「この花会」に参加して短歌を作り始めた。一九〇五年、水穂と婚約後、東京女子高等師範学校文科に入学して植村正久の教会にも通い感銘をうけたという。一九〇九年卒業するとすぐに結婚し女学校教員として単身赴任する。*若山牧水、北原白秋を知り☆『創作』等でも活躍し、新婚時代に*喜志子が家出上京して来ると寄留させ同郷の歌友としての親愛は終生続いた。一九一五年水穂が『潮音』を創刊すると同人、主宰夫人として編集発行を助けた。

『青鞜』にこの頃の作一三首が掲載されている。

・ほのかなる夏の夕《ゆふべ》の公園に遊動円木なりてさびしき
（「九月の歌壇より」五－九）

・旅つきてかへるゆふべをしみじみと常陸墾原《はりはら》あめふりいでぬ
（「十月短歌抄」五－一〇）

自然を素直に情感をこめて歌う。*世良田優子、*斎賀琴、*望月麗も潮音社会員であった。その後「日本的象徴」を主唱した水穂と共に理念的理知的となるが昭和初年には社会性のある素材にも取り組む。一九五五年、水穂が逝去すると主幹となり平明、現実的な詠風となる。八〇歳で養嗣子の青丘に位置を譲り九〇歳で死去。歌集随筆集等八冊がある。（村岡嘉子）

■『青鞜』歌人中の異彩

柴田かよ

Shibata Kayo

1884.8.7-1958.2.3

柴田かよについて「岐阜の人で、青鞜歌人中の異彩でした。かなり多作の人らしく、よく歌を寄せられましたが、そのペン字があまり男らしいのと、歌も明朗・軽快・才気縦横・皮肉あり、ユーモアありという風で、どこにも女性の感傷性が見出されないので、最初男か女かの疑問がかけられ、それだけ私たちの間で興味がもたれました。後年岐阜でお会いしましたが、どこか男性的な色黒な痩せた人で、働く人らしいさっぱりした気質で、婦人記者をしていられました」と平塚らいてうは書いている（『わたくしの歩いた道』一九五五、新評論社）。

かよの短歌が『青鞜』に初めて載ったのは三巻四号で、以後三巻、四巻を中心に一一回一六七首出詠され、歌数では、『青鞜』歌人中第六位である。かよの短歌は

・視る気にもなれず／読まねば気がすまず／わが掌の上の君が恋ぶみ（三―四）

・汗ばめる／肌をぬぐいのびのびと／ゐねつ疲れし足を掻い撫づ（三―九）

・気もかろく／薪を送る仕切など書き居り／朝の陽を浴びながら（四―三）

というように三行書きの形式をとっている。三行書きの短歌は石川啄木などによって試みられており、日常生活を題材にした平明な詠いぶりとともに啄木の影響がうかがわれ、らいてうに「異彩」といわれた所以でもあろう。しかし同時期『詩歌』に掲載されている歌は三行書きではなく「わけもなき涙こぼれて」とトーンがかなり異なっている。

かよは車田家の一人娘として生れたが、早くに両親をなくし、母方の祖母に育てられた。岐阜で高等小学校を卒業したのち、横浜でフェリス女学院に通ったといわれている。その後横浜で婿養子を迎え、二人の男子を生んだが、不本意な結婚生活のため別れて岐阜に帰った。かよが師事していた窪田空穂門下の十月会同人で、名古屋新聞岐阜支局の主任記者であった柴田清美と再婚した。清美が選者をしていた『教育新聞』の歌壇に、かよも時々「柴田七重」のペンネームで加わり、歌会などには夫婦で出席している。当時としては大胆なそんな振る舞いをしても、夫の生家に手伝いにいった時の嫁の立場の辛さを詠んだ歌もある。「美濃より」と題した野枝

宛の手紙形式の文には、私の周囲は「目に遮るものは女の自由を否定し束縛する濃い濃い空気と、無理な無定見な俗衆の群」（三‐九）であると書いている。

一九一五年、夫清美は胃癌のため二九歳の若さで世を去った。名古屋新聞岐阜支局は清美の弟が継ぎ、かよはそこで支局の記者として働きはじめた。一九一九年、らいてうらが設立した☆新婦人協会には、かよは正会員として参加している。

「元始、女性は太陽であった」を「唯一の武器として行くべき路を開拓」したいと書いたかよは、その後俳人春日竹翠と交友し、その後岐阜支局の同僚で歌人でもあった西垣真一と生活をともにした。戦後は浄土真宗の熱心な信者として、また英会話を勉強したり、映画や習い事を楽しんで最後まで意欲的に生きた。

（折井美耶子）

◆柴田かよ

1884- 8	7日、岐阜県稲葉郡加納町丸の内に生まれる。父加納藩士車田近智、母じょうの長女。本名かよ
1892- 3	父死去
- 4	岐阜尋常小学校入学
1898- 3	岐阜尋常高等小学校卒業。この頃母じょう死去。以後母方の祖母寿（ひさ）が親代わりとなる。フェリス女学院に在学したらしい
1903	この頃、横浜にて養子と世帯をもち、長男詩郎、二男美緒を出産
1908	岐阜に戻り、柴田清一と再婚。清一は筆名清美。1881年生まれ。当時名古屋新聞岐阜支局の主任記者
1909	清一、『教育新聞』の歌壇の選者となる。かよも柴田七重のペンネームで選者となる
1910- 1	10日、三男保夫を出産
1913- 1	『青鞜』に入社
- 4	『青鞜』に短歌「掌の上の恋文」を発表。以後、3巻6、7、8、9、10、11号、4巻2、3、11号に短歌を、3巻9号に伊藤野枝への手紙文を、5巻1号に旋頭歌を発表
- 5	上京し、平塚らいてうや伊藤野枝に会う 12日、名古屋新聞に創作「第三者から」発表
- 9	19日、名古屋新聞に創作「灯の淡き夜」発表
-10	『青鞜』社の新社則のもと補助団甲種会員となる
1915- 8	27日、清一、胃癌のため死去。その後かよは、名古屋新聞岐阜支局、濃飛日報の記者として働く
1924- 2	6日、祖母寿96歳にて死去。この前後俳人春日竹翠と交友
1947- 7	3日、十数年間生活を共にしていた西垣真一死去。その後、三男保夫の家族と岐阜市八ッ梅町で暮らす
1958- 2	3日、5年前の脳溢血が原因で死去（享年74歳）

■日本女子大学第六代学長・平和運動家

上代たの

Joudai Tano

1886.7.3-1982.4.8

『青鞜』誌上に上代たのの作品はないが、芳舎名簿☆の「賛助員其他関係者」に記載があり、平塚らいてう*の翻訳をかげで助けていたようだ。たのは『青鞜』創刊当時、日本女子大学校で英語の授業を担当し、同時に成瀬仁蔵、新渡戸稲造、および浮田和民を主幹とする英文雑誌『ライフ』（後に『ライファンドライト』と改題）の編集をまかされていたことを考えると、超多忙の中での助けであったろう。

たのとらいてうは同年であるが、らいてうは最短距離で女子大に入学したのに対し、たのは女学校を出てから補習科にいったり、小学校教師をしたりで女子大卒業は、らいてうの四年後になっている。しかしこの同年生まれの二人は後年平和運動で協力することになる。

明治三〇年代に島根県の春殖《はるえ》村から上京するのは大仕事で松江から新橋まで三日がかりであったという。こうして日本女子大学校の英語予科に入学する。学生時代の保証人が河井酔茗であったので『女子文壇』☆の編集室でアルバイトをし薫陶をうける。一九一〇（明治43）年と翌年の『女子文壇』誌友会の記事にたのの消息があり、一九三四（昭和9）年『女性時代』一二月号の「女子文壇を思う会」で酔茗は、いつに変わらぬたのの「志には敬服の外はない」と記している。

たのは成瀬仁蔵から、また寮の舎監だったフィリップスに紹介された新渡戸稲造から思想上の大きな影響を受ける。新渡戸の指導により国際問題研究会の一員となり、のちに当時世界的平和運動家として活躍していたジェーン・アダムスと出会い深い衝撃を受ける。

日本にも婦人平和協会が組織されると、その事務局の仕事をし、婦人国際平和自由連盟の日本支部創立準備にも尽力し一九二六（大正15）年アイルランドのダブリンで開かれた国際年次総会に日本代表として出席、見事な英語で支部活動の報告をしたという。この間度々英米に留学したり、視察に出掛けた。太平洋戦争中は、英語は敵国語と排斥されるなかでも信念をまげず、学徒動員で軍需工場に英文科学生を連れていく日々にも英語の臨時講義をした。

戦後はらいてうと手を携え、数々の平和運動をしている。「非武装国日本女性の講和問題についての希望要項」を三たび米国のダレス特使、その他に送り、インドのネール首相に平和のメッセージを送る。「再軍備反対婦人委員会」を結成「非武装国日本女性より米国上院議員諸氏に訴える」書簡を発送する。「世界平和アピール七人委員会」設立、国連にむけ平和のアピール。これらのすべてに平塚らいてうと上代たのの二人の署名が含まれている。

日本女子大学第六代学長となってからも、学生に「人生の挑戦に真っ向から取り組め」と教え、一九六四（昭和39）年長年の夢であった開架式図書館を建設した。その中にはたのの寄贈した「上代平和文庫」がある。多くの要職につき、数々の褒章を受けた。一九七七（昭和52）年には九一歳で「軍縮と発展」と題する講演をした。逝去の前年には名誉都民に推挙された。大学間の交流や、学生と教授の人格的接触を図れるようにと、大学セミナーハウスの設立にも尽力した。

故郷の自然石の墓石には「故郷を愛す　國を愛す　世界を愛す」と自筆の墓碑銘がきざまれている。

（鳥井衡子）

◆上代たの

1886- 7	3日、島根県大原郡春殖村に上代豊三郎、わきの二女として誕生、戸籍名タノ
1904- 4	大東尋常小学校で教鞭をとる
1905- 4	日本女子大学校英語予科に入学
1907	新渡戸稲造の図書や手紙の整理を手伝う
1909-12	24日、聖バルナバ教会（聖公会）で受洗
1910- 3	日本女子大学校英文学部卒業（7回生）
- 4	日本女子大学校英文学部予科教員（英語）英語雑誌『ライフ』の編集にたずさわる
1913- 9	米国ウェルズ・カレッジに入学
1917- 6	同校より修士の学位を受ける
- 9	日本女子大学校英文学部教授　英米文学担当
1923	「婦人国際平和自由連盟」日本支部創立準備
1936	『リー・ハント』（研究社）を出版
1947- 9	「財団法人日本国際連合協会」設立委員
1950- 6	「非武装国日本女性の講和問題についての希望要項」をダレス特使に送る（ガントレット恒子、平塚らいてう、上代たの、野上弥生子、植村環）
1951- 5	「婦人国際平和自由連盟（WILPF）」の日本支部会長に就任
- 9	ネール首相に平和のメッセージを送る（平塚らいてう、市川房枝、上代たの、神近市子、武田清子）
-12	「再軍備反対婦人委員会」結成（代表平塚らいてう、市川房枝、上代たの）
1952- 1	「非武装国日本女性より米国上院議員諸氏に訴える」書簡を平塚らいてう、市川房枝、上代たのの連名で発送
- 8	「日本ユネスコ国内委員会」委員に就任
1954	「憲法擁護国民連合」理事　「世界連邦建設同盟」理事
1955-11	「世界平和アピール七人委員会」設立（下中弥三郎、茅誠司、湯川秀樹、平塚らいてう、上代たの、植村環、前田多門）
1956- 4	日本女子大学学長に就任
- 8	「婦人国際平和自由連盟」総会に出席
1965- 3	日本女子大学学長を退任　名誉教授
1967- 1	『新渡戸稲造先生に学ぶ』刊行
1977- 8	「国際平和自由連盟」の第20回総会で「軍縮と発展」講演
1982- 4	8日、急性心不全のため死去（享年95歳）

■『青鞜』から大衆小説家・清谷閑子へ

杉本まさを

Sugimoto Masao

1890.1.5-1939.3.24

杉本まさをは、青鞜社社員志望第一号である。当時まさをは二二歳、京都の新聞に小説を発表し始めた頃だった。*らいてうが京都在住の*茅野雅子に青鞜社の趣意書、規約を送り、入社を要請した関係で『青鞜』創刊予定を知ったらしく、一九一一（明治44）年六月一八日に雅子の紹介状を持って青鞜社を訪ねた。その時、まさをは津田青楓を伴っていた。フランス帰りの新進洋画家である青楓は、まさをの初期の文学を生み出す原動力になった男でもある。まさをが高等家政女学校在学中の一七歳頃に知り合い、結婚話にまで発展した恋愛は、まさを側の家庭の事情で断念するが、未練は残り、対して青楓の心は離れて行く。女の、男への断ち切れない思いが小説となり、『青鞜』誌上に綴られていく。

まさをは『青鞜』創刊に先駆けて、宮下桂子の筆名で『京都日出新聞』に「流離」を連載するが、作家として自立出来たわけではなかった。『青鞜』には「習作」とだけ名付けた作品を載せ、文章修行中の様子をうかがわせる。しかしながら、翌年九月に「習作」の執筆を止めさせる事件が起こった。それが一七日の『京都日出新聞』に載ったゴシップ記事である。そこには、二人の男性との間で修羅場になり、警察ざたを引き起こしたことが書かれてある。これは事実だったらしい。一一月の『青鞜』には「『髪』長編小説の序」として、新聞で暴かれてしまった自分の裏面を肯定するために自伝を書くことにしたとの決意が述べられる。この長編小説が完成していれば、明治維新後の新しい教育を受けて成長した女が描かれ、興味深い作品になったであろうが、未完に終わった。いっぽう一九一三（大正2）年頃に上京し、一九一四（大正3）年の結婚を機に国分姓に変わり、『婦人画報』の記者になる。多忙な記者生活に追われながらも創作するが、妻が書くことを嫌う夫を前にして、『青鞜』からも離れて行く。「合奏」（四—四）が、『青鞜』における最後の掲載作品となった。

しかし、創作への念は止み難く、帰宅後は机に向かい、ついに一九二〇（大正9）年、長編小説「月見草」が大阪時事新報懸賞小説に一等当選する。「月見草」は新聞連載中から評判になり、単行本として出版され、芝居にもなったという。この成功をきっかけに夫と離婚し『婦人画報』記者も辞め、文筆業に専念することになる。『青鞜』時代（一九一一～一九一四）を第一期とすれば、一九二〇年からの三年間は第二期と言えよう。この間、まさをは単行本を二冊出し、新聞連載小説を書くが、一九二二年の再婚と母の死をきっかけに宗教の道に入り文学から遠ざかっていった。母に死に別れて生と死の問題に苦しみ、文学では解決できなくなったのである。そのまさをが三たび文学へと戻ったのは、約一〇年後の一九三三（昭和8）年『サンデー毎日』「創刊第十年記念長編大衆文芸懸賞」に、「不死鳥」が当選し掲載されてのことであった。まさをはその数年前から仏教研究家としても認められつつあり、「不死鳥」には仏教の思想も盛り込まれていた。これ以降の筆名は「清谷閑子」である。ここから死まで続く第三期活躍時代は、仏教界の女性の問題を考え、歴史上の女性を掘り起こす作品で新境地を開く。五〇歳になったら自己の思想の変遷を描く自伝に取り組む予定であったが、実現せずに死をむかえたことが惜しまれる。

（岩田なつ）

◆杉本まさを
〔国分まさを、正生〕

1890- 1	5日、大阪府摂津国三島郡清水村字服部（現高槻市）で生まれる。父杉本敏行、母いくの二女
1904- 4	13日、京都の高等家政女学校（現家政学園）入学
1907- 3	29日、高等家政女学校卒業。卒業後は京都薬学校に入学するが中退
1911- 6	青鞜社社員になる
- 8	18日から10月12日まで『京都日出新聞』に「流離」を連載
-11	「夕祭礼」（1－3）など
1912	この年「習作」と題した短編小説を『青鞜』に6作品掲載。11月、12月『青鞜』に長編小説「髪」を連載
1913	東京に移転。3月、4月『青鞜』に「髪」を、7月、10月「髪」の続編「朝霧」掲載
1914	この年結婚し『婦人画報』記者（1921年まで）になる
- 3	「阿古屋茶屋」（4－3）
- 4	「合奏」（4－4）
1920- 5	「月見草」が大阪時事新報懸賞小説に一等当選。7月28日から9月18日まで『報知新聞』に「かたばみ更紗」を連載。9月頃に離婚
1921- 1	1日から6月1日まで『名古屋新聞』に「恋の花」全146回連載
- 3	『月見草』（玄文社）
- 6	『かたばみ更紗』（玄文社）
1922	この年早乙女勇五郎と再婚 1月、4月、6月、10月『女性同盟』に随筆を執筆
-12	母が乳癌にて死去（享年62歳）
1933- 3	3月から9月まで『サンデー毎日』に「不死鳥」全27回連載、9月『不死鳥』（春秋社）、12月『処女王国』（春秋社）
1934- 3	『春雷』（春秋社）
- 6	『舜海懺悔抄』（大雄閣）
1936	12月20日から翌年7月21日まで『国民新聞』に「桜狐」全210回連載
1937	「英雄政子の生涯」を『女性展望』に全18回連載
1939- 3	24日、子宮癌にて死去（享年50歳）
1941- 3	『名僧の母・清谷閑子集第一巻』（新踏社）

■らいてうの翻訳に助力

鈴村不二

Suzumura Fuji

1886.11.23-1945.3.3

鈴村不二は、一八八六（明治19）年一一月二三日、北海道に農業鈴村馬助の長女として誕生。日本女子大学校付属高等女学校から日本女子大学校に進学。一九一〇（明治43）年に英文学部七回生として卒業する。付属高等女学校の同窓会誌『若葉』一号（明治44）には不二の「湖上の美人」という訳詩が載っている。

卒業後は、母校の寮監として、また普通予科の英語を受け持ち、学生指導の任に当たった。後に日本女子大学第六代学長となる上代*たのとは同級生で、共に平塚*らいてうの翻訳を助けた。芳舎☆名簿の「賛助員其他関係者」に記載がある。

らいてうは、ポオの散文詩の訳を「上代たのさんやお友だちの鈴村さん（この方は早く亡くなりましたが）などにも少し手伝ってもらいました」（『元始』）と記しているが、不二は六〇歳近くまで生存していた。

一九二〇（大正9）年六月七日法学士高田慎吾と結婚し、大阪の大原社会問題研究所内に住む。夫慎吾は児童問題研究家で同研究所創立に尽力、幹事として活動した。夫とともに新婦人協会大阪支部の会員となる。一九二三（大正12）年、夫人同伴で研究所からヨーロッパへ派遣された。『家庭週報』（五五頁）に不二の「伯林の寓居から」という記事があり、慎吾の「外遊雑感」という記事も掲載されている。

一九二七（昭和2）年夫慎吾四七歳で死去。不二は桜楓会アパートメントハウスに居住。一九三〇（昭和5）年頃上野図書館に就職したが、翌年、井上秀の日本女子大学校第四代校長就任とともに秘書となる。一九三四（昭和9）年母校図書館の主任となり図書館のために尽す。そして在職のまま一九四五（昭和20）年三月三日死去（享年五八歳）。

『花紅葉』『家庭週報』などに随想、短歌、詩、お伽噺、童話、タゴールなどの訳詩、手記、宗教や人生問題、その他多数掲載されている、若い頃は病気がちで小学校入学がおくれたとの記述があり、卒業後の同窓生の消息の中にも「健康をそこなわれ…」との記載もある。しかし一九三二（昭和7）年頃からの記事によれば乗鞍岳、谷川岳の登山なども楽しんだ様子で独逸の山旅の思い出も載っている。

女子大の成瀬校長の葬儀の時歌われた告別の歌、埋葬の歌は不二が作詞した。『家庭週報』にその思い出が載っている。

（鳥井衡子）

翻訳劇の合評

明治の末から始まった演劇革新運動は一九一一（明治44）年三月の帝国劇場（通称帝劇）開場でその頂点をむかえた。『青鞜』の創刊はこの年九月、次々と翻訳劇が上演され社会に大きな反響を呼んだ時代と重なる。同人たちは時代の潮流を敏感に受け止め欧米の近代戯曲中「新しい女」が登場し話題が沸騰した四つの劇―イプセンの「人形の家」と「ヘッダ・ガブラー」、ズーダーマンの「故郷」、ショーの「ウォーレン夫人の職業」―を観劇し、誌上で合評を行った。

女子大在学中からイプセンに関心を抱き戯曲中の「新しい女」に対する興味も旺盛だったらいてうは、創刊号にメレジコウスキーの「ヘッダ・ガブラー論」を訳載し、同人中ただ一人すべての合評に参加している。また、のちに貞操論争、廃娼論争、それぞれの火付け役ともなった生田花世と伊藤野枝が、娼婦から身を起こしたヒロインとその娘の「職業」をめぐる対立を描いた「ウォーレン夫人の職業」合評に加わっていることも興味ぶかい。ヒロインに批判的な評論もあったが「相次いで欧州近代戯曲中の問題の女性を論じたこと」もあり「青鞜社といえば新しい女、目覚めた女ということになった」とらいてうは自伝に記している。

「人形の家」は一九一一年一一月、「故郷」は一九一二年五月、いずれも松井須磨子主演で帝劇で上演されている。観客は夫や父に抗《あらが》って家出し自分の道を歩き出すヒロイン、「ノラ」や「マグダ」の姿に驚嘆したり共感の涙を流したりした。しかし観客たちの大半は劇以上にパリのオペラ座と見紛《みまが》うばかりの帝劇の豪華さに驚き感動したらしい。赤い絨毯を敷き詰めた帝劇の階段を、下駄や草履の汚れを気にしつつおそるおそる踏んだという明治の人々は、劇の合評より劇場の合評（？）に熱中したようである。（安諸靖子）

「人形の家」でノラを演じる松井須磨子（早稲田大学演劇博物館蔵）

■チェホフ作品翻訳の先駆

瀬沼夏葉

Senuma Kayou

1875.12.11-1915.2.28

瀬沼夏葉は明治期のロシア文学翻訳家として、中でもチェホフ作品を日本で初めて原語から翻訳した功績によって知られている。『青鞜』にはチェホフの代表的戯曲「叔父ワーニャ」「桜の園」「イワノフ」の他ブジシチェフ、プシブシェフスキイの作品を訳載した。ブジシチェフの「東北風」は、避暑地に一人で滞在し別荘番の娘に言い寄る中年男と、小悪魔的で美しい一七歳の娘マリアンカとの駆け引きが推理小説めいた手法で描かれた小説で、主人公マリアンカに「新しい女」の片鱗があり、夏葉らしい選択眼が感じられる。青鞜一周年*の集いに白い洋服とボンネット姿で参加した夏葉の印象をらいてうは「つつましいいかにも怜悧な婦人」だったと自伝（『元始』）に記している。

敬虔なロシア正教会の信者だった母の遺言により、一〇歳の時駿河台の正教会宿舎に入りニコライ女子神学校に学んだ夏葉は、教会を訪れるロシア人との交流を通しチェホフ作品に出会いロシアの文化を吸収した。一八九二（明治25）年、女子神学校を卒業し母校の教師となる。同時にこの年創刊された校誌『婦学裏錦』の執筆陣に加わった。ここに和歌や訓話、小説や短文などを書いたことが夏葉の文学修行の出発点となった。二〇歳の時、内田魯庵訳の『罪と罰』を読み感動、ロシア文学研究を志しロシア語の勉強を始める。ニコライ神学校校長瀬沼恪三郎と結婚後尾崎紅葉に入門、夏葉の雅号を与えられた。夏葉の訳文は、新聞・雑誌で「ゆったりして品位がある」と評されたが、翻訳家として世に出るまでは、紅葉と恪三郎の助力も大きかったようである。

『青鞜』発刊に際し、既に名声のあった夏葉にも賛助員☆の依頼がなされたようだが訪露中だったため、二巻二号から参加、亡くなる直前の四巻一〇号まで、ほぼ毎号寄稿している。

『青鞜』創刊の半年前、一九一一（明治44）年四月に出発した第二回目の訪露は、大小五個の荷物と共に六連発のピストルを携え、生後四か月の三女を背負い、和服にねんねこ半纏の普段着でシベリア鉄道に乗り込んだ。品川を出発してからペテルブルグまで一八日間の旅の様子が『劇と詩』（一九一一・一二）に詳述されている。夏葉は翻訳の他にもロシアの紹介文などを新聞、雑誌に執筆している。『青鞜』にチェホフの戯曲を発表した背景には、日本国内でも翻訳劇が上演され演劇への社会的関心が高まりつつあったことに加え、ロシアでの観劇体験が大きかったように思われる。夏葉の翻訳劇は没後の一九一九（大正8）年、有楽座で新劇協会第一回公演として「叔父ワーニャ」が上演され、らいてうの夫奥村博史*（博）がテレーギン役で出演した。

料理や裁縫を好み、子供たちの教育にも細かい配慮を欠かさなかったという夏葉だが、執筆のために一軒家を持ち、単身ロシアに旅立つ行動力に富んだ女性でもあった。そのため、ロシア正教会の女性信者たち、とりわけ女子神学校の先輩教師からその奔放な生活を非難されたが、意に介さず、終生自我を主張して生きた。夏葉は『青鞜』と同時期に発足した新☆真婦人会の機関誌『新真婦人』にも作品を寄稿していたが、七人目の子供を出産後まもなく三九歳で亡くなった。与謝野晶子*は「思想・文才・凡て円熟の境に入りつつあった」夏葉の死は「痛恨の至りである」と追悼した。

（安諸靖子）

◆瀬沼夏葉

1875-12	11日、群馬県高崎のロシア正教会信者、山田勘次郎、フミの長女に生まれる。本名イク。父は種子店（また蚕種、陶器卸小売とも）を営む
1883-10	母フミ死去
1885- 4	ニコライ女子神学校入学
1892- 7	神学校卒業。母校の教理の教師となる
-11	校誌『婦学裏錦』創刊。桔梗の筆名で60号まで寄稿
1894- 4	ケーベル博士からピアノを習い始める
1898- 1	20日、ニコライ神学校校長瀬沼恪三郎と結婚
1901- 2	尾崎紅葉に入門。夏葉の雅号を受ける
1902- 9	紅葉との共訳で『文藪』にトルストイの「アンナ・カレーニナ」を発表（～1903年2月。未完）
1903- 8	紅葉との共訳で『新小説』にチェホフの「月と人」を発表（本邦初のチェホフ作品紹介）
1908-10	獅子吼書房より『露国文豪チェホフ傑作集』出版
1909- 2	24日、報知新聞に「閨秀作家の正体」の見出しで夏葉夫妻のゴシップ記事が出る
- 7	6日、敦賀よりウラジオストックへ出発（第1回目の訪露～9月19日帰国）
1911- 4	29日、第2回目の訪露出発（ペテルブルグ～11月末帰国）
-12	『詩と劇』に「東京より聖彼得堡まで」発表
1912- 2	『青鞜』2巻2号にチェホフの戯曲「叔父ワーニャ」訳載（～2巻8号）
- 5	10日、読売新聞「新しい女（その6）チェホフ傑作集の著者」の表題で夏葉の紹介記事
-12	『青鞜』2巻12号にブジシチェフの「東北風」訳載（～3巻2号）
1913- 3	『青鞜』にチェホフの戯曲「桜の園」訳載（～3巻5号）
- 6	『青鞜』にチェホフの戯曲「イワノフ」訳載（～4巻5号）
- 9	1日、「新真婦人」にチェホフの「カシタンカ」訳載
1914- 9	『青鞜』にプシブシェフスキイの「紫玉」を訳載（～4巻10号）
1915- 2	23日に四男出産後急変、28日、4男3女を残して死去（享年39歳）。聖名エレナ。ニコライ堂にて盛大な葬儀が行われた

■小説から叙情的短歌へ

世良田優子

Serada Yuuko

1889?-1923.11.8

優子は本名勇である。父の世良田常三郎は信州上田藩の郡奉行をつとめる士族だった。一家はクリスチャンで長女の優子も幼時に洗礼を受けている。小学校教師となった父は転勤が多いため祖母に育てられ上田小学校から長野県立上田高等女学校へ進み、卒業後は教会幼稚園の保母をしていた。

一九一一年、弟の進が一高に進学し、一家六人は上京し小石川区金富町に住み、優子は小石川教会幼稚園の保母として勤務し、後に園長となった。

『☆女子文壇』に女学校時代から詩、短歌、小説、随筆などを投稿していたが、特に小説は自己と社会を真摯にみつめて表現力もあり『処女』と誌名が変わってからも書き続け「相当に小説の技倆を持って居た」と河井酔茗も評価している。『女の世界』にも発表しているが、「寺に嫁いだ人」(一九一七・九)を書いた後に小説の発表は少なくなる。

同郷の歌人太田水穂が一九一五年『潮音』を創刊すると直ちに参加している。『青鞜』に掲載されたのはその三か月後で、次の歌を含む四首で『潮音』からの抜粋である。

・ひと所雲かげろへば空の色けふはわきても秋らしくみゆ　（「九月の歌壇より」五―九）

・豆腐屋は角をまがりてゆきけらしこの秋風にふかるるがみゆ　（「十月短歌抄」五―一〇）

翌年早くも『潮音』特別社友となり、四年後には同人に推薦されて合同歌集『刈萱集』に参加している。一九一六（大正5）年女性文芸誌『☆ビアトリス』が刊行されると創刊時から社員となり、ここにも短歌のみの掲載である。

一九一九年同郷坂城町出身の理学士中沢理と結婚し京都へ行き、一九二〇年長子を、二年後次子を出産したがともに生長するに至らなかった。その悲しみを「月のなかにほのかに夜々にさく花も吾が子とおもふ死にし子ゆゑに」「そこここに吾子の泣き声あるごとし目ざめてきくは落葉なりけり」とそれぞれ挽歌として歌い止めている。

夫が製茶事業「茶精」を営み始めると助力していたが、一九二三年半ば頃から病床につき療養先の磯部温泉で胃癌のため三四年の生涯を終えた。水穂は「優子君はその歌風きはめて温藉、うちに情緒をたたえ（中略）代表作は『ひさびさに髪ゆひにけりいづ方にわれは行かまし春の日の照る』である」（「思ひ出の記」）と高く評価し哀惜している。

（村岡嘉子）

『青鞜』社員とある鈴木かほるは誰？

堀場清子著『青鞜の時代』では、一巻三号に社員とある鈴木かほると、四巻四号に補助団員会費受領欄に鈴木香とあるのを、同一人とみなし、日本女子大学校卒業生の鈴木こうあるいは、鈴木かをるの可能性を指摘している。この「鈴木かをる」が『青鞜』に関わっていたのではないかと思われる。

鈴木(野口)こう(1885.11.28-1915.5.29)は、一八八五年千葉県長生郡に生まれる。一九〇三年千葉県女子師範学校を卒業し、一九〇七年日本女子大学校教育学部II部に入学、一九一〇年七回生の卒業である。

しばらく母校内敷島寮にいた後、東京芝区高輪南町にある森村家内に移り、同年九月開校された南高輪小学校（森村小学校）の教員になった。財界人で日本女子大学校評議員でもある森村市左衛門が自宅敷地内に開設した小学校である。

南高輪小学校に一九一四年四月まで勤務し帰郷、同年七月野口氏と結婚した。しかし間もなく病を得て、一九一五年五月死去、二九歳であった。

鈴木（飯塚）かをる（1890.11.18-1965.8.20）は、一八九〇年群馬県吾妻郡太田村に生まれる。戸籍名かをる。一九〇七年群馬県立高等女学校を卒業し、日本女子大学校普通予科から、翌年同大国文学部に入学、八回生である。一九一一年卒業し大阪市の愛国婦人会、翌年には神奈川県大磯にある女学校に勤める。一九一四年飯塚安喜雄（獣医）と結婚し、東京府下高田町雑司谷に住む。

夫は一九三八年に死亡し、かをるは子育てと生活に追われる日々であったが、子育てが一段落した頃から短歌の会に入り、歌作を楽しみ同窓会機関紙『桜楓新報』に何回か歌を載せている。またある時、誘われて原水爆禁止の署名活動をしたこともあるそうである。

同じ国文学部八回生に、保持研や神崎恒、田原祐がおり、『青鞜』のことが話題になったのではないだろうか。家族の一人は、「母は、らいてうさんやブルーストッキングについて話すとき、一際声が大きくなり、その生き方や考え方に引きつけられていた様子だった」と話している。また、古い本には鈴木香の署名があったという話である。

以上から考えて、補助団員会費受領欄にある鈴木香は、国文八回生の鈴木かをるの可能性が高い。「鈴木香」と「鈴木かをる」が「鈴木かほる」の可能性もあるが、はっきりとは確定できない。

（井上美穂子）

■『青鞜』から新婦人協会、婦選運動へ

高田真琴

Takada Makoto

1889.7.16-1954.7.15

真琴は静岡県三島の裕福な家庭に生まれ、自由にのびのびと育った。父常三郎はジェームス・バラが三島へ伝道に訪れたときその影響を受けたと思われる。真琴が幼いころ一家は横浜へ移った。小学校卒業後、ミッションスクールの横浜共立女学校へ入学し本科を卒業した。子どものころの事を「三十年前の私」として「父は輸出画家としての全盛期で神奈川の権現山上に横浜全市と東京湾内の出船入船を望み得る其頃には珍らしい洋館住ひをしてゐました（中略）小さい時から基督教を信じゐたので日曜日が待たれました」と『婦女新聞』（一九三〇・五・一〇）に書いている。

「（青鞜社第一回講演会に）福田英子さんが、石川三四郎さん高田真琴さんといっしょに、二階の座席にみえていたことをあとで知りました。高田さんは、このあと青鞜社に入社しました」（『元始』）と書かれており、『青鞜』三巻三号に新入社員として載っている。三巻五号に「タイプライター練習所英文速記教授高田真琴」と広告があるが「私のもと〳〵の職業は英文速記で」と『婦女新聞』（一九三〇・三・九）で答えているところをみると教えてもいたと思われる。真琴が『青鞜』に寄稿しているものは「女性間の同性恋愛—エリス—」（四—四）のみである。これはエリスの「Sexual inversion」の一部を訳したもので、その冒頭でらいてうは、これを掲載する経緯と翻訳を快く承諾してくれたことを書いている。後に「坂本真琴さんにたのんで訳してもらいました。（中略）野母の筆名で出ているのがそれです」（『元始』）と記している。

一九一六年『ビアトリス』の創刊時から社員となり、チャールス・ガーヴィスの『初恋』を訳し掲載している。『ビアトリス』一巻六号には「お三人の為めに」と題し、伊藤・大杉・神近の日蔭茶屋事件（七九頁）についての感想で野枝に対して「真の意味の乞食の心にならん事を切望します」と書いている。

一九二〇年らいてうらによって発足した新婦人協会の発会式では開会の辞を述べ、活発に活動を始めた。特に協会が目指した治安警察法第五条改正の請願運動に力を注ぎ、第四四議会で反対演説をした藤村議員を奥むめおと訪問し、改正を訴えた。第四五議会では採決が深夜になったが、それでも真琴たちは傍聴を続け、改正が可決されることを見届けた。

この改正は協会にとって大きな業績であったが、真琴自身も「何といっても私の生涯を通じて忘却し難い時」と『婦人運動』一〇巻六号に書いている。新婦人協会解散後婦選獲得同盟への動きは、真琴の筆で『新使命』に一九二六年二月号から一〇回にわたり書かれている。婦人参政を目指し婦選同盟で運動を続けていた真琴であったが、一九三二年には他の幹部との折り合いがつかず役員を退くこととなった。それまでは婦選の遊説に出掛け、雑誌にも多くの文を載せている。

一九二〇年三月から自宅で主婦向きに趣味と実用の家庭染色教授を始めると写真入りで『読売新聞』に紹介されている。「家で出来る仕事をと思って、丁度坂本が染色屋でしたから此の方にきて了った訳です」と『婦女新聞』(前掲号)で語っている。夫勇吉はドイツ染料を商っていた。作品の展覧会、横浜への出張教授も行っていた。真琴は若いときから画が好きで晩年は「専ら絵画に情熱を傾けていた」と『婦人界展望』二号に訃報とともに書かれている。

(清水和美)

◆高田（坂本）真琴
〔野母〕

1889- 7	16日、静岡県三島に生まれる。父高田常三郎、母常子の第1子。後に弟妹5人
1892	このころ横浜へ家族とともに転居
1902	高等小学校卒業。横浜共立女学校入学
1908	横浜共立女学校卒業
1911	このころ坂本勇吉と結婚
1913	青鞜社第一回講演会に参加その後青鞜社に入社。『青鞜』3巻5号に高田真琴名でタイプライター練習所の広告掲載。第1子瑞江出産
1914	『青鞜』4巻4号に「女性間の同性恋愛―エリス―」を野母の筆名で寄稿
1916	『ビアトリス』に社員として参加、「初恋―チャールズ、ガーヴィス」「お三人の為めに」を寄稿
1917	第2子浩江出産
1920	新婦人協会に参加し治警改正運動を行う。自宅で家庭染色教授を始める
1921	第3子静江出産。『主婦の友』に「手軽に絞れる帯側と浴衣の染方」を掲載
1922	新婦人協会の機関誌『女性同盟』の発行所を自宅とする
	新婦人協会解散後結成の婦人聯盟には不参加
1923	『婦人画報』に「新婦人協会より婦人聯盟まで」を『女性改造』に「火嵐に追はれて」を寄稿。婦人参政同盟に参加。普選示威行列に婦人参政同盟の旗を持ち参加
1924	関西へ遊説。婦人参政同盟を退く。婦人参政権獲得期成同盟創立に参加
1925	『婦人公論』に「断髪婦人の感想」を掲載
1926	『新使命』に「婦人参政権運動の高潮」を10回にわたり連載。『文化生活』に「農村婦人観」を寄稿
1927	第5子みどり出産（第4子は生後まもなく死去、時期不明）。『婦選』に「治警改正案提出ときいて十年前を偲ぶ」を寄稿
1932	『婦人世界』に「廃物利用の室内装飾品」を掲載。婦選獲得同盟役員を退く。治警改正十年記念会に出席。『婦人運動』に「治警五条中の第二項削除十周年を迎えて奥むめお氏にかき送る言葉」を寄稿
1954- 7	15日、死去（享年64歳）

■神戸の女学校で英語の教師

竹井たかの

Takei Takano

1883.11.2-?

たかの（多賀野）は☆芳舎名簿の「賛助員其他関係者名簿」に記載されているが、『青鞜』誌上に名前は無い。

たかのは一八八三年一一月、岡山県赤磐郡東春日村に竹井文四郎の五女として生まれる。一九〇二年日本女子大学校英文予科を経て英文学部に入学、一九〇六年三回生として卒業した。その後、母校内で寮生活を続けながら英文学の勉強をしていたようである。

一九一一年四月、神戸市にある親和女学校の英語・数学担当教師として赴任する。一九一二年五月、上品氏と結婚、親和女学校は同年七月末で退職した。結婚後は岡山県赤磐郡瀬戸町に住むが、一九三八年に大阪市西成区に転居。戦前は同所に引き続きいたことが、桜楓会名簿により確認できるが、戦後の住所は不明である。残念ながら女子大同窓会の桜楓会機関紙『花紅葉』『家庭週報』（五五頁）等からはこれ以上のことは分からない。

（井上美穂子）

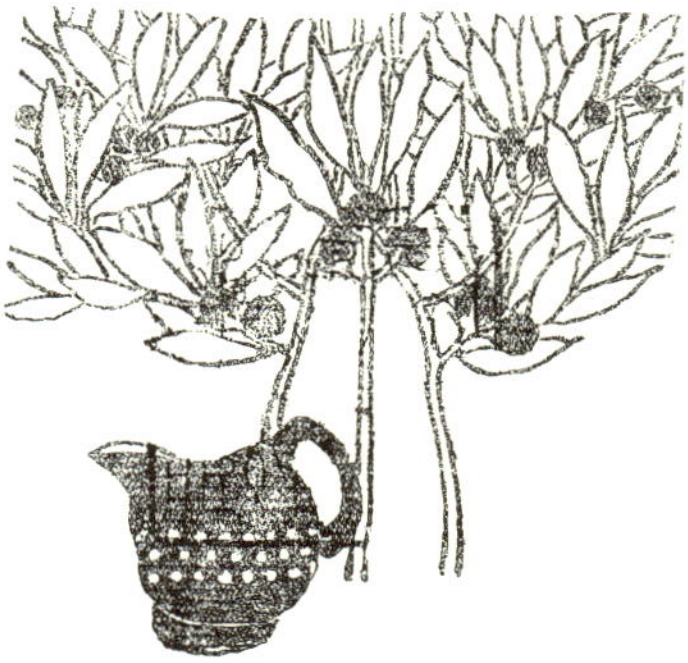

圓窓より

我れ神を見、神を知るとき、
神我れを見、我れを知る。
見るものと　見らるゝものと、
知るものと　知らるゝものとは一なり。
神神を見、神を知る。

―らいてう―

「圓窓より」（平塚らいてう）
（『青鞜』 2－4より）

■幼児教育に専心した

武市綾

Takeichi　Aya

1889.2.22-1942.8.11

武市綾は一八八九年二月、愛媛県伊予郡北伊予に、父武市庫太の長女として生まれた。一九〇六年四月、日本女子大学校英文学部に同英文予科から入学、一九〇九年卒業した。

父武市庫太は同志社英学校に学び、村会議員、県議会議員を経て、一九〇一年から衆議院議員に六回当選、綾が日本女子大学に入学する以前から一家は東京暮らしであった。

綾の『青鞜』への参加は、二巻二号の「本社の為に御助力せらるゝ方及社員名簿」に記載されているが、作品は二巻一号の「付録ノラ」にジェンネット・リーの評論「人形の家」の翻訳と、二巻三号の、やはり翻訳でイプセン作「幽霊」*について評論したメレジコウスキーの「幽霊を論ず」の二編である。綾は女子大卒業後、一九〇九年から二、三年の間、研究科生となっている時期があり、この間の翻訳作品であろうか。幼児教育に興味を持った綾は、一九一二年には桜楓会教育研究部に属し、障害児施設の滝乃川学園を訪問したり、母校の付属豊明幼稚園を手伝ったりして、モンテッソリ教育法の研究に取り組む。一九一四年、できたばかりの桜楓会託児所に丸山千代の助手として入り、桜楓会本部の後援も得てさらにモンテッソリ教育法の実践と研究に専念した。

一九一六年、吉賀貞輔と結婚。自ら幼児教育の場を持って実践したいという強い希望により、一九一八年六月、府下渋谷町中渋谷に「私立家庭幼稚園」を開設した。開園式には、渋谷町長や町の人々の参加が桜楓会機関紙『家庭週報』に報じられている。定員二五名の家庭的幼稚園で、自治独立の精神と知識の基礎である感覚の涵養を目的とした。この年七月に長男を出産。この間の実践が同じく『家庭週報』に報告されている。資金確保の一環として、一九二三年に渋谷音楽堂で童謡音楽会を開催。しかし震災の影響だろうか、一九二五年には府下世田谷若林に移転。その後も設備資金確保のために、童謡舞踊の童踊会を開催したりと懸命の努力が続くが、一九四二年一〇月胃癌のため死去。五〇歳であった。

貞輔は、綾の後輩にあたる社会事業学部を卒業した、桜楓会託児所の経験もある高梨はなと再婚。はなは、戦中戦後を戦災に遭うこともなく「家庭幼稚園」を守ってきたが、貞輔死亡後やむをえず幼稚園を手放すことになる。一九六七年に経営者は変わったが、今も「家庭幼稚園」は、同じ場所で同じ名称で毎日子どもたちを迎えている。

（井上美穂子）

■寂寥感深く自我を歌う

武山英子

Takeyama Hideko

1881.1.2-1915.10.26

らいてうは『元始』に「武山英子さんは歌人金子薫園氏の妹さん。当時歌人としてすでに名の出ていた人でした。すすんで社員になった人ですが、歌稿を送ってくるだけで、社にはついに見えなかったようです」と書くが『青鞜』に入社の記事は見当たらない。『芳舎漫筆』の名簿には「賛助員其他関係者」欄に「芝区白金猿町九一金子内　武山英」とある。

　ロマンチシズムからリアリズムへと移りゆく文芸思潮のなかで、実兄薫園が落合直文門の尾上柴舟と、自然に親しみその風光を歌うことが新時代の短歌だと主唱して「叙景詩派」を興し、アンソロジー『叙景詩』を刊行する。明星派と異なる平明清新な詠風が世に迎えられたのだが、ここに二〇歳の英子の短歌五首が収載され歌人として初登場したのである。薫園が「白菊会」を結成すると唯一の女性主要同人として活動し、薫園の歌集刊行に伴って大作を併載している。この兄妹愛と亡き母を恋う心情の清純さ、寂寥感の滲む作風が注目されており、らいてうの言う「当時歌人としてすでに名の出ていた人」であった。そのような英子が「すすんで社員になった」のはなぜだろう。『青鞜』への参加は一九一二年からの一年ほどで、出詠は三回、四五首である。

・親の家をのがれむとすることをのみ思ひめぐらしよれる窓かな　「ふた親のまへ」（二―九）

・美しきものにあこがるる女らしき女にてながく君をおもひにし　（同）

・淋しさはいづくよりわれにまつはるや眼閉づれば眼瞼《まぶた》のあたたかき感じ　「青き畳」（三―一）

・たへがたしうつ伏してわがひとり泣くその哀しみにわれのあるなり　「哀しき夏の夜」（三―七）

・夜の風呂のかけし鏡に肉づけるわがうす紅き胸のうつれる　（同）

　英子は病身ということもあり独身で、この頃は三一歳になっていた。その胸中を吐露する場として『青鞜』を選んだのに違いない。初めの二首は『傑作歌選第二輯武山英子』にも載せているから、親との葛藤や恋の歌を憚ってということではないかもしれない。だが歌集へ入れたのはあと三首だけで、掲出三首のような佳作を含む四〇首を『青鞜』以外に掲載していないのは不思議だ。それを解く鍵は「哀しき夏の夜」に多く歌われる継母との軋轢であり兄との情愛の深さだと考えることができる。前掲の『芳舎漫筆』の名簿に兄薫園方の住所が書かれており、当時そこへ身を寄せていたのだろう。

思いのたけを『青鞜』に歌って程なく病勢は進み、『傑作歌選第二輯武山英子』をようやくの思いで編集して抒情詩社から出版した。ただ一冊の英子の歌集であるが、この末尾に次の絶唱が収められている。

・淋しさに樹によれば樹の哀しみの冷たさの背《せ》にしみ入れるかな

・つよき薬のみつづけたる一とせのこの春の日の皮膚のおところへ

『青鞜』へ最後の出詠をしてから二年後の病没であった。才能ある歌人の夭逝を惜しんで歌誌に追悼文が掲載されたが、『青鞜』に発表していたことについて触れたものはない。

（村岡嘉子）

◆武山英子

1881- 1	2日、東京市神田淡路町に生まれる。父助雄、母ちかの長女で本名ひで。父は代言人（現弁護士）であり、母は神田の商家の娘で古典や和歌に堪能であった。英子より5歳年上の長男雄太郎はこの母から手ほどきを受けた。のちに浅香社の主要歌人となる金子薫園であり、母方の金子姓を継いでいる
1888-11	母ちか死去（英子7歳）
	父が保子と再婚する
1893	神田尋常小学校卒業
	兄金子薫園より短歌を学ぶ
1898	府立第一高等女学校卒業
- 4	継母保子死去。父は3人目の妻を迎える
	芝区鞆絵尋常小学校の教師として勤務する。この頃日本橋大伝馬町に転居。薫園が文芸投稿誌『新声』の編集者で短歌選者も兼ねたので勧められて投稿する
1902- 1	薫園が尾上柴舟と共選編著の歌集『叙景詩』（新声社）を刊行。英子の作品5首収載
1903-10	薫園が「白菊会」を興しこれに参加、吉植庄亮、土岐善麿とともに主要同人として活動する
	この頃、女学校に教員として勤める
1904- 2	本郷区湯島の父の別邸に転居し兄と共に祖父の世話をする
-11	「小紅集」33首が『小詩国』（薫園第2歌集・新潮社）に付載され出版となる
1906- 4	「鶯菜」24首を『伶人』（薫園第3歌集・短歌研究会）に白菊会同人7名と共に収載
1907- 4	祖父死去。病気がちとなり神田淡路町の父の家に移って国文学研究や作歌に専念する
1910- 9	兄が西岡基子と結婚
1912- 9	青鞜社に入社し『青鞜』（2－9）に「ふた親のまへ」13首を発表する
1913- 1	『青鞜』（3－1）に「青き畳」14首
- 4	病小康を得て京都・奈良に兄と約1か月遊ぶ
- 7	『青鞜』（3－7）に「哀しき夏の夜」18首
1915- 5	『傑作歌選第二輯武山英子』（抒情詩社）を病床で編集し刊行
-10	26日、腹膜炎により死去（享年34歳）

■刺繍をアートに

田沢操

Tazawa Misao

1892.1.?-1980.4.18

田沢操は初期の社員の一人である。誌面上では二巻二号から入社となっているが、創刊から三か月目の万年山勝林寺での集合写真に、すでに廂髪袴姿で登場している。文筆での参加は二巻五号の「雨の日」のみ、以後『青鞜』から姿を消す。

田沢家は、維新時に徳川家に従って静岡に移ったものが、陸軍勤務の父の代には再び東京に住んでいた。子沢山でさほど裕福ではなかったが教育熱心な家庭で、操をはじめ弟妹みな高等教育を受けている。なかでも操には強い向学心があり、月謝が払えないにもかかわらず、友人が通う和歌の塾に同行していたという。府立第二高等女学校時代には『少女世界』の投稿で鳴らし、卒業後には小学校に勤めつつ、大下藤次郎の水彩画研究所で学んだ。「雨の日」からは、アンデルセン*を読み、展覧会で*富本憲吉の更紗に注目し、方寸社に出入りして、なお「自分達は幼いのだ世間を知らない」と先を見つめる行動的な一九歳の姿が浮かんでくる。

東京美術学校西洋画科助手であった田邊至との結婚の成りゆきは定かではない。が、田端界隈では、バスケットを抱えた操が、アトリエに押しかけてきたという話がまことしやかに伝わっている。これも操の性格を物語るエピソードかもしれない。当時の田端は文士村と称されたほど文化の香り高い地であって、ここで夫婦はポプラ倶楽部に出入りし、音楽に親しんだ。*平塚らいてうとは、子どもの幼稚園が一緒で交流もあったらしいが、新婦人協会にはかかわっていない。一九二二（大正11）年には洋装になり、この後着物を着ることはほとんどなかったという。「帝展」で入選を重ねた至の作品からも、幸福な暮らしを窺うことが出来る。

破天荒な積極性が再び発揮されるのは、一九二三（大正12）年のこと、子どもを妹に託し、周囲の反対を押し切って、前年から留学中であった至をパリに追った。ヨーロッパでは各国を廻りアルプスにも登ったという。中でも最大の収穫はイタリアで収集した刺繍に関する資料で、これを元に帰国後の操の活動が始まるわけだが、渡欧中に乳飲み子であった次男が死亡するという悲劇もあった。

帰国後は☆朱葉会に絵を出す一方で、刺繍に関する文筆活動を開始する。美校教授となった至が中心となった美術雑誌

『美術新論』には、一九二六（大正15）年から三年間に渡り「人体解剖」や「風景画の構図」などの講座記事に並んで、操の「西洋刺繍」が連載された。これは、刺繍や染色の、いわゆる「ファイバーアート」を、油絵や彫刻の「ファインアート」と同等に位置付けようとした試みとして評価されてよい。

しかし、一九二八（昭和3）年あたりから、操自身の活動は急速に鈍る。一九三五（昭和10）年までは『主婦之友』に料理記事等が散見できるが、操個人としてではなく、「良妻賢母たる田邊至夫人」としてのスタンスが強調されている。美術アカデミズムの中心にいた至は、この頃朝鮮美術展覧会の審査に関わっていた。戦時色強まる中、長女を急病で失い、洋画家となった長男も従軍画家として南方に出征、田端のアトリエも焼けた。

戦後、至は中央からの呼び掛けに一切応じず、鎌倉に移った。地域の文化活動に勤しむ至の傍らには、常に、ベレー帽を被ったモダンな操の姿があったという。

（池川玲子）

◆田沢操
〔田邊操〕

1892- 1	陸軍勤務田沢雄太郎の長女として生まれる。東京牛込に暮らし、愛日小学校に通う
1907	府立第二高等女学校入学。『少女世界』に数多くの作品を投稿
1910	同校卒業、小学校に勤務。大下藤次郎に師事、水彩画を習う
1911	親友石井光子とともに青鞜社入社
1912	『青鞜』に「雨の日」(2－5)、『みづゑ』大下追悼号に「追想」を発表
1914	東京美術学校助手田邊至、田端100（光明寺境内）にアトリエを持つ。至の父新之助は、開成中学を創設した漢学者、兄は哲学者の元。至と結婚、退職はこの年か
1915	至、妊娠中の操をモデルにした「窓の外」を文展出品
1916	長男穣（のち洋画家）出産
?	長女嫩出産
1922	この頃二男出産。『女性日本人』(3－7) に「落書き帖より」を発表し洋装を宣言。至、渡欧
1923	渡欧、夫の助手として、ヨーロッパ各国を巡る。3児は隣家の洋画家吉村芳松宅に託す。吉村の妻みつは操の実妹であった
1924	二男死亡。その後に帰国。「朱葉会」に油彩、水彩を出品。至、美校教授就任
1925	『主婦之友』3月号にイタリア刺繍についての記事を書く
1928	『美術新論』に「西洋刺繍」についての講座連載。双児を出産するも死亡
1932	『主婦之友』9月号座談会「夫の愛を独占する方法」に出席
1933	至、『主婦之友』1月号に「妻なればこそ」を発表
1934	「日本婦人の鑑」に載る
1938	長女嫩盲腸炎にて急死。至、美校教授を辞す
1945	空襲で田端の家焼失、戦後の1年を夫婦で愛媛県の越智家で過ごす
1946	鎌倉に移住
1968	至死去
1980- 4	18日、死去（享年87歳）

■台湾で婦人会活動をした

龍野ともえ

Tatsuno　Tomoe

1884.12.25-1937.8.12

龍野ともえ（富島巴）は『青鞜』一巻二号で社員と報じられている。作品は無い。

長野県小県郡東塩田村出身であるが、東洋英和女学校から一九〇三年日本女子大学校英文学部に入学。一九〇六年三回生として卒業した。二〇歳年上の兄、龍野周一朗は村会議員から県議会議員を経て、ともえが女学校に行く頃は衆議院議員であった。ともえはこの兄のもとで生活していた。

一九一二年に富島元治と結婚、夫の台湾勤務にともない台湾台北城内の官舎住まいとなる。一九一八年、三女を亡くしたことから人生観が一変、仏門に心のよりどころを求めた。

夫が高雄州知事時代には、婦人会を起こし空き瓶の回収をして婦人会館を建設した。帰国後は夫の郷里京都に住み、女子青年会の指導など宗教活動を生きがいとした。三女を亡くしてからだろうか、名前を変え、富島祥あるいは祥子と名乗っていた。一九三七年八月死去、五二歳であった。（井上美穂子）

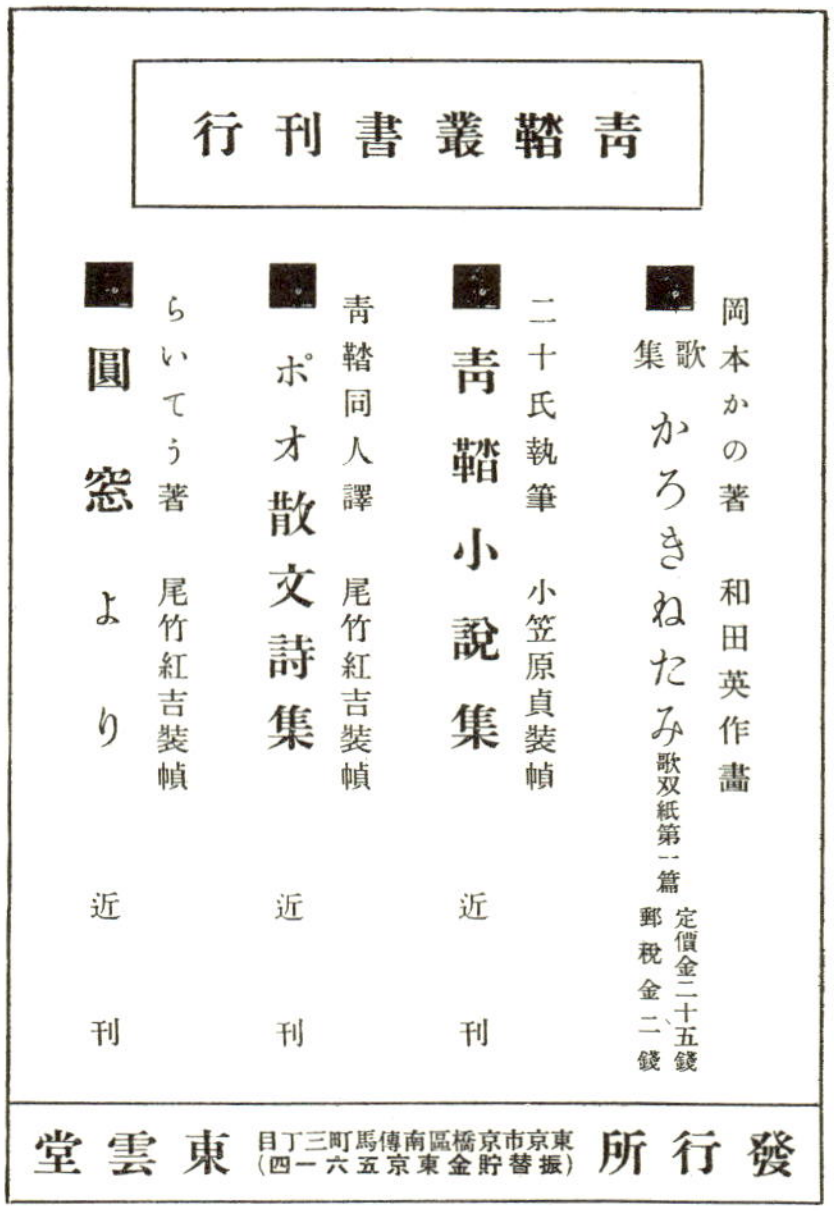

青鞜叢書の広告
（『青鞜』 3−1より）

■「欅と筆」に託した思い

田原祐

Tahara Yuu

1888.6.18-1945.12.14

田原祐は一八八八（明治21）年六月、福岡県糟屋郡須恵村で生まれ、伯父田原養柏のもとで育つ。一九〇五年三月、福岡市立高女を卒業し、日本女子大学校普通予科から一九〇六年四月、国文学部に入学。都合で一時中断したが、一九一一年八回生として卒業した。卒業後は郷里に帰り、一九一二年四月、医師宮崎環と結婚し福岡県小倉市に住む。

『青鞜』には、創刊時から社員であり、作品は一巻二号に二編、二巻三号に二編、小説と短歌を発表。一巻二号の小説「二日間」は女子大に通う美知子と新潟にいる姉民子、そしてかつて伯母のところに下宿していた学生速見、それに母と伯母などの関係を描いたもの。現状に満足できず、また自分の欲求するものが何なのかを見出せないまま、ただ家を飛び出してくる姉、その姉が美知子も好意を寄せている速見の下宿に飛び込んだことによる美知子の心の揺れ、ともかく体面から早く連れ帰ることしか考えない母、そしてどう対応したら良いのか考えがまとまらない美知子、知的女性の悩みを表している。女子大同窓会桜楓会機関紙『家庭週報』（一九一三・三・二一）に「同級の誰彼へ」として、結婚生活に流される日々について「―欅と筆―痛い程胸に迫った覚悟は是れです」、また「新しい女」という誇張した挑発的報道に対し「御互様に新しい女ではあり度い、不充実の恨みに悶ゆる間に一事でも一物でも積まうとする、勇気を続け得る人であり度いものです。そして新しい女と云ふ詞に含まるゝ内容を更めたいものと思ひます」と書いている。

一九一三（大正2）年春、夫が大阪で医院開業のため、祐は生まれたばかりの長男を連れ大阪に転居。やっと落ち着いた五日後に長男は丹毒を発病、両親の必死の看病の甲斐もなく二週間後に死亡する。亡き子への愛と闘病の経過を冷静に「両親」として、同じく『家庭週報』（一九一三・八・八）に書いている。

その後は、大阪の天下茶屋周辺で過ごし、『家庭週報』へ随想などを寄せている。

一九四五（昭和20）年一二月一四日死去、五七歳であった。

『花紅葉』『家庭週報』からたどる祐の足跡はこれ以上は不明である。「欅と筆」という言葉に託した思いを少しでも現実化したものが、『家庭週報』に寄せた幾つかの文章ではないだろうか。

（井上美穂子）

■愛と時代に挑んだ「女作者」

田村俊子

Tamura Toshiko

1884.4.25-1945.4.16

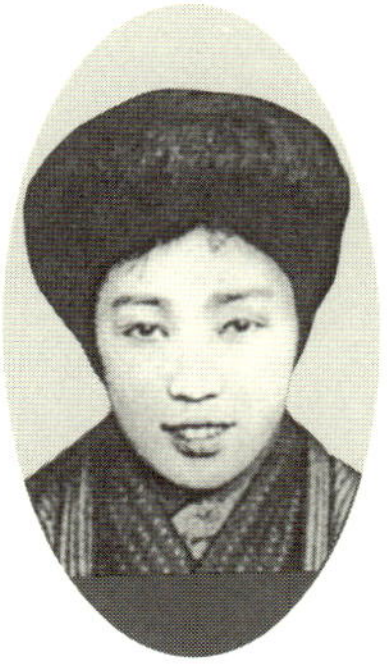

『青鞜』の創刊号に小説「生血」を書いた田村俊子は、すでに前年、大阪朝日新聞社の懸賞小説に「あきらめ」が当選するなど、つぎつぎと作品を雑誌に発表して、すでに作家として認められていた。らいてう*は俊子について、人の思惑など気にせずなんでもずけずけいう人で、発起人四人を前に「あなたたち、雑誌を出すなんて、そんなこと出来るの、出せるのかしら……」と、こちらの相談に乗ってくれるよりも、さんざん冷やかして帰ったと語っている（『元始』）。

俊子は「私の家は、私のちいさい時芸妓だの落語家だのたいこもちが始終出入りし、毎日お花をひいたり、歌ったりして騒いでいた。私はこういうのが大嫌いで、土蔵の中に入って、古い新聞を出してきて読んだりしていた」と「昔ばなし」（『新日本』一九一四・一）に書いている。江戸時代から代々札差として繁栄してきた家だった。

日本女子大学校に入学したが、病気のため一学期で中退したのち、小説家を志して幸田露伴に弟子入りした。師の指導に納得できず、女優をこころざし、舞台に出たこともある。

露伴門下の兄弟子で、婚約者の田村松魚が七年ぶりにアメリカから帰国し、やっと結婚をした。俊子の文学の才能を認めていた松魚は、叱咤激励しながら「あきらめ」を書かせ、俊子は作家としての成功をかちえたが、松魚の作品はいっこうに振るわなかった。しだいに俊子は松魚から離れていき、長沼智恵子*と親しくなり、智恵子のうちわ絵と俊子のあねさま人形の展示会を開いたりしている。

俊子は『青鞜』に「生血」以外は短い二作品を載せただけである。「生血」は初体験した女の内面を描いたもので、女の心身を組み敷いていく男に対して、憎しみを抱き、女の自我の目覚めと、精神の自由をもとめ、男の支配下に入ることへの不合理を追求している。

自伝的な要素を含んだ作品を書きつぎ、俊子は文壇の寵児となった。その華やかな文学的活躍は、『青鞜』の時代と重なり合う。しかし、次第に生活に行き詰まり、創作力も衰え苦しみのなかで朝日新聞記者の鈴木悦との恋愛がすすんでいく。妻子のある悦も身動きできなくなり、新しい生活を求めてカナダへ行き、『大陸日報』の主筆になる。俊子はやっと渡航費をつくって悦を追ってバンクーバーへ渡った。

悦は日本人労働者のなかに労働組合をつくり、その指導に力を入れていく。機関紙『民衆』を発行し俊子が翻訳の部門を受け持ち、労働組合婦人部の部長となった。

帰国した悦は上智大学・明治大学の新聞科の講師となるが、急死する。俊子も一八年振りに帰ってきた。文壇は俊子を迎え入れ、作家としての活動を期待したが、作品は昔のみずみずしさはなく、認められなかった。時代を取り戻そうと、働く女性の問題に目を向けたり、プロレタリア作家たちとも交流していったが、空白は大きかった。佐多稲子の夫窪川鶴次郎との恋愛も袋小路にはいりこむ。

一九三八年に俊子は一、二カ月の予定で中国にわたる。各地で軍首脳部に厚遇され滞在が長びく。軍の委託により中国語で女性の啓蒙雑誌『女聲』(月刊)を発行した。だんだんと出版も困難となり、終戦間近に倒れ死亡した。葬式には俊子を惜しむ中国女性がたくさん参加した。

(吉岡真美)

◆田村（佐藤）俊子

1884- 4	25日、東京府台東区蔵前の米殻商の家に生まれる。父佐藤了賢、母きぬの長女。本名と志
1896- 4	お茶の水女子高等師範付属女学校に入学。1学期で退学、東京府高等女学校に転校
1901- 4	日本女子大学校国文学部入学。1学期のみ
1902- 4	小説家を志し、幸田露伴へ入門（露英）兄弟子の田村松魚と知り合う
1906	文学にあきたらず毎日派文士劇の女優に
1909- 5	アメリカから帰国した田村松魚と同棲
1910	大阪朝日新聞社懸賞小説に「あきらめ」当選。作家活動に専念
1911- 9	『青鞜』社員。創刊号に「生血」を発表
1912- 1	『青鞜』2巻1号に小説「その日」
- 6	長沼智恵子のうちわ絵と俊子のあねさま人形展を琅玕洞で催す
- 9	『青鞜』2巻9号に「お使ひの帰つた後」
1913	『新潮』に「女作者」、『中央公論』に「木乃伊の口紅」など多数の作品を発表
1914	『中央公論』に「炮烙の刑」
1916	だんだんと創作力おとろえる。松魚と別れ、湯浅芳子と同居する
1917	経済的にも行きづまる。妻子のいる鈴木悦と恋愛し、2人で隠れ住む
1918	悦は5月末カナダに出発。10月バンクーバーへ、大陸日報社の悦のもとへ行く
1919	『大陸日報』に論説や短歌や詩を「鳥の子」のペンネームで発表
1921- 9	市川房枝が訪れ、俊子主催の講演会開く
1923- 3	合同教会赤川牧師の手により、悦と結婚
1924	悦は『民衆』を発行、労働運動に力を入れ、俊子も翻訳部門を受持ち協力する
1930	カナダの日本人労働組合婦人部の部長となり、バザーや音楽会と多彩な活動をする
1933	前年悦は帰国、大学の講師に就任後急死
1936- 3	帰国。文壇に復帰し、長谷川時雨、中条百合子、丸岡秀子らと親交をもつ
1937	再起できず、窪川鶴次郎と恋愛関係をもつ
1938-12	中央公論社の特派員として中国へ行く
1942- 5	草野心平の斡旋で日本大使館嘱託となり軍部の援助で女性雑誌『女聲』を創刊
1945- 4	脳溢血で昏倒し、16日死去（享年60歳）
1946	東慶寺内に文学碑建立、田村俊子賞設定

■『明星』の歌人「白梅の君」

茅野雅子

Chino Masako

1880.5.6-1946.9.2

茅野雅子は『青鞜』創刊時からの社員で、廃刊の前号まで毎年一回以上作品を発表している。日本女子大では上田君*や発起人の中野初*、木内錠*の同期生である。

『青鞜』に最初に載った作品は「枯草」と題する二〇首の短歌。なかには病気の夫蕭々をよんだ歌もあり「女をばなぞ嘲るや女より生まれぬ人のあらじとおもふに」という歌もある。二巻一号の「女のうた」では男の思い及ばぬ女の秘かな心の内をうたう。二巻では詩、短歌、小説とジャンルが広がり、三・四巻は詩、五・六巻は短歌のみとなっている。

一八八〇（明治13）年、雅子は大阪で薬種問屋を営む増田宇兵衛、さとの次女として誕生。生家は相当の資産家であった。数え年五歳のとき母が病死。雅子は幼いときから草木を愛し、読書好きの少女であったが、父や継母は女の子は学問より裁縫が第一と考えているような人で、本を読むと注意され、女学校も転学や退学をさせられ、琴、習字、その他、稽古事をさせられた。しかしひそかに古典を読み、文学の勉強をして、短歌をよんでいた。一九〇〇（明治33）年「新詩社」に入社、増原雅子の名で『明星』☆に短歌が載り、「白梅の君」とよばれるようになる。次号からは増田雅子の名で掲載される。家庭の事情からか岩村男爵邸に奉公するが、歌をよみ投稿を続け誌上で与謝野晶子*、山川登美子と交流する。

一九〇三（明治36）年日本女子大学校予科入学、翌年二月雅子は与謝野家を訪問した時、居合わせた茅野蕭々と運命の出会いをする。四月、雅子は国文学部に入学。山川登美子も英語予科に入学した。翌年一月、晶子、雅子、登美子の合著歌集『恋衣』が出版された。評価は高かったが、学校側は難色を示したとのことである。

一九〇七（明治40）年、国文学部四回生として卒業、蕭々と結婚し、翌年長女を出産した。そして蕭々の就職により京都に転居する。この間『明星』『少女世界』などに作品を発表し続ける。作品はほとんど短歌である。この年『明星』が廃刊となり、雅子は『明星』の後身ともいうべき『スバル』に投稿し、詩や小説も掲載されている。『青鞜』の創刊とともに社員となり作品を発表する。『青鞜』廃刊後は『婦人之友』に寄稿し、『婦人之友』の短歌選者となり、翌年一月歌集『金沙集』（亡き父母にささぐ）を上梓。

一九一七（大正6）年三月蕭々の慶應義塾大学赴任のため東京に転居。翌年から自宅で雅子を中心に短歌会を開き、この会を晶子が春草会と命名した。雅子は、一九二一（大正10）年一〇月から母校日本女子大の国語講師として教壇にたつ。翌年四月蕭々も同校教授となる。一九三七（昭和12）年、自宅で女子大関係の門下生を集め短歌会「茅花会」を主宰する。翌年蕭々と共著の随筆集『朝の果実』を出版する。雅子は女子大卒業以来『家庭週報』（五五頁）などにも短歌、散文詩、小説など多数寄稿している。

一九四五（昭和20）年五月米軍の空襲で自宅は焼失、戦後は女子大構内の紫峰寮に居住。蕭々は女子大の国文科科長となるが翌年三月会議中に倒れ八月二九日死去。雅子は蕭々の病臥中に以前我が家で家事手伝いをしていた女性と彼との間に二人も子がいたことを知らされた。蕭々死去の五日後の同時刻に雅子は喘息のため死去した。

（鳥井衡子）

◆茅野雅子

1880-	5	6日、大阪道修町に薬種問屋増田宇兵衛、さとの二女として生まれる。本名まさ
1884		母さと死去
1891		尋常小学校卒業。堂島女学校へ入学
1892		親戚の反対で相愛女学校へ転学 継母ふじを迎える
1898		ひそかに文学を勉強、短歌を『文庫』へ投稿
1900-	11	新詩社入社。増原雅子の名で誌上に載る
1901		秋頃から岩村男爵邸に奉公（半年位）
1903		日本女子大学校普通予科に入学
1904		日本女子大学校国文学部に入学
1905-	1	1日、雅子・晶子・登美子合著『恋衣』出版
1906-	5	蕭々は雅子への想いを父へ書き送る
1907-	4	4日、日本女子大学校国文学部卒業（4回生）
-	7	26日、蕭々と結婚
1908-	5	6日、長女晴子出産
-	9	蕭々第三高等学校独文科講師、京都に転居
1911-	9	『青鞜』創刊　『青鞜』社員として参加 『青鞜』1巻3号に「枯草」（短歌）
1912		同誌2巻1号に「女のうた」（詩） 同誌2巻3号に「きさらぎ」（短歌） 同誌2巻4号に「湖畔の夏」（小説） 同誌2巻10号に「白き蛾」（短歌）
1913		同誌3巻1号に「日常生活」（詩） 同誌3巻9号に「小曲二章」（詩）
1914		同誌4巻1号に「舞の師匠、鏡」（詩）
1915		同誌5巻8号に「八月の歌壇より」（短歌） 同誌5巻9号に「九月の歌壇より」（短歌）
1916		同誌6巻1号に「辣薤のはな」（短歌） 7月『婦人之友』の短歌選者になる
1917		『金沙集』上梓 蕭々慶應義塾大学教授となり東京に転居
1918		自宅で春草会（晶子命名の短歌会）を主宰
1921-	10	日本女子大学校の「国語」講師
1922-	4	蕭々日本女子大学校教授兼任
1933		雅子専任となり「国文学」「作歌」を教える
1937		女子大関係の門下生の茅花会（短歌会）主宰
1938		蕭々・雅子共著随筆集『朝の果実』を出版
1945-	5	24日、自宅が空襲で焼失、女子大紫峰寮に居住
-	11	蕭々日本女子大学校国文科科長就任
1946-	8	29日、蕭々死去
-	9	2日、雅子死去（享年66歳）

■青鞜心を持続した「古川やんちゃ」

千原代志

Chihara Yoshi

1893.1.4-1975.9.20

飛騨古川には暴れん坊を〃やんちゃ〃と称する伝統があり、そこで育って「女ながらも古川やんちゃ」と述懐するが、ペンネームは生地高山、その地に咲く桜と優美である。

家を畳み小学校教員兼校長となった父の転勤による頻繁な転校と「古川やんちゃ」の兄達に鍛えられた「やんちゃ」心は、女高師の厳しい寮則への反発に始まり、代志の生涯のバックボーンだったに違いない。

＊らいてうは自伝（『元始』）に「なかなかの筆達者で、作家として立ちたい野望をもっていたらしく（中略）肉づきのいいりっぱな体格の肌の美しい人」で「生活の不満を訴えてとび出して来た若い人妻」と書くが、代志がいちずに青鞜社を頼って家出した時は未婚、二一歳だった。新婚のらいてう宅で炊事を手伝い博と三人一つ蚊帳で寝たり、＊生田春月と同居を始めた＊花世宅はじめ作家の加藤武雄、山田たづ子、西川文子や＊伊藤野枝、＊荒木郁子に厄介になりながら職を探した。当時を回顧した「『青鞜社』末期の頃」（高山桜子）に独特の文才が見て取れ、やんちゃな青鞜社の妹分の代志が彷彿する。

小出版社の社長に「無礼なことをしかけ」られ給料も取らず花世のもとへ逃げ帰る。花世は無事を泣いて喜ぶとともに「若い女」（代志）に自分を重ね弟と生きるため貞操を砕かざるをえなかった事情を「食べることと貞操と」として☆『反響』に発表、これが発端で＊安田皐月、野枝、らいてう等により☆「貞操論争」が繰り広げられジャーナリズムにも波及した。

他に代志がモデルと思われる花世の文章が『青鞜』に二編ある。四巻八号の「広がる愛」はT氏（千原か）がH氏（平塚か）の名刺を持ち尋ねて来た姿に「予期しなかった程熱い同情を持ち私の境遇の許す限りの心配をした（中略）人を愛する欲望がきざした」と高揚した思いを述べる。次号の「嫉妬の意識」（六月二、六、八日の日記）では「野原さん」が同居し「夫が一寸あの女を注視した、ただそれだけの事が私を苦しめる」と青春に輝く大柄な女への嫉妬を克明に記している。代志は前掲文に続いて「花世夫人と私」に「夫人が赤裸々に」不安を打ち明けたため、恩人を脅かしていた罪深い自分と悟り低頭して辞去したと書く。

『青鞜』へは長編小説を五回にわたり発表した。連続掲載であること、三回目など六〇ページにも及ぶこと、体験の詳細な描写などから、書き溜めてあったと思われる。「愛する師へ」（五―三）は序章で、下関の教会から呉市の教会へ派遣された若い女の教会主任への手紙形式で、次回から「処女作」と題し、千原代志と署名、四回目だけ「さくら子」である。東京から来た若い女Yが牧師と文学論を交わして親密になり（五―四）牧師が妻も職も捨て駆け落ちするか「死の勝利」の結末をとるかと迫るのを小悪魔的に観察する（五―五）。恋人がいたと明かしても牧師は諦めない（五―六）。牧師が妻に知られ告白したと逃避行を迫るが拒否、教会関係者に波紋が広がる（五―七）。この文末に「（続く）」とあるが後はない。

二三歳で結婚し経済に疎い学究肌の夫を懸命に助けながら子ども達を置き去りに思想活動にも関わる中で書くことを志向し、やんちゃ心を持ち続けた。四男の睦人氏が「伊藤野枝のことを書きゐる老いし母三年過ぎてまだ十年かかるといふ」と歌う。どんな野枝像を描こうとしていたのか。（村岡嘉子）

◆千原代志
〔高山桜子、さくら〕

1893- 1	4日、岐阜県飛騨郡高山町城坂村に生まれる。父千原玄龍、母ひめ。兄2人。生後間もなく父は家屋敷を手放して教員となり古川地方へ
1899-11	大村小学校へ早期入学。兄の文芸雑誌や蔵書を読み教会へも同行する。転校が多い
1905- 4	岐阜県立中津川女学校へ入学、4年終了
1909- 4	東京女子高等師範学校家事科へ入学、入寮。絵画や音楽を好みキリスト教に関心を持つ。この頃『女子文壇』へ創作をさかんに投稿
1912	寮の厳しい規則に反発した行動をとったため退学となり両親のいた名古屋へ帰る
1913	身の置き所なく下関市の教会に住み込み外国人修道女に日本語を教えたが両親の許へ帰る
1914- 4	家出して上京、青鞜社を頼り職を探すがセクシャル・ハラスメントに遭う。花世は代志に自身の体験を重ね「食べることと貞操と」を『反響』九月号に発表。これが「貞操論争」の発端となる。同じく花世の「広がる愛」(『青鞜』4－8)「嫉妬の意識」(同4－9) も代志がモデルである
1915	『青鞜』に長編小説 (中断) を5回にわたって (5－3、4、5、6、7) 発表する。結婚まで野枝宅に住み込み『青鞜』の編集を手伝う
1916- 2	5日、吉村幸夫と結婚し本郷に住む。吉村は1889年生まれ、早稲田文科卒「万朝報」記者、労働争議に関係して吉川英治等と罷免され小出版社を営んでいた。代志は取材・広告取りをして協力。夫と「婦人タイムズ」を88回発行。『ビアトリス』創刊会員となる
1924	幸夫は神田今川町に事務所を持ち林芙美子を一時採用し詩集『二人』出版に尽力。詩歌を作り様々な歌誌を出し『早稲田文学』『現代詩文』等編集。子どもが次々生まれ生活苦続き代志は家庭教師や活字拾いもして生計を担う
1927- 6	『女性』に「『青鞜社』末期の頃」を寄稿
1930- 1	『日本婦人録』刊行 (編集人幸夫発行人代志)
1933	この頃より思想活動に関わり度々留置される家賃払えず転々とする。四男四女を出産した
1964- 9	9日、幸夫死去 (72歳) 最後は東洋大学教員
1965- 2	『濃飛人』(岐阜県人会誌) に回想記を連載
1975- 9	20日、死去 (享年82歳)。多磨墓地に埋葬

■創刊号の表紙を描く

長沼智恵子

Naganuma Chieko

1886.5.20-1938.10.5

『青鞜』創刊号の表紙絵を描いた長沼智恵子は、夫高村光太郎の詩集『智恵子抄』によって広く知られている。

一九〇三（明治36）年上京、日本女子大学校普通予科から家政学部へと進んだ。そこで近代化の新しい息吹に接し、自己形成の時期を迎える。いつもうつむきかげんで、寡黙ではあったが、テニスや自転車など、新しいことに積極的に挑戦する活発さと、意思の強さとを、併せ持つ女性であった。

幼いときから、絵が得意であった智恵子は、女子大の自由科目で、明治絵画史に先覚的役割を果たした洋画家、松井昇の指導を受ける。この洋画との出会いは彼女の人生を大きく方向づけることになった。

卒業後、太平洋画会研究所に通い、デッサンと油絵を学ぶ。そこには、当時の新進洋画家津田青楓や中村彝《つね》らが出入りしており、智恵子は彼らのアトリエを訪問しては絵を見せて貰うなど、意欲的に新しい絵画を吸収していった。当時、日本に紹介されたばかりの後期印象派の絵画に関心をもち、セザンヌやゴーガンに傾倒した。また、女子大同窓会が創刊した『家庭』等に、時代を反映するカットを描き注目されていた。

『青鞜』創刊にあたり、らいてう*の依頼をうけた智恵子が描いた表紙絵は、クリーム色の地にチョコレート色で、気品のあるギリシャ風女性の立像を表し、ヨーロッパの世紀末絵画の影響を受けつつも、自立した女性を指向する『青鞜』を象徴するにふさわしいものであった。

その年も終わる頃、初めて彫刻家で詩人の高村光太郎のアトリエを訪問し、フランスの絵画の話などを聞き、光太郎に強くひかれ、たびたび訪れるようになったという。

翌年の智恵子は非常に精力的である。『青鞜』二巻一号に花のモチーフによる表紙絵。二巻六号に「マグダに就て」の感想文。また、太平洋画会展覧会に油絵「雪の日」と「紙ひなと絵団扇」の二点を出品。早稲田文学社の装飾美術展にも出品している。

画廊琅玕洞《ろうかん》で、小説家田村俊子*のあねさま人形と智恵子のうちわ絵の陳列会も開いている。田村俊子とは『青鞜』で知り合い、非常に親しくしていた。

『青鞜』にかかわりを持ちながら、洋画家への道を進んでいた智恵子は、光太郎を追って犬吠埼へ写生旅行に行った頃から、光太郎との親交が深まる。光太郎らの主催する第一回ヒュウザン会展に名を連ね（出品しなかった）、『劇と詩』の一九一二年七月号、一一月号に扉絵を描く。一方、『青鞜』の表紙絵を断っている。

そこには、光太郎に傾倒し、次第に『青鞜』から離れていく智恵子の姿がみえる。そして、一九一四（大正3）年には光太郎との結婚披露を行っているが、二人の意志で入籍はしていない。結婚後も、油絵の勉強を続けるが、作品を発表することはなかった。

父の死。続いて、裕福な造り酒屋であった長沼家の破産。その頃から精神分裂症の徴候があらわれ、睡眠薬による自殺をはかる。病状は益々進み、光太郎は智恵子を入籍した。一九三八（昭和13）年、南品川のゼームス坂病院で死去。入院中に作成した紙絵は、千数百点におよび、表現のたしかさと、やさしさに溢れて、感動を呼ぶ。

（本吉志津子）

◆長沼（高村）智恵子

1886- 5	20日、福島県安達郡由井村で生まれる 父今朝吉、母センの長女。本名チヱ
1903- 3	福島高等女学校卒業。4月、日本女子大学校普通予科に入学
1904- 4	家政学部に進み、洋画を学ぶ
1907	卒業後、太平洋画会研究所に通い、デッサンと油絵を学ぶ傍ら、母校の洋画教室で助手として後輩の指導にあたる
1909- 4	日本女子大桜楓会誌『家庭』のカットを描く
1911- 9	『青鞜』（1－1）の表紙絵を描く
1912- 1	『青鞜』（2－1）の表紙絵を描く。太平洋画会展に油絵を2点出品。早稲田文学社の装飾美術展に出品
- 6	『青鞜』（2－6）に「マグダに就て」を発表、琅玕洞でうちわ絵の陳列会
- 7	『劇と詩』（7月号）に扉絵を描く
- 9	犬吠埼へ写生旅行。『青鞜』の表紙絵をことわる
-10	第1回ヒュウザン会展の出品予告に名を連ねる
-11	『劇と詩』（11月号）の扉絵を描く
1913- 9	上高地へ写生旅行。光太郎と婚約
1914- 9	日本女子大桜楓会誌『家庭週報』に詩「無題録」3編を発表
-12	光太郎との結婚披露
1915	夏、湿性肋膜炎で入院
1918- 5	父、今朝吉死去
1923- 1	『女性』（1月号）に「病間雑記」を発表
1926- 9	アトリエの2階を画室に改造
1927- 2	『婦人之友』（2月号）に「画室の冬」発表
1929	長沼家破産
1930	草木染、機織りに熱中する
1931	精神分裂症の徴候があらわれる
1932- 7	睡眠薬アダリンによる自殺をはかる
1933- 8	高村家に入籍
1935- 2	南品川のゼームス坂病院に入院 入院中に、千数百点の紙絵を作成
1938-10	5日、粟粒性肺結核を併発し、ゼームス坂病院にて死去（享年52歳）

■『青鞜』の編集発行人

中野初

Nakano Hatsu

1886.7.14-1983.11.18

『青鞜』の発起人でありながら、中野初についてはあまり知られていない。らいてう*と保持研*の二人が飯田町の初の家を訪ねて、『青鞜』発起人への勧誘を行ったのは一九一一年の五月。「それは素晴らしい計画でした。聞いて、わたくしは即座に賛成しました。女がそれをやらねばならない、その時が来た」(『おんなの近代史』講談社、一九七二)と初は思ったという。

初の父中野義房はもと岡山藩士、上京してのち数学専門の出版社教書閣を経営していた。母の実家が浜町にあり、そこから幼稚園に通った。比較的自由な雰囲気の家庭だった。日本女子大学校国文学部を卒業したのち、「女が一人で食べられないで男にお金をもらっていて、それでは何も言う権利もないだろう」(前掲書)と雑誌『小学生』の編集に携わり、その後二六新報社に入社した。「家庭の頁」の担当記者として三年間働いたが、主筆が排斥されたことなどあって退社した。こうした経験がかわれて、初に白羽の矢が立てられたのであろう。編集発行人を引き受けて、初は『青鞜』を陰から支えた。『青鞜』は三回発禁処分を受けるが、そのつど当局に出頭するのは初の役目で、「嫌な顔もせずに、ごく平静な表情で呼出しに応じてくれた」(『元始』)とらいてうは書いている。

初は女子大のころから、友人の木内錠*とともに幸田露伴の門下に入り作家を志していた。実業之日本社が出していた『少女の友』に中野初子の名で「デコちゃんの失敗」(一九〇八・五)「六才の女丈夫」(一九〇八・六)が続いて載っている。しかし『青鞜』には小説「柵《しがらみ》」を発表すると予告まで出しながら(一一・一一)、ついに何の作品も書かずに「編集室より」に中野のおばさんとして登場するだけに終わった。素人ばかりの集団のなかで、多少とも経験のある初は編集実務に追われてしまったのだと思われる。「冷静で用心深い性格の人で、娘というよりすでに分別のある中年の奥さんという感じでした。色白の大きな顔で、日本髪の銀杏返しなどに結うと、よく似合う人でした」とらいてうは回想している。

らいてうが伊藤野枝*に編集権を譲った一九一四年一二月号をもって編集発行人の役目をおりた。この年、初は二八歳で少し年下の遠藤亀之助と結婚した。夫亀之助は吉野作造を理事長とする家庭購買組合の設立(一九一九)にかかわり、長くその仕事についていた。「女の立場に深い理解があった。だからこそ結婚したのです」と、初は言う。二人の生活は「全く平等」と一人娘の福美子も証言している。

戦後は、水原秋桜子に師事して『馬酔木』の同人となり、俳句に精進した。俳句の例会には夫婦揃って出席し、秋桜子たちに「おかめさま、おはつさま」と呼ばれていたという。一九七五年には八八歳で馬酔木賞を受賞。その年句集『初明り』を上梓した。書名は「来し方を皆佳しと思ふ初明り」からつけられ、秋桜子が序文を書いている。その前年の夫の死にあたっては、「供華となる鉄線白き夕まぐれ」などの句を連作している。桜楓会の俳句の会楓クラブも熱心に指導していた。

庭の草取りが好きで「朝涼やわが珠の時草を引く」や庭の四季を素直に詠んだ句を作り、福美子の家族と心静かな晩年を過ごして「童女のようなお顔をした穏やかなおばあ様」となり、九七歳の天寿を全うした。

（折井美耶子）

◆中野（遠藤）初

1886- 7	14日、東京市麴町区飯田町6丁目に生まれる。中野義房の長女。弟3人、妹3人。本名ハツ
	日本橋の幼稚園に通う
	有馬小学校卒業
1904	日本女子大付属高等女学校卒業
	日本女子大学校国文学部に入学。同級生の木内錠とともに幸田露伴に師事
1908	日本女子大国文学部卒業。雑誌『小学生』の編集にかかわる
- 9	二六新報社に入り「家庭の頁」を受け持ち、3年間勤務
	「デコちゃんの失敗」「六才の女丈夫」を『少女の友』に発表
1909	『東京朝日新聞』の「東京の女」に－当世婦人記者－として紹介される
1911	青鞜社発起人となり、『青鞜』創刊号から1914年12月号まで編集発行人をつとめる
	『青鞜』に小説「柵」を書くと予告したが作品は一度も発表していない
	このころ二六新報社を退社し、看護婦協会の機関紙の編集に携わる
1914	救世軍中尉遠藤亀之助と結婚
1916	長女福美子を出産
	このころより東京市立看護婦学校に勤務する
1922	吉野作造の家庭購買組合に、夫妻で尽力
1949	俳句を始め水原秋桜子（『馬酔木』）に師事
1952	『桜楓新報』に青鞜時代の思い出「種蒔きとみのり」を発表
1960	桜楓会の楓クラブで、俳句の指導をする
1965	『馬酔木』同人となる
1974	夫亀之助死去
1975	馬酔木賞受賞
	句集『初明り』を上梓
1983-11	18日、死去（享年97歳）

■野枝と運命的友情を育んだ

野上弥生子

Nogami Yaeko

1885.5.6-1985.3.30

弥生子は『青鞜』創刊号に社員として名をつらねていたが翌月に退社し、以後寄稿することで協力している。その経緯については諸説あるが、らいてう*が後年、直接弥生子に訊ねたところによると「木内錠子*と親しかったので発刊に際して好意を持っていたものの、入社した覚えはない」(『元始』)ということである。

当時弥生子は夏目漱石の推薦により作家としてデビューしたばかりで、一児の母として何よりも己が成長をめざして知識の摂取を心がけ、家庭の中に自己を確認していた。「ジャーナリズムに乗せられ(中略)私の書斎主義では同調されなくなった」(瀬沼茂樹『野上弥生子の世界』一九八四)としながらも多くの作品を『青鞜』に発表している。次男茂吉郎生誕の苦痛と歓喜とを冷静な筆致で描いた「新しき命」(四―五)。ロシアの数学者で世界初の女性大学教授が、仕事か愛かに悩みながら、なお学者として人間の幸福を追求した「ソニヤ・コヴァレフスキィ」の訳出などである。

校正刷を持って訪れる隣家の、伊藤野枝*との交流は、互いの知的向上心において共通し、さらに相前後して出産を迎えたことなどが重なって「運命的な友情」を育んだ。野枝を通して弥生子は、らいてうをはじめ、青鞜社のメンバーのいい素質や、優れた点などを知り親しく交わるようになる。この時期、最も弥生子が『青鞜』に期待をかけ、社員仲間との連帯意識を強めたと考えられる。その後野枝が弥生子の懇切な助言を聞き入れず、辻潤*と子どもを捨てて大杉栄*の元に奔ったことにより、弥生子は強い衝撃を受けた。

弥生子の大成の道はまず、明治女学校へ入学したことを基点として、この女学校の原書による高度な英語授業の補習のため個人教授を受けた野上豊一郎との出会いが大きい。野上家は小手川家の長女の結婚相手にふさわしい、家産を有する家ではなかった。親の反対を押して自由結婚した弥生子は、自身の力によってその後の「弥生子」をかちとったのである。豊一郎との結婚が作家への道を拓いたことを思うと彼女の選択眼の確かさ、意志力の強さを示すものとして注目したい。

弥生子の作家活動は初期の写生文の時代から三児の母親となった後も続き、豊一郎の教化と協力を得て、勁《つよ》い意志力、持続力で自己発展に努め、常に社会的識見をもって先駆的仕事を成し遂げた。第二次世界大戦中日本の言論統制強化のなかで意識的に山荘にこもり沈黙を守った。だからこそ戦後に『迷路』から『秀吉と利休』、さらに『森』へと晩年の充実した仕事を成就することが出来たのではないだろうか。

「戦争否定」の姿勢を貫き通したと断言する弥生子ではあるが、戦時中文部省唱歌「母の歌」を作詩した事は見逃せない。また時代の奔流から注意深く身をひき、山にこもり自然に没入して読書に沈潜した、その優雅とも言える沈黙は、抵抗ではなく回避ではなかっただろうか。その点胸を張って戦争を否定していたと言えるかどうか、いささか疑問である。

一世紀を生き抜き、しかも死の直前まで執筆しうる明晰さを持続し、人間はどこまで活き活きとした知性を保ちうるかという、将来的課題をも提供した弥生子の生涯は、近代における日本の女性の、さまざまな問題を照らし出すことのできる鏡になろう。

（小俣光子）

◆野上弥生子

1885- 5	6日、大分県臼杵町に酒造家、父小手川角三郎、母マサの長女として生まれる。本名ヤヱ
1899- 3	臼杵小学校卒業。在学中から、古典等を学ぶ
1900	上京。明治女学校に入学
1906	明治女学校卒業。同郷の夏目漱石門下生、野上豊一郎と結婚（入籍は2年遅れて豊一郎の東大卒業後の1908年10月28日）。巣鴨町上駒込内海方に転居
1907- 2	漱石の紹介で「縁」を『ホトトギス』に発表
1908	巣鴨町上駒込334に転居し一家を構える
1910- 1	長男素一出産
1911- 9	『青鞜』創刊号に入社が報じられる
1912- 9	『青鞜』に「京之助の居睡」(2－9)、「近代人の告白」ミュッセ（2－10～3－1）
1913- 9	二男茂吉郎出産。巣鴨町上駒込329に転居
-11	『青鞜』に「ソニヤ・コヴァレフスキイの自伝」(3－1～4－8)
1914- 4	『青鞜』に「新しき命」(4－4)、「ねぇ、赤さま」(4－5)、「ソニヤ・コヴァレフスキイ」アン・シャロット・レフラー（4－9～5－2）
1915- 9	『青鞜』に「私信」（伊藤野枝宛）(5－8)
1916	『青鞜』に「色々なこと」(6－2)
1917- 2	野枝をモデルにした「彼女」(『中央公論』)
1918- 4	三男耀三出産
1920	荒川区日暮里渡辺町1040に転居
1922-12	『海神丸』（春陽堂発行）
1923-11	感想「野枝さんのこと」(『女性改造』2－11)
1936	「黒い行列」（発表後「迷路」に改題）(『中央公論』51－11)
1938	日英交換教授として渡欧する豊一郎に同行
1939	第二次世界大戦勃発により帰国
1943	「母の歌」(「初等科音楽（三）・文部省)、
1948- 9	5年間の山荘生活から世田谷区成城町に帰宅
1949	「迷路」を再開（『世界』40～130）
1950- 8	「非武装国日本女性の講和問題についての希望要項」声明を平塚らいてう、上代たのらと連名で行う。2月23日、豊一郎急逝（享年66歳）
1957	中国作家協会の招きで中国旅行
1962	「利休と秀吉」(『中央公論』)
1971	文化勲章受章（病気を理由に授賞式欠席）
1972- 5	「森」連載開始。84年まで連載されるが未完
1985- 3	30日、死去（享年99歳）

■全女性の進出をねがって

長谷川時雨

Hasegawa Shigure

1879.10.1-1941.8.22

長谷川時雨に接した人々は、うつわの大きい人だったと異口同音に語っている。明治期に初めての女の戯曲家として華々しい活躍をし、大正期には『日本美人伝』をはじめ、女評伝作家として知られ、昭和初期には全女性の進出を目的にした雑誌『女人芸術』☆を創刊した。

時雨は江戸情緒の残る日本橋の問屋町に生まれ、芝居の好きな父の秘蔵ッ子だった。女の学問は結婚の妨げになるという母に本を読むことを禁じられたが、書生の鵜沢聡明（後に明治大学総長）から小説や演劇の知識を得たり、行儀見習い先の池田侯爵邸では給金で講義録を買って読むなど向学心にもえていた。

一八歳のとき親に反対できず不本意な結婚をする。放蕩三昧な夫は留守がちで、時雨は初めて「自由」な時間をもった。

一九〇一（明治34）年一一月、『女学世界』☆に水橋康子の名で投稿した「うづみ火」が特賞となり巻頭に載る。以後、投稿をつづける。四年後『読売新聞』の懸賞脚本の募集に応募した「海潮音」が入賞し、劇作家として出発した。時雨の書いた脚本はつぎつぎ上演され、女性で初めての歌舞伎作者として評判になった。結婚一〇年目にようやく協議離婚が成立する。

『青鞜』☆に賛助員として参加した時雨は、一巻三号に劇「夢占ひ」、次号に劇評「自由劇場の二夜」を載せ、二巻六号には「文芸協会のマグダ」☆の劇評を作品の内容とともに、演技者を一人ひとり批評し、「ノラ」よりも「マグダ」に引つけられたと語っている。五巻五号に小説「石のをんな」、五巻九号から四回にわたって載せた「薄ずみいろ」は結婚前の時雨のほぼ自伝であり、奈々子のペンネームを使っている。奈々子は「名なし」と読み、無名ゆえ思ったことを大胆にいえたと友人に宛てた手紙に書いている。『青鞜』には毎巻きれることなく一三回にわたって作品を発表した。休刊後も青鞜社のメンバーたちは、ときどき集まりをもっており、時雨も参加している。

一九一二年に若手歌舞伎役者六代目菊五郎と組んで新しい舞踊劇をつくるために「舞踊研究会」を始め、次の年に日本の古典や新作を研究する「狂言座」を結成し、森鷗外、夏目漱石、佐々木信綱を顧問に獅子奮迅の活躍だったが、二回の上演で終わった。父が中風を病み、弟の妻の死で赤ん坊の世話をゆだねられ、時雨は身動きできなくなった。

その後、若い三上於莵吉と結婚した時雨は、於莵吉の作家への成功に協力した。時の円本ブームによって厖大な収入を得た於莵吉は「ダイヤの指輪でも買ってあげよう」といい、時雨は、ならば女のための雑誌をつくりたいと『女人芸術』が誕生した。『女人芸術』には文壇のほとんどの女性が参加し、また作家志望の人たちの発表の場となっていった。

『女人芸術』は昭和初期のプロレタリア文学の影響をうけ次第に左傾していき、経営が悪化しても時雨は方針を変えようとはしなかった。思想弾圧で困難を増した作家たちを公私にわたって援助した。病いのため『女人芸術』を廃刊し、あと薄い冊子『輝ク』を発行した。日中戦争で皇軍慰問号を組み、輝ク部隊を結成し、慰問袋、遺家族見舞いなどの先頭に立って奔走し、力を使い果たした。その過労がひきがねとなって入院し、三日目に死去。

（吉岡真美）

◆長谷川時雨〔奈々子〕

1879-10	1日、東京府日本橋通油町に生まれる。初の免許代言人（弁護士）父深造、母多喜の長女。本名ヤス
1884	寺子屋式の秋山源泉学校に入る
1897-12	水橋信蔵と不本意な結婚をする
1901	釜石に赴任。夫の留守中に創作に励む「うづみ火」が『女学世界』の特賞になる
1904	単身帰郷、父たちと新佃島に住む。早大の学生中谷徳太郎を知り演劇に熱中する 築地の女子語学校へ2年間通う
1905	「海潮音」が読売新聞社の懸賞脚本に当選、のち新富座で上演。坪内逍遙に師事
1907	水橋信蔵との協議離婚成る
1908	女性として初めて歌舞伎座で「花王丸」上演。時雨のブロマイドも売り出され、一流戯曲家としての地位を得る
1911- 9	青鞜社に賛助員として参加。劇評、脚本、小説などを『青鞜』に発表
-11	美人伝の第1作『日本美人伝』刊行
1912- 1	演劇雑誌『シバヰ』を中谷徳太郎と創刊 7月まで6冊発行。次の年再刊（5冊）
- 4	舞踊研究会を六代目菊五郎らと創立
1913	次々と脚本が舞台で上演される。「江島生島」が歌舞伎座で上演され、時雨の代表作となる。12月六代目菊五郎らと狂言座を結成。顧問には坪内逍遙、森鷗外、夏目漱石
1914	帝国劇場で狂言座の公演2回
1915	『青鞜』5月に小説「石のをんな」、9月から4回にわたり「薄ずみいろ」を筆名奈々子（名なし）で発表。弟虎太郎の子仁を引きとる
1918	父深造死去
1919	内縁関係の三上於莵吉と所帯をもつ
1923- 7	岡田八千代と前期『女人芸術』創刊。2号迄
1928- 7	於莵吉の出資で『女人芸術』を再度発行
1932- 6	病気と資金難で『女人芸術』48冊で廃刊
1933	全女性対象の輝ク会結成。『輝ク』発行
1939- 1	輝ク部隊を結成し、慰問活動をおこなう
1940-11	日本女流文学者会を設立
1941- 1	輝ク部隊の団長として中国前線を慰問
- 8	過労から入院。22日、仁に見守られ死去（享年52歳）

■『青鞜』から銀幕へ

林千歳

Hayashi Chitose

1889(1892?).?-1962.8.21

品のよい瓜実顔、表情豊かな目元。国立近代美術館フィルムセンター所蔵の『寒椿』には、らいてう*が「美人過ぎるのが逆に舞台向きでない」(『元始』)と評した青鞜社員林千歳が、新しい場所「映画」で輝きはじめた瞬間が焼きつけられている。

現在流通している人名事典の類では、一八九二(明治25)年生まれとなっているが、実際は一八八九(明治22)年が正確な生年と思われる。実家の姓は河野。東京芝区生まれの大阪育ちで、女学校卒業後に上京、馬場孤蝶*の回想によると閨秀文学会☆に顔を見せていた。一九〇八(明治41)年に日本女子大学校国文学部に入学したが、翌年、坪内逍遥の文芸協会演劇研究所の補欠試験に応じ入所、この時点で女子大は退学している。反対する周囲を説き伏せたのは姉であった、と、当時の新聞は伝えている。一九一〇(明治43)年に早稲田出の研究所仲間、林和との交際を問われて両名退所となったが、結婚という形で収めて復帰した。

一九一一(明治44)年、創刊間もない『青鞜』に河野姓で参加。この間に一女を出産し夫の故郷に里子に出している。同人の回想では案外影の薄い千歳だが、「女優」で「青鞜社員」ときては「新しい女」の看板が歩いているようなもの、新聞種になったり、「ホワイトキャップ党」☆を名乗る者からの脅迫状の標的にもなっている。そんな中、彼女は社のイベントにこまめに顔を出し、交歓を楽しんでいたようだ。大森での新年会、尾竹紅吉*主催の〝ミーチング〟は、千歳が松井須磨子*の妹役で初舞台を踏んだその祝を兼ねたもの、一九一四(大正3)年には、小倉清三郎*を囲む集会にも同席している。

作品は三編。「『ゴースト』を読む」(二―三)はイプセン*の紹介、「乙弥と兄」(二―四)、「待ち侘び」(四―九)はともに小説。お互いをエゴイストと感じながら暮らす俳優夫婦の半日を描いた後者が最も完成度が高い。

作中「もう舞台に立つのは止そうかしら」と主人公に言わせる千歳だが、文芸協会解散の混乱の時代も、和とともに舞台に関わり続けた。彼の主宰する「黒猫座」は「文芸座」に発展し、歌舞伎出身の守田勘弥を迎えて、帝劇で一時代を築いた。しかし千歳は一九一九(大正8)年、「ハムレット」のオフィーリア役を公演直前に降板し、舞台を後にした。翌年国活角筈撮影所に入所。同時期に離婚が成立している。

当時は純映画劇運動のさなか、まさに「カツドウ」から「映画」への転換期にあたっていた。千歳はここで先の『寒椿』をはじめ一〇作ほどに出演したが、会社の経営危機で一九二二（大正11）年松竹蒲田に移った。それから八年で五〇本以上の作品に出演している。映画に転じた時すでに三〇歳前後、いわゆるアイドルスターにはなりえなかったが、知性派女優として、日本映画の草創期を支える位置にいた。撮影所のPR誌『蒲田週報』（一九二五・一〇・二五）には「親切があって情味があって理智があり過ぎ」、「異性を同性の友達として」あしらっているとの千歳評が載っている。

一九三〇（昭和5）年に引退するが、トーキー全盛の一九三三（昭和8）年復帰、日活、P.C.L（東宝の前身）と移籍した後、戦争深まる時期にいわゆる国策映画二本に姿をみせて銀幕を去った。一九六二年死去。

（池川玲子）

◆林（河野）千歳

1889?（1892?）	東京芝区日影町で生まれる。のち大阪移転。父は銀行員、商人と諸説ある
1907	女学校卒業後、閨秀文学会に参加
1908	日本女子大学校国文学部入学
1909- 9	文芸協会演劇研究所入所、女子大退学
1910- 1	林和との交際が原因で退所となる。夏結婚。女児を出産し、和の兄に里子に出す
1912	『青鞜』に入社の記事（2－1）。新年会に出席。『青鞜』に「『ゴースト』を読む」（2－3）『青鞜』に「乙弥と兄」（2－4）
- 5	文芸協会第3回公演「故郷」で初舞台 31日、『読売新聞』「新しい女」に登場
1913- 4	2期生として研究所卒業、同期に沢田正二郎
- 6	文芸協会第6回公演「ジュリアス・シーザー」に出演。『新真婦人』に文芸協会解散についての談話を発表。舞台協会の創設に参加、黒猫座にも出演
1914	『青鞜』に「待ち侘び」（4－9）
- 9	9日、らいてう宅での集まりで小倉清三郎を囲む
1915	文芸座（林和が中心）「悪魔の曲」他に出演 大赤字でしばらく公演できず
1916	新劇場に客演。このあたり1児を出産したが夭折という
1918	文芸座「ロミオとジュリエット」、「女殺し油地獄」に出演、舞台引退
1920	離婚。国活角筈撮影所に入社。「短夜物語」「寒椿」他７本余に出演
1922	松竹蒲田に移籍、「小夜嵐」
1923	「自活する女」「家なき女」他14本余
1924	「茶を作る家」「嘆きの孔雀」他10本余
1925	この頃原宿に住む。「潜水王」他5本余
1926	「広瀬中佐」他7本余
1927	「当世気質」他4本余
1928	「姑花嫁奮戦記」他6本余
1929	「多情仏心」他7本余
1930	松竹退社
1933	日活入社。「未来花」他4本余
1935	P.C.L入社。「乙女ごころ三人姉妹」
1937- 4	東京発声「若い人」「わが愛の記」
1942	皇国映画「母の顔」、東宝映画「緑の大地」
1962- 8	21日、死去（享年73歳？）

■恋に恋して

原阿佐緒

Hara Asao

1888.6.1-1969.2.21

一九一七年七月三〇日の全国の各新聞は、東北帝国大学理学部教授石原純と歌人原阿佐緒の恋愛事件を大きく報道した。アインシュタインの相対性理論の紹介で社会的地位を確立していた石原の側に対する批判はなく、「異性を捕まえる妙腕」、「妖婦」と阿佐緒は一方的に痛罵された。それに対して阿佐緒は抗議も申し開きもしていない。親友の三ヶ島葭子*が阿佐緒を弁護したことによって、反対に葭子も「アララギ派」から阿佐緒同様に破門されてしまう。「西の白蓮、東の阿佐緒」とまでいわれたが、自分の愛を貫き通した白蓮とは反対に、阿佐緒は、自分で考え行動するのではなく相手の熱情に押し切られ翻弄された女性ともいえようか。

　阿佐緒は、一八八八（明治21）年宮城県黒川郡宮床《みやどこ》村に地方としては屈指の素封家原幸松としげの一人娘として生まれた。新しいものが好きな父と遊芸に優れていた母との深い愛情のなかで育つ。宮床小学校へ入学すると、教育熱心な父のはからいで、視学土谷氏のもとへ送り込まれ、土谷氏の転勤に伴って阿佐緒も学校を転々とした。宮城高等女学校に入学したが、病気のため中退。宮床で療養しながら文学書を読み、小康を得てからは、仙台で絵を習う。

　母の強い勧めもあって本格的に絵の勉強をするため上京。日本女子美術学校へ入学するが、美術史および英語の教師小原要逸に凌辱され妊娠する。小原に妻子がいることを知り、自殺を企てたが失敗。一九〇七（明治40）年一二月長男千秋を出産する。

　その前年、養嗣子が死去、家督は阿佐緒にかかってきたため、宮床に帰る。千秋を育てながら絵を描くことに励むが、育児をしながら絵を描くことの困難さを悟り、下中弥三郎に短歌の手ほどきを受けていたこともあり、短歌にきりかえる。以後、短歌に熱中し、『女子文壇』☆に投稿し、「天賞」を受ける。これを機会に新詩社に入社して短歌一筋となる。一九一三（大正2）年には『青鞜』にも参加する。この頃、原田琴子*の紹介で三ヶ島葭子と知り合い、生涯の親友となる。『青鞜』には二〇四首を載せている。三ヶ島葭子の一〇一六首には及ばないが、それでもかなりの数である。

・若き日の世にもかなしきみそかごと忘られぬまま年くれゆく　（三―一）

翌年、庄子勇と結婚し、上京する。しかし、母と夫、夫と阿佐緒の確執でこの結婚生活も続かず、五年で協議離婚する。次男保美を出産した後は体調が思わしくなく、仙台の東北帝国医科病院に入退院を繰り返していた。そこで石原純と知り合う。石原には妻子がいたが、石原の一方的な愛に阿佐緒は押し切られてしまう。だが、石原と千葉の保田に建てた愛の巣「靉日荘」を阿佐緒は七年余で逃げ出している。石原と別れた後は東京でバー「ラバン」にマネキンガールとして勤めたり、酒場「蕭々園阿佐緒の家」を開いたりした。映画にも出演してみたが不評であった。その後、大阪でバー勤めをするなどしていたが、一九三四（昭和9）年の室戸台風でためていた歌稿のすべてを失う。これ以後、短歌を作らなかったという。宮床に帰り、母しげを看取り、晩年は次男保美に引き取られ、穏やかな人生を送った。

（山城屋せき）

◆原阿佐緒

1888- 6	1日、宮城県黒川村宮床45に素封家の原幸松、しげの長女として生まれる。本名浅尾
1895	宮床村尋常小学校入学。視学の土谷氏について吉岡尋常小学校へ転校、翌年角田尋常小学校へ転校、宮床尋常小学校に戻る
1900	父幸松死去。養嗣子真剣家督相続
1901	宮城県立高等女学校入学
1903	病気（肋膜）で女学校中退。日本画を習い始める
1904	日本画習得のため上京。日本女子美術学校入学。養嗣子真剣死去。阿佐緒家督相続
1906	小原要逸との恋愛問題起きる。奎文女子美術学校に転校。
1907-12	長男千秋を出産
1909	『女子文壇』に投稿。天賞を受ける。宮城学院女学校で美術の教員となる
1913	『青鞜』（3－1から6－1まで）に参加。歌集『涙痕』（東雲堂）出版
1914	庄子勇と結婚。三ヶ島葭子を訪ねる
1915	次男保美出産
1916	『白木槿』（東雲堂）出版
1917	石原純と知り合う
1919	本田屋旅館（仙台）で借部屋住まい。千秋中学入学。庄子勇と協議離婚
1920	上京。三ヶ島葭子宅へ同居。翌年、石原も同居
1921	石原純大学辞職。阿佐緒、アララギ派より破門、『死をみつめて』（玄文社教部）出版
1922	千葉の保田（現鋸南町）「靉日荘」で石原と同居
1927	故郷宮床へ帰る。『うす雲』（不二書房）出版
1929	上京。マネキンガールとして「ラバン」に勤める
1930	「蕭々園阿佐緒の家」開く。自選歌集『阿佐緒純情歌集』（平凡社）出版
1932	大阪で「酒場ニューヨークサロン　あさをの家」開く
1934	室戸台風で未発表の原稿を失う
1954	二男保美と神奈川県真鶴で同居
1957	水原秋桜子に師事
1959	東京・杉並区永福寺に転居
1969- 2	21日、老衰のため死去（享年82歳）

■「名古屋の晶子」と称えられて

原田琴子

Harada Kotoko　1889.5.14-1925.2.2

琴子の生家は現在の名古屋市中区伊勢山町にあり、尾張藩士として治水事業の任に当たっていた原田家はその一帯を所有していた。一家みな文学好きで蔵は文学書や雑誌の書庫となり、四人兄弟の中の琴子は幼時から古典や和歌に親しんでいたという。茶・華道や琴をたしなみ特に短歌に熱心で女学校在学中から投稿しており、琴子を中心に家中で歌会をし、家事雑用などせず朝から机に向かう恵まれた環境にあった。

兄の鎗三《こうぞう》が早稲田の英文科を卒業して小説や短歌を作り、短歌同好会「とどろき会」を主宰するのに琴子も協力し第八高等学校の学生を主に指導していた。だが、角膜炎により視力が極度に衰弱してしまう。黒眼鏡の日常は苦労知らずで育った琴子に厳しい試練だったに違いない。その悲苦をはねのけるようにひたむきに歌い、『女子文壇』で活躍し与謝野晶子の知遇を得て新詩社に入り『明星』に出詠する。才を嘱望されていたが一九〇八年廃刊となり、その最終号に同人として写真と共に一二首が載った。後継誌と目される『スバル』『我等』でも重用され歌人としての位置が定まり『名古屋新聞』にも「名古屋の晶子と云はれる君」（「詩人歌客」91一九一二・一一・二二）と書かれている。

『青鞜』一巻四号に入社の記事があり、初出の「夜明の灯」は前号にすでに掲載されている。らいてうが晶子に歌の上手な人をご紹介いただきたいと依頼し、その推挙によるものと物集和子は回顧している。『青鞜』に発表の短歌は一三回二四七首。親友三ヶ島葭子に次ぎ二位で詩も一回発表した。

視力は手術により甦り、その歓喜の歌を巻頭に『ふるへる花』を刊行する。『女子文壇』『明星』『青鞜』等に発表の作をほぼ逆編年体で三八四首収載している。与謝野夫妻の協力、岡本一平の挿絵装丁になる第一歌集の評価は歌壇で高かった。地方新聞等は「新しい女」が臆面なしに恋の顚末を歌った歌集としてスキャンダラスに取り上げたが、「度の強い眼鏡に赤リボンその当時流行のハイカラ髷（中略）活発な歌の詠み振りは生家が青楼であり（中略）新詩社の某に対しての初恋は成立せず」（『歌壇風聞記』大正12年）の「生家が青楼」の記事を悲しんだ琴子のたっての願いにより維新後営んでいた遊廓金水楼は廃業したという。歌集の序に「詩歌は心の片端である、然し又或時は女の酒であるといひたい」と書くように全体に明星調の恋の歌が多く幻想的でもあるが、モラルを破った愛のゆきつく虚無までを見通して歌っていて晶子とは異なる哀艶な調べがあり、萩原朔太郎も韻律の美しさを推賞している。

・兄といひ夫と呼ばんもあぢきなし初恋人のたふときものを　（『青鞜』二―九）

・ダアリアはふるへてありぬ恋人を殺さんといふ夢のかたはら　（同　二―一二）

・ただひとり闇にまぎれて逢ひにゆくこれをも弱き少女といふか　（同　三―二）

三首目の恋する〝われ〟の強さは新鮮であり、口語自由詩「あの人」には心情がリアルに表出されている。文学に理解のある遠藤孝三と二七歳で結婚したが「人妻として」に病臥する身を哀切に歌う。第二歌集『愛と自然』を出したものの、夫の郷里の旧家での慣れぬ旅館業や複雑な人間関係の中でまだ幼い子供たちを残して三六年の生涯を閉じた。（村岡嘉子）

◆原田（遠藤）琴子

1889- 5	14日、名古屋市伊勢山町に生まれる。父原田高吉（旧尾張藩士）の長女。本名古と
1896- 4	名古屋市立古渡小学校入学
1900- 4	名古屋市立女学校入学。諸芸の稽古に打ち込み短歌には特に熱意を注ぐが角膜炎を患い黒眼鏡の乏しい視力に「灰色の青春」と悲観
1907	『女子文壇』に短歌投稿を始め与謝野晶子の選を受ける。三ヶ島葭子と知り合う。新詩社へ入社して『明星』に出詠
1909	『明星』廃刊後『スバル』『我等』で活躍。阿佐緒、かの子と新詩社後期三閨秀と称される
1910	『創作』誌友となり出詠
1911-11	与謝野晶子の推挙で青鞜社員となり「夜明の灯」15首出詠（1－3）。女学校時代の友人青井禎子を『青鞜』に紹介、禎子も友達を紹介したので名古屋会員多くなる
1912	『青鞜』に「その折々」（2－2）「あきらめし恋」（2－5）「魔性の女」（2－8）「わがまま」（2－9）「諒闇」（2－10）「わが少年」（2－11）「お染久松」（2－12）計154首とこの年最多。他誌へも盛んに発表している 手術により角膜炎快癒
1913- 4	歌集『ふるへる花』を岡村書店より出版。『涙痕』を出した原阿佐緒と知り合い葭子を紹介したので阿佐緒と葭子の親交始まる 『青鞜』に「一夜妻」（3－2）「愛らしき蛇の女」（3－3）「鬚のびし男」（3－5）計50首
1914	『青鞜』に詩「あの人」6編（4－3）と「青鞜社詠草」7首（4－6）
1915	上京して結婚し遠藤姓。夫孝三は再婚、田中王堂の弟子で雑誌記者。葭子の夫倉片寛一の友人で倉片夫妻が媒酌。新居の大塚坂下町と倉片家は近く夫妻で親交する。「新妻として」21首が『青鞜』（5－10）掲載の最後
1917	神田錦町に移転。8月第2歌集『愛と自然』を芳学館書店より刊行
1919	舅の死により夫の郷里山梨県南巨摩郡万沢村（現富沢町）へ移転し家業の旅館経営に従う。先妻の子供の養育に苦労する
1921	第1子襄二出産
1922	第2次『明星』に翌23年11月号まで出詠
1925- 2	2日、第4子出産時に死去（享年36歳）

■「生活者」としての思想家

平塚らいてう

Hiratsuka Raichyou

1886.2.10-1971.5.24

本名平塚明《はる》。父定二郎は元紀州藩士出身で明治維新後上京、苦学してドイツ語を学び明治政府に出仕。母は田安家の御典医飯島家の娘光沢《つや》。

明の誕生後まもなく父は政府の命令によりプロシャをはじめ欧米巡遊に出発、家族にきらびやかな西洋土産を持ち帰る。その旅行は大日本帝国憲法制定資料収集のためで、旅費は「内閣の機密費」から支出されていたという（『元始』）。父は男の子のような明を「ハル公」とかわいがったが、やがて家長としての権威を身につけ、明の日本女子大学校英文科進学希望にも反対、母のとりなしで「家政科なら」と許可する。

幼いときから内向的であった明は女子大在学中父との葛藤に悩み、日露戦争期のナショナリズムの高揚にも懐疑を抱きつつ精神のよりどころを求めて参禅、一九〇六（明治39）年見性する。「心の自由」を得た明はさらに「自己とは何か」を問い、海禅寺の青年僧中原秀岳《しゅうがく》との「接吻」事件（一九〇七）や、☆閨秀文学会で知った森田草平*との☆「塩原事件（『煤煙』事件）」（一九〇八）など「青春の彷徨」を重ね、特に「心中未遂」とさわがれた塩原事件でスキャンダルにさらされる。

蟄居を余儀なくされた明に「女流文学雑誌」の発行を持ちかけたのは文学の師生田長江*であった。明自身は作家志望ではなく、『青鞜』発刊時の「青鞜社規約」でも当初の明自身の案は「女子の覚醒を促し」で、長江の提言により「女流文学の発達を計り」とされるが、明の真意は文学だけでなく、女性一人ひとりの「潜める天才」の発揮——自己解放にあった。

一九一一（明治44）年『青鞜』創刊号に「らいてう」の筆名で「元始女性は太陽であった——青鞜発刊に際して」を発表、以後「新しい女」という非難に対して「私は新しい女である」（『中央公論』一九一三・一）と反論、「世の婦人達に」（『青鞜』三—四）で家族制度を批判、また若き社員尾竹一枝*（紅吉）との「同性愛」体験や日本最初のセクソロジストといわれる小倉清三郎*との交流など、「性としての自己」への関心を持ちつづける。性を語ることがタブー視されていた当時、『青鞜』が「姦通」「☆貞操」「☆堕胎」「☆廃娼」「性欲」「同性愛」等々のテーマをとりあげたことは日本の国家規範に正面から挑戦するものとみなされ、しばしば発売禁止処分を受けた。

一九一四（大正3）年、年下の青年奥村博*（博史）と結婚するが法律上の届を出さず、二人の子も自分の籍に入れたため「私生児」とされた（後奥村家に入籍）。一九一五年以降『青鞜』の編集は伊藤野枝*に委ねられ、一九一六年二月無期休刊。

らいてうは一九一八（大正7）年を中心とする「母性保護論争」☆の後、市川房枝☆らとともに新婦人協会を結成、女性の立場からの社会改造を求めて婦人参政権運動を起こす。ついでクロポトキンの『相互扶助論』に惹かれ、消費組合「我等の家」を設立、組合長として運営にあたった。

戦後、「絶対平和」の立場から、講和とともに再軍備がはじまることを憂えて野上弥生子*らとともに「非武装国日本女性の講和問題についての希望要項」（一九五〇）を発表、基地も軍備もない日本を、と訴えた。以来ベトナム戦争反対、日米安全保障条約廃棄、日本国憲法擁護の立場をつらぬき、一九七一（昭和46）年八五歳で死去。

（米田佐代子）

◆平塚らいてう

1886- 2	10日、東京市麹町区三番町で生まれる。本名明。父定二郎（会計検査院次長）母光沢の二女
1898- 4	女子高等師範学校付属高等女学校入学。修身教育に反発して級友と「海賊組」をつくる
1903- 4	日本女子大学校家政学部に入学
1905	人生に悩み、日暮里の両忘庵に参禅
1906- 3	女子大卒業。見性として慧薫の安名を受ける
1907- 5	閨秀文学会に参加、講師の森田草平を知る
1908- 3	森田草平と家出（「塩原事件」）
1911- 9	生田長江のすすめで『青鞜』創刊。「元始女性は太陽であった―青鞜発刊に際して」を発表
1912- 8	茅ヶ崎で奥村博と出会う
1913- 5	『円窓より』発禁。『ある窓にて』に改題
1914- 1	家を出て奥村博と共同生活（結婚届を出さず）
1915-12	第1子曙生を出産
1917- 9	第2子敦史を出産
1918	与謝野晶子、山川菊栄らと母性保護論争
1919	市川房枝らと治安警察法修正、花柳病男子結婚制限法等を要求し、新婦人協会趣意書発表
1921	健康を害し、家族とともに栃木県佐久山などで田園生活（1923年まで）
1927	成城学園に自分の設計した家を建てて転居
1928	クロポトキンに共鳴、消費組合「我等の家」を設立（1938年まで）
1929	高群逸枝に共鳴して『婦人戦線』に参加
1941	2人の子とともに奥村家に入籍
1942- 3	茨城県北相馬郡小文間村戸田井に疎開
1947	帰京して成城に住む
1949	平和問題に関心、世界連邦建設同盟に参加
1950- 6	25日、野上弥生子、上代たの、ガントレット恒子、植村環とともに「非武装国日本女性の講和問題についての希望要項」を発表、単独講和反対、非武装中立を表明
1953- 4	日本婦人団体連合会初代会長に就任
1954-10	世界の女性に平和を訴え、世界母親大会（1955）開催の原動力になる
1955-11	世界平和アピール七人委員会メンバーになる
1962-10	新日本婦人の会代表委員に就任
1966	ベトナム戦争反対の活動を展開
1970- 6	日米安全保障条約の廃棄を訴え、自宅周辺をデモ行進
1971- 5	24日、死去（享年85歳）

■「芳舎名簿」に名前が残る

平松華

Hiramatsu Hana 1890.9.7-1965.10.24

平松華は☆芳舎名簿「賛助員其他関係者」に名前があるが、『青鞜』誌上に名前はない。

新潟県西蒲原郡道上村に、一八九〇年九月に生まれる。一九〇九年日本女子大学校英文学部に入学、一九一一年に第二学年を修業したことは明らかであるが、卒業したかどうかははっきりしていない。桜楓会名簿には一九一二年第九回卒業となっている。入学時の保証人は尾竹染吉（日本画家の尾竹竹坡）であるが、新潟県出身のためということであろうか。

卒業後は小石川区林町にあるバプテスト寮に一時いたが、一九一三年夏、金原氏と結婚し、間もなくニューヨークに行く。一九二四年からは東京府下玉川村字用賀に居住し、以後同所に住んでいたものと思われる。一九六五年死去、七五歳であった。丁度その頃尾竹竹坡のもとに居候していた*尾竹紅吉に声をかけられた可能性などが考えられる。（井上美穂子）

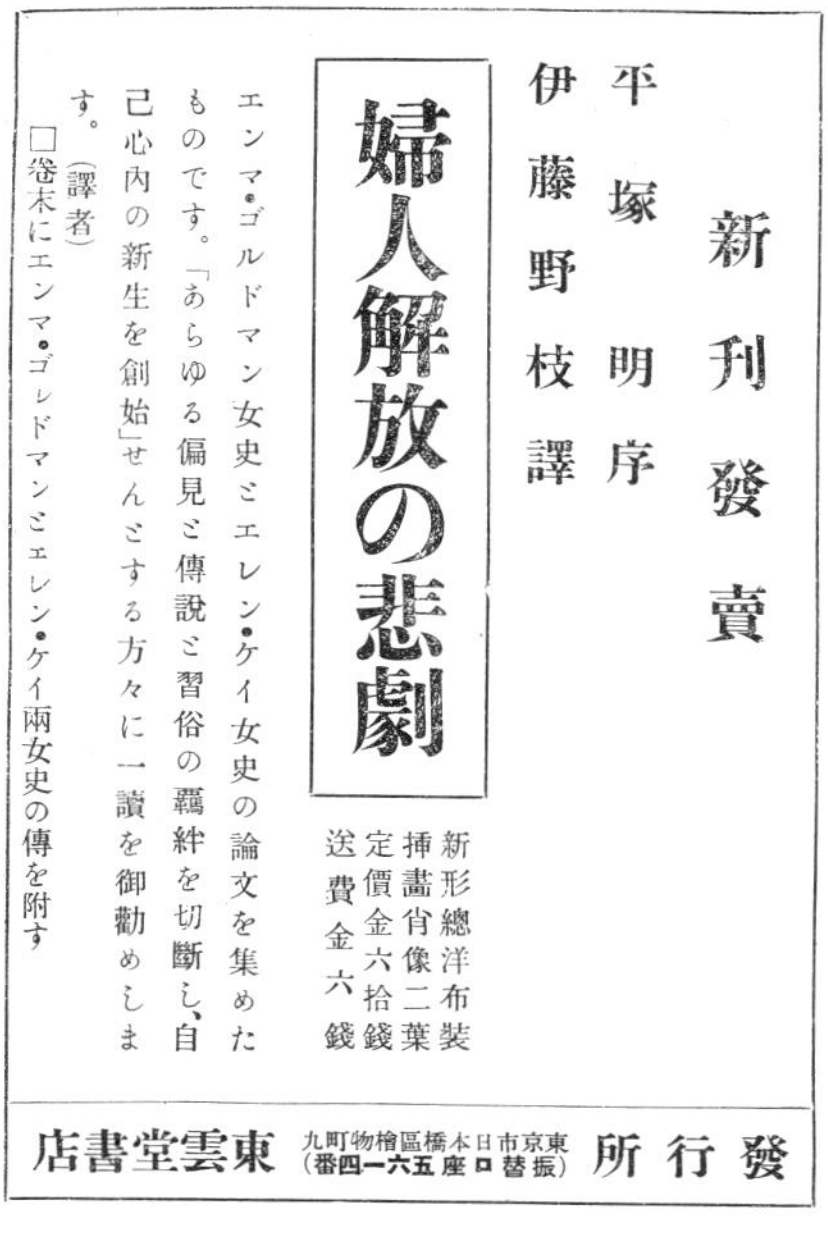

『婦人解放の悲劇』の広告
（『青鞜』 4−4より）

『青鞜』史上唯一の男性社員？　藤井夏

藤井佳人（よしと）が初めて青鞜社に姿を現わしたのは、一九一二（明治45）年の新年会のこと。宮城房子を送って来た彼を、らいてうは「文壇に名の知れた投書家で、不良少年といった感じ」だったと回想している。

「藤井夏」を名乗る人物から、入社希望の連絡が青鞜社事務所に届いたのはその半年後。七月号で入社が発表され、八月号には短歌の連作「宝玉」が掲載された。が、まもなく例の不良少年の変名であることがばれ、「写真に原稿を添えて」（二－九）と、入社規則を変更する騒ぎとなった。

藤井佳人は、房子と同じく一八九二（明治25）年四月福井生まれ。破産した両親が東京に出奔し、祖母と暮らしていた中学校在学中に、メソジスト教会の牧師を中心にした文芸サークルで「お出戻りの」竹尾房子を知る。彼がオルガンを弾き、房子が賛美歌を歌うような付き合いからはじまり、温泉で夜を過ごす間柄となるが、親友の宮城千之を房子に紹介したことで失恋。が、両者が早稲田で暮らしはじめた時には佳人も上京、そうして人妻で元恋人の房子と青鞜社に出入りするといった不思議な関係が続いていた。

しかしそれも、房子が武者小路実篤に走ったことで終わる。「宝玉」には彼女への思慕が色濃い。その後もしばらく『青鞜』周辺に出没していたことが、伊藤野枝の「雑音」に書かれている。

ところで一九一五（大正4）年秋、出産を迎えた野枝に代わって安藤枯山、生田花世が『青鞜』の実務を引き受けたことはよく知られているが、他に「係員F」という第三の人物がいた。今日に至るまで正体不明の「F」だが、三ケ島葭子から遠藤（原田）琴子へ宛てた書簡から「藤井」という名字であったことが特定できる。果たして藤井佳人との間に関連はあるのだろうか。今後の調査が待たれるところである。

佳人は、人名事典等によると、一九一七（大正6）年に明大商学部を卒業後、歩兵第一連隊に入隊している。大正の終わりから音楽評論家を名乗り、ポリドール、それからビクターに移って、洋楽中心に草創期のレコード業界で活躍した。ジャズやオペラについての文筆も多いが、そこに、「きゃしゃな女物の羽織」を着て、センチメンタルな泣き言を繰り返していた『青鞜』当時の面影を探すことは困難である。

ペンネームは終生、藤井夏人（かじん）で通した。一九七一（昭和46）年死亡。

（池川玲子）

■女性解放の先駆者の自負に生きる

福田英子

Fukuda Hideko

1865.10.5-1927.5.2

一九一三年、『青鞜』三巻二号が「安寧秩序を害するもの」という理由で発禁処分を受けたのは、福田英子の論文「婦人問題の解決」に原因があったといわれている。婦人問題解決の方法と、将来の社会における婦人の地位について述べた文で過激なところなどないが、内容より、*平民社に関係のある英子の名前がいけなかったのではないかとらいてうは自伝で述べている(『元始』)。「共産制の実行が婦人解放の最極の鍵である」と書いた英子の主張は、☆大逆事件からまだ日も浅い当時、発禁処分にする充分な理由になったと思われ、この寄稿が英子と青鞜社との唯一の関わりであった。

当時らいてうは、堺利彦の『婦人問題』などで社会主義の婦人論は知っていたが、英子は直接知らなかった。自由民権時代に活躍し、その後『世界婦人』を発行した人であることを知った上で、社会主義者の意見も聞きたいということで、英子に手紙で寄稿を依頼した。論旨明快な小論文は、社会主義による将来の展望を持つ英子の力量を示すものであるとらいてうは感銘を受けている。

英子は、高揚期にあった自由民権運動と進取の気性を持つ母の影響を受け成長した。寺子屋の女教師であった母は、早くから英子に学問をさせたが、英子は当時の女性がおかれている状況に疑問を持ち、岸田俊子(中島湘烟)の「女権拡張」の演説に深い感銘を受け、以後積極的に女性解放運動に邁進することになる。女性の経済的自立のためには教育が必要であると、女子教育にも熱意を示し実践した。大阪事件では、資金活動や爆発物を運搬したという理由で逮捕され、実刑判決を言い渡され投獄された。やがて自由民権運動は鎮静させられるが、堺利彦や石川三四郎ら社会主義者との出会い、平民社の女性たちとの交友で英子の女性解放の思想はさらに深まっていった。

英子が、平民社の女性に協力して行った☆治安警察法第五条改正の請願運動は、らいてう、市川房枝、奥むめおにより創立された☆新婦人協会が再度始めている。

一九〇七年、英子は社会主義の立場から女性解放誌『世界婦人』を発行する。新聞様式のタブロイド版八ページで半月刊、その発刊の辞に「婦人の周囲に纏綿する所の法律、習慣、道徳其他一切の事情より離れて、其の天性、使命を研究し」「天真の生命の存する所に基いて、茲に諸般の革新運動を鼓吹し開拓したいと言ふ希望にある」と抱負を述べ、法律、社会習慣、教育上の男女平等、恋愛の自由を主張し、各国の婦人参政権運動を紹介、治安警察法第五条改正の請願運動や、足尾鉱毒被害民救済の呼びかけ、女子労働問題などを掲載したが、一九〇九年八月発行禁止となった。

英子は三人の男性と恋愛し、四人の男子を出産した。経済的には恵まれなかったが、英子を支えていたものは、常に女性の解放を目指して闘って来たという自負であった。

一九六五年英子生誕百年の年、英子の生地岡山の笠井山公園内に、有志によって記念碑が建てられた。その碑面には、英子の自伝『妾《わらわ》の半生涯』のなかの一節「妾が過ぎ来し方は蹉跌の上の蹉跌なりき。されど妾は常に戦へり、蹉跌のために曽て一度も怯《ひる》みしことなし」と、英子の略歴が、らいてうにより揮毫された。

（篠宮芙美）

◆福田英子

1865-10	5日、備前国岡山に生まれる。父景山確、母楳
1872- 4	女子教訓所に通学
1874	岡山県立研智小学校入学
1879- 3	卒業と同時に同校の助教となる
1880-12	藤井家からの結婚申し込みを断る
1882- 5	岡山に来た岸田俊子の演説を聞く
- 9	女子演説会に出席
1883- 4	女子演説会で「人間平等論」を演説する
-12	私塾蒸紅学舎設立。この頃小林樟雄と婚約
1884	自由党納涼大会に参加。蒸紅学舎閉鎖命令
-10	家出して上京、新栄女学校に入学
1885	小林樟雄、大井憲太郎らの朝鮮改革運動に参加。大阪まで爆発物を運ぶ
-11	大阪事件で同志とともに逮捕される
-12	『獄中述懐』を記す
1889- 2	出獄。その後植木枝盛を時々訪問
- 7	婦人矯風会の一夫一婦建白運動に参加。下旬、東京に移住
1890- 3	大井憲太郎の子竜麿（憲邦）を出産
1891- 1	女子実業学校を開設。この頃大井と離別
- 4	「婦人の本分」を『立憲自由新聞』に連載
1892	自由党関東倶楽部で福田友作と出会い結婚
1893	友作の子鉄郎を出産。石川三四郎、福田家の書生になる
1894- 2	侠太を出産
1898- 3	友作の妻として入籍。角筈に転居
1899- 2	千秋を出産。友作の病状悪化
1900- 4	友作死去
1901-11	角筈女子工芸学校及び日本女子恒産会設立。石川三四郎とともに教会に通う
1903-11	石川三四郎平民社入社とともに英子もしばしば平民社を訪れる
1904-10	『妾の半生涯』を出版
1905- 1	平民社の女性を中心に治安警察法第5条改正請願運動に参加
-12	小説『わらはの思ひ出』出版
1907- 1	雑誌『世界婦人』創刊（半月刊）後月刊に
1913- 2	「婦人問題の解決」を『青鞜』に寄稿
1914- 7	『読売新聞』婦人附録に英子訪問記載る
1924-12	博文館『ポケット雑誌』に思い出を寄稿
1927- 5	2日、心臓病のため死去（享年62歳）

■「私は古い女です」

堀保子

Hori Yasuko

1883?-1924.3.15

「私は古い女です」――堀保子が『青鞜』(三―一付録)に唯一寄せた文章である。当時*大杉栄と事実上の結婚をしていた保子に、社会主義婦人の婦人問題観を知りたいと依頼があっての寄稿だった。しかし保子は、「なるほど私は社会主義の男と一緒に暮らしてゐます。けれども私は、自分を社会主義者だとも思ひませんし、又自分でさう云つた覚えもありません」と書き、こう続ける。「私は古い女です。従つて私の思想も感情も、総て男のそれに従はせなければならぬ筈です」「けれども男と私との思想と感情は、さうなる為めには、不幸にもあまりにかけ離れてゐます。残念ながら私にはとても従ひきれません」。そして『青鞜』からの手紙の宛名が、「大杉御奥様」となっていたことを指摘する。保子と大杉は入籍していないが、それは「男と女との関係は、其の始まりや終りを、法律で認めて貰はなければならぬやうな、又許して貰はなければならぬやうな、そんな性質のものではない」という大杉の考えによる。最後に大杉の男女関係観をあげて、「新しい女と仰しやる方々も、やはり斯《こ》んな風の恋愛観をもつてゐらつしやるのでございませうね」と結んでいる。

この文章は保子が口述し、大杉が代筆したと書いてあるので、大杉が書いたといわれることが多い。保子自身が書いたという確証はないが、保子と大杉の男女関係観が異なっていたのは明らかである。保子は一貫して「一夫一婦」の男女関係という考え方を持ち続けた。

大杉は一九一五(大正4)年末から一九一六年初めにかけて、*神近市子、*伊藤野枝と前後して恋愛関係に入り、いわゆる「自由恋愛」を実行に移した。が、葉山の日蔭茶屋事件(七九頁)によって、大杉の「自由恋愛」は破綻する。保子は大杉と正式に別れてから書いた「大杉と別れるまで」のなかで、自分を「中古の女」といい、「一夫多妻の犠牲になつて自己を没して了ふ事は、どうしても心が許してくれません」と書いている。

大杉と別離後の保子は、一九一八(大正7)年五月に『あざみ』という婦人雑誌を出した。『あざみ』には、隣家に住んでいた*山田わかや*岩野清子も執筆したことが広告からわかる。今となっては幻の雑誌である。保子は『家庭雑誌』から始まり、大杉の出した『近代思想』☆、『平民新聞』にも広告取りなどの事務方として関わっており、雑誌経営についてよく知っていたといってもいいだろう。保子は雑誌を出すことによって生活を立てようとしたが、体が弱く思うようにはいかなかったようだ。

義兄である堺利彦との交流は長く続き、自宅を堺らの座談会や講演会の会場に提供している。また、一九二一年五月一日の第二回メーデーには社会主義女性団体・赤瀾会《せきらん》☆の「年寄り組」として、堺為子らと沿道から応援した。

関東大震災後の混乱のなかで野枝と甥の橘宗一とともに虐殺された大杉に対して、保子は「小児のやうな男」(『改造』一九二三・九)を書いた。「彼は彼の道を行くのに対して、私は私の行くべき道を歩んで、どちらが心の満足を得るといふことを競争してみたいやうな気がしてゐた」「今は肝心の競争の相手がなくなつたので、何だか淋しくなつて心細いやうな気がしてならない」と追想している。(河原彩)

◆堀保子

1883?	茨城県真壁郡下館町に生まれる。戸籍名ヤス。父は下館藩弓術師範だった堀直竹、兄は『読売新聞』などで活躍した堀紫山、姉は堺利彦と結婚した美知、弟2人。幼時に東京に移り住む
1899- 3	この頃既に、堺の家に同居
1900- 2	堺の友人・小林助市と結婚
1903- 4	堺利彦『家庭雑誌』創刊
1904-10	田中正造の案内で谷中村を訪問
-11	「鉱毒被害地見舞の記」を『家庭雑誌』に掲載（署名・小林やす子）
1905	小林と離婚、堺の家に同居。堺を助けて『家庭雑誌』を手伝う
1906- 8	大杉栄と結婚（入籍せず）
-11	家庭雑誌社設立。大杉が編集、保子は事務で『家庭雑誌』を出す
1907	大杉の相次ぐ入獄で『家庭雑誌』を手放す。大杉の入獄中は知人の雑誌の広告取りなどをしながら、獄中の大杉の外との窓口の役割を果たす
1909- 4	『家庭雑誌』を復活させる
- 5	「良く産まれ得べき条件」を『東京二六新聞』に掲載。「女髪結」を『家庭雑誌』に掲載
-11	大杉の父が死去、大杉の幼い弟妹を引き取る
1910-11	大杉千葉監獄から出獄
1912-10	大杉らの出す『近代思想』の保証金作りに奔走、広告取りも担当する
1913- 1	「私は古い女です」を『青鞜』に掲載（署名は堀保）
1916	大杉が神近市子、伊藤野枝と恋愛関係に入る
- 3	大杉と別居。山田嘉吉宅の裏の家に住む
-11	葉山日蔭茶屋事件
1917- 1	『新社会』に大杉との関係解消の広告を出す
- 3	「大杉と別れるまで」を『中央公論』に掲載
1918- 5	あざみ社を作り、婦人雑誌『あざみ』を発行
1921- 5	赤瀾会の「年寄り組」として第2回メーデーに参加
1923- 9	関東大震災。大杉、野枝、橘宗一虐殺される。火葬の日に大杉の家を訪ねる
-11	「小児のやうな男」を『改造』に掲載
1924- 3	15日、堀紫山宅で死去（享年41？歳）

松井静代

■生きたい道を生きた女性

Matsui Shizuyo

1891.7.15-1992.9.11

松井静代と『青鞜』とのかかわりは、一時期補助団員☆として会費を納め、四巻四号（一九一四年四月号）に小説「京人形」を掲載したという程度で、同姓の松井百合と混同されることもある。補助団員というのは、一九一三（大正2）年以降、「新しい女」などの攻撃で動揺する社員も出たことから組織の立て直しを図ったときにつくられたもので、甲種会員は月一円を納めて『青鞜』を経済的に支援することになっていた。実際には一九一四（大正3）年の時点で社員を含めて四三人とされ、外部からの参加は微々たるものであったらしい。静代は、その数少ない応援団のひとりであった。

静代の父松井滋雄は島原出身の医者で東京日本橋に住み、往診帰りに見そめたちりめん問屋の娘はると結婚、一八九一（明治34）年静代が生まれたが、はるは実家に帰され、静代は乳母岡田くまの子として育てられた。気ままな下町娘としてのびのび育ち、父が跡継ぎにしようと東京女子医学専門学校に入れたのに、本人は投稿雑誌『女子文壇』☆に熱中して国家試験に落ち、友人の兄と駆け落ち騒ぎまで起こす。

結局女子文壇社の風俗雑誌『うきよ』の婦人記者になり、編集長の吉田常夏と結婚。このとき『青鞜』社員になりたかったのに夫が「本物の新しい女になられると困る」と反対、静代は自分の給料から会費を払って勝手に補助団員になってしまったという。夫が反対するので会合にはなかなか出られなかった。『青鞜』には近寄り難い感じもあったが、伊藤野枝*に誘われてその「裏表のないさくさくした」（吉田静代『ひとつの流れ』）ところに意気投合、「京人形」は野枝の推挙で掲載されたらしい。一九一三（大正2）年一一月に上京してきた加藤みどり*の歓迎会がメイゾン鴻の巣（九五頁）で開かれたときは、静代も出席している（「編集室より」三―一二）。一九一五（大正4）年以降野枝が『青鞜』編集にあたるようになってからも親交が続き、同年新年号には「（静代が）二月号には何かお書き下さる筈です」（「編集室より」）と予告まで載ったが実現しなかった。

静代と『青鞜』の接触はわずかなものであったが、その人生はまぎれもなく『青鞜』と同時代を生きた女性のそれということができる。夫の吉田はしばしば女性問題を起こし、読売新聞記者時代の一九一四（大正3）年女連れで伊豆大島に出奔、妊娠中の静代は「父無し子」を産むわけにゆかないと決死の覚悟で海を渡り、翌年島で長女を出産する。土岐善麿が出産費用を贈り、「おもひわびここに追ひきてあら磯にあか児を生みし友の妻あはれ」と歌った。三人の子に恵まれたが結局吉田は別の女性と家出、一九三八年に死ぬまで静代のところには戻らなかった。

静代は働いて子育てをし、長女玉の緒は新聞記者になり戦後読売新聞争議で活躍する。一九七七（昭和52）年には文学者和田芳恵の推挙と次女生緒の協力で自伝『ひとつの流れ』を刊行。足立区柳原病院の在宅看護に恵まれ、一九九二（平成4）年、一〇一歳の大往生を遂げた。

父親といい夫といい、まことに身勝手とみえる男たちを相手に一歩も引かず、天衣無縫とも破天荒ともいうべき人生を生ききった静代のような女性が、『青鞜』の周辺には光芒を放っているのである。

（米田佐代子）

◆松井（吉田）静代

1891- 7	15日、東京日本橋蠣殻町で生まれる。本名静代。父は島原出身の医師松井滋雄、母はちりめん問屋の娘はる（岡田くまの庶子として届けられる）
1897- 4	私立両国小学校入学
1904	駿台英和女学校入学後、実践女学校に転校 東京女子医専（現東京女子医大）入学
1908	このころから「つきくさ」のペンネームで『女子文壇』に投稿
1913	『女子文壇』の河井酔茗に誘われて婦人記者に。同社の風俗雑誌『うきよ』編集長吉田常夏と恋愛、結婚。 このころ、『青鞜』入社を希望するが、夫の反対で断念。自分で月1円の会費をはらって補助団員になる
-11	鴻の巣で開かれた『青鞜』の会合に出席
1914- 4	『青鞜』に「京人形」（4－4）掲載される
-12	家出した夫の後を追って伊豆大島へ
1915- 3	大島で長女玉の緒出産。夫婦で帰京
1917-11	長男命出産
1918- 5	『料理小説集』出版
1921- 1	二女生緒出産
1927	吉田、西日本文芸誌『燭台』発刊。静代「制服」その他を発表
1935	吉田、家出。1938年死亡するまで帰らず
1951	長男急死。これと前後して長女も発病、立ち退き問題も起こって苦労する
1968	二女の献体登録を知り、自分も順天堂大に献体登録。気持ちが明るくなる
1977	和田芳恵の尽力で関東大震災までの自伝『ひとつの流れ』出版 この年、足立区千住桜木に転居
1986-10	NHKの老人介護番組「母との対話」出演
1991- 7	かかりつけの柳原病院で「しいちゃんばんざい、吉田静代さんの百歳を祝う会」開催
1992- 9	11日、老人検診をすませ、病院職員に「有難う。さよなら」と挨拶した後、食事誤嚥で正午前死去（享年101歳）
1995	『料理小説集』復刻される。生緒の手による「吉田静代年譜」を付す
1997	「料理小説集」をもとにした『折々の料理』刊行

■舞台に生命をかけて

松井須磨子

Matsui Sumako

1886.3.8-1919.1.5

一九一一年『青鞜』が創刊された九月、☆文芸協会付属試演場で*イプセンの「人形の家」が上演された。主役ノラは松井須磨子。この年五月、帝国劇場での「ハムレット」でオフィリアを演じ好評を博した新進女優だった。「快活なノラと憂愁のノラと、自覚した強い強いノラを巧みに演じ別けている技倆は実に感服する」（『東京日日新聞』）と評判を呼び、さらにノラの生き方をめぐってさまざまな議論が巻き起こった。『青鞜』では二巻一号で特集を組み、*上野葉子、*加藤みどり、*平塚らいてうら社員の批評を載せるとともに、須磨子の舞台写真と「舞台の上で一番困ったこと」という談話も載せている。『青鞜』発刊と「人形の家」上演は相乗的効果をもって女性問題を浮上させ、人びとは『青鞜』同人を「新しい女」と呼び、須磨子もまたその旗手の一人と目されるようになった。

「人形の家」の大阪公演を見に行って、須磨子と抱月を旅館に訪ねた*尾竹紅吉は「まるっきり田舎の娘さんそのままで（中略）やわらかな顔立ちのなかで眼だけが美しく燃えていた」と素顔の須磨子を語り、その須磨子が舞台に立つと一変するのに驚嘆している。須磨子と紅吉はこのとき以来親しい友人となり、紅吉がのちに創刊した『☆番紅花《サフラン》』に同人として参加し、「復活」の梗概などを書いている。

須磨子は文芸協会演劇研究所の一期生だった。入所の試験での「吾が理想の演劇」という作文に、須磨子は「女は女が演ずべし」と書いたという。研究所では演技だけではなく踊り、三味線、謡などもあり、須磨子はひたむきに精進した。英語力の足りなかった須磨子は「ハムレット」など英語のテキストは仮名をふって丸暗記するほどの努力をしたという。

オフィリア、ノラに続いて「故郷」のマグダを好演し、須磨子は自身の女優としての地位を確立すると同時に、日本演劇の伝統である女形とは異なる新劇女優という立場をも築き上げた。しかしこのころから、島村抱月との恋愛が表面化する。文芸協会の主宰者坪内逍遙によって、須磨子は「諭旨退会」を命じられ、抱月も早稲田大学と文芸協会を辞して須磨子らと☆芸術座を創立した。

芸術座では「モンナ・ヴァンナ」「サロメ」「海の夫人」「復

活」などを須磨子主演で次々と上演。なかでも「復活」は好評でのべ四四〇回も上演したといわれている。「復活」の劇中歌「カチューシャの唄」は大流行となり、レコード化もされた。

舞台上の絶大な人気とはうらはらに、日常の須磨子に対する評判はあまりよくなかった。気が強いとか我が儘といった悪口が、とくに男性の間で囁かれていた。須磨子は唯一の著書である『牡丹刷毛』（一九一四）のなかで「全体『女』と言ふものは何の場合も人に媚を呈さなければならないものでせうか。何時も黙つて人の言ふなりにばかりなつて居なければならないものでせうか」と述べている。須磨子は男たちの反感のなかで、体当たりで女優と言う職業を切り開き、傷つきながらも大きな花を開くことに成功した。だが一体となって女優須磨子を創りあげた抱月は、スペイン風邪で急逝する。二か月後、呆然のうちに「カルメン」の初日を終えた須磨子は、抱月のあとを追って三二歳の若さで自殺した。（折井美耶子）

◆松井須磨子

1886- 3	8日、長野県埴科郡清野村に生まれる。父小林藤太、母ゑし、4男5女の末子。本名正子 6歳の時父の妹の婚家長谷川家の養女となる
1900	上田町立女子尋常高等小学校卒業
1901	養父の死により実家に帰るが、実父も死去
1902	父の遺言により姉の婚家七澤家（麻布飯倉の菓子商風月堂）に身を寄せ、戸板裁縫女学校に通いながら店の手伝いをする
1903	木更津の鳥飼啓蔵と結婚、翌年離縁
1907	荒川重秀主宰のお伽芝居に入る
1908	東京俳優養成所の講師、前沢誠助と結婚
1909	文芸協会演劇研究所の第1期生となる
1910	前沢と離婚。研究所試演会でオフィリアなど
1911	文芸協会第1回公演「ハムレット」でオフィリアを好演。芸名を松井須磨子とする 第2回公演「人形の家」のノラで女優としての地位を確立し文芸協会の技芸員となる
1912	「舞台の上で一番困ったこと」（2－1）「故郷」のマグダ。島村抱月との恋愛問題化
1913	協会から諭旨退会を命じられる。抱月も幹事を辞任、須磨子とともに芸術座を結成 芸術座公演「モンナ・ヴァンナ」でヴァンナ「サロメ」でサロメを演じる
1914	「海の夫人」のエリーダ、「復活」でカチューシャ、須磨子が歌った「カチューシャの唄」は一世を風靡。「剃刀」のお鹿、「クレオパトラ」のクレオパトラ。『番紅花』の同人となる。随筆集『牡丹刷毛』（新潮社）出版
1915	「飯」のお市、「その前夜」のエレエナ 全国公演ののち台湾、朝鮮、満州、ウラジオストックなどを回る
1916	「真人間」のお品、「闇の力」のアニッシャ、「マクベス」のマクベス夫人、「アンナ・カレーニナ」のアンナ、「思ひ出」のケティ
1917	「ポーラ」のポーラ、「お艶と新助」のお艶、「生ける屍」のマーシャ、「帽子ピン」の金井たけ
1918	芸術座公衆劇団合同公演「沈鐘」のラウテンデライン、「神主の娘」の朝江、「緑の朝」のイザベラ
-11	4日、抱月、スペイン風邪のため急逝
1919	「肉店」のお吉、「カルメン」のカルメン
- 1	5日、芸術倶楽部で自殺（享年32歳）

■戦前・戦中、朝鮮江原道で暮らした

松村とし

Matsumura Toshi　1886.10.4-1974.1.7

旧姓門田、松村とし（戸籍名駿）は一八八六（明治19）年一〇月四日誕生。本籍は高知県。兄が保護者である。

としは「明治三四年四月二十日母校開校の日、私は十五歳で高女三年に編入され、七年間を寮舎に過し、恩師成瀬先生のお膝元で大きくして頂きました」（『桜楓新報』一九七二・八・一）と記している。一九〇八（明治41）年、日本女子大学校英文学部五回生として卒業した。

卒業後は千葉県の農科大学官舎門田（兄）方に居住し、一九〇八年に目白に、翌一九〇九年（明治42）年には旧門田松村としと記載され、結婚したことがうかがわれる。その後の住所は一九一三年まで雑司が谷となっている。（以上は☆『花紅葉』）。

『青鞜』二巻二号に社員として名が載るが作品は無い。

☆『桜楓新報』（一九七二・一一・一）に寄稿した「日中国交回復に寄せて　中国人農夫の想い出」によれば、としは、朝鮮総督府から山の管理を委託された大学から派遣された、林学科出身の夫とともに一家で朝鮮江原道に渡り住み、夫亡き後も経営していた果樹園を続けるため終戦まで三〇年余を江原道にとどまったとのことである。この記述に続けて当時家の近くに住んでいた中国人の農夫との信義のある交際を述べ「しっかりした一度決めたらやり通すとか、人を信頼すれば全く安心しきるというような、なかなかよい資質を中国人は持っていると思います。矢張り伝統ある国民性の美徳でしょうか」と結んでいる。

☆『桜楓新報』に載ったその他の記事によれば、後に社会事業家として活躍する丸山千代とは女子大時代に同寮で、朝鮮在住の頃は一時途絶えたが、晩年には親しく交際していた様子である。杉並の浴風園に千代を見舞い、没後「丸山さんの栄誉に寄せて」と題する思い出を書いている。

また戦後は中学、高校生に英語の個人教授を続け、一九六八年に『愛のはなびら』一九七一年には『愛のはなびら第二集』を出版。これは欧米名流作家の作品の翻訳読物のようで「これから世に巣立とうとする前途豊な少年少女諸子を対象として書いたものでございます」（『桜楓新報』一九七一・八・一）と記している。☆『桜楓会会員名簿』によれば、一九五〇年から杉並区、中野区、豊島区に居住している。一九七四（昭和49）年一月七日死去（享年八七歳）。

（鳥井衡子）

らいてうと研が恋人に出会ったサナトリウム

南湖院《なんこいん》（南湖―なんご―の地名に因むが創設者が濁音を嫌い、なんこいんと呼ばせていた）は、東京駿河台の東洋内科医院である高田畊安《こうあん》（元耕安、本名復斎1861-1945）により一八九九（明治32）年一〇月、茅ヶ崎村字西南湖（現茅ヶ崎市南湖）の地に結核専門の療養所として創設された。前年開設の東海道線茅ヶ崎駅前には「高田病院南湖院」と屋根に看板を立てた患者待合所まで作り、国木田独歩はじめ多くの著名人が入院した。当初は五五〇〇坪の敷地に建坪七〇坪の第一病舎のみで入院患者一号は勝海舟未亡人である。畊安は新島襄門下のクリスチャンとして知られ、給水用風車やプール、測候所などユニークな施設をつぎつぎに建て、昭和一〇年頃の最盛期には五万坪に十数病舎総建坪四五〇〇坪に拡張、「東洋一のサナトリウム」と称された。化学療法も外科療法もまだ行われていなかった時代で、安静第一によい空気を吸い栄養をつける自然治療であった。費用が高額で長期患者の家族は身代限りをすると言われていた。

戦時中は海軍に、戦後一〇年間は占領軍に接収されて建物の半分が壊された。治療法のめざましい進歩により結核患者は激減し、一九七六年には西側の一万余坪が住宅公社に売却された。現在有料老人ホーム「太陽の郷」が海風に白い翼を広げるように建ち、東側には第一病舎が事務所として記念物的に残され周囲は花咲く庭園に変貌している。

明治三〇年代後半から大正初めの南湖院は『青鞜』と重要な関わりを持つ。まずらいてうの姉平塚孝、保持研、尾竹紅吉、奥村博が入院し、見舞に訪ねていたらいてうが奥村博に会って恋に陥り、研もここで恋人を得た。国民病、業病であった結核患者は独歩のようにここで死を迎える者が多かったにもかかわらず、研をはじめとして全員無事退院することができた。　（村岡嘉子）

創設当時の姿を残す南湖院第一病舎

■真実の歌をうたいあげた人

三ヶ島葭子

Mikajima Yoshiko

1886.8.7-1927.3.26

葭子は、らいてう*と同じ一八八六（明治19）年に生まれた。

一一歳の葭子は百人一首註釈本を読み歌を作り日記をつけ始める。一四歳で東京の叔父宅に寄留し四谷の教会等に通い、古典も読んで「私は歌人になる」と日記に書く。埼玉女子師範学校に入学し、寄宿舎生活は一生のうちでも一番楽しいものであった様子がうかがえる。しかし生来ひ弱であった葭子は肺患のため退学した。快復後二二歳の葭子は亡き母の郷里（西多摩）の小学校で五年九か月間、教員生活を送る。二三歳の時、歌一首が『女子文壇』☆に与謝野晶子*の選で掲載され新詩社に入会、晶子に傾倒し、恋を主体とした浪漫的な歌を次々と発表した。

・みこころを天地《あめつち》としてその中に生れし如く君に抱《いだ》かる

（『スバル』一九一〇・九）

一九一一（明治44）年『女子文壇』に毎月のように文章を投稿、短歌も多く発表している。

与謝野寛にもその歌才が高く評価され目次にも名を連ねる程になった。晶子も葭子の才能を認め、将来は自分の後継者にとも考えていたらしい。この頃より中川一政（のち画家）、倉片寛一と交流する。二人は若山牧水の『創作』☆に関わっており、倉片は熱心に葭子の歌について助言した。

一九一二（明治45）年三月、青鞜社に入社。出詠歌数、回数とも群を抜いて一位の一〇一六首を発表した。

らいてうの樋口一葉論（二―一〇）を読んで一〇月八日、日記に葭子は「読み終つて自分を考へた。自分は女の中の女。男の中の女でなくありたい」と書いた。これまで病弱のため「私は廃人です」と言っていた葭子は『青鞜』と出会い、また倉片から「あなたが醜だと思っているのが私には美だ」といわれ人間として倉片と共に生きようと思うようになる。

歌集「眠の前」をまとめようと晶子に送ったが、出版の運びにはならなかった。一九一四（大正3）年三月、退職し倉片と結婚したが、夫は人員整理のため東京電燈を失職し、年末に生まれた子どもを生活苦の中で育てた。二歳年下の夫との性の不一致にも悩み、自活の道を小説に求め、中村星湖に指導を受け『ホトトギス』『早稲田文学』等に「途上」「ある夜」等を発表するが、母としての実感のある歌を多数『青鞜』にも発表している。

・何よりもわが子のむつき乾けるがうれしき身なり春の日あたり　（五－八）

・恋にさへ倦めるかあはれわが心いま子のほかに何ものもなし　（同）

『婦人公論』（一九二一・九）に友人原阿佐緒と物理学者石原純との恋愛問題についてその真実を発表、これがもとで島木赤彦から破門され、古泉千樫に師事する。

夫は赴任先の大阪で女子事務員と愛人関係になり、東京に転勤してからもつづき、葭子は結局数年一人暮らしを余儀なくするが、好きな短歌にだけ命をかたむけて日々を送ることができた。夫は葭子の死後、葭子の書き遺したものを、娘みなみに託し、それが刊行され現在貴重な資料となっている。

（井口陽子）

◆三ヶ島葭子

1886- 8	7日、埼玉県入間郡三ヶ島村堀ノ内に三ヶ島寛太郎（小学校長）、さわの長女として生まれる。本名よし
1892- 4	母さわ死去。小手指小学校へ入学
-11	父寛太郎が小暮のぶと再婚
1894- 2	弟一郎（後の俳優・左卜全）が生まれる
1902- 4	埼玉女子師範学校入学。寄宿舎に入る
1905- 9	肺結核のため退学
1908- 6	病癒え、東京府下西多摩郡小宮村尋常小学校に代用教員として赴任
1909	『女子文壇』に投稿を始め、原田琴子と知り合う。新詩社に入り『スバル』に出詠する
1912- 1	準教員資格試験に合格。『青鞜』に「この胸に」「桃色の灯」「油煙」「わが身」「わが影」他発表
1913	『青鞜』に「うすずみ」「天日に」他発表 琴子の紹介で原阿佐緒との親交始まる
1914	小宮村小学校を退職。上京して倉片寛一の許へ。12月28日長女みなみ出産。所沢の両親より結婚を許される。『青鞜』に「山を去りて」「ためらひ」他発表
1915	『女子文壇』の会合で、河井酔茗、岡本かの子らに会う。『青鞜』に「哀調百二十章」「真暗にありて」「逝く水」他発表。5巻11号に感想文「私の見た生活」を発表。（人生観をのべる）
1916- 4	血痰を見る。娘を倉片の両親に預ける。8月、養生のため宮城県黒川郡宮床村の原阿佐緒邸に40日滞在。9月「アララギ」に入会
1919	らいてうを初めて訪ねる。麻布区谷町に転居
1920- 2	夫、水産新報社経営のため大阪に赴任。葭子は病弱のためひとり東京に残る。小学新報社発行『少女号』に短歌、歌物語を2年間連載
1921- 2	第一歌集『吾木香』東雲堂より自費出版
1922- 4	夫、大阪より帰京するが、夫のあとより徳田富野（愛人）が来訪、3人の同居生活が続く
1924	夫、富野と共に転居し、葭子はこれより独居する。4月『日光』の同人となるが、脳溢血をおこし右半身不随となり、一時歌作中止
1925	小康を得て、『日光』などに短歌を発表
1926- 5	古泉千樫青垣会結成、同人となる
1927- 3	脳溢血再発し、26日死去（享年40歳）
1991- 3	没後64年生地所沢に「三ヶ島葭子の会」発足

■投稿作家たちの憧れ

水野仙子

Mizuno Senko

1888.12.3-1919.5.31

投稿少女から作家に転じた水野仙子は、雪解けの川辺に咲く水仙の花を好みペンネームとした。一〇代の投稿家時代『女子文壇』☆の選者広津柳浪に「この作者の寄稿は読まない先から、胸の踊るを禁じ得ない」と言わせ、『文章世界』☆の投稿作品は編集者田山花袋をも瞠目させた。白石實三は「自然派の黄金時代」仙子は「女流作家のスタアだった」と記している。初期作品には、死産に終わった姉の出産を描いた「徒労」や、望まない妊娠を重ね気が狂れてゆく肉屋の妻を描いた「お波」などがある。「徒労」が花袋の激賞を受け、作家を志す。その伏線に、子の無い姉の後継となることから逃れる気持ちも強かったようである。二〇歳の春上京し花袋の内弟子となった。その後、岡田(永代)美知代や山田*(今井)邦子と共同生活を始め、代表作となった「娘」を『中央公論』に発表。作家として着実に歩み始めた二二歳の夏、『文章世界』の投稿仲間だった川浪道三と結婚した。『青鞜』は仙子の結婚と前後して発刊された。社員として創刊に参加、六編の作品を寄稿した。

青鞜時代の仙子は自然主義からの脱皮時代で作家としては低迷期だった。私生活の上でも、結婚まもなく夫が病を得、その回復を待つかのように仙子が病に倒れるという不幸が続いた。性格の相違による齟齬もあり、二人の結婚生活は仙子の小説「淋しき二人」の表題に象徴される日々だった。そのためか『青鞜』誌上に発表された小説は仙子の他の作品に比べ精彩を欠くが、二巻三号の「二月の小説を読む」と題する書評(『白樺』など九誌から女性一人を含む一八作家の小説を選び批評した)には中堅作家としての仙子の強い自負と誠実な批評眼が示されている。仙子は四巻一号の「ぬれ髪」を最後に『青鞜』を離れた。仙子自身は『青鞜』の「運動や宣言に共鳴を感じることが出来なかった」(「冬を迎えようとして」『新潮』一九一三・一二)と記している。花袋は「かの女の心はさびしく且つ真面目であった」と当時の仙子を回想しているが、仙子の心の底には三巻一〇号の青鞜社規約改正や、華やかなゴシップの種子を蒔いたらいてうたちへの強い反発があったようである。「ぬれ髪」は一人で自由に生き「男をちょいと釣って」思いのままに操り、捨てるのを面白がっているお栄という女の初恋物語である。表面「新しい女」を装っているがその実体は空虚なお栄に託した仙子の「新しい女」批判とも読める。

『青鞜』から離れた後、語学の勉強を始めシラーの「オルレアンの少女」をもとに『女傑ジャンヌ』を書き博文館の少年少女文学第八編として出版。キリスト教の信仰をテーマとした「一粒の芥《け》子《し》種《だね》」など意欲的な作品を発表。闘病生活中も作品への意欲は衰えず、深い人間洞察に富む人道主義的作品を書き続けた。死の前年、『時事新報』で有島武郎の「死を恐れぬ男」を批評。これを読んだ武郎は即日仙子に手紙を出し二人の間に文通が始まった。武郎は生前会うことのなかった仙子について「その心底に本当の芸術家の持たねばならぬ誠実を持っていた」と記している。没後一周年を記念して夫の手で出版された『水野仙子集』は、装幀を仙子が愛好した画家岸田劉生に依頼し、花袋と武郎の助力を得て選ばれた二二編の作品が収められている。

（安諸靖子）

◆水野仙子

1888-12	3日、福島県須賀川の商家、服部直太郎、セイの三女に生まれる。本名テイ。兄は歌人服部躬治、次姉ケサは医師
1903- 3	須賀川小学校高等科卒業。裁縫塾に通う。兄が選者の『少女界』に投稿を始める
1905- 1	『女子文壇』創刊。投稿に没頭する
1908- 2	「暗い家」が『文章世界』の懸賞小説1等になる
- 7	『女子文壇』の優秀な寄稿家として以後の作品掲載を約束される
1909- 2	「徒労」が『文章世界』の投稿作家の首位に選ばれ編集者田山花袋に激賞される
- 4	上京、花袋宅に寄寓し内弟子となる
-11	岡田美知代と代々木で自炊生活を始める
1910- 2	美知代が家を出て山田邦子と同居
1911- 4	与謝野寛、晶子夫妻の世話で日本書簡学会の機関誌『筆の香』の編集に従事
- 9	渋谷大神宮で川浪道三と挙式 『青鞜』創刊、社員となる
-11	『青鞜』1巻3号に「安心」を発表
1912- 2	『青鞜』2巻2号に「食後」、2巻3号に「二月の小説を読む」を発表
- 9	『青鞜』2巻9号に「女医の話」を発表
1913- 2	『青鞜小説集』に「女医の話」が収載される
1914- 3	『青鞜』3巻7号に「菖蒲の家と姉」を発表
-10	博文館より児童書『女傑ジャンヌ』出版
-12	1日、『新潮』に青鞜社批判と思われる「冬を迎えようとして」を発表
1915- 1	『青鞜』4巻1号に「ぬれ髪」を発表
- 9	読売新聞記者となり婦人欄を担当
1916- 3	肋膜炎に罹り読売新聞退社、入院
1917- 7	福島県の高玉温泉へ転地
1918- 3	5日、時事新報に「初めて試みる創作評」掲載開始（～10日)。6日、有島武郎の「死を恐れぬ男」を批評、武郎との文通が始まる
- 4	『中外新論』に「お三輪」、12月同誌に「沈みゆく日」発表
- 9	姉ケサが勤める上州草津の聖バルナバ医院に入院
1919- 1	『女学世界』に「響」、8月『文章世界』に「酔ひたる商人」を発表
- 5	31日、夫と姉に看とられ死去（享年30歳）

■女性のみの短歌結社を主宰

水町京子

Mizumachi Kyouko　1891.12.25-1974.7.19

香川県高松市に生まれる。本名安永（結婚して甲斐）ミチ。一九一五年東京女子高等師範学校文科第一部を卒業した。在学中に国文学史や詠歌法の指導を受けていた尾上柴舟が一九一四年に『水甕』を創刊、これに参加した。柴舟は自然主義思潮をとりいれつつ温雅な歌風であり、門下の個性を尊重したため前田夕暮、若山牧水らが出て、それぞれ『詩歌☆』『創作☆』を創刊するなど、多彩な歌人が育っている。

『青鞜』に掲載されている八首は、京子が『水甕』に入会して一年ほどの作だがナイーブな叙情性が感じられる。

・このあたり目しひの魚やすむならむあまりさびしき河の流よ　（「八月の歌壇より」五―八）

・久しぶりに母とならびてみてありぬポプラの丘の夏の夜の月　（同）

・君がすむ北の国よりこしといふあかき林檎を掌にのせてみる　（「十月短歌抄」五―一〇）

この「十月短歌抄」に『潮音』からも抜粋されて「南ゆかり」の二首が載っているがこれも京子の歌である。『青鞜』に「魔の時代」の短歌を発表していた岡本かの子も『水甕』会員となり出詠している。

淑徳高等女学校や洗足高等女学校で古典を教える京子は、正統的な歌の叙述を踏まえながらしだいに自由な発想によって歌域を広げてゆく。一九二五年古泉千樫に師事し、同年川上小夜子、北見志保子等と『草の実』を創刊する。『青垣』創刊にも参加した。千樫没後は釈迢空に師事するが、後の『女人短歌』の発端となる「ひさぎ会」創刊会員となる。

一九三五年四月『遠つびと』を創刊し主宰となった。女性のみの短歌結社誌として「女性の勉強の場としたい」「短歌は本質として叙情詩である」と唱えている。戦時中やむなく休刊したが、一九四六年六月にガリ版四六ページでいち早く復刊し、一九五二年には創刊時同様手すき和紙に花の絵で本格的に再刊させた。一九五八年桜美林学園（後に大学）文学部教授となり八二歳で死去する前年まで出講し、文筆活動も精力的に行っている。かな書きの名手であった柴舟に薫陶を受けてかな書道でも知られている。歌集は『不知火』『水ゆく岸にて』『水町京子歌集』、没後『水町京子全歌集』（とほつびと短歌会、一九七六）が刊行された。

（村岡嘉子）

青鞜社概則

第一條　本社は女子の覺醒を促し、各自の天賦の特性を發揮せしめ、他日女流の天才を生まむ事を目的とす。

第二條　本社を青鞜社と稱す

第三條　本社の事務所を東京府下巣鴨町一ノ一六三に置く

第四條　本社は係員、社員、賛助員よりなる。

第五條　本社の目的を達する爲め左の事業をなす。

一、毎月一回機關雜誌青鞜を發刊すること。「青鞜」には係員、社員、賛助員の生活及思想を發表す。（但し補助團員の寄稿を發表することあるべし。

一、圖書出版

一、時々係員、社員の修養及研究會、並に事業上の相談會を開くこと。

（但し賛助員は出席随意たるべし）

一、毎年一回大會を開くこと、大會には賛助員を招待し講話を請ふことあるべし。

一、時に旅行を催すこと。

一、本社の事業を達するため別に補助團を組織す。

第六條　係員、社員、賛助員は女子に限る。

第七條　係員は本社の目的に賛同するのみならず。本社の事業を自己の生命とするものにして專ら幹部にありて、直接本社の事業に從事し。自己にその責任を負ふものとす。係員は毎月「青鞜」の配布を受く。

第八條　係員は在京社員の中より選擧す。

第九條　係員は四人とし、内二名は經營に、他の二名は編輯に從事す。

第十條　毎年九月在京社員會議を開き、係員を改選す。但し再選することを得

第十一條　係員には本社の經濟の許す限りは其勞力に對して多少の報酬をなすものとす。

第十二條　社員は本社の目的に賛同するのみならず本社の事業を自己の生命とするものにして雜誌「青鞜」の配布を受く。

第十三條　社員たらむことを希望する者は住所、姓名、年齢の外に履歴の大體と現在の境遇と入社の動機に十枚以上の原稿と（小説、戯曲、感想、詩歌、評論、飜譯いづれにてもよろし）最近の寫眞とを添へ本社宛申し込まるべし。

第十四條　賛助員は本社の目的に賛同し、雜誌「青鞜」に寄稿することを快諾せられたる文壇の諸先輩とす。賛助員は毎月青鞜の配布を受く。

第十五條　本社の事業を經濟的方面より助力するものを補助團員とす。

第十六條　補助團員は補助團規約によつて募集す。

青鞜社概則（改正）
1913年10月に改正され第一条が
「女子の覚醒を促し」となった。

■「新しき村」で生き抜いた青鞜不良社員

宮城房子

Miyagi Fusako

1892.3.10-1989.10.25

宮城房子、というより武者小路房子といった方がはるかに通りがよいだろう。武者小路実篤の最初の妻として、あるいは「新しき村」のトラブルメーカーとして文学史に記憶されている彼女は、その若き日、青鞜社の一員であった。

福井県政界の有力者の妾腹の子として生まれ、親戚の籍に入れられたのを皮切りに父の籍、母の籍を転々とした。父には複数の愛人があり、そのことに苛立つ母とも馴染めず「天と地のあいだにぶら下がって生きている」（「砕かれたる小さき魂」『改造』、一九二〇）ような少女期を過ごす。日本女子大附属高校中退の後、父方の従兄と結婚したが続かず、一九一一（明治44）年に早稲田の学生と周囲の反対を押し切って再婚したと伝えられている。『青鞜』時代に名乗っていた宮城はこの時の夫宮城千之の姓である。だが翌年の『青鞜』新年会に姿を現した時には、再婚前からの恋人藤井佳人を伴っていた。そして次の相手が作家として売り出したばかりの武者小路実篤だった。その恋愛模様は実篤の「世間知らず」（一九一二）に詳しいが、彼とて房子が有夫の身であることは結婚直前まで知らなかったらしい。二人の関係は「子爵の次男を手玉にとる青鞜不良社員」という図式でマスコミを賑わし、結局一字一句も書かないうちに房子は『青鞜』から中退した格好となった。

当然ながら、そんな彼女に対して、他の社員の評価は厳しい。伊藤野枝*は「侮蔑を持って」いると公言し（「武者小路氏に」『青鞜』四―四）、平塚らいてう*は「垢抜けしない田舎娘で一見雛妓といった印象」、「不健康な退廃の匂いを包んでいる人」、「青鞜を足場にして武者小路実篤さんに近づき」（『元始』）と断じている。加えて新年会に同行した藤井が「藤井夏子」という女名前で『青鞜』に原稿を送り、社内に入り込もうとしたことも房子の悪印象を強める結果となった。

だが、残された少ない文章からは、非凡な文才とともに、生い立ちの複雑さに恋愛という武器一つで逆らって、自分の人生を切り開いていく若い女の姿が浮かんでくる。「世間知らず」に引用された房子の手紙はいう。「私は姓を嫌いました。私はどこの子でもありません」。

紆余曲折の後、一九一三（大正2）年には案外すんなりと武者小路家に迎え入れられ、五年後に実篤とともに「新しき村」建設に飛び込んだ。しかし彼女の行状は理想主義的集団の中でまたたく間に波紋を広げる。一九二五（大正14）年、村を去る実篤にはすでに飯河安子とその間に出来た二人の子があり、房子には一〇歳年下の杉山正雄がいた。その後鎌倉でマージャンクラブを開いたものの続かず帰村。この時すでに実篤との離婚が成立していたにもかかわらず、戸籍上の複雑な手続きを経て、二人は武者小路姓を名乗っていた。戸籍のたらい回しをされ続けて育った房子にとって、かつて勝ち得た華族の姓は、それほど手放し難いものだったのだろうか。

「新しき村」の主体が埼玉に移った後も二人は日向に残った。村で黙々と農作業を続けた正雄が亡くなったのは一九八三（昭和58）年、六〇年という長い時間を二人はともかくにも添い遂げたことになる。房子は一九八九（平成元）年に、九七年の波乱万丈の一生を終えている。

（池川玲子）

◆宮城（武者小路）房子

1892- 3	10日、福井県福井市で竹尾茂の「私生児」として生まれる。伯母夫婦の籍に入籍。戸籍名竹内フサヲ
	国会議員の父に伴われ東京に移る
	福井に戻り、伯母の料亭に預けられる
1898	尋常小学校入学、母方の日下部家に入籍
1904	福井高等女学校に入学。竹尾家に入籍
1906	日本女子大付属高等女学校3年に編入
1907	同校退学
	この頃父方の従兄と結婚するも間もなく離婚したと伝えられる。福井の教会の文芸サークルに出入りし、そこで藤井佳人と恋愛
1911	春、竹尾家から除籍、再び伯母の籍に
- 9	宮城千之と結婚、入籍
1912- 1	青鞜社の新年会に出席。入社
- 2	『白樺』主宰のロダン展に行く
- 5	武者小路実篤に葉書を出し面会を乞う
-10	宮城千之と離婚
-11	実篤、房子をモデルに「世間知らず」を発表
1913- 2	武者小路家で同居をはじめる
1914	実篤の親戚の娘を養女とする
1916	千葉県我孫子町字根戸に移る
1918	次妹を園地公致に嫁がせる
	宮崎県児湯郡木城村字城に「新しき村」創設。実篤とともに移住
1919- 3	村の中で内紛。房子の異性関係、金銭感覚が一因
1920-11	『改造』に「砕かれたる小さき魂」を発表
1921- 1	落合貞三と芝居の稽古を通じて接近
-11	飯河安子入村、実篤の世話係となる
1923-12	実篤と安子の間に女児誕生
1925- 2	「ゲーテ座」の旗揚公演を鹿児島で行う
	実篤、安子とともに奈良市に移住
1928	杉山正雄とともに上京
1929-12	実篤と正式離婚。鎌倉でマージャンクラブをはじめる
1932	正雄、武者小路家を創立、房子と結婚
1934	詩集『星』出版
1935	「新しき村」に戻る。その後村の主体は埼玉に移るが留まる
1983- 4	正雄死去
1989-10	25日、死去（享年97歳）

■父の怒りに触れ退社した発起人

物集和子

Mozume Kazuko

1888.11.?-1979.7.27

『青鞜』の発起人会は、東京市本郷区駒込林町にあった広大な物集邸の和子の部屋で行われ、社の事務所もそこに置かれた。和子の父物集高見《たかみ》は、『広文庫』『群書索引』の編者であり、東京帝国大学教授をつとめた国語学者である。

らいてう*の自伝によれば、らいてうははじめは『青鞜』の話を誠之小学校で同級だった和子の姉の芳子*にもっていったという。東京朝日新聞に「漱石門下の閨秀」として、物集芳子・和子姉妹の写真が掲載されていたのを目にしたのが、入社の勧誘を思いついたきっかけだったという（『元始』）。当時すでに作品を発表していた芳子は非常に乗り気だったらしいが、外交官との結婚が急に決まり、海外に行くことになったので、自分の代わりに妹の和子をらいてうに紹介したという。後芳子は欧米滞在中にコナン・ドイルの作品の影響を受け、帰国後は大倉燁子《てる》のペンネームで探偵小説家として活躍した。また、兄の物集高量《たかかず》は大阪朝日新聞や博文館に勤めるなど、出版界の事情に明るかったので、『青鞜』の編集について、いろいろ助言してくれたという。

らいてうは自伝のなかで、和子のことを「事務的なことをなかなかテキパキと片づけ」「江戸っ子らしいかち気な面」もあり、「齢に似合わぬ世なれた常識家」と表現している（『元始』）。

和子は『青鞜』に小説を六編発表している。創刊号に発表した「七夕の夜」は、婚期を迎えた若い女性が主人公で、身重でふせっている姉に縁談を強く勧められるという内容である。その姉は、形のうえでは幸福そうだが、実は自分を一個の人間として認めようとしない不実な夫を深く恨んでいる。

「一夜」（一-四）は新橋の料亭と思われる店を切り盛りする二七歳の主人公が、昔関係のあった男から不本意にも手切れ金のようなものをもらって夜汽車で帰る途中の心情を描いた作品である。「いつか奥様と呼ばれる身になれない事もあるまい」と淡い期待を寄せていた主人公は男の仕打ちに深く傷つく。しかしようやく「羞恥と慚愧」の思いを断ち切り、「早く帰ってあの急がしい夕方から夜へかけて、芸妓にさえうらやまれる意気な姿で如才なく客を取りなそう」と、受け取った金で新しい着物をつくる算段をするというしたたかさを見せる。このように、当時の「結婚」の欺瞞を突き、それに気づかずに敗北してしまっている母や姉、妹などの同性に鋭い目を向けた作品が目立つ。

一九一二（明治45）年、二巻四号が発禁処分になると、物集家へ官憲が踏み込んだことから父の怒りを買い、和子は退社に追い込まれ、青鞜社の事務所は他へ移ることになる。その後は藤岡一枝というペンネームで『青鞜』に小説を発表しているが、医師藤浪剛一と結婚してからは、作品を発表していない。剛一は後に慶應義塾大学の教授となり、レントゲン線学（放射線学）や温泉学、医史学の分野で指導者的役割を果たし、著書もいくつか残している。

剛一が死去してからは、和子は昭和医大病院の看護婦に書道を教えるなどして暮らしていた。一九七九年七月二七日に、東京都世田谷区等々力の特別養護老人ホーム「さつき荘」で、心不全のため、九〇歳の生涯を閉じた。

（飯村しのぶ）

◆物集和子〔藤岡一枝〕

1888-11	東京本郷で、父物集高見、母夏子の四女として生まれる。本名和子
1889-11	母夏子死去
1891- 7	父、柳（りゅう）と再婚
1894- 4	本郷誠之小学校に入学
1900- 4	跡見高等女学校に入学
1905- 3	同校を卒業
1909	この頃、夏目漱石のもとへ通う
1910- 7	『ホトトギス』に「かんざし」を発表
1911- 6	第一回『青鞜』発起人会が物集邸の和子の部屋で開かれる。翌年の4月まで青鞜社の事務所は和子の部屋に置かれた（東京市本郷区林町九番地）
- 9	「七夕の夜」（『青鞜』1－1）
-11	「一夜」（『青鞜』1－4）
1912- 1	継母柳、死去
- 3	「お葉」（『青鞜』2－3）
1912- 5	『青鞜』2巻4号が発禁となり、青鞜社を退社
-11	以後藤岡一枝の名前で『青鞜』に発表。小説「おきみ」（『青鞜』2－11）
-12	「初恋」（『青鞜』2－12）
1913- 8	「家なき身」（『青鞜』3－8）
1914- 4	20日、順天堂医員、藤浪剛一（後に慶應義塾大学医学部教授）と結婚
1942-11	29日、夫剛一死去
1979- 7	27日、心不全のため死去（享年90歳）

■『青鞜』から探偵小説作家・大倉燁子へ

物集芳子

Mozume Yoshiko

1886.4.12-1960.7.18

青鞜社発起人の一人となり、その事務所（三三頁）を自宅に置くことを引き受けた*物集和子の姉に、芳子がいる。芳子はのちに探偵小説作家として活躍する、大倉燁《てる》子。一〇代の後半から二〇代前半にかけて、和子とともに文学を志し、二葉亭四迷や夏目漱石に師事したことでも知られている。

漱石門下の物集姉妹が新聞記事になったのを見て、芳子を青鞜社発起人へと誘ったのは*平塚らいてうである。らいてうの自伝には、いったん快く承諾した芳子が、外交官と結婚し、外国へ行ってしまったため、『青鞜』とは無縁に終わったと記される。この記述を裏付けるように、『青鞜』誌上に芳子の名前は登場しない。ところが、芳子は岩田百合と名を変えて、一九一一（明治44）年一一月に社員となり、さらに岩田由美の名で小説「母の死」を一九一二（明治45）年三月に掲載していたのである。

物集芳子は、一八八六（明治19）年四月一二日、東京本郷区弓町に生まれた。兄に高量（一八七九年生）がいる。なお、この兄は『青鞜』創刊時、出版界の事情に明るく、新聞広告の字数の詰め方や、新聞社の文芸部に、『青鞜』発刊のことを知らせるよう知恵をさずけ応援した男性である。芳子が生まれた年に父高見は帝国大学教授となる。物集の家庭は高見の仕事の充実とともに金銭的にも恵まれ、幸福な時代を迎える。しかし、芳子が三歳、妹和子が一歳になったばかりの一八八九（明治22）年一一月、母が死亡。その後に生じた家庭の複雑な人間関係のなかで、芳子は文学を志す。和子とともに、吉野作造の紹介で中村吉蔵に師事するが、彼の留学で二葉亭四迷に学び、さらに二葉亭が朝日新聞特派員としてロシアに出発したあとは、夏目漱石門下となる。このように、師が変わるなかで、芳子が最も信頼し、人格、文学の上で影響を受けたのは、年下の自分を対等な人間としてあつかい、文学者として育てようとしてくれた二葉亭四迷であった。

初期の芳子が描いた小説には、複雑な家庭を背景にした人間たちが多く登場する。生母の死によって継母に育てられ、異母弟妹たちが生まれたことや、父が若き日にある女性に産ませた異母兄が突然あらわれ、家に引き取られたことなど、家をめぐる葛藤が芳子の眼を開かせ、文学へとむかう核となったのである。

一九〇九年（明治42）七月の『新小説』雑録欄に芳子の小説「兄」が掲載され、作家としての第一歩をふみだす。一九一一年六月には本欄に「いさかひ」が載る。しかし、この年の初めにすでに芳子は吉野作造の友人である外交官井田守三と結婚、翌年一月には出産をむかえる。おそらく、『青鞜』に関わること、さらには小説を書くことに、夫は強く反対した。しかし、芳子には文学を求める強い志があった。それが変名での『青鞜』参加となるのである。夫の任地アメリカへ渡ってからも、『青鞜』に執筆しようとしたのであろう、二巻五号に六月号の予告として、「米国の芝居だより」が記されたが実現せずにこれ以降、『青鞜』から消える。大倉燁子として甦るまでの約二二年間は謎につつまれたままである。

（岩田なつ）

◆物集芳子
（岩田百合、岩田由美）

1886- 4	12日、東京本郷区弓町で生まれる。父高見、母夏子の三女
1888-11	妹和子（『青鞜』発起人）が生まれる
1889-11	母死去
1903	この頃、東京女子高等師範学校中退か。吉野作造の紹介で中村春雨（吉蔵）を師とする 俳句を坂本四方太に学ぶ
1906	この頃、二葉亭四迷に師事
1909- 7	小説「兄」が『新小説』に掲載される。この頃、夏目漱石に師事
1910	3月「生家」（『趣味』）、10月「母」（『女子文壇』）など
1911	この頃、外交官井田守三と結婚。6月「いさかひ」（『新小説』）
-11	岩田百合の名前で青鞜社社員になる
1912- 1	第1子重世出産
- 3	岩田由美の名前で「母の死」（『青鞜』2－3）を掲載。前掲「生家」が、「実家」岩田百合子と題名、筆名を変えた上で、岡田八千代編『閨秀小説十二篇』（博文館）に再録される。年末頃に夫の任地アメリカへ
1917- 2	第2子瑞枝出産
1933	この頃、中村吉蔵の紹介で森下雨村に師事
1934- 9	大倉燁子の筆名で「妖影」を『オール読物』へ掲載
1935- 1	『踊る影絵』（柳香書院）
- 7	『殺人流線型』（柳香書院）
1939-10	「ダイヤ競争」（『新青年』20巻10号）など
1946- 3	『笑ふ花束』（ふじ書房）
1947- 7	「鷺娘」（『宝石』）など
1954-10	「二葉亭先生について」（『文学』）
-12	『影なき女』（春日書房）、『笑ふ花束』（春日書房）
1955	この年、『決闘する女』（福書房）
1958	この年から翌年にかけて『日本古書通信』に二葉亭四迷、坂本四方太、中村吉蔵、吉野作造、永井荷風の思い出を執筆
1960- 7	18日、脳血栓にて死去（享年74歳）

■『女子文壇』の詩人から『青鞜』へ

望月麗

Mochizuki Rei

1893.4.7-1943.4.18

『青鞜』に詩人として参加した麗は、出産などによりしばらく詩作を中断、のち短歌に自己表現の道を求め、生活性のある短歌をめざした。

麗は東京京橋に、父千田辰治、母望月てうの娘として生まれる。麗が生まれて間もなく父は病没。そのため母は看護婦として働き、麗は祖父母のもとで育てられた。

豊かとはいえない生活であったが、祖父母の愛情のもとで成長、高等女学校のころから文学に親しみ、『女子文壇』☆に投稿を始める。当時『女子文壇』の編集主任であった河井酔茗の指導のもと詩作を学び、次々と誌上に発表されるようになる。河井酔茗が一九一三年八月号を最後に退社した後、麗は『女子文壇』後継誌といわれる『処女』の投稿詩欄の選者になる。『処女』一九一四年五月号は、同誌が行った閨秀文学者投票の結果を、麗は詩人の部で第二位として報告している。第一位は、与謝野晶子*であった。

『青鞜』へは、三巻一二号から五巻一一号まで、詩が七回二一編、短歌一回一一首を発表。叙情的で感性のある美しい詩である。同三巻一二号には、補助団員親睦会に参加したことが「編集室より」に報じられている。

『青鞜』四巻一号の「孔雀」から

白き山茶花、枇杷のはな／しづみて咲ける寂しさに／他国の鳥のたゝずまひ。／胸毛を青くてりかへし／いのち、あやしくいとをしく／うまし孔雀のさけびなく。

一九一三年、その頃盛んに『早稲田文学』や『文章世界』☆等に短歌を発表していた石川宰三郎と結婚する。一九一五年六月には長女も誕生し、愛し愛される喜びに満ちた日々であった。しかしこの結婚は、夫宰三郎の実家に受け入れられるものとはならず、長男が生まれる頃には破綻をきたし、離婚に至る。麗は子どもと共に生きる自立の道を選んだ。宰三郎から送金される養育費と、他家の手伝いや縫物などをしながらの厳しい生活の日々ではあったが、一九二三年には、書きためた詩・短歌をもとに、念願の詩集を自費出版した。

この頃から本格的に短歌の勉強を始め、太田水穂が主宰する『潮音』に入社。一九二八年一月号の『潮音』に、初めて潮音詠草として四首掲載される。麗は精力的に作歌に励み、以後毎号のように『潮音』誌上に発表され、一九三一年一月には「特別社友」に推薦されている。

しかし、一九三二年『潮音』の現状にあきたらず、同幹部らと共に『潮音』を退社。一〇月には『短歌街』を創刊し、新しい短歌と、結社組織の革新を目指した。のち『短歌街』をも退会し、新しく『七葉樹』を創刊する。「万年青の枯れ葉をむしり、展覧会に出品する菊の品評に浮き身をやつす如き老境に私はまだ達し得ない。むしろ歌として未熟品でもいい、一人の人間の真実な生存の姿を文字に彫りつけて行きたい」と『七葉樹』（一九三五・一）に書いている。

・ぺきぺきと木の枯枝をへし折りてけふの夕べの火種をつくる

・小さき手秋の舗道に冷々と電車に乗らぬ不平を云はず

麗は、子育てと日々の生活に追われてはいたが、貧乏を苦にしない人であった。風邪からあっけなく五〇歳の生命を終わってしまった。

（井上美穂子）

◆望月麗
〔望月れい子〕

1893- 4	7日、東京市京橋区畳町に父千田辰治、母望月てうの子として生まれる。本名れい
1906	私立日本女学校（本郷区龍岡町36）入学
1910- 1	『女子文壇』に投稿の短文採用される
1911	日本高等女学校卒、第9回卒業生
1912	この頃から『女子文壇』への投稿多くなる
1913	『青鞜』3巻11号、補助団会員名簿に記載 『青鞜』3巻12号「編集室より」に、補助団員親睦会に参加の記事、詩「薄暮の音楽」 この頃結婚、夫石川宰三郎（美術評論家）
1914	『青鞜』4巻1号に詩「孔雀」、4巻3号に詩「夜のふね」、4巻6号に詩「やみのうち」この年『音楽』（東京音楽学校校友会）に詩「みなみかぜ」など多数
1915- 6	長女葉子出産（1920年4歳で病死） 『青鞜』5巻11号に短歌11首
1916	『ビアトリス』創刊に際し社員になる
- 8	『ビアトリス』8月号に短歌「戀じに」
1918- 1	長男光威出産 この頃、夫と離婚
1923-12	詩集『桜草』（抒情詩社）出版
1924- 2	次女京子出産
1927- 9	短歌結社『潮音』入社、太田水穂に師事
1928- 1	『潮音』に潮音詠草として4首、以後ほとんど毎月のように掲載される
1931- 1	「潮音特別社友」に推薦される
1932- 6	『潮音』の作品はこの月が最後となる
-10	鈴木北渓・山本雄一・田中東台らと短歌雑誌『短歌街』を創刊
1934	『短歌街』退会
- 9	『七葉樹』を佐藤文男・中野菊夫とともに創刊（編集兼発行人望月麗子）
1936- 5	「婦人日々新聞」歌壇選者になる
1938- 4	大日本歌人協会会友となる
1940-12	『七葉樹』の同人中野菊夫とこの頃袂を分かち、『七葉樹』を離れる
1941- 8	短歌雑誌『水無月』発刊（編集人望月麗子・発行人畠山謙吉）
1942	『水無月』解散、後『立春』に参加
1943- 4	18日、死去（享年50歳）『秋沙　故望月れい子先生追悼号』発刊

■駆け落ちして愛を貫く

物河鈴子

Monokawa Suzuko

1894.5.4-1981.10.16

鈴子は一八九四（明治27）年、父物河武雄の長女として山形県山形市香澄町庚申堂に生まれた。三歳下に妹がいる。一九〇六年県立山形高等女学校へ入学したが中耳炎が悪化したため中途退学して治療に専念する。しかし完治せず、長女の始《はる》子《こ》さんによると「母は火鉢の灰に火箸で書いたりして筆談することが多かったが、後には目も悪くなってしまったのです」ということである。文学少女らしく文章を早くから書いて地方の雑誌に出していたが、短歌を心の寄り所にしたのは耳疾の始まった一五歳ころからで、地方新聞や☆『女学雑誌』☆『文章世界』『処女』などの雑誌にも投稿していた。

『青鞜』への発表は五巻四号の「青鞜詠草」に一回だけだが、一五首の大作である。

・恨みある男をゆるし春の夜の雨にまくらき道を横切る
・新聞の如く今朝わが君の戸の外に投げもおかましき此心《この》かな
・桐の花遠くに匂ふゆふやみを別れてあるがことはりと泣く
・熱ある日くるるに遅き白壁に額あてつつ君恋ふるかな

*与謝野晶子は恋の歌を作るのが上達の鍵と教えたというがその門下の明星調の恋歌が並ぶ『青鞜』の中にあって、恋情を生活に即して歌い美化も誇張もない。二首目は破調だが比喩が無垢で個性が表れている。次の歌は一連の末尾にある。

・嫁入支度に養蚕せむと思ひ立ち今宵ひそやかに微笑みにけり

親の援助に頼らず結婚準備を自力でと歌う二〇歳の鈴子。恋人は一歳年下の村岡弘市で、同郷の旧家の長男であり明治大学政経科を卒業間際に退学している。前田夕暮の白日社に入会し「黒影」の筆名で☆『詩歌』に短歌や評論を発表、有力同人として活躍していた。短歌を通じて知り合ったのであるが、弘市の母の猛反対にあい「恨みある男」「別れてある」と曲折の末外房州へ駆け落ちする。翌一九一六年春ようやく結婚にこぎつけたが、鈴子は村岡家へ入ることを許されず二人は鈴子の実家で生活し長女始子（夕暮の命名）が生まれた。弘市は山形日報社へ勤め、同人誌で知り合った異才の画家関根正二を援助した。関根が弘市の母を描いた「村岡みんの肖像」は代表作の一つである。彼の日記や絵はがきから鈴子も関根を理解、親愛し苦境にも明るい女性だったと知れる。

『大正万葉集』『新万葉集』などに掲載され、一九七〇年『黄雞』へ入会し合同歌集に参加し歌い続けた。夫没後は次女万里子と暮らし一九八一年八七歳で病没した。（村岡嘉子）

青鞜社第一回公開講演会

「五色の酒」、「吉原登楼」事件以後、「青鞜」は「放蕩無頼」の徒党などと嘲けられ、時代の悪意と中傷の渦中にあった。局面打開のため「新しい女の実態を示す」ことを目的として、一九一三年二月一五日「青鞜社第一回公開講演会」は開かれた。一〇〇〇人（女性三分の二）の入場者で神田の青年会館は満員の盛況。プログラムは左の通り。

本社の精神、事業及び目的　保持研子
最近の感想　伊藤野枝
新しい女を論ず　生田長江
男のする要求　岩野泡鳴
婦人のために　馬場狐蝶
思想の独立と経済上の独立　岩野清子
閉会の辞　らいてう

「新しい女」をからかう無責任な野次横行が心配された集まりであったが、会は真面目な雰囲気で推移した。

「当日唯一の花形岩野清子女史」は「小紋縮緬《こもんちりめん》の着物に繻珍《しゅちん》の丸帯、大きい髷を聳立《しょうりつ》させて壇に現れ、（略）理路整然、極めて流暢に喋って」（『読売新聞』）、盛んな拍手を浴びた。らいてうについては「蚊の泣くような声で」（『国民新聞』）、「至つて簡単な人を喰うた」挨拶をして「皆失望していた」（『都新聞』）、と書いている。

ところでこの会にはハプニングがあった。泡鳴の演説中、宮崎虎之助が壇上に駆け上り「君は度々妻を代えるそうだがその理由を説明してもらいたい」と怒鳴り、泡鳴と大立回りを演じた。虎之助は演壇から突き落され、泡鳴は「ノラを男で行ったのだ」と演説をしめくくった。この事件から、のちに虎之助の妻宮崎光子らによって創立された「新真婦人会」は青鞜社に対抗して作られたと報じられた。

もともと、生田長江主導で開かれたこの講演会は、「青鞜社第一回」と銘打ったものの、その後二度と開かれることはなかった。（小俣光子）

演説をする岩野清子（1913.2.16）

■文豪の妻としての「新しい女」

森しげ

Mori Shige

1880.5.3-1936.4.18

森しげは森鷗外の二度目の妻であり、一九〇九（明治42）年から一九一二年の短期間であったが、小説を執筆し『スバル』☆や『青鞜』に発表している。

しげは二二歳で四〇歳の鷗外と結婚したが、これはしげにとっても二度目の結婚であった。一七歳の時に、その美貌が望まれて明治家《あかじや》渡辺治右衛門の三男勝三郎と結婚した。勝三郎は後に多くの会社を設立し「会社屋」と呼ばれるほどのやり手であり、また趣味人としても、美男としても評判が高く、女性関係も派手であった。結婚してすぐその女性問題が新聞種となり、立腹した両親が二〇日あまりでしげを引き取り、そのまま離婚となった。

最初の妻と離婚した後、長く独身であった鷗外に、母峰が是非にと進めた結婚だったが、この義母としげの関係の悪さが鷗外をはじめ家族を苦しめ、しげは悪妻の見本のように言われるようになった。末子類《るい》は「母が怒るとヒステリックになったのは事実であるが日本女性を代表して後の世に名を残すほどの悪妻ではなかった」（『鷗外の子供たち』一九九五）と言っているが、先妻の子である於菟が言うように「正直で無邪気で好悪の感情的」（『父親としての森鷗外』一九九三）であったことは確かであるようだ。しかし、しげがモデルと言われる鷗外の小説「半日」の「奥さん」の言動には、ただのわがままだけではない、「家族制度」と「個」との矛盾に苦しむ女性の姿も読み取ることができる。

そういう生活の中でしげが小説を書くのは、鷗外から「自分で自分を天下に訴える方法として小説の執筆を提言」（中野重治『鷗外、その側面』一九九四）されたからだという。つまりしげのヒステリーに手を焼いた医者でもある夫が、一種の治療として妻に小説を書かせたと言うのである。

しげの小説は一般的には評価されなかったが、「あだ花」では自分の最初の結婚のことを書き、「波乱」では鷗外との家庭生活を描くなど、思い切った題材のとり方は特徴的である。また妊娠、出産や、死に関わる女性の生理、心理について非常に理知的で冷静な視点で書いている。一九二二（大正11）年、鷗外が亡くなってからしげは子供たちの養育に専念した。長女茉莉《まり》は「姑との不和から親類世間との離反となった。それを自分に悪気がないといふ自信の城に立籠り、大きな、強い、世間といふものに反抗してゐた母は自然、世間によつて片隅に押しやられてゐて、そこで小さくなつてゐる生活だつた」（『父の帽子』一九九三）と言っている。そんなしげを支えていたのは「世間に対する反抗精神」と、鷗外の遺言どおり「それぞれの子供に芸術家としての勉強をあくまでもさせようする精神」と、子供たちへの「熱い愛情」であったと茉莉は言う。芝居や囲碁や、キリスト教にも熱心であったが、しげが満たされることはなかった。森家の人々がみな、偉大な鷗外の陰で様々な思いをしたが、しげもまた森家の人間であるが故の幸と不幸を味わったのであろう。

　しげの小説執筆に鷗外の勧めがあり、その完成に鷗外の手が入ったとしても、書いたのはしげ自身である。彼女には表現したい自分があったのである。書き続けることはできなかったが、やはり森しげが時代に先んじて生まれ育った「新しい女」であることは疑いのない事実である。

（室ゆかり）

◆森しげ

1880- 5	3日、東京市芝区西久保明舟町19番地に、佐賀県出身の司法官大審院判事荒木博臣、妻あさの長女として生まれる。本名茂子
1897-11	15日、明治家渡辺治右衛門の三男、勝三郎と結納、女学校を退学
1898- 3	5日、結婚
	20日余りで離婚
1902- 1	4日、12師団軍医部長森鷗外と結婚
1903- 1	茉莉を出産
1904	鷗外日露戦争従軍、実家に帰り荒木家の借家に入る
1906- 2	千駄木の森家に帰る
- 8	流産
1907- 8	不律を出産
1908- 2	不律死去
1909- 5	杏奴を出産
-11	「写真」を『スバル』に発表
-12	「波瀾」を『スバル』に発表
1910- 1	「あだ花」を『スバル』に発表
- 2	「旅がへり」を『スバル』に発表
- 3	「猩紅熱」を『スバル』に発表
- 4	「宵闇」を『スバル』に発表
- 5	「友達の結婚」を『スバル』に発表
	「産」を『女子文壇』に発表
- 6	『あだ花』を弘学館より出版
- 7	「間引菜」を『スバル』に発表
- 8	「同級会」を『スバル』に発表
- 9	「内證事」を『スバル』に発表
-10	「荷物」を『スバル』に発表
-11	「貸家」を『スバル』に発表
-12	「おそろひ」を『中央公論』に発表
	「火事」を『スバル』に発表
1911- 1	「ぼっちゃん」を『東亜の光』に発表
- 2	類を出産
	「記念」を『スバル』に発表
- 8	「おはま」を『新小説』に発表
	「見合」を『読売新聞』に発表
- 9	「死の家」を『青鞜』（1－1）に発表
1912- 6	「りう子様に」を『青鞜』（2－6）に発表
1922- 4	鷗外死去
1924	この頃から浮腫の徴候が見られるようになる
1936- 4	18日、尿毒症のため死去（享年55歳）

■女性歌集の発禁第一号

矢沢孝子

Yazawa Takako

1877.5.6-1956.4.13

孝子は小学校入学前から士族の教養をもつ父に早期教育を受けた後、国学者の中村良顕に作歌や古典を学んだ。孝子が八歳の時父が病没し、二年後母の再婚した井口徹一郎は勘定奉行役の紀州藩士で、維新後海運業を営み大阪商船会社の設立にも貢献した。和歌を嗜み孝子の才能を愛し、孝子もこの義父を尊敬し感化された。女学校二年で退学したのは経済上よりも知的好奇心が強く積極的な孝子に良妻賢母教育は歯痒かったからだろう。女性の新職種である電話交換局技手に合格して自活し夜学で漢学と英語を学んだ。三年後教員検定試験に首位合格を果たし満一八歳の女性ということで話題になる。模範的教員として勤務し、自宅では英語、数学を教えた。

一九歳で結婚したが矢沢家の嗣子となった夫は船の機関長として海上生活が多く、子供のいない孝子は向学心の赴くまま机に向かった。旧派和歌にあきたらず、因習打破の新派和歌運動に共鳴して機会をとらえては投稿する。新詩社入社は大阪の商業誌『小天地』の懸賞歌で与謝野鉄幹選により入賞した縁というが、『みだれ髪』の晶子*に関心を持ち、『明星☆』や後継誌『スバル☆』、『創作☆』などへ出詠し歌風を変えてゆく。第一歌集『雞冠木《かへで》』の出版は孝子三三歳の一九一〇（明治43）年一〇月で歌人としては遅い出発である。殆どが明星調の浪漫的な相聞歌だが、後年の写実的詠風に繋がる歌もある。この歌集が風俗壊乱の理由で発禁になってしまう。半年前『創作』の歌友近藤元の『驕楽《きょうらく》』が最初の発禁処分を受けたのに続き女性の歌集として第一号である。大胆な愛の表現という点では『みだれ髪』の方が衝撃的だったが、

・ふと遠き面影浮べかたはらに物言ふひとを忘れけるかな

・妻といふ声のひびきのおそろしさ花を刺したる白金の針

などが妻の役割を蔑ろにし良風美俗を乱すとして制裁された。

さらに次の事情も考えられる。勉強家で才気煥発な孝子は人気があり文学仲間が集まってサロンをなしていたが、後に民衆派詩人と呼ばれる百田宗治が短歌で文学的出発をし、そこで孝子の歌風に影響されながら熱心に作歌していた。一八歳の彼が楓花の筆名で歌集『愛の鳥』に「矢沢夫人に献《ささ》ぐ」と添えて出版したのは『雞冠木《かへで》』の直後、同じ書店からであり、献辞そのまま一六歳年上の人妻孝子への思慕を熱く歌い

上げているのである。そのためこの二冊は一対の恋愛歌集と見なされ、有夫の孝子だけが見せしめの処分を受けたのであろう。この年☆大逆事件の検挙が始まり自由思想に対する弾圧、文芸作品の規制が厳しさを増してゆくのである。

理不尽に誇りを傷つけられた孝子だったが、熟達した作風により大阪歌壇の女性第一人者と目され「関西の与謝野晶子」と称された。☆補助団員として『青鞜』へ参加し、白日社大阪大会で*川端千枝に会い「『青鞜』はお読みですか」と誘っている（『詩歌』）。期待するものがあった『青鞜』に五回八九首と案外少ないのは他に発表の場が多かったためだろう。*三ヶ島葭子への挽歌六首からこまやかな友情が伝わる。

・うその世にうその恋をばいとなみぬかばかりのことさばかりのこと　（『青鞜』四―六）

このような恋醒めや自省の歌からしだいに自然詠が基調となり、好きな花に因む歌塾「藤之歌舎」を結成し古典を学び講義もする孝子の短歌は教養的になっていった。（村岡嘉子）

◆矢沢孝子

1877- 5	6日、兵庫県多紀郡篠山町に生まれる。本名たか。父矢沢一貫は旧篠山藩士。母てる
1883	父に漢籍の素読や書道、作歌の手ほどきを受けた後中村良顕より和歌を学び詠みはじめる
1885	父病没（神戸鉄道官舎にて。孝子8歳）
1887	母が井口徹一郎と再婚。大阪市北区富島町へ
1891	大阪市立盈進小学校卒業。同裁縫専修科卒業
1892	大阪府立堂島女学校（後の大手前高校）入学
1893	中途退学し大阪電話交換局技手となる。私立東洋学館夜間部に入学し漢学、英語を学ぶ
1895	教員検定試験に首位合格。小学校教師として勤務し自宅で受験生に英語、数学を教える
1896	井口達雄（義父の二男、神戸菅谷会社の機関長）と結婚し矢沢家の嗣子とする
1907	『小天地』等に投稿。新詩社『明星』に出詠
1908	『明星』廃刊となり後継誌『スバル』に出詠百田楓花（宗治）、谷野禎造等と知り合う
1910	10月、第1歌集『雞冠木《かへで》』（田中書店）出版風俗壊乱により発売禁止。『創作』に出詠
1911	「青鞜社同人詠草」に4首初出（2－9）
1912	『青鞜』に「山の月」24首（3－9）
1913	「青鞜社詠草」に16首（4－6）「夏木立」7首（4－7）
1914	2月、「大阪文芸同攻会」会員となる。青鞜補助団員の記事が5巻4、5号にある。第2歌集『はつ夏』（梁江堂書店）出版
1915	1月、『潮騒』創刊同人。『青鞜』に「妬み」38首（5－2）。白日社大阪大会に出席
1919	藤之歌舎を結成し機関誌『まつな草』発行
1921	『潮騒』は『あけび』と改名。主要同人
1923	第3歌集『湯気のかく絵』（宝塚少女歌劇団出版部）出版。若山牧水を沼津に訪ねる
1926	門弟とともに安江不空に師事し古典を学ぶ
1931	子規庵歌会発行の『阿迦雲』に出詠。従兄弟の遺子で7歳の和美を引き取り養女とする
1937	藤之歌舎から『浅茅生』発行
1941	5月、夫達雄が病没。『浅茅生』廃刊
1945	奈良県箸尾町大場へ疎開
1950	大阪府泉佐野市に移転。藤之歌舎を復活する
1952- 1	『あけび』復刊し毎号作品を発表
1956- 4	13日、心臓弁膜症により死去（享年78歳）
1962- 4	大阪あけび歌会より『矢沢孝子歌集』刊行

■『青鞜』三論争の火をつけた

安田皐月

Yasuda Satsuki

1887.5.1-1933.11.7

安田皐月は、四六歳の時に自らの生命を断った。一九三三年一一月六日、平塚らいてう*のもとに届いた遺書には、「私は今日まで正味のままで生活に打突かってきたのですから、我儘ですみませんがこの辺で隠退させて貰います」(『元始』)とあったという。自己の生を信念通りに生きようと努力した末、病苦と生活苦に力つきての選択であった。書くことが好きだった皐月であり、『新公論』や『女性同盟』にも書いているが、『青鞜』こそが皐月の自我の主張を受け止めた場であった。

皐月は新潟県長岡市の教育家の家庭に生まれた。九歳で上京後、兄を親代わりに東京府立第一高等女学校を卒業した。このころ、のちに軍医になる簡野松太郎と恋愛、婚約もしたようだが、結核罹患を理由に簡野家より結婚を拒否されている。青鞜社入社後、相次いで発表した小説「さよなら」「八時間」には、家の命令で他の女性と結婚した男ときっぱりと別れられず、さりとて男と会い続ける自分を肯定もできずに、煩悶する女性が描かれている。この悩みから抜け出ようと、青鞜に参加したのだろうか。

皐月が精彩を放つのは『青鞜』後期の性と生殖をめぐる論争の時である。生田花世*を批判した「生きることと貞操と」(四―一一)が、青鞜三論争☆とよばれる「貞操(処女)」「廃娼(売春)」論争の火をつけた。実生活では、千葉県大原で療養中に音楽家原田潤との恋愛が始まり、経済力のない原田との結婚を実現させるために親元を離れて小石川白山に「水菓子屋サツキ」(一八三頁)を開店したころである。まもなく妊娠、「サツキ」の閉店、原田との結婚、出産を控えている時に、貧困を理由とする堕胎を肯定する小説「獄中の女より男に」(五―六)を書き、らいてう、伊藤野枝*、山田わか*らとの間に「堕胎是非論争」を巻き起こした。この論争には、堕胎罪の否定、女性の性の自己決定権がすでに主張されており、世界的に見ても先駆的論争であった。

一九一六年に夫の宝塚歌劇団への転勤にともなって宝塚市に移住し、次男を出産したが、この子は疫痢の高熱による後遺症から障害をもった。結婚後も書くことをやめず、執筆に没頭している時に腐った物を食べて発病したと言われ、皐月には育児の責任を問われるつらい日々であった。また、夫の恋愛問題も皐月を苦しめた。こうした生活のもとでも、皐月は新婦人協会大阪支部の幹事となり、機関誌『女性同盟』に「女性の職責と経済的独立」を書いている。夫の病気と失職が重なって経済的に困窮し、一九二五年頃夫婦は帰京。皐月は洋裁で生計を立てようと努力したが、次男の教育をめぐる対立もあり、次男を夫のもとに残して離婚した。この頃の皐月は、夜中までミシンを踏みながら、文章を書き続けている。

揺れ動く生活の中でも、書くことへの意志はよほど断ちがたかったと思われる。

実兄は運送会社社長をしており、結核が再発した皐月への経済的援助も不可能ではなかったようだが、皐月の生き方自体は理解されず、皐月も実家に頼らず自活する道を探る気持ちが強かった。青鞜の時代、「私は私である」と自我を主張した皐月は、また自我を持つゆえに近代の孤独をも合わせもって生きた女性であった。

（石崎昇子）

◆安田（原田）皐月

1887- 5	1日、新潟県長岡市に生まれる。父修蔵は教師、母タキ、兄3人妹1人
1896	上京、兄の庇護下に。父母は千葉に隠居
1900	東京府立第一高等女学校入学、文学に親しむ
1905- 3	同学校卒業　19回生。この頃、医師簡野松太郎と恋愛、婚約。皐月の結核罹患を理由に破談。南総大原で両親と共に療養
1912	青鞜社入社（『青鞜』2－3に入社の記事） 小説「さよなら」『青鞜』（2－12）
1913	小説「八時間」（3－9）
1914	「白い火事」（4－1）、「佐渡節」（4－4） 療養先大原で音楽家原田潤を知る
- 9	27日、小石川白山前町38に「水菓子屋サツキ」を開店 「生きることと貞操と」（4－11）
-12	8日、「水菓子屋サツキ」閉店
1915- 1	原田潤と結婚、「死の前の粧ひ」（5－1）、「お目にかかった生田花世さんに就いて」(5－2)、「貞操の意義と生存の価値について」『新公論』4月号、「習作」（5－4）
- 5	「神性と人間性と恋愛と」「病床より」
- 6	「獄中の女から男に」（5－6）、堕胎論争開始 「獣性と人間性とに就いて」（5－7）、「お小夜」（5－8•9）
- 8	9日、長男出産
1916-10	夫の宝塚少女歌劇団就職により宝塚市に移住
1917	二男出産
1919	二男が疫痢の後遺症により障害をもつ
1920-11	新婦人協会大阪支部を結成。幹事になる
1921	『女性同盟』５号に「女性の職責と経済的独立」を掲載
- 2	新婦人協会主催覚醒婦人大会開催、司会
- 8	夫神経衰弱で千葉で転地療養
1925	秋頃帰京。洋裁で生計を立てようと努力 夫は成城学園非常勤講師、長男成城学園入学
1927	皐月、祖師谷へ移住。婦人洋服店開店か 二男の教育で夫婦の葛藤
1932- 1	7日、離婚。長男を引き取り、新宿区大久保百人町308に在住 結核の再発　簡野病院入院
1933-11	7日、箱根湯本で服毒自殺（享年46歳）

■青鞜社、縁の下の力持ち

保持研

Yasumochi Yoshi

1885.8.20-1947.5.23

「あの時私の身辺に、白雨というひとりの女性がいなかったら、そして『あなたがやるなら、どんな手伝いでもする、おやりなさい、やりませう。』と非常な熱意をもって、わたくしを突き出してくれなかったら、多分わたくしは起こっていなかったでしょう」（平塚らいてう「青鞜時代の女たち」『塔』一九四五）。

保持研、号白雨《はくう》、本名ヨシは、一八八五（明治18）年に愛媛県今治市に生まれた。幼少の頃に左眼を失明したことも手伝ってか、下級士族の出であった両親は、この長女の教育に力を注いだ。今治高等女学校を卒業後、日本女子大国文学部に進学するも三年生で結核を発病し、茅ヶ崎のサナトリウム南湖院（一五五頁）に入院。ここで入院中の同級生平塚孝と親しんだことがきっかけで、妹の*平塚明《はる》（らいてう）を知る。院長高田畊安の学用患者になったり、病院の事務手伝いを勤めて療養費を捻出しながら体を癒し、一九一〇（明治43）年に復学、平塚家に寄宿して、翌春に卒業を果たした。

この前後にらいてうから、女の手になる雑誌作りを生田長江から勧められているむねの相談を受け即座に賛成、人集め、広告取り、印刷所との折衝と実務面で力を発揮する。若い社員から「おばさん」と親しまれる一方で彼女らの放埒な行いには手厳しく、社内の信頼は厚かった。また短歌、俳句をよくし創作面での貢献も評価できる。

『青鞜』が軌道に乗ってからも裏方を固める一方で南湖院勤務を続けていたが、一九一三（大正2）年に退職し上京、巣鴨に住んで事務所番を兼ねる。表向きの理由は、☆青鞜社文芸研究会の責任者となるためであったが、実は事務所の近くには南湖院で恋仲になった丸善社員小野東が住んでおり、恋人を追っての上京という一面もあったように思われる。

この頃から、研の仕事は度々苦境に立たされる。文芸研究会は成立せず、書店ともうまくいかなかった。従来、その原因は青鞜社に対する世間の悪評と研自身の能力不足にあるとされてきた。しかし詳細に『青鞜』周囲を洗い出してみると、文芸研究会中止の陰にはライバル講座の出現があったり、岩波書店との交渉決裂には、漱石山房の動きがちらついたりと、様々な要素が絡み合っての失速だったことが見えてくる。『青鞜』の全体像とその背景を捉える時、会計庶務主任保持研の視点は不可欠である。

危機的状況の中、研は補助団を組織したり、自ら足袋屋を開くなど事態の打開に努めるが、一九一四（大正3）年春にはノイローゼ気味となり、ついには退社に追い込まれる。雑誌の不振以外にも、妹が日本女子大を退学して転がり込んできたり、文部官僚であった東の父親から、結婚と引き替えに青鞜社から手を引くことを強要されたりと、幾つもの重圧に押しつぶされての結果であった。

その後の東との結婚生活については詳らかではない。大正年間は明治生命に転職した彼とともに地方転勤を繰り返していたらしいが、昭和に入ると単身東京で家作の管理にあたっていたようだ。いっとき株に凝り、兜町に出入りしていたというエピソードもある。子どもはなく、東と愛人との間に生まれた男児を引き取って養育している。一九四七（昭和22）年死亡。

（池川玲子）

◆保持研〔白雨／淑子〕

1885- 8	20日、愛媛県今治市で保持正次郎とキシの長女として生まれる。戸籍名ヨシ。幼少期に左目失明
1892	今治尋常小学校入学
1896	同校卒業
1899	町立今治高等女学校に一回生として入学
1901	県立今治高等女学校第四学年に編入
1902	同校卒業、同校補習科に進む
1903	同校補習科卒業
1904	日本女子大学校国文学部に入学
1906	南湖院入院。12月10日付で退学
1908-10	『婦人世界』に「肺病にかかりて血をはきつつ慰藉を求めて全快せし話」を木内錠を通して発表
1910- 9	復学、平塚明と俳句を通じて親しむ
1911- 4	日本女子大学卒業。平塚家に居候 青鞜社発起人となり『青鞜』創刊に尽力 「ヘッダ・ガブラア合評」(1－2)
1912	「ノラさんに」(2－1) この頃南湖院の薬剤師だった婚約者（一説には夫）と別離。夏あたりから入院患者小野東と恋愛（一説には東は妻帯者）
1913	「恋あらそい」(3－2)
- 5	南湖院を辞し巣鴨に転居、青鞜社事務所番を兼ねる。文芸研究会の会場探しに奔走する この頃から岡田式静坐法に熱中する 秋、東雲堂との値上げ交渉失敗
- 9	妹チカ、日本女子大入学
-12	中野初と足袋屋を開く
1914- 2	近所の小野家の火事騒ぎをテーマに「火事」（4－3）を発表。この火事をきっかけに東との結婚話が進展
- 3	チカ日本女子大退学、事務所に同居
- 4	岩波書店と決裂。らいてうの奨めで退社 東と同居
1916	小野家に入籍
1919	東の転勤に伴い、地方を転々とする
1930	この頃単身で東京生活。株に熱中
1933	東と愛人の間に男児誕生。引き取り養育
1939	東死去（54歳）
1947- 5	23日、死去（享年63歳）

■自己実現への強い欲求

山田邦子

Yamada Kuniko

1890.5.31-1948.7.15

山田邦子は大正から昭和の戦前まで、浪漫主義、自然主義、さらにアララギ派へとその歌風を変えながら、多くの作品を残した歌人である。

父の任地である徳島県で生まれたが、三歳の時から長野県下諏訪の祖父母のもとで育てられた。父が官吏として全国を転勤して歩いたので、代わりに邦子ら子供三人がその老後を看るために、祖父母と暮らすことになったのである。

一九〇五（明治38）年、小学校高等科を卒業し、補習科に通う。当時女学校に進学するためには松本まで行かねばならず、両親の反対にあって断念せざるをえなかった。町にできた教会に通い、聖書、英語、手芸、音楽等を学んだり、祖母から裁縫を習ったりする生活の中☆『女子文壇』に投稿を始める。一九〇六（明治39）年には詩「をみなへし」が三等賞に選ばれ、投書家仲間とも交遊するようになる。この頃から邦子は文学で身を立てたいと思うようになっていた。しかしそれを許さない親のすすめにやむなく従って見合いしたところ、旧家で財産家の長男であるその相手が、束髪の髪型を高島田に変えてもう一度会いたい旨を伝えてきた。そういう結婚は彼女にとって耐えがたいことであり、それが直接のきっかけとなって一九〇九（明治42）年、単身家出上京する。

父危篤の知らせで一旦家に帰るが、父の死後、『女子文壇』の河井酔茗を頼って再び家出を決行する。そしてこれも家出上京してきた西崎（生田）花世*、後に水野仙子*と共同生活をしながら文学修業に励んだ。まもなく『中央新聞』の家庭欄の記者に採用されたが、翌年同社の政治記者であった今井健彦と結婚し、退社。一九一二（大正元）年長女節子が生まれ、生涯で最も平和な一時期を過す。しかし子どもと向き合いながら、やはりそれだけでは満たされない思いに捉えられ、邦子は短歌を作り続けた。家庭的不和もあったが、それ以前に邦子には自己実現への強い欲求があり、それが家庭の存在によって十分に果たせないことへの不満があったようである。このころの思いが第一歌集『片々』（一九一五）となった。また『青鞜』に「或る家」（五―八）「海にいく弟へ」（六―一）などの小説を発表している。同じ頃島木赤彦に出会い、アララギ同人となる。以後生涯赤彦を敬愛し、師事した。

一九一七（大正6）年、急性リューマチにかかり、三年間病床につく。回復はするが、右足は終生不自由なままであった。一九二二（大正11）年、三三歳の時、自身の恋愛、芸術上の問題、家庭不和等に悩み、二人の子を置いて家を出、約四か月間京都の一燈園で修行の生活を送る。やがて心の平静を取り戻し家に帰るが、家族もそれを受け入れた。

その後夫今井健彦が政友会から国会議員となり、邦子も名流夫人としての活躍がみられるようになる。歌人としての活動はもちろん、夫の選挙の応援演説で各地を回るという協力ぶりを示しつつ、*神近市子らの婦人運動家との交流もあり、婦人参政権獲得運動については熱心に支持している。その他古典文学の研究にも努力を重ね、女子教育にも関心を示している。多面的で、いろいろな顔を持つ邦子の中に常に一貫しているのは、道を求める姿勢、自己を鍛えようとする態度であろう。終戦間近、邦子は家族とはなれ下諏訪に疎開したまま一九四八年に亡くなった。

（室ゆかり）

◆山田（今井）邦子

1890- 5	31日、徳島県徳島市徳島町で生まれる 父、徳島県第二部学務部長兼師範学校長山田邦彦、母、武の二女。本名くにえ
1892	両親と離れ、下諏訪の祖父母の家に引き取られる
1897	下諏訪尋常高等小学校に入学
1903	『少女界』に応募した歌が入選
1905	総代で高等小学校卒業、補習科に通う
1906	『女子文壇』に詩を投稿、三等賞となる
1909	河井酔茗を頼って家出上京するが、父危篤の知らせを受け帰省
1910	父死亡後再び家出、河合酔茗宅に寄食、西崎花世、後に水野仙子と共同生活。中央新聞社に入社
1911	中央新聞社政治記者今井健彦と結婚、退社
1912	『少女の友』に少女小説を書く 長女節子出産。歌文集『姿見日記』を出版
1915	第一歌集『片々』を出版。このころ『青鞜』に投稿
1916	アララギ同人となる
1917	急性リューマチにかかる
1918	長男幸彦出産
1920	夫、千葉県二区より衆議院議員選挙に初立候補し、落選
1922	実生活、芸術上の問題から迷い多く、京都の一燈園の西田天香を頼って修行。12月末家に戻る
1924	夫、衆議院議員に初当選。以来連続7期当選
1927	『婦人公論』に「樋口一葉論」を書く
1928	『女人芸術』に自伝小説「長流記」を発表 婦人参政権獲得運動を熱心に支持
1931	岩波書店から歌集『紫草』出版
1933	古今集院から随筆集『茜草』出版 春陽堂発行の「万葉集講座」第1巻執筆者となる。神近市子より唯物論の講義を聞く
1936	アララギを脱会。女性だけの短歌雑誌『明日香』創刊
1938	古今集院から歌集『明日香路』出版
1942	文学報国会会員として援護章売りに街頭に立つ
1944	配給紙数の制限により『明日香』休刊
1945	家族と別れ下諏訪に疎開
1946	『明日香』復刊
1948- 7	15日、心臓麻痺のため死去（享年58歳）

■夭折した「名古屋の佳人」

山田澄子

Yamada Sumiko　?-1915.9.12

澄子は*岸照子、*青井禎子と名古屋市立女学校の同級生で、一九〇八年同校卒業。禎子とは親友であった。

澄子の家は相当の資産家であったが、兄を亡くし、二人の姉も亡くし、一九一三年一月には父を亡くすという不幸が続いていた。母と二人暮らしの澄子も病気がちで、父死後、資産を全て管理する責任は大きな負担であったという。

青鞜社員として澄子の名は*青木穠子の『芳舎漫筆』にあり、『青鞜』には短歌一八首（二―一一、一二、三―一一）を出詠している。澄子の短歌は「わが思ひはなやかなれどゆく道は清き水のみ細くながるる」など心もとなさを感じるものや失恋の歌が印象的である。

一九一三年五月、澄子は扶桑新聞の記者として採用された。これは同社の記者であった青柳有美に直接依頼してのことであった。ペンネームを使用し人知れず働くことを望んだが、初出勤の日、社は新聞売り込みのため、名古屋最初の女記者として澄子の写真を新聞に掲載したのである。澄子は親戚からは責められ、取材先では身元調べをされるなどの侮辱を受けた。病弱な澄子は発熱し、床を離れられなくなり二か月程入院する結果となって、記者は断念せざるを得なかった。

澄子は病弱ではあったが非常な努力家で、早稲田大学の講義録を取り寄せるなどして学んでいたという。

一九一五年五月病気が再発した。同時期、彼女の恋愛相手の新聞記者が『毒薬』という著書を出版した。二人の恋愛は周知の事実であったことから、彼女の病気再発が「毒薬モデル婦人の自殺未遂」と新聞に報じられた。事実無根の報道に神経細やかなうえ床に臥す澄子は一層苦悩した。日に日に衰弱し、三日三夜狂い回った末、一九一五年九月一二日、回診の医師が帰った直後、澄子は息を引き取ったという。二五年の短い生涯であった。

澄子は病床にあって、青柳有美宛に自分の死後の処理を遺書にしたためていたという。そのことが書かれた文章（『女の世界』一―八）を読んだ*伊藤野枝は、「らいてう氏に」（五―一一）の中で「あの方が自殺なすつたさうですね」と書き、禎子に指摘されている（「野枝様はじめまして」六―一）。

禎子の文章は、親友澄子が天分豊かなうえに研鑽を積みながら、それを開花させずに逝ったことを悼むものとなっている。

（南川よし子）

水菓子屋「サツキ」

果物屋はかつて水菓子屋ともいわれた。安田皐月が商売を始めたのは一九一四年九月二九日、収入のない音楽家原田潤との結婚を意識して経済的自立を目指したからだった。

「十二月の冷たい〳〵風が吹きます昼、下駄の歯がカラ〳〵と鳴ります夜、粋なお神さんは、熱い熱い紅茶をわかしてお客様をお待ちしています。本場のおみかんや林檎を召し上がって油絵をご覧になりながらいい香りのセイロンのお茶をすすりにお出下さいまし、寒い〳〵日に――。」と『青鞜』（四－一二）に宣伝されている。果物の小売りだけでなく、人が集まって飲食もできるフルーツパーラー風の店であった。

開店資金は安田家の戸主となっていた年の離れた兄が出したのだろうか。「皐月さんがはんてんを着て前掛けをしめて櫛まきにして、全くお神さんになりすまされた様子はまた一段とちがいます」と、伊藤野枝が『青鞜』（四－一二）からエールを送っている。

「サツキ」には、音楽や美術、文学を目指して勉強している若者たちが多く集まってきたようだ。もちろん原田潤も通いつめて、二人は翌一九一五年一月早々結婚する。媒酌をとったのは原田と交流のあった音楽家の山田耕作である。

店先の並んだみかんや林檎からして写真は一九一四年一二月の頃、皐月はすでに悪阻に苦しんでいた。物憂い風情である。三二歳になって定職のない原田との結婚に不安があっても不思議ではない。この時見た夢、医院の診療室に佇む自分の姿から、堕胎是非論争の火付けになる小説「獄中の女より男に」が生まれた。

「サツキ」は皐月が産むことを決めた結婚とともに閉店となった。皐月の体調が悪かったこともあるが、経営も苦しかったとの親族の証言もある。わずか三か月余りの皐月のおかみさん業であった。

（石崎昇子）

安田皐月の水菓子屋（『淑女画報』1915年１月号）

■『青鞜』から社会事業を志す

山田わか

Yamada Waka

1879.12.1-1957.9.7

山田わかは、『青鞜』誌上でデビューした後、母性保護をかかげる女性問題評論家として世に出た。一九二〇年代には、個人誌『女性と新社会』発行や多くの著作をものにしながら自己の実践の道をさぐり、婦人参政権運動とも連動した。一九三〇年代には東京連合婦人会副会長、母性保護連盟委員長といった肩書を持ち、苦労して渋谷の幡ヶ谷に母子寮を建設した。戦争中には国民精神総動員中央連盟の委員となり、ドイツやイタリアも訪問している。戦後は、幡ヶ谷女子学園を経営するかたわら『主婦の友』の身上相談員ともなり、社会事業家として大成した。

　山田わかは旧姓浅葉。一八七九年神奈川県三浦郡久里浜の中農の三女として生まれた。さらに勉強したいという希望は両親の反対で断ち切られ、小学校卒業後は家業を手伝っている。一七歳で近所の男と結婚したが、経済的危機に陥った実家を救ってくれない夫を見限って離婚、自分の手で実家の窮状を救いたいとアメリカへ行き、娼館での生活を送ることになる。わかの境遇には、家のために我が身を犠牲にして尽くす庶民女性の姿が重なる。

　その後わかは、若い日本人記者により救い出され、サンフランシスコのセツルメント・キャメロンハウスに落ち着くと、山田嘉吉*の語学塾に通った。娼館での経験から、虐待される女性たちを救おうと志したからである。そこで、自分を対等な人間として扱う嘉吉と一九〇五年に結婚した。嘉吉は、女性を救いたいという情熱はあるが知識の少ない彼女に学問をすすめ、わかもこれに応えて晩学の道を着実に歩んでいく。

　一九〇六年四月のサンフランシスコ大地震を期に帰国した夫婦は東京の四谷区に住み、嘉吉の語学力を生かして英・仏語などの語学塾を開いた。帰国のさい同船した幸徳秋水の紹介で大杉栄*らが語学の勉強に通っている。大逆事件☆で幸徳が処刑されると、幸徳との関係を疑われて嘉吉は官憲の要注意人物視された。だが、夫婦は大杉との交流は続け、わかは、オリーブ・シュライナー*著『夢』の翻訳を大杉の紹介で『青鞜』に送った。一九一三年一〇月のことである。

　『青鞜』には、レスター・ウォード*の社会学やエレン・ケイ*の『児童の世紀』の翻訳を掲載、因習に苦しむ農村の女性たちの様相を描いた小説「女郎花」などは、『青鞜』では異色の作品となっている。堕胎是非論争では、堕胎を犯罪として絶対反対の立場を取り、生涯その主張を変えなかった。自伝的感想「自分と周囲」では、自分の「過去」を告白し、自分より年若い青鞜の同人たちに、女性団体をつくって女性の抑圧を取り除こうと呼びかけた。キリスト教系セツルメントにいた経験から、自らも社会事業をめざす志は、このころから芽生えていたと思われる。

『青鞜』廃刊後のわかは、民本主義を唱える雑誌『第三帝国』や『女王』などに執筆して、大正デモクラシーの潮流に棹している。一九一八年の母性保護論争時☆には、ケイの論を基礎に、女性の天職を母に置き、母性の保護を求める女性論を展開、最低賃金制など現実的政策を提案した。一九一〇年代半ばから、山田語学塾は海外の新しい思想や情勢を知り学びたいという女性たちの集う塾として、女性解放理論形成の場となった。

（石崎昇子）

◆山田わか

1879-12	1日、神奈川県三浦郡久里浜の中農の生まれ。3男5女の三女、旧姓浅葉
1890	久里浜尋常小学校（4年間）卒業
1896	結婚。離婚後アメリカへ
1905	サンフランシスコで山田嘉吉と結婚
1906- 6	帰国。東京の四谷区に語学塾を開く
1913-11	『青鞜』の補助団員になる
1914	小説「田草とり」(4－1)、「女郎花」(4－11)
1915	翻訳「女子教育について」(ウォード、5－3)、「児童の世紀」(ケイ、5－7)、「堕胎について」(ケイ、5－8)
1916	「自分と周囲」(6－1)
1917	『第三帝国』『女王』へ執筆
1918	母性保護政策を掲げ母性保護論争に参加「母性保護問題」(『太陽』9月号)
1919	夏、名古屋で講演。『女・人・母』出版
1920- 3	新婦人協会評議員（短期）・個人誌『婦人と新社会』発行（33•7まで）
- 5	マイヤー著『売笑婦の研究』などの翻訳
- 8	『恋愛の社会的意義』など、この年発行
1921- 3	『愛国婦人』に執筆開始
1922- 5	『家庭の社会的意義』刊
1927	『昭和婦人読本－処女編・主婦編』(愛国婦人機関誌連載)、農村の改造訴える
1928- 7	四谷区婦人会副会長就任
1931- 5	1日、『朝日新聞』女性相談欄の相談員になる
1932- 3	女性相談欄の堕胎絶対反対回答が社会問題となる
1934- 4	『主婦之友』顧問、母性保護連盟の会長
1935	第8回全国社会事業大会出席
-10	14日、『主婦之友』遣米使節として半年在米
1938- 4	商工省中央物価委員会委員
- 6	30日、非常時国民生活様式改善委員
1939- 4	渋谷区に母子寮経営
1940	人事調停委員、愛国婦人会評議員
1941	ドイツ・イタリア訪問
1942	『戦火の世界一周』出版
1946	『主婦の友』相談員、家裁調停委員
1947	幡ヶ谷女子学園を開設
1957- 9	7日、死去（享年77歳）

■発起人木内・中野の上級生

山本龍

Yamamoto Ryou　1884.11.8-1958.5.9

山本龍《りょう》は一八八四（明治17）年一一月八日軍医山本徳三郎の長女として誕生した。本籍は福岡県。石川県高等女学校補習科を卒業後日本女子大学校に入学、一九〇六（明治39）年国文学部三回生として卒業した。『青鞜』発起人保持研*、中野初*、木内錠*は同校同学部の同窓生である。龍は卒業後、金沢市に帰郷していたが、一九〇九（明治42）年の住所は校内桜寮、翌年は校内扶桑寮と記されている。母校楓寮では謄写版で『青鞜』の趣意書や規約草案が刷られていた頃である。

『青鞜』創刊時の社員一八人の中に龍の名があるが、作品は無い。一九一一（明治44）年の住所は神奈川県、その後神戸、東京などに転居。一九一五（大正4）年内田虎三郎と結婚し府下駒沢村、京都の官舎住まいの後、渋谷に、一九三六（昭和11）年から世田谷に居住している。『桜楓新報』に一九五八（昭和33）年五月九日に脳溢血で死去の記事が出ている（享年七三歳）。

（鳥井衡子）

新年號目次

新年号目次（『青鞜』　5−1より）

『青鞜』掲載の広告

　『青鞜』には毎号、出版物や交換広告の他、三越呉服店、丸善、メイゾン鴻の巣、カフェプランタン、菊そば（本郷団子坂）、福原資生堂、御園白粉、クラブ化粧品、髪油、マーヤ商会のオーデコローン、精養軒などいろいろの広告が掲載されている。

　三越の広告は国木田治子の働きかけの結果と想像されるが、丸善の広告は保持研の知人、後の夫小野東が丸善に勤めていた関係だろうか。らいてうの自伝『元始、女性は太陽であった』には、創刊号発刊前の八月二三日、保持研は広告の件で出かけ、途中丸善に寄り成功とある。

　丸善の広告は、雑誌への広告ということのためか、万年筆の広告が主で、『青鞜』三巻一号には「新ラシイ女は万年筆の所有者也　新しい教育、新しい道徳、（中略）新しい職業、新しい家庭の婦人は皆万年筆の愛用者也」と新しい女特集号に符合させたと思われる広告を掲載している。

　丸善の広告は四巻三号で終わっている。四巻の後半から広告は少なくなり四巻八号には「保持氏が事務をとっていられた頃、一寸使った広告取の関という男は、とうに暇を出した者で、社には全く関係がありません。社の外交員だとか何とかまだいっていると見えて、社に変な手紙がくる時もありますから御注意迄に」とらいてうが書いている。

　伊藤野枝の手に移ってからは、交換広告は中止され新刊書の広告のみであるが、それも少なくなってくる。それでも三越は五巻八号に広告を載せている。国木田治子がまだこの時三越にいたからだろうか。

　『青鞜』の意気込みとその後の流れは広告の多様さと質量に現れている。

（井上美穂子）

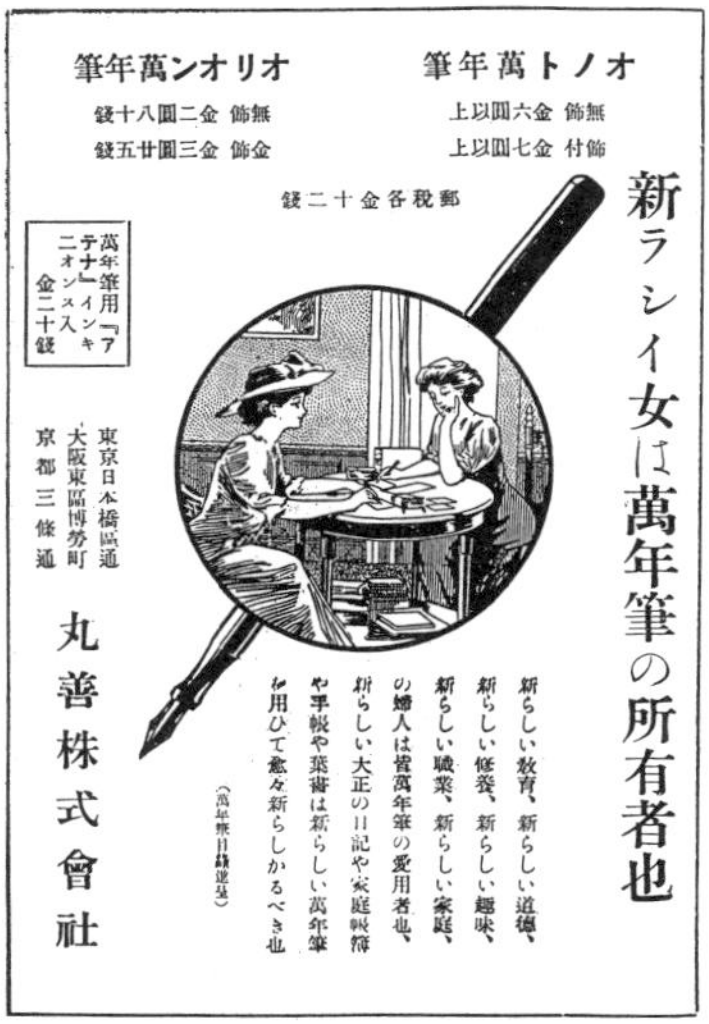

丸善の広告（『青鞜』3巻1号）

■「山の動く日きたる」

与謝野晶子

Yosano Akiko

1878.12.7-1942.5.29

歌集『みだれ髪』で女の官能と自我の解放を謳歌し、日露戦争に徴兵されている弟を思う心情を「君死にたまふこと勿れ」の詩に吐露し、批判に敢然と「ひらきぶみ」で応じた晶子は、『青鞜』創刊の際「女流文壇の大家」を招請したという賛助員の中でも知名度が抜きん出ていた。その晶子からいち早く届いた詩作品は発起人達を感激させ巻頭掲載が決まった。殊にらいてう*は閨秀文学会☆の講師であった晶子を訪ねて寄稿を依頼した時の反応の鈍さから半ば諦めていただけに詩による激励と解して嬉しかったと自伝に記している(『元始』)。

山の動く日来る《きた》/かく云へども人われを信ぜじ/山は姑く《しばら》眠りしのみ/その昔に於て/山は皆火に燃えて動きしものを/されどそは信ぜずともよし/人よ、ああ、唯これを信ぜよ/すべて眠りし女《をなご》今ぞ目覚めて動くなる

冒頭のこの詩と次の「一人称にてのみ物書かばや」は力強い女性讃歌であり「自我の詩」の晶子の面目躍如、最初の女性文芸誌の価値を重くしている。晶子は終刊まで賛助員☆として稿料の期待できない『青鞜』に詩を一〇回(三一編)短歌二回(二〇首)、渡欧中も寄稿を続けるという好意を示した。

短歌は二回のみで詩作品が多いのは、定型にとらわれず思いをうたえる詩が若い女性たちの雑誌に適していると考えたこと、短歌発表の場を弟子たちに与えようとしたことなどが考えられるが、この時期は晶子に詩表現への意欲が高まっていたということが第一の理由だろう。他誌への発表も多い。

このような力強い詩が「そぞろごと」という消極的なタイトルでなぜ括られているのだろうか。漫言と書き、取るに足らぬ言葉という意なのだ。一二の短詩群の三編以下は暗い現実生活や屈折した心情を表白した詩がほとんどなのである。

一九一一年の晶子は三三歳、毎年のように出産して七人(後に四人)を養育し『明星』☆終刊後の家計を筆一本で支えながら夫の心機一転を期して渡欧資金に苦慮していた。日露戦争後の文学の主流となった自然主義の風潮を受け入れた晶子が、結婚後の現実生活の苦悩をありのままに告白し「覚悟せよ」と若い女性たちに警告していることがこれらの作から感じ取れる。やがて夫の後を追って渡欧し「巴里雑詠」を二度寄せているが、子供恋しさに泣き夥しい抜毛に悲嘆し、同時期に

作った「君も雛罌粟《コクリコ》われも雛罌粟《コクリコ》」の明るさや華やぎはここにはない。一人帰国して不眠に悩み生きる苦渋を嘆いた「電燈」などの詩は、女の心情を切々と綴っている『青鞜』の作品群の中にあっても違和感がない。力強く応援するとともに現実に苦渋する同じ立場の女だと述懐することで癒しそして励ましているようだ。「森の大樹」の浪漫性は「山の動く日」に連なるが、強靱なものに憧れ慰藉を求める思いがうたわれる。

半年の欧州での見聞により女性問題に関心を持ち発言することが多くなった晶子は、しだいに社会と家庭と個人との間を認識し思索性を加味してゆくのだが、現実生活に立脚した時事評論や随筆のベースになっているのが『青鞜』時代であるということができる。晶子が発表した「母性偏重を排す」(一九一六)「女子の徹底した独立」☆(一九一八)により、らいてう、*山川(青山)菊栄との母性保護論争が展開した。だがその論争の舞台としてふさわしい『青鞜』はすでになかったのである。

(村岡嘉子)

◆与謝野晶子
〔晶、しやう、あきら〕

1878-12	7日、大阪府堺市甲斐町に生まれる。本名志やう。父は菓子商駿河屋鳳宗七、母津祢。三女
1894- 3	堺女学校卒業補修科へ。店番しつつ古典独学
1900	4月鉄幹『明星』創刊。2号から投稿始める
1901	8月歌集『みだれ髪』刊行。9月鉄幹と結婚
1902	1月入籍。11月長男光出産
1904	6月二男秀出産。9月「君死にたまふこと勿れ」(『明星』)。11月「ひらきぶみ」(同)
1905- 1	『恋衣』(山川登美子、増田雅子と共著詩歌集)
1906	1月歌集『舞姫』。7月歌集『夢之華』
1907	3月長女八峰、二女七瀬(双児)出産。6月「閨秀文学会」結成され古典を講義する
1908	7月歌集『常夏』11月『明星』100号で廃刊
1909	3月三男麟出産。5月歌集『佐保姫』
1910	2月三女佐保子出産。大逆事件について作歌
1911	1月歌集『春泥集』。2月四女宇智子出産 7月評論集『一隅より』。9月『青鞜』賛助員となり同誌に詩「そぞろごと」12編(1－1)、「人ごみの中を行きつつ」(1－2)、「風邪」(1－3)、「わが家」10首(1－4)。11月寛渡欧
1912	『青鞜』に詩「夢」(2－1)、「無題」(2－2)、「移りゆく心」(2－3)、「巴里雑詠」(2－9) 1月歌集『青海波』。5月『新訳源氏物語』 寛を追い渡欧。10月単身帰国
1913	『青鞜』に詩「巴里雑詠」(3－1)。1月寛帰国。4月四男アウギュスト出産。6～9月自伝小説「明るみへ」(朝日新聞連載100回)
1914	『青鞜』に詩「電燈」(4－2)。1月詩歌集『夏より秋へ』。5月紀行文集『巴里より』
1915	『青鞜』に詩「森の大樹」(5－8)、「短歌十首」(5－11)。3月五女エレンヌ出産
1916	2月歌論集『短歌三百講』。3月五男健出産
1917	評論集『我等何を求むるか』。六男寸出産死亡
1918	『若き友へ』。「平塚山川山田三女史に答ふ」
1919	1月評論集『心頭雑草』。3月六女藤子出産
1920	5月評論集『女人創造』。文化学院創立を相談
1921	4月文化学院学監。11月二次『明星』発刊
1924-12	婦人参政権獲得期成同盟会創立委員
1935- 3	13日、寛が急性肺炎で死去
1940	5月脳溢血で半身不随。9月カソリック受洗
1942- 5	29日、死去(享年63歳)。9月遺歌集『白桜集』

■「花物語」作者の『青鞜』体験

吉屋信子

Yoshiya Nobuko

1896.1.12-1973.7.11

一八九六（明治29）年、両親ともに萩藩士の末という物堅い家庭に生まれる。警察勤務から行政畑に転じた父に従っての転居続きの少女時代を、四人の兄たちの本をむさぼり読んで過ごす。栃木高女一年の時、「良妻賢母となる前に一人のよい人間とならなければいけません」という新渡戸稲造の講演に強い感銘を受けた。この頃から創作へのはっきりした欲求が芽生え、『少女世界』、『文章世界』などに投書をはじめた。卒業後進学を希望したが母に容れられず、鬱勃とした数年間を過ごした後、一九一五（大正4）年上京、童話執筆の傍ら、野上弥生子、生田花世、岡本かの子ら青鞜関係者と交わる。また『少女世界』愛読者の会合にも参加、ここの主幹沼田笠峰の妻ふくは青鞜社員の「松井百合」であったという（永井紀代子、『誕生・少女たちの解放区―『少女世界』と「少女読書会」』、「男と女の時空・日本女性史再考（近代）」、藤原書店、一九九五年）。さらに時期の特定は困難だが、山田嘉吉語学塾にも通っており、これらの人脈のいずれかによってであろう、『青鞜』最後期の六巻一号に「断章」、六巻二号に「小さき者」を掲載するに至った。

「断章」は、巻頭にパスカルの言葉を掲げた三部構成の詩作品、「小さき者」は、子沢山の家庭にあって、母から愛されない少女「ふさ子」の孤独な心象を描いた短編。幼い主人公、甘やかなイマジネーションは、『青鞜』の作品としては異質にも思えるが、信子には同名の主人公が登場する童話「赤い夢」（『良友』大正六年八月号）があり、こちらは両親の愛に育まれた一人っ子に設定されている。「小さき者」は、おそらくは若い童話作家の精一杯の自己表白の試みであった。

その後、「花物語」を皮切りに、少女小説、大衆小説、歴史小説と、幅を広げた信子の作品は、いずれもが大衆の心をつかみ、舞台、映画、ラジオ、テレビとその時々のメディアで人気を呼んだ。ペン一本で、家八軒、競走馬六頭を購ったという経済的な成功と、同性のパートナー門馬千代との暮らしは、常にゴシップに曝されたが、臆さなかった。後進の女流に慕われ、女流文学者会の中心的な存在でもあった。

自らを軸にした文壇史をものし、平塚らいてうについてはまとまった個人伝（「平塚らいてう小伝」、『婦人公論』一九六四年二月号）まで手掛けている信子だが、不思議なことに自身と『青鞜』との関わりについては生涯口を閉ざした。これについては、バプテスト女子寮からの退寮騒ぎで山田嘉吉の怒りをかった一件がその因にあるとする論考が提出されている（吉川豊子、『『青鞜』から「大衆小説」作家への道―吉屋信子『屋根裏の二処女』』、「個人別参考文献一覧」参照）。なお、吉川論文の解析の対象となった「屋根裏の二処女」（洛陽堂、一九二〇年）には、低くはいた袴に日和下駄姿の若き日のらいてうを彷彿とさせる人物が登場し、重要な役割を演じている。ここにはまた、『青鞜』的自我、『青鞜』的シスターフットへの共感が随所にちりばめられており、「花物語」の作者が、若くしてすでに、並々ならぬフェミニストであったことを今日に伝えて興味深い。

（池川玲子）

◆吉屋信子

1896- 1	12日、新潟県警勤務の父雄一、母マサの長女として生まれる。父の転勤に伴い佐渡、新発田、栃木真岡と移り住む
1902	真岡小学校入学、2学期から栃木第二小学校に転校。下都賀郡郡長だった父を、田中正造が谷中村鉱毒問題で訪れたのもこの頃
1908	栃木高女入学。新渡戸稲造の「良妻賢母よりも一人の人間として」という講演に感動
1910	『少女界』の懸賞で「鳴らずの太鼓」が一等当選。『少女世界』で「栴壇賞」を受く
1912	同校卒業。裁縫、生け花などに通う
1915	東京帝大在学中の三兄が父を説得してくれ、上京。岡本かの子と出会い、作家としてたつことを決意
1916	『青鞜』6－1に「断章」、6－2に「小さき者」。夏、『少女画報』に「花物語」の第1編が掲載。7年間で52編の連載となった
1917	バプテスト女子学寮に入寮し、玉成保母養成所に通学。保証人は山田嘉吉か？
1918	新渡戸博士訪問と称して映画館にいったことで退寮を余儀無くされ、ＹＷＣＡ寄宿舎に
1919- 7	父死亡。喪の間に「屋根裏の二処女」を書き上げる。「地の果て」が大阪朝日新聞の長編懸賞に1等当選
1923	数学教師の門馬千代と出会う。千代は後に、沼田笠峰が校長の頌栄高女に就職している
1926	下落合に千代と共棲
1928	千代とともに渡仏
1935	牛込砂土原町に移転。新潮社から全集を刊行
1938	情報局派遣文士海軍班の一員として漢口へ
1940	女流文学者会発足。満州、蘭印へ
1941	仏印、タイを回る
1942	女流文学者会、文学報国会に統合される
1945	疎開先の鎌倉で日本降伏を知る
1950	母、死去。東京麹町に移る。短編に新境地
1953- 3	『婦人公論』の座談会での「自分の息子を国に捧げることに誇りを感じなければ―」との発言が物議をかもす
1966- 1	「徳川の夫人たち」連載開始。1968年完結
1970- 2	「女人平家」の連載はじまる。翌年完結
1973- 7	11日、直腸癌のため死去（享年77歳）

■漂泊歌人の妻の愛と孤独

若山喜志子

Wakayama Kishiko

1888.5.28-1968.8.19

父太田清人、母ことの四女として一八八八(明治21)年長野県筑摩郡吉田村に生まれた。本名喜志。広丘農工補習学校を一九〇七(明治40)年卒業し『女子文壇』☆に詩や散文を投稿、横瀬夜雨*に認められ同郷の友山田邦子と共に花形的存在となる。この頃恋を知り相聞歌を「信濃毎日新聞」に投稿し注目された。

一九一一年、隣村出身の太田水穂夫妻を頼って上京し寄留したが文学で自立するため新宿の遊郭街に下宿し遊女の着物を縫いながら小説を書く。一九一二年、若山牧水の求婚に応え同棲後結婚した。貧苦と闘病の生活の中で歌人として立つことを決意して一九一三年、牧水が『創作』(第二期)を刊行すると喜志子は中心的歌人として活躍する。旅と酒の歌人牧水の妻の愛と孤独を「にこやかに酒煮ることが女らしきつとめかわれにさびしき夕ぐれ」「汝が夫《つま》は家にはおくな旅にあらば命光るとひとの言へども」と歌う。同年長男旅人を出産、二男二女を生育するが生計を夫に頼ることはできなかった。

一九一五年第一歌集『無花果』を、二年後牧水と共著の『白梅集』を出版する(のち三歌集と全歌集を刊行した)。

・ままならぬ事になれつつ物思ひなくなりゆくがみゆるこのごろ
(「八月の歌壇より」五—八)

・誰にしもつぐべき事にあらざらむ四方の高嶺に雪ふればとて
(「十月短歌抄」五—一〇)

自己を潜めて生きる寂寥感が伝わる。他誌よりの掲出欄で一三首は最も多い。一九二〇年牧水の揮毫の旅に北海道、九州、朝鮮半島と同行し労働者や農民、植民地の人々に接し社会認識を育んだ。一九二八年牧水が死去、引き継いだ『創作』に自由律やプロレタリア短歌を提唱したが内部事情で断念する。戦時中「平和よ来れ」の文を書き抵抗の思いを歌った。

・慣るると言ふは浅ましきかも大活字の殲滅《せんめつ》の文字に驚く

「女も懐《おも》ふ」と詞書がある。戦後共産党へ入党したのも、油絵を習い晩年得た愛を「生き恥をさらす」と言いながらも恐れることなく歌ったのも、『藤村詩集』を熱愛し幸徳秋水の『社会主義神髄』に胸をときめかした少女期の憧れ心を持続していたからにほかならない。このような喜志子が『女子文壇』時代の仲間の多くが参加した『青鞜』に加わらなかったのは、牧水と所帯を持ち出産育児、歌誌発行を担う時期だったからだろうが、この『創作』に『青鞜』の歌人たちも盛んに出詠し新時代の短歌を感得していった。

(村岡嘉子)

■青鞜研究会講師

阿部次郎

Abe Jirou

1883.8.27-1959.10.20

「自分は決して女性の覚醒を恐れない。そして今よりももつと手答へのある、生きた女を与へられることを楽しみにしてゐる」（「談話の代りに」三－二）と論じた阿部次郎は、『青鞜』に協力した新しい男性の一人である。

『青鞜』の女性たちとの交流は、生田長江*の紹介で青鞜研究会☆の講師を引き受けた一九一二（明治45）年四月より始まる。文学を学ぶ場として企画されたこの研究会で、長江の「モーパッサンの短篇」とともに、次郎は「ダンテの神曲」を講義する。難しいながら内容のある話を熱心に行ったが、参加者は一〇人内外しか集まらず、七月から九月まで休会。一〇月より再開するが、年末頃には消滅したようである。その頃の次郎について、らいてうは「見るからに温厚な学究肌の真面目な方で、小柄で均衡のとれた美男子でした。「ダンテの神曲」はわたくしたちの選んだものでなく、阿部先生の方からすすめられたものだったような気がします」（『元始』）と記す。

阿部次郎は一八八三（明治16）年山形県飽海郡上郷村大字山寺（現松山町）に生まれる。東京帝大哲学科在学中に、長江と知り合い、夏目漱石のもとにも出入し、森田草平*、小宮豊隆らと親交を結ぶ。青鞜研究会講師になった頃は、次郎自身、三〇歳前後であり、後に妻となる恒との恋愛に煩悶していた時期にあたる。

青鞜研究会消滅後は、「付録　新しい女、其他婦人問題に就て」の特集に、岩野泡鳴*とともに、前掲「談話の代りに」を掲載。一九一三（大正2）年二月の青鞜社第一回公開講演会（一七一頁）においても講演予定であったが、出席までしながら風邪のため実現出来ず、「残念なこと」と『青鞜』三巻三号で惜しまれている。さらに五月に長江と青鞜社との決別が公言された後も、らいてうの『円窓より』発禁にあたっては弁護（「発売禁止について」『時事新報』一九一三・九）し、『青鞜』側も次郎の『三太郎の日記』（東雲堂一九一四・四）から、一部を抜粋し、一九一四年七月の『青鞜』巻頭に転載する。

阿部次郎は、新しい時代を共に生きる人間として『青鞜』の女性たちに共感し、期待しつづけた男性だったといえよう。

（岩田なつ）

■『青鞜』に恋文が載って

生田春月

Ikuta Syungetsu

1892.3.12-1930.5.19

「我汝を愛す。この一語を以て、私はこの手紙を書き始めます……」これは、西崎（生田）花世*が『青鞜』（「感想」四―五）に載せた「得たる『いのち』」のなかの生田春月の書出しのことばである。この花世への五七〇〇字にわたる長文の恋文は、『青鞜』へそのまま転載されていた。

一九一四年一月、春月は生田長江*の家で偶然『青鞜』に出ている花世の「恋愛及生活難に対して」（四―一）を見て、その悲痛な声を知り、伴侶を選ぶなら貧しい境遇にいる自分のような男を理解してくれるこの人だと思った。まもなく河井酔茗宅で見合いをする。このときすでに書いていた恋文を春月は花世にわたしている。

二週間後に春月二二歳、花世二六歳で二人は結婚した。花世は家庭に入り、「春月を大きくすることがこれからの私のいとなみ」だと、最初から主導権を握った。すぐに春月は後悔する。純粋な理想に動かされ、やみくもに家庭を作ったが、どこで間違ってしまったのかと憂鬱になり、死にたいと日に一度はつぶやく。花世も苦しんだ。春月は訪ねてくる文学志望の女性とつぎつぎ恋愛沙汰をおこす。

春月は、一八九二（明治25）年に鳥取県米子市で酒造業の父左太郎と母いわの長子として生まれ、本名は清平といった。十歳のころ家が破産し、一家は朝鮮の釜山に渡る。父は仕事を転々とかわり、生活は母や姉の内職でやっとだった。小さい時から本好きで、一二歳のころから、小僧や給仕をしながら詩を投稿し、東京の投書家と文通をしていた。

一六歳のとき上京し、同郷の生田長江の書生になる。長江の紹介による新潮社の『文章講義録』の文章添削の仕事が、生活費となった。一九一二年の一年間を独逸語専修学校の夜学に通った。のちに『ハイネ詩集』や『ゲイテ詩集』を訳して、翻訳家として名をなしていった。

一九一七年に第一詩集『霊魂の秋』を出版する。次の年に『感傷の春』を出し、詩人としての地位を確立し、長編小説『相よる魂』を花世の協力で完成させ、花世の弟とはじめた雑誌『詩と人生』を彼の死により引継いで発行した。一九三〇（昭和5）年の春、極度の疲労をおぼえ、花世のすすめで修善寺温泉に保養に行く予定だったが、静岡と大阪の愛人を訪ね、五月一九日に築港から別府行きに乗船し、深夜の播磨灘に身を投じた。享年三八歳。

（吉岡真美）

■『青鞜』の名付け親

生田長江

Ikuta Cyoukou

1882.4.21-1936.1.11

そもそも「女の手による文芸誌」を発案し、その名に「blue-stocking」の訳語を当てたのは、若き男性評論家生田長江(本名弘治)であった。一八八二(明治14)年生。鳥取県日野郡出身。東大哲学科在学中から評論、弁論に才をみせ、『青鞜』創刊当時はすでに文壇での地位を確立していた。

当時の彼を語る時、特筆すべき点が二つある。一つは「女流文学」への強い関心、もう一つが政治経済といった「社会」的な動向について積極的に関わろうとする姿勢である。

「女流文学」への関心は一九〇七(明治40)年の閨秀文学会☆にまず結実した。「女流文学者の養成」を掲げたこの講座には、平塚明*(らいてう)をはじめ、河野(林)*千歳、青山*(山川)菊栄といった、後に『青鞜』に集う女性が多数参加していた。講師だった森田草平*と平塚明の塩原事件☆の際には、事後処理を引き受け、その際に平塚家との間に繋がったパイプが『青鞜』計画を可能にしたといってよい。創刊にあたっては、命名のみならず、規約、賛助員☆システム等に自らの意向を盛り込み、初期『青鞜』の性格付けに重要な役割を果たした。雑誌が軌道に乗ってからも、研究会の講師をつとめ、集まった原稿の一々に目を通していた姿がらいてうの自伝(『元始』)に記録されている。

にも関わらず、二年後の一九一三(大正2)年、青鞜社公開講演会(一七一頁)の直後、彼は青鞜社と袂を分かつ。「文芸」から「女性解放」への路線変更がもたらした決裂劇、との解釈が定説化しているが、近年、長江自身の「社会」への関心を、「冬の時代」から「大正の政変」になだれ込む時代背景や、人脈、『青鞜』に速記録が掲載されなかった講演会での演説内容から解きほぐし、そこに両者の乖離をもたらした原因を求める論考が提出されている。

その後社会主義に接近し、『反響』☆発刊、馬場孤蝶*、堺利彦の選挙応援と、大正デモクラシーの先鋭的な流れに身を投じた長江だが、夫人の死、ハンセン病の進行もあってか次第に内省的な傾向を強めた。また『婦人解放よりの解放』(表現社、一九二二)で女性解放思想に疑義を呈し、山川菊栄、長江自らが見出した高群逸枝、らいてうと論争となった。

しかし、心身の過酷な状況にもかかわらず、文筆への情熱、後進への指導は衰えることなく、彼の膝下から男女を問わず多くの文学者が育っていったことは特筆に値する。(池川玲子)

■刹那的な生命の充実を求めた

岩野泡鳴

Iwano Houmei

1873.1.20-1920.5.9

本名美衛《よしえ》。兵庫県出身。詩作の後、一九〇六年独自の一元論哲学の集大成『神秘的半獣主義』を著し、一九〇九年に発表した『耽溺』により自然主義作家としての地位を確立。実生活上の不如意から樺太の蟹缶詰事業に乗り出す。半年後手ひどい失敗の後帰京。愛人と絶縁、妻幸《こう》とも別居して、生活を建て直すため遠藤*（岩野）清子と同棲する。その実験的同棲は「肉が勝つか霊が勝つか」と新聞紙上などで話題になった。清子は「私の霊が岩野氏を愛する時まで肉を許さない」という恋愛・結婚観を貫く。泡鳴は清子に啓発され、従来の放縦な生活を清算して、生涯の代表作「五部作」を完成した。

青鞜における清子の活動を泡鳴は積極的に支援している。研究会、新年会等には自宅が提供され、『青鞜』に「冷酷なる愛情観と婦人問題」（三―二）を載せ、青鞜第一回講演会（二七一頁）では「男子からする要求」と題して講演も行っている。

第三の妻となる蒲原房枝*との関係により清子と別居。それは清子の訴訟、泡鳴の反訴という裁判闘争にまで発展する。マスコミは特集を組み社会問題化した。泡鳴は騒然たる世論に反撃して自説『男女の貞操問題』を刊行。そこには当時の因襲的世論に抗した、男女間の自由な関係が提言されている。

「恋愛なき結婚生活の継続は『偽善』、一夫一婦制は刹那に於いてだけの貞操形式」等々、泡鳴の恋愛と結婚は明快に分断され、恋愛が唯一幸福につながるという近代の恋愛結婚のイデオロギーの欺瞞が容赦なく暴かれている。これに対抗して清子の『愛の争闘』が出され、両著を重ね合わせると、二人の関係が相対化される。泡鳴の〈公〉の言説と清子の証言する〈私〉の言動との二重性。さらに言えば清子は女性の性的自立という問題を解決できない苦悩のゆえに、ついに性の快楽を知らずに終わったが、それに対する泡鳴の無理解、放恣な官能への渇望との相克が、まさに破局にいたる要因であったということが読みとれる。

清子と離婚後、泡鳴は一連の事件を材料として『征服被征服』を生み、泡鳴文学は復活した。泡鳴は後、古神道に深入りし雑誌『新日本主義』を発行。「日本のラスプーチン」と評判された飯野吉三郎に近づき、社会主義思想を取締る「内務省嘱托《ママ》となって」（「巣鴨日記」）活動する事が計画されていた。そうした生き方の矛盾を孕みながら、泡鳴は大腸穿孔のため四七歳で急逝した。

（小俣光子）

■「半ば同感し半ば反発する」
大杉栄
Ousugi Sakae
1885.1.17-1923.9.16

「当時大杉さんは、新しい女の運動には『半ば同感し半ば反発する』と書きましたが、実際にはもっとも真面目な同情者であり、深い関心を寄せていたようです」と、『おんな二代の記』で山川（青山）*菊栄が書いているように、大正期のアナキストとして知られる大杉栄は『青鞜』に関心を持ち、社員とも関わりの深い男性である。

大杉栄は、一八八五（明治18）年に軍人の家に生まれた。陸軍幼年学校を退校処分になった後上京、平民社に出入りするようになって社会主義に入った。

一九一三年二月一五日に開かれた青鞜社講演会（一七一頁）に出席した大杉は、『近代思想』☆一九一二年三月号に次のような感想を書いている。「所謂新しい女が、文芸の方面に、力を尽すのも悪るくはない。けれども其等の事以上にもつと実社会と接触して、此の根本原因と闘ふ覚悟を持つて欲しい」。また七月号の「新しい女」では、「謂はゆる新しい女とは、征服階級の男の玩弄品たり奢侈品たる地位から、一躍して征服階級の直接の一員たらんとする女である」と述べる。大杉は女性問題に関する文章をこの他にも『近代思想』に書いており、女性問題への関心は、堺利彦から受け継いで堀保子*との結婚後に出していた『家庭雑誌』にも見られる。

大杉が『青鞜』のなかで最も注目し期待したのが、伊藤野枝*だった。大杉は野枝の『婦人解放の悲劇』を『近代思想』一九一四年五月号で紹介し、賞賛した。大杉は野枝がいずれ自分たちの有力な同志になると期待したのである。一方、野枝も大杉らの運動に同情と共感を示し、二人の間に交流が生まれた。

大杉には事実上の妻堀保子がいたが、大杉は一九一五年末から翌年初めにかけて神近市子*、伊藤野枝とも恋愛関係に入った。大杉は三人の女性との関係を、「自由恋愛」の理論で続けようとした。大杉の「自由恋愛」の条件とは、「お互いに経済上独立すること、同棲しないで別居の生活を送ること、お互いの自由（性的すらも）を尊重すること」の三つである。多くの新聞雑誌で非難されたこの三条件はついに満たされることはなかった。葉山の日蔭茶屋事件（七九頁）後保子と関係を解消した大杉は、一九二三年九月、関東大震災の混乱のなかでともに虐殺されるまで野枝と生活した。

（河原彩）

■芸術家、らいてうの永遠の恋人

奥村博

Okumura Hiroshi　1891.10.4-1964.2.18

「はいりざまに自分に目をそそぐ女のひとりと真面に目と目が合った刹那!…彼は背筋を何か流れたと思うまに、いつか眼は燃え身うちを火が走った」(『めぐりあい』現代社、一九五六)と博はらいてう*との茅ケ崎・南湖院(一五五頁)での運命的な出会いをこう記している。一九一二年の夏のことだった。

奥村博(のち改名し博史)は、父市太郎が北海道での事業を引退し三人目の妻なみの郷里神奈川県藤沢に転居してから生れた晩年の子どもだった。幼いときから絵を描くことが好きで、絵を一生の仕事にしようと思っていた。しかし先明した父は息子を手元におきたいため許さず、一九〇九年博は家出上京して大下藤次郎の日本水彩画研究所に入った。入所して二年目に師大下が急逝し、以後油絵を独学で学び続ける。前田夕暮の『詩歌』☆に参加し短歌を作っていた博は、らいてうと出会ったのち恋の歌を『詩歌』に載せている。

画学生だった博と五歳年上のらいてうの恋愛には曲折があり、「若い燕」という流行語も生んだが、二人は愛を貫いて一九一四年一月巣鴨で共同生活を始めた。らいてうは博に、「今後、ふたりの愛の生活の上にどれほどの苦難が起こってもあなたはわたしといっしょにそれに堪えうるか」など八項目の質問状を出し、博はそれを了承し、明治民法の「家」制度に基づく結婚を否定した新しい愛の共同生活を選択した。この年、第一四回巽画会展に油絵「青いリンゴ」を出品し受賞、その後創立された二科会にも出品、三回ほど連続入選している。

博は『青鞜』*一周年記念号にあたる二巻九号の表紙絵をはじめとして、長沼智恵子、尾竹紅吉*がいなくなったあとの表紙絵を一手に引き受けて七種類も描いている。

博は画家として水彩から入り、油絵を描き、晩年はデッサンにも打ち込んだ。指環の製作は独特のもので世評も高く、国展工芸部で受賞している。若いころは初期の新劇にもかかわり、「ファウスト」「叔父ワーニャ」「青い鳥」などに出演。成城学園の教師となってからは演劇部を創設し指導。ピアノも弾き、石井漠と友人で舞踊もやり、詩や俳句も創るマルチ的才能の芸術家だった。「五分の子供と三分の女と二分の男」(「独立するに就て両親に」四―二)とらいてうが評した博は、支配欲、権力欲とは無縁の自由な魂を持つ芸術家として生き、その絵と生き方が再評価されつつある。

(折井美耶子)

■セクソロジストとして寄稿した

小倉清三郎

Ogura Seizaburou

1882.?-1941.1.14

小倉清三郎は、相対会を主宰するセクソロジストとして、『青鞜』に寄稿した男性である。掲載文は、「野枝子の動揺に現れた女性的特徴」(四－一)、「性的生活と婦人問題――研究と評論」(四－二)、「知識の樹の果」(五－一)の三本。いずれも女性の性現象における心理を論じたものであるが、一見奇妙ともいえる『青鞜』と小倉の接点は何処にあったのだろうか。

小倉清三郎は福島県郡山市内に生まれ、上京後は神田の正則国民英学会で学んだ。ここで辻潤*と同窓であった。宮崎県の中学英語教師時代にハヴロック・エリス*を読み、性的心理学の研究をめざして二六歳の時に再び上京。東大文学部哲学科の専科生となるが、この間に、自己の性についての煩悶を通じ、性欲は肉体を有する人間の必然であると理解するに至る。会員を募って相対会をつくり、自分と他者の性的心理を観察し、一九一三年一月からは会員相互の報告記録『相対』の頒布を始めている。一九一四年にはエリスの『性的特徴』を翻訳出版した。小倉のセクソロジストとしての功績は、「自慰」という言葉を造語し、「自瀆」という従来の用語の改変のみならず、それを自然の行為としたことであるとされる。

小倉と青鞜の女性たちとの交流は、辻潤*が伊藤野枝*やらいてうに、小倉をひきあわせ、野枝が『相対』創刊号を『青鞜』(三－二)で紹介したのを契機に始まった。女性の精神的自由や自立を確立するために、性の問題を模索していたらいてうや生田花世*らは、女性も性欲を持ち性を悩む者ととらえる小倉に共鳴した。らいてうらは小倉の講演会にも出席しながら、青鞜社員に読ませたいものとして小倉の文を掲載したのである。一九一四年九月には、小倉は駒込のらいてう宅を訪れ、野枝夫妻、生田花世、岩野清子*、林千歳*、上野葉子*夫妻ら数人の青鞜社員たちとの交流ももっている。

相対会は、風俗壊乱として二度起訴されたが、一九四一年に小倉が急死した後は、妻小倉ミチヨによって一九四四年まで続けられた。らいてうや富本一枝*は昭和期にも小倉との交流をもっている。『相対』は全一万頁に及び、性科学の一大ドキュメントとする見方もあるが、一方、猥褻本ともみなされてもいる。

(石崎昇子)

■「低人」と自称した「超人」

辻潤

Tsuji Jun

1884.10.4-1944.11.24

らいてう*は、青鞜時代の辻潤は「芸術的な要素と哲学的な要素とを等分にもった至って真面目な」青年で「婦人問題に関していろいろ研究」していたと記す（「青年辻潤氏」『婦人サロン』一九三二・七）。らいてうを深く信頼した辻は妻伊藤野枝*に勧めて『青鞜』に参加させ、野枝を媒体に『青鞜』と深くかかわり、同人たちと親しんだ。『青鞜』誌上の野枝の翻訳作品は辻の助力による成果である。

浅草蔵前の札差だった辻家は祖父の代に栄華を極めたが、潤の生まれた頃から家産が傾き、神田の開成尋常中学に入学したが一年で中退。正則国民英学会に学んだ後小学校教師となり家計を支えた。この間、内村鑑三の著作に親しみ、「平民新聞」を愛読、一ツ橋の自由英学舎で巖本善治や新渡戸稲造らに学び、キリスト教と社会主義思想と自由主義教育への関心を深めた。また、教師の傍ら洋書を漁り読み、佐藤政治郎編集発行の『実験教育指針』にアンデルセンやポオの作品を翻訳。一九一一（明治44）年、佐藤が教頭を勤める上野高等女学校に英語教師として招かれ、伊藤野枝と出会う。女学校では、江戸ッ子らしい磊落さと、ピアノを弾き讃美歌を英語で歌い教えるなど新鮮な授業で生徒の人気を集めたという。

野枝の文学的才能と野性的な美しさに惹《ひ》かれていた辻は、卒業後郷里から出奔して来た野枝を受け入れたため、教師としての進退を問われ辞職。僅か一年で女学校を失職した辻は野枝と同棲しロンブロゾオの『天才論』の翻訳に没頭した。野枝は『青鞜』の有力な執筆者に成長するが一九一六年大杉栄*の求愛を受けて辻の元を去った。野枝が大杉に傾倒した一因に、野枝の社会運動に対する熱情を辻が冷淡に批判したことが挙げられるが、秋山清は「辻は、短い個人の生涯において社会改革の夢を追うことが人間性の喪失につながるだろうことを思ったのである」と記す（「思想家としての辻潤」『本の手帖』一九六二・六）。

野枝が去った後、酒と放浪生活に明け暮れた辻は、自身をニーチェの「超人」に比し「低人」と自称。一九四四年アパートの一室で餓死したと伝えられるが、心酔したマックス・スティルネルの『唯一者とその所有』をはじめ特異な翻訳作品と風変わりなエッセイを多数残している。

虐殺された野枝について、辻は万感の思いを込め「彼女の本質を僕は愛していた」と書いた（「ふもれすく」『婦人公論』一九二四・二）。

（安諸靖子）

■モダンデザインの先駆者と『青鞜』

富本憲吉

Tomimoto Kenkiti

1886.6.5-1963.6.8

一九一二（明治45）年、早春の大和にボーイッシュな少女の訪問を受けた時、富本憲吉二六歳。今日知られる大陶芸家の片鱗はまだ見られない。

奈良県生駒郡安堵村の旧家に長子として誕生。東京美術学校で図案、建築、室内装飾を学んだ後にイギリスに私費留学。当時はウィリアム・モリスの工芸思想や、イスラム、インド文化の装飾感覚を身内に蓄え、木版、染色、刺繍、革細工、楽焼と工芸デザイン分野での試行錯誤をくり返す模索の時代にあった。

その少女尾竹紅吉*は、もの怖じせず青鞜社員と名乗り、木版の教授を願う。型通りの「Japanese girl」に飽き足らぬ思いを抱いていた憲吉には、新鮮な出会いであった。

この時紅吉が仕上げた「太陽と壺」の絵は、四月の『青鞜』小説号の表紙を飾る。おそらくは憲吉のアドバイスだろう、表紙絵のみならずカットの類いに至るまで壺のモチーフが使われた周到な一冊である。『青鞜』全五二冊中、これほどトータルにデザインされたものは他にない。その後も紅吉は、憲吉に助力を仰いだ。一九一三（大正2）年の『青鞜』表紙「アダムとイブ」は彼の下絵によるものと伝わっており、また、この絵の縁取りに使われた古代文字風の模様は、彼女が装丁した『火の娘』（荒木郁*、尚文堂、一九一三）にも登場している。

しかし、当時の彼女は、「新しい女」騒動の台風の目であり、憲吉にはコントロール不能な存在であった。二人の関係が恋愛へと変わるのは一九一四（大正3）年の『番紅花《サフラン》』☆時代。グラフィック面を任せられた彼は、この時から人生そのものを彼女とデザインしはじめる。

陶芸一本に絞り込んだ彼にとって、創作、マネージメント両面に及ぶ彼女の助力は大きかった。また夫婦の美意識に満ちた暮らしぶりはそれ自体が美しい作品としてもはや伝説となっている。そのような「相助け相闘」（『窯辺雑記』一九二五）う関係が、別居という形で決着したことについては様々な解釈が可能であろうが、「父が、母の適確な批評にたえられなかった」（「薊の花」）という見解が身内のものだけに印象深い。

その後、憲吉は若い女弟子との新しい生活の中で、大正期の白磁、昭和初期の色絵に続く、絢爛たる金銀彩を完成させ、七六年の人生を栄光のうちに閉じている。

（池川玲子）

■らいてうに恋した東雲堂の若主人

西村陽吉

Nishimura Youkichi　1892.4.9-1959.3.22

西村陽吉は旧姓を江原辰五郎といい、東京市本所区の商家の次男に生まれた。神田猿楽町の錦華小学校高等科三年終了後の一二歳の時、日本橋の東雲堂書店に入店。一九〇九（明治42）年、店主西村寅次郎に見込まれ養子となった。陽吉の名*はらいてうとの出会いから生まれたペンネームで「太陽それ自身であることは異国の港に隠《かく》されてゐる稀《まれ》な宝石のやうなものでした」が「私は今太陽と同じ路を歩まうとして居ります」と書いている（「らいてう様」『朱欒《ザンボア》』一九一三・五）

一七歳で書店経営に参画し文学関係図書の出版を任された陽吉は文学趣味の手腕を発揮、若山牧水、石川啄木、北原白秋、斎藤茂吉などの歌集を相次いで出版し、同時に『創作』☆『朱欒《ザンボア》』、『黒耀』、『生活と芸術』『番紅花』など文学史に残る文芸雑誌の創刊を手がけた。文学図書以外にも、石川三四郎、堺利彦、大杉栄*らの社会主義関係図書を出版し、その思想に傾倒した。また牧水に刺激され短歌を始めた陽吉は大正、昭和期の口語短歌運動のリーダーとして活躍、『都市居住者』など六冊の歌集がある。

出版人として『青鞜』に注目した陽吉は、尾竹紅吉*を通してらいてうに面会、『青鞜』の発行経営を申し出た。一周年を迎えた二巻九号から三巻一〇号まで一四冊が東雲堂から発行、発売された。陽吉と『青鞜』とのかかわりは、一年ほどであるが、この間『青鞜』の部数は二〇〇〇部から三〇〇〇部と急激に伸び、陽吉はらいてうや小林哥津*との恋愛を喧伝された。東雲堂書店からは青鞜叢書も計画され『青鞜小説集第一』☆や岡本かの子*の歌集、らいてうの『円窓より』などが出版されたが、突然二巻一一号の「編集室より」で「本月から青鞜社と東雲堂とは関係のないことになりました」と報告される。この間の事情についてらいてう自伝（『元始』）には、東雲堂との編集費値上交渉が決裂したためと記されている。しかし、当初から岩野清子*の夫泡鳴*の『放浪』の版権をめぐるトラブルが東雲堂との間に発生しており、『青鞜』の経営に意欲的だった保持研*や荒木郁子*らの反撥もあったようである。その上に奥村博*の再来により、らいてうとの恋愛が破綻したことなどが重なり、編集費値上要求を受けたのを機に陽吉が『青鞜』との関係を断ったと思われる。

・年上の君に恋する心をば天地の非理と却《しりぞ》くべきか

「幼かりし恋」と題した陽吉の歌である。

（安諸靖子）

■『青鞜』に女性解放を示唆

馬場孤蝶

Baba Kochyou

1869.11.8-1940.6.22

一九〇七（明治40）年六月に成美女学校のなかに、*生田長江のきもいりで☆閨秀文学会がつくられ、*平塚らいてうや、*青山菊栄ら十数人が参加した。講師には*与謝野晶子や馬場孤蝶も加わっていた。らいてうは「この会から女性の作家を出したいという希望を生田先生はもっていた」と語っている。四年後に『青鞜』の創刊となった。

孤蝶が『青鞜』にかかわったのは、一九一三年二月一五日に開かれた青鞜社講演会（二七一頁）で講師をつとめ、三月号の『青鞜』の付録に孤蝶の話した「婦人のために」が掲載されたことによる。孤蝶は、「今日では男も女に対する要求が多くなり、女子教育も考え直されようとしている。女性は家や夫や子どものために奉仕するだけでなく、女性自身の権利と幸福をかちとり、離婚も再婚もまた避妊もやむをえない。女性の幸福を追求するには政治的に目覚めることが必要であり、働く女子の組織も必要である。女性の解放を男性も考えるべきであり、これは危険思想ではない。欧米ではすでに一般化されようとしている」と語った。当時では新しい考え方である。

二年後の衆議院議員選挙に孤蝶は、長江、*森田草平の主宰する『反響』の人たちの推薦で立候補した。スローガンのなかに制限つきとはいえ、女子参政権の獲得を入れている。資金集めに「孤蝶馬場勝弥氏立候補後援現代文集」が計画され、わずか一か月のあいだに八一名の寄稿があった。夏目漱石の「私の個人主義」が巻頭に載り、らいてう、*伊藤野枝も加わっている。文壇をあげての応援だったが、落選した。

孤蝶は一八六九（明治2）年に生まれ（本名勝弥）、父は土佐藩士、九歳のときに父母と姪の四人が姉の婚家を頼って上京した。自由民権運動家の馬場辰猪は兄である。孤蝶は八八年に明治学院に入学、島崎藤村と同級でやがて『文学界』に詩や小説を発表する。晩年の樋口一葉に好意をもち、没後には一葉全集の編集を行い、樋口家の遺族の世話をした。

中学の英語教師から日本銀行文書課に永らく勤め、一九〇六年から慶應義塾大学の教師として三〇年の定年まで勤めた。

文学者としてさまざまな創作活動をおこない、トルストイの『戦争と平和』の最初の翻訳をし、海外文芸の紹介をした。社会主義者に接し、自由主義者として講演や演説をおこなった。座談がうまく、世話をいとわず、文壇の人びとの尊敬をうけた。一九四〇年に死去（享年七〇歳）。

（吉岡真美）

■『煤煙』の作者

森田草平

Morita Souhei

1881.3.21-1949.12.14

一九〇八（明治41）年春、新聞社は一斉に、高級官僚令嬢平*塚明《はる》（らいてう）と、帝大出の文士森田草平の出奔を書き立てた。世に言う「塩原事件☆（煤煙事件）」である。

草平は本名を米松という。岐阜市鷺山の庄屋の長男に生まれ、一高時代から『明星』に寄稿を始めた。帝大時代に漱石に師事。卒業後、英語教師の傍ら親友生田長江*とともに閨秀☆文学会の講師をつとめた。しかし一見順風の文学修行の内実は、妻子がありながらの下宿の娘との関係、実家の没落、試験日を失念しての失職、と完全に行き詰まっていた。

雪の塩原から生還した草平は、漱石の庇護のもと事件の小説化に取りかかる。明が閨秀文学会（のちの金葉会）の回覧雑誌に書いた作品、それが発端となった二人の奇妙な交渉を描いた「煤煙」は、一九〇九（明治42）年一月から五月にかけて『東京朝日新聞』に連載され、彼は一躍文壇の寵児となった。

しかし、作中で「朋子」の名を与えられた明その人は、漱石たちの〝結婚による収拾〟案を一蹴したのみならず、草平腐心の「煤煙」をも全面否定する。作者は自分の行為の核にある「禅」を理解していないというのが理由であった。晩年の草平は、師匠の「草枕」や「三四郎」（ヒロイン美禰子は明がモデルといわれる）を越える女性像を造型すべくはやっていた当時を振り返り、「何を措いても彼女を禅学から切離そう」（『続夏目漱石』甲鳥書房、一九四三）としたと語っている。

「これ以上は一切書かない」との約束を破り、草平が事件後の二人を中心に据えた「自叙伝」の連載を開始するのが一九一一（明治44）年四月。平塚家側は、長江を代理に中止を要請するが、これはまた彼の主導で『青鞜』計画が進んでいた時期にあたり、一連の騒ぎが、もともとは雑誌作りに消極的だった明に何ほどか影響した可能性も捨てきれない。

一九一四（大正3）年の、「炮烙の刑」（田村俊子『中央公論』四月）を巡っての草平と明の論争は、事件からの六年間で両者が鍛えてきた思想を競ったものとして興味深いが、最後には泥試合の様相を呈した。翌年には、明が「煤煙」を女の側から書いた「峠」（『時事新報』一九一五）に取りかかるが悪阻のせいもあり未完となっている。

その後の人生は没交渉に打ち過ぎた。草平は戦後の一九四九年肝臓癌のために死亡。絶筆『細川ガラシヤ夫人』（山川書店、一九五〇）には「朋子」の面影があるとする評者もある。（池川玲子）

■山田語学塾を主宰した
山田嘉吉
Yamada Kakichi
1865.12.10-1934.7.21

「堂々たる体軀の、日本人には珍しい深刻な感じの風貌ですが、実によく話す人で」「それは結局、夫人――この山田わかという女性をよろしく頼むということなのでした」（『元始』）と、平塚らいてう*に第一印象を与えた山田嘉吉は、海外の女性解放思想や運動団体などの紹介を通じて、青鞜の女性たちに大きな影響を与えた男性である。

嘉吉・わか夫妻が『青鞜』との交流を始めた一九一三（大正2）年当時、嘉吉は東京の四谷区で英独仏語の語学塾を主宰していた。山田語学塾へはこれ以降、らいてうや伊藤野枝*を始め生田花世*、斎賀琴*、岡田ゆき*、遠藤（岩野）清子*、吉屋信子*といった青鞜ゆかりの女性たちが通い、エレン・ケイやレスター・ウォード、エマ・ゴールドマン*などを原書で読みながら自己の思想を錬磨した。また、嘉吉が『女王』☆に書いた「母性保護同盟に就いて」（一九一六）は、いわゆる母性保護論争を巻き起こす源となり、ジェーン・アダムス著『ハルハウスの二〇年』の紹介は、らいてうが新婦人協会☆を創立する動機ともなったといわれる。山田語学塾は、大正期の女性解放思想形成の苗床であった。

山田嘉吉は、一八六五年に神奈川県中郡の高部屋村に生まれたが、一八八三年ころ渡米。一九〇六年六月に帰国するまで、在米及び在ヨーロッパの二〇余年を、さまざまな労働に従事しながら語学の収得に努めた。一九〇五年ころには、嘉吉はサンフランシスコで語学塾を開いていたが、ここに通ってくる浅葉わかのなかに、包容力のある性格と優れた資質を見抜いて愛し、結婚した。

帰国後、嘉吉は、これからの社会問題は婦人問題であると考えたが、日本語の叙述が充分でなかったため、妻わかを世間に出すことに努めた。山田わか訳で世に出た書は、嘉吉により翻訳され、わかが平易な日本語で表現しており、山田夫妻は、「合作の人生」だったと世人には評された。

一九二七年に脳溢血で倒れた後、一九三四年六月には市川房枝ら多数の女性運動家から古稀の祝いを受けたが、わかには母性保護こそ使命と言い残して翌七月に亡くなった。香典五〇〇円は母性保護連盟（委員長山田わか）に寄付され、その活動の基金となった。

（石崎昇子）

■ヨーロッパ近代劇の父

イプセン

Henrik Johan Ibsen　1828.3.20-1906.5.23

ノルウェーの劇作家。薬局の見習いをしながら戯曲を書く。その後、ベルゲンの劇場の座付き作家となり、自作上演の機会を得る。ノルウェー民話にもとづいた喜劇『ペール・ギュント』（一八六七）が好評を博した。さらに、社会劇と呼ばれる『人形の家』（一八七九）、『幽霊』（一八八一）、『民衆の敵』（一八八二）など、社会問題を鋭く追求する作品を発表。これらの戯曲はたびたび上演を拒否されたが、欧米諸国で評価される。その後、『野鴨』（一八八四）、『ヘッダ・ガブラー』（一八九〇）など、性格描写のすぐれた作品を書く。

一八八九年、イプセンの名前は森鷗外によって最初に日本に伝えられ、一八九二年、坪内逍遥の短文「ヘンリック・イブセン」によって人物が紹介される。最初の翻訳は、一八九三年、高安月郊が『社会の敵』と『人形の家』の一部を翻訳。一九〇一年に、完訳『イブセン作社会劇』出版。高山樗牛《ちょぎゅう》、田山花袋、島崎藤村、夏目漱石など多くの文学者がイプセンを読む。一九〇六年にイプセンが没すると、イプセン紹介、作品翻訳が盛んになる。柳田国男、岩野泡鳴*らが「イブセン会」結成。一九〇九年、小山内薫と二世市川左団次の自由劇場が一八九六年の作品『ジョン・ガブリエル・ボルクマン』（森鷗外訳）を上演。イプセンは日本の社会全般に影響を与えた劇作家でもあり、思想家でもあった。らいてう*も女子大時代に『丁酉倫理会雑誌』で桑木厳翼の「イプセンのノラに就きて」に感動し、『人形の家』（高安月郊訳）を読んでいた。

初期の『青鞜』はイプセン劇に強い関心を示している。メレジコウスキーの「ヘッダ・ガブラー論」（一―一）、「ヘッダ、ガブラア合評」（一―二）、「附録ノラ」（二―一）、「幽霊を論ず」（二―三）、「ゴーストを読む」（同）と続く。『人形の家』は一九一一年九月、坪内逍遥の文芸協会☆によって早稲田の研究所で上演、さらに一一月には帝国劇場で再演された。この公演は、ノラ役の松井須磨子*の評判も加わり、社会的な話題になった。『青鞜』も「附録ノラ」として特集を企画し、ショーなどの評論を掲載し、社員が批評及び感想を書いている。らいてうはノラの覚醒が本物かどうかを危ぶみ、批判している。そのほか、上野葉子*、加藤みどり*、上田君*、保持研*も合評に参加したが、それぞれの体験を背景にしながら論じ、興味深い内容である。『青鞜』がイプセン劇を続けて論じたことによって、青鞜社員は「和製ノラ集団」と呼ばれるようになる。（山本博子）

■「女性中心説」を唱えた社会学者

ウォード 1841.?-1913.?

Lester Frank Ward

レスター・ウォードはアメリカ社会学の創始者と言われ、アメリカ社会学会の初代会長を務めた人である。ダーウィンの進化論を社会に応用した社会進化論者の代表とも言われている。ウォードの『動的社会学《ダイナミック・ソシオロジー》』（一八八三）は、イギリスの哲学者・社会学者のハーバート・スペンサーの『社会静力学《ソーシャル・スタティクス》』（一八五一）に反論した一四〇〇ページに及ぶ大作である。ウォードは自由放任主義的な政策に強く反対し、人類の進歩の本来的手段は教育であると主張している。

*らいてうの自伝によれば、婦人問題の解決には社会学の知識が必要であると*山田嘉吉に強くすすめられて、ウォードを読むことになったという（『元始』）。らいてうと*山田わかは嘉吉のもとでウォードの『純正社会学《ピュア・ソシオロジー》』（一九〇三）と『動的社会学』を勉強し、その成果は、翻訳として『青鞜』に発表された。

山田わかは『動的社会学』のなかから三編を翻訳している。「女子の教育に就いて」（五―三）は、女性をただ種族を続ける道具と見なすのは俗悪な考えであり、男性と同等に女性を教育する目的は文明に貢献させるためであるという内容である。続いてわかは「婦人問題に対する科学の態度」（五―四）、「女性の直覚（改革家としての婦人）」（五―五）を発表した。一九二四年に『純正社会学』（石川功訳、新潮社）が翻訳出版されると、わかは出版の意義を『婦人と新社会』（一九二五・三）に書いた。ウォードの社会学はスペンサーの放任主義を倒す武器であり、ウォードは人為の価値を自然の方法の上に置いたという。また「純正とは事実を有りのままに完全に知ることである」というウォードの言葉を紹介している。

らいてうは『純正社会学』のなかの「女性中心説」に興味を持ち、「母の愛」（五―一〇）を翻訳した。この時期にウォードを勉強したことはらいてうに大きな影響を与え、母性保護論争の前駆的論文となった「母性の主張について」（『文章世界』一九一六・五）では「女性は種族そのもの」「女性は系統樹の不変な幹」というウォードの説を紹介している。なお堺利彦は一九一六年に『女性中心説』を牧民社から翻訳出版していて、堺は序文で従来の男性中心主義は女性中心主義のために崩壊に帰すべきであると書いている。

（飯村しのぶ）

■性の哲人

エリス

Henry Havelock Ellis　1859.2.2-1939.7.8

エリスは近代性心理学を確立した人で、「性の哲人《セックス・セイジ》」と呼ばれた。生物学、医学、哲学、社会学、人類学、文学などの深い知識を背景に性の科学的な研究に一生を捧げたが、終生アカデミックな地位には就かなかった。エリスの自伝『私の《マイ・》一生《ライフ》』は、彼の死後の一九四〇年に出版された。

エリスは一八五九年にロンドン近郊クロイドンで生まれ、船長だった父とともにオーストラリアや南アメリカを旅した後、ロンドンのセント・トーマス病院で医学を修めた。その間に科学や哲学、社会学、人類学、文学の知識を深め、雑誌に文学批評などを書いていた。

『性の心理の諸研究《スタディーズ・イン・ザ・サイコロジー・オブ・セックス》』(一八九六〜一九二八)の第一巻『性的倒錯《セクシャル・インヴァージョン》』(一八九六)は、ヴィクトリア朝のイギリスでは猥褻《わいせつ》文学と見なされ、すぐに発売禁止となった。その後シリーズはドイツとアメリカで刊行された。エリスが性的倒錯に興味を抱いたのは、エリスの妻エディスが同性愛者であったことや、友人に女性の同性愛者グループがいたことが影響しているという。当時のイギリスでは同性愛者に対して厳しい刑罰が科せられた。エリスは性的倒錯の問題を解明し、議論する必要があると考え、歴史上のさまざまな文献や事例を集めて考察した。その結果、エリスは同性愛的傾向は本能的なものであり、人生の早い時期に表れると考えた。

『性の心理の諸研究』でのエリスの功績としては、女性には性欲がないというヴィクトリア朝社会の信念を突き崩す役割を果たしたことがあげられる。

自分自身の経験から「同性恋愛」に興味をもつようになった*らいてうは、相対会の主宰者である*小倉清三郎に適当な書物を教えてくれるようにと頼んだ。小倉が教えてくれたいくつかの書名のなかにエリスの『性的倒錯』があり、その翻訳を坂本*(高田)真琴が快諾し、野母というペンネームで「女性間の同性恋愛」として発表した(『青鞜』四−四)。そのなかでエリスは、男女の恋愛が社会的に抑圧されているので、結婚は衰え、女性は同性に対してますます親密になっていく、さらに女権運動の高まりが間接的に性倒錯を引き起こしている、と説いている。

(飯村しのぶ)

■らいてうの思想的基盤となった
ケイ
Ellen Key 1849.12.11-1926.4.25

エレン・ケイほど、大正期の日本における女性解放の思想や運動に大きな影響を与えた外国人思想家はいないであろう。ケイはスウェーデン生まれであるが、その思想は本国よりも、後発資本主義国であるドイツと日本において大きな影響をもったといわれている。

ケイの『恋愛と結婚』の紹介は、一九一〇年代初めに文化主義の哲学者や新理想主義の文学者たちによって始まった。一九一二年に入って婦人問題をこれからの研究課題にしようと思った平塚らいてう*は、これらを読んで興味を持ち、翻訳の連載を一九一三年一月号の『青鞜』で開始する。そして、ケイの思想を自分自身の恋愛と結婚における指針とすると同時に、女性解放の思想的基盤にしていった。また、山田わか*がケイの最初の著作『児童の世紀』（一九〇〇）の翻訳を『青鞜』誌上で試み、ケイは、わかの思想にも大きな影響を与えた。一九二二年の大ベストセラー厨川白村《くりやがわはくそん》の『近代の恋愛観』は、ケイの恋愛論を根底においたものである。ケイの思想は何故これほどまでに受け入れられていったのであろうか。

産業革命を終え女子労働者の増加していたスウェーデンでは、一九世紀末にはすでに参政権要求を中心とする女性解放運動があったが、これに対して、ケイは母性の保護と子どもの権利を訴えて世に出た。つづく『生命線』（のち『恋愛と結婚』一九〇三）で、キリスト教の旧道徳を批判し、恋愛の自由と母性の尊重を主張する女性論を鮮明にした。ケイの言う恋愛の自由とは、肉体と精神とが融合され生殖欲を伴った恋愛の賛美であり、性愛と結婚＝人生との一致である。母性の尊重とは、女性の独自の領域を母性に認め、進化主義の立場から社会による母性の保護すなわち養育のための社会給与の必要を唱えるものであった。一九一八年のいわゆる母性保護論争☆では、らいてうと山田わかはケイの母性尊重論に拠りながら、自己の思想を主張している。

日本においてケイに関心がもたれた理由は、何よりも大正デモクラシーという時代にあった。この時代は明治民法による女性への因習的抑圧や、産業革命により増加する女子労働者の労働状況の悪化に対し、思想や実践上の対抗が開始される時であった。恋愛の自由や母性尊重論は、こうした現実への対抗的提案として受容されたのである。

（石崎昇子）

■不屈のアナーキスト
ゴールドマン
Emma Goldman　1869.6.27-1940.5.14

*伊藤野枝の自伝的小説『乞食の名誉』（聚英閣、一九二〇）には、主人公とし子がエマ・ゴールドマンの伝記を読み、「屈する事を知らぬ強い精神、その困難に出遇う程燃えさかる真実に対する愛の情熱」に心引かれる事情が描かれている。「乞食の名誉を以て死ぬかもしれない」伝道に生きる姿は現実に押し潰されそうな主人公の心の支えとなる。

『青鞜』には、伊藤野枝訳（実際は*辻潤訳）「婦人解放の悲劇」（三―九）、「少数と多数」（三―一二）が紹介されている。野枝は「『婦人解放の悲劇』に就て」（四―三）を掲載すると同時に、『婦人解放の悲劇』（東雲堂、一九一四）を出版した。これには「*エレン・ケイ小伝」（*らいてう訳）、エレン・ケイ「恋愛と道徳」（野枝訳）とともに、「婦人解放の悲劇」、「結婚と恋愛」、「少数と多数」、ハヴェル著「エンマ・ゴールドマン小伝」の翻訳を収めている。

エマ・ゴールドマンは「婦人解放の悲劇」において、真の婦人解放運動の目的と実際の運動との隔たりを指摘する。そして、経済的自立や選挙権などは外的解放であって、女性が本当に自由になりたいなら、自分の内部の偏見、伝統、習慣を切り離すことから始めなければならないと主張した。

エマ・ゴールドマンはロシアのリトアニアで、ユダヤ人の両親のもとに生まれる。一八八七年、一七歳のとき、姉を頼って渡米し、ロチェスターの縫製工場で働く。アメリカでは、シカゴのヘイマーケット事件（一八八六）など、ストライキを行う労働者と警官の衝突が頻繁に起こっていた。一八八九年、ニューヨークに移り、アナーキストのアレキサンダー・バークマンと親密になる。後に決別するが、アナーキストのヨハン・モストの影響を受ける。恐慌のためストライキが続発し、エマは各地で資本家糾弾の演説をする。一九〇一年、マッキンレー大統領暗殺示唆の罪で逮捕されるが、証拠はなく釈放。以後、「赤いエマ」として恐れられる。

一九〇六年、バークマンと『大地』を創刊。一九一七年、アメリカの第一次世界大戦参戦と同時に、反戦運動を始める。一九一九年に国外追放。ロシアに送還されたが、ロシア革命に幻滅。以後、数カ国を遊説しながら転々とした。一九三六年のスペイン内乱で、アナーキストの運動を援助。自叙伝『わが生涯を生きる』（一九三一）はベストセラーとなった。一九一三年八月に短期間、来日している。

（山本博子）

■「女性運動のバイブル」の作者

シュライナー

Olive Emilie Albertina Schreiner　1855.3.24-1920.12.10

オリーヴ・シュライナーは南アフリカ、ケープ植民領の厳格な宣教師の家庭に生まれる。住み込み家庭教師をしながら小説を書く。医学を学ぶことを希望したが、女性は認められず看護科に入学。病気のため中退。イギリスで出版した『アフリカ農場物語』（一八八三）が版を重ね、経済的に安定する。社会主義者エレノア・マルクス、数学者、優生学者カール・ピアソン、性科学者ハヴロック・*エリスと親しく交際し、思想的影響を受ける。南アフリカの農場経営者サミュエル・クロンライトと結婚。小説のほかに、女性の覚醒を促す短編を寓話や夢物語の形式で著し、政治問題を論じた著作も出版。『女性と労働』（一九一一）では、女性は寄生生活から離脱し、労働により能力が発揮されると主張し、女性運動のバイブルと評価される。南アフリカとイギリスにおいて平和運動、女性参政権運動、南アフリカの人種隔離政策反対などの政治的活動もした。

作品の翻訳は徳富蘇峰主宰『家庭雑誌』が一八九三年に『夢の世界、現実の世界』（一八九三）から、「白薔薇」（書湖仙史訳）、一八九七年に「女流記者」（金子春夢訳）を掲載。また、一九〇六年に堺利彦主宰『家庭雑誌』に、『夢』（一八九〇）から「『いのち』のたまもの」（金子喜一訳）が訳載されている。女性解放論者としてのオリーヴ・シュライナーを本格的に紹介したのは高野重三による『女性と労働』（邦題『婦人と労働』）の抄訳である（一九一三―一四年『新真婦人』に連載。一九一四年『婦人問題早わかり』警醒社、所収）。一九一七年に完訳『婦人と寄生』（*神近市子訳、三育社）が出版される。*大杉栄の紹介により、*山田わか訳「三つの夢」（『夢』のなかの一編）が『青鞜』（三―一一）に掲載される。*らいてうは、当時ほとんど知られていなかったオリーヴ・シュライナーの原稿が思いがけず手に入り喜ぶとともに、「婦人解放の問題を童話風にやさしく、面白く書いたもの」（『元始』）と称賛した。山田わかは「生の神の賜」（三―一二）、「歓喜の失踪」（四―六）、「芸術家の秘密」（四―七）、「猟人」（四―九、四―一〇）、「荒れた礼拝堂」（五―一）、「野蜂の夢――野蜂の夢、遥か彼方の世界で、立って居たと思うた、快楽の園」（五―二）と『夢』の翻訳を続ける。後に、『若き愛と智の自覚』（日本社、一九二〇）として出版。☆「母性保護論争」では*与謝野晶子がオリーヴ・シュライナーの思想に共鳴し、論争を展開した。（山本博子）

■フェビアン協会の劇作家

ショー

George Bernard Shaw 1856.7.26-1950.11.2

一九一三年に、村田実一座が有楽座で、バーナード・ショーの『ウォーレン夫人の職業』(一八九三)を上演した。生きるために売春を「職業」として選んだ母親、ウォーレン夫人。その母親の収入で大学教育を受けながら、母親の生活を軽蔑し、職業婦人として自立する「新しい女」、ヴィヴィー。「売春婦」の描写はイギリス人の名誉を傷つけるという理由で、一九二四年までイギリス国内では上演が禁止され、社会的に大きな波紋を投げかけた戯曲である。

『青鞜*』(四－一)では、らいてう*、伊藤野枝*、西崎*(生田)花世、岩野清子が合評している。らいてうは村田実一座の公演に失望し、坪内逍遥訳の脚本(早稲田大学出版部、一九一三)を読んで批評している。らいてうの批評はヴィヴィーの選ぶ職業婦人にたいする感情的批判のほうが目立っているが、ウォーレン夫人にたいして同情している。岩野清子は、この「職業」には善悪を云々することができないという。伊藤野枝は、この職業を「賤賤劣」と非難する女性は上中流婦人であって、世間の無自覚な妻は「賤業婦」と同じだと、公娼廃止運動の欺瞞性批判にまで発展させる。野枝は青年学芸社の、エッセンスシリーズ『ウォーレン夫人の職業』(一九一四)の序文として、五頁の紹介文を書いている。

また、『青鞜』(三－一一)には文芸協会第四回公演用脚本『二十世紀』(原題『わからぬもんですよ』一八九九)の梗概が松居松葉によって訳載されている。

ショーはアイルランド生まれ。一九歳のときイギリスに移住。小説家、社会主義運動家、劇作家として多彩な活動をした。イギリスではシェイクスピア以降、最大の劇作家といわれている。貧困のため高等教育は受けず、独学。一八八四年、シドニー・ウエッブと平和的手段による漸進的社会主義団体、フェビアン協会を創設し、二七年間執行委員をつとめる。

一八八九年に『人形の家』の舞台を見て、イプセン*に関心を抱き、『イプセン主義神髄』(一八九一)を書く。『青鞜』(二－一)の「附録ノラ」にはショーの評論「人形の家」が掲載されている。『やもめの家』(一八九二)を書き上げ、劇作家として出発。社会的因習を批判する問題劇を次々に発表。作品は『武器と人』『人と超人』『聖女ジョーン』『ピグマリオン』(『マイ・フェア・レディ』の原作)など、五〇作を越す。一九二五年、ノーベル文学賞受賞。

(山本博子)

■ドイツ自然主義演劇の旗手

ズーダーマン

Hermann Sudermann 1857.9.30-1928.11.21

一九一二年五月、ヘルマン・ズーダーマンの島村抱月訳『故郷』(金尾文淵堂、一九一二)が松井須磨子主演で文芸協会によって上演される。マグダは父親の決めた縁談を拒否したため、家を追われる。芸術家として成功し、帰郷するが「私生児」を連れていた。マグダは譲歩し、父親と妥協しようと思うが、再び衝突する。口論ののち、父親が急死し、結果的にはマグダが親を死に急がせたことになる。内務省はこの戯曲の結末が教育勅語の思想に反するという理由で上演禁止とした。しかし、島村抱月は最後の場面のマグダの台詞を「私が悪かったのです。あなたのお指図に従いましょう」と変更し、上演可能になった。島村抱月のこの変更は原作にたいする冒瀆だという批判もあった。

『青鞜』(二-六)は「附録マグダ」として、その問題劇について論評する。らいてうは、マグダは「所謂《いわゆる》新しい女かもしれぬが、真に新しい人ではない」といい、マグダには自己の思想に徹しようとする峻烈さが欠けていると厳しい批評を下す。長沼智恵子も、ここに見る「新旧思想の衝突」はどこにでもあり、問題劇などではないと評している。長谷川時雨、尾竹紅吉、木内錠も簡単な感想を掲載している。これらの論評はいずれもノラの生き方とマグダのそれを比較し、考えているが、「マグダ」にはそれほど訴えるものがなかったようだ。だが、『青鞜』がノラにつづいてマグダを論じたことにより、青鞜社員は「新しい女」、「目覚めた女」の印象を強めることになる。

ヘルマン・ズーダーマンは東プロイセン出身の劇作家、小説家。当時は自然主義作家として、ゲーアハルト・ハウプトマン(一八六二-一九四六)とともに脚光を浴びた。小説では、故郷の農民生活を描いた『憂愁夫人』(一八八七)と、映画化された『猫橋』(一八八九)が代表作。戯曲では『栄誉』(一八八九)がベルリンで上演され、成功をおさめる。『故郷』(一八九三)は『マグダ』の題名で映画化され、世界的に知られるようになった。

日本では、『花束』(森鷗外訳、一九〇六)、『栄誉』(蘇武緑郎訳、一九一四)、『消えぬ過去』(生田長江訳、一九一七)など、ほとんどの作品が翻訳されている。『故郷』には数種類の翻訳があり、一九一四年には橋田東声による解題、紹介とともに青年学芸社から出版されている。当時の人気のほどが推測される。

(山本博子)

■社会変革の理論家として闘う

ニアリング

Scott Nearing

1883.8.?-1983.8.24

『青鞜』六巻に、*斎賀琴がスコット・ニアリングの論文、「婦人と社会の進歩――個人としての婦人」（六―一）、「生物学より見たる婦人の能力」（六―二）を訳出している。この二論文は『女性と社会進歩――アメリカ女性の生物学的、家庭的、産業的、社会的可能性』（一九一二）の第一部「女性の本質的可能性」、第一、二章である。原著は二七〇ページ以上あり、このあとに、第二部「アメリカ女性への環境による影響」、第三部「アメリカ女性の可能性」、第四部「女性と未来」と続く。

この号を最後に『青鞜』は休刊となり、スコット・ニアリングの論文掲載も中断する。原著者についての紹介は『青鞜』にも、*らいてうの自伝（『元始』）にもない。*斎賀琴は山田嘉吉の読書会で、スコット・ニアリングについて教えられたのだろう。

スコット・ニアリングはアメリカ、ペンシルヴァニア生まれ。母校のペンシルヴァニア大学で経済学を教えた。児童労働、賃金、生活水準に関する著書を出版。急進思想のため、大学を追放される。社会党に入党し、「平和と民主主義のための人民会議」議長となる。共産党入党。第一次大戦から大恐慌まで、戦争反対、帝国主義反対の論客として活躍。意見の相違のため共産党を離れ、文筆活動の機会を奪われる。ヴアーモント州で、妻ヘレンとともにメイプルシュガー（砂糖カエデ）園を経営。メイン州に移り、自給自足の生活をしながら、「社会科学協会」を設立し、『帝国の悲劇』（一九四五）、『戦争か平和か』（一九四六）などを出版。

日本には、戦前はアメリカ左翼主義者の第一人者として紹介され、『アメリカ帝国』（一九二一）、『ドル外交』（一九二五）、『ブラック・アメリカ』（一九二九）、『帝国主義のたそがれ』（一九三〇）などが翻訳され、広く読まれていた。戦後は名前を知る人も少なくなったが、月刊誌『世界』（岩波書店）には、アジア旅行の報告が「『許されざる』中国旅行」（一九五七・七）、「新世界と旧世界」（一九五八・一）として載っている。『今日のアメリカ』（一九五五年刊、一九五六年雪山慶正訳）の「訳者あとがき」にスコット・ニアリングの経歴、著書が詳しく紹介されている。一九五六、七年に、ヨーロッパとアジアの国々を訪問。一九五六年、七一年の二回来日。一〇〇年の生涯に一〇〇冊ちかい著書、冊子を残している。

（山本博子）

III 『青鞜』関係資料

用語解説

あ

『新しき女の裏面』

この本は一九一三（大正2）年六月に白頭巾樋口麗陽によって書かれ、東京市浅草区福井町一－一池村松陽堂・東京市浅草区下平右衛門町九岡村盛花堂より発行された定価五五銭の小冊子である。『青鞜』が創刊され、吉原登楼事件、五色の酒事件のあった後、らいてうが『中央公論』（一九一三・一）に「自分は新しい女である。云々」と書いたのに対して出したらしい。一、所謂《いわゆる》新しき女、醒めたる女とは何ぞや／二、新しい女の頭目平塚明子の箆棒《べらぼう》なる吠声／三、新吉原遊興の張本人、銘酒屋覗きの先覚者尾竹紅吉の気炎と二九章まで続き「所謂新しき女なるものは、肉に餓《かつ》へたる色情狂也。不健全なる西洋文学に中毒したる女なり。云々」と結んでいる。

か

『近代思想』

「大逆事件」後の「冬の時代」にあって、時機は待つより作り出すものとの考えから、一九一二（大正元）年一〇月に大杉栄と荒畑寒村が創刊した雑誌。文芸、哲学、思想についての抽象的、啓蒙的内容で、多くの社会主義者、評論家が寄稿した。思想文芸の社会化、社会主義の啓蒙に影響力を持ち、その後の社会主義運動再建のきっかけとなった。しかしそれにあきたらない大杉と荒畑は、一九一四年九月に『近代思想』を廃刊し、一〇月に労働者に向けて月刊『平民新聞』を出した。これはほとんど毎号が発禁となり、翌年三月に六号で終わった。その後一〇月に『近代思想』を復活したが、続く発禁や大杉の恋愛問題で一九一六年一月をもって終刊した。

閨秀文学会

一九〇七（明治40）年六月から八月頃まで、東京の九段中坂下にあったユニヴァーサリスト教会で開かれた文学講習会の名称。聴講生にらいてうや岡本かの子、青山（山川）菊栄や林千歳などがいたことから『青鞜』の起点をこの会に連想する人もある。会の中心となったのは教会付属の成美英語女学校教師だった生田長江と森田草平。雑誌『明星』に掲載された生徒募集広告には、会の目的として女流作家の養成を挙げ、講師には成美英語女学校校長で文学にも造詣が深かった牧師赤司繁太郎や与謝野晶子他『明星』派の人々など一〇余名が名を連ねている。金尾文淵堂から「閨秀文学会講義録」の発行が予告されたが頓挫した。この間の詳細は不明だが、講師の一人馬場孤蝶によれば、講義録の発行中止で会を続ける興味を失った草平が解散を言い出したという。夏以降、孤蝶は会員たちのために自宅で外国文学を講じた。長江と草平は成美英語女学校の生徒だったらいてうたちと「金葉会」と称する文学サークルを結成。一二月にはらいてうらが回覧雑誌を発行したが翌一九〇八（明治41）年の「塩原事件」によって「金葉会」も解散。らいてうはこの回覧雑誌が順調に育っていたら『青鞜』のような女流文芸誌に成長したかもしれないと自伝に記している。

＊芸術座 → 文芸協会

さ

『番紅花《サフラン》』

一九一四年三月から八月まで月刊。発行東雲堂書店。発行人西村陽吉（江原辰五郎）。同人は尾竹紅吉（一枝）を中心とし、神近市子、小笠原貞、小林哥津、原信子、松井須磨子等である。一九一二年一一月青鞜社を退社した紅吉が、『青鞜』への対抗心から「自分達の成長の為に雑誌を作ろう」と文芸雑誌を創刊した。富本憲吉の表紙絵で飾られた雑誌には、紅吉の詩、感想の他、原や小山内薫の演劇論、青山（山川）菊栄の翻訳、岡田八千代、与謝野晶子、さらに森鷗外が、エッセイ「サフラン」またＯＰＱの署名で「海外通信」を寄稿する。芸術的な文芸雑誌であるが、一方で社会における女性の反発といった小説を神近が「序の幕」、松井が「最近の不幸」を書いている。

＊賛助員 → 青鞜社のシステム

『詩歌』（第一期）

一九一一（明治44）年四月、前田夕暮により、白日《はくじつ》社の機関誌として創刊された。一九一八（大正7）年一〇月まで通巻九二号。会則に「専ら新しき詩歌の研究に努力す」とあり、短歌だけでなく詩作品も多く掲載し、総合文芸誌的な特色があった。萩原朔太郎、山村暮鳥、室生犀星、百田宗治、高村光太郎、茅野蕭々らがさかんに詩作品や詩論を発表した。夕暮の妻前田繁子は狭山信乃の筆名で創刊同人として活躍、岩野泡鳴、清子とも親交があった。山田邦子、原阿佐緒、川端千枝、奥村博、小谷清子は会員として参加、三ヶ島葭子、柴田かよも出詠している。一九二八（昭和3）年からの第二期は口語自由律に転換、新興短歌、プロレタリア短歌などの拠点として多彩な活動をした。

塩原事件

一九〇八（明治41）年三月、森田草平と平塚明《はる》（らいてう）は雪深い那須塩原に赴いた。帝大出の文学士と上流令嬢の心中未遂と騒がれたが、明が父に宛てた書き置きの「われは我がCauseによって斃れしなり、他人の犯すところにあらず。」という一文によって知られるように、情痴の末の道行ではなかった。

草平は、夏目漱石の力添えで事件を小説化するが、その『煤煙』は「本当の私とは違っています」と、明には受け入れられなかった。にもかかわらず、『煤煙』のヒロインのイメージに惹かれて『青鞜』に参加した社員も多い。のちらいてうは『時事新報』にこの事件を「峠」という小説として連載するが未完に終わった。

『青鞜』以前の平塚明を語る時、避けて通れないこの事件については、禅学、世紀末文学、草平と漱石の関係までを含めた幅広い解釈が、近年に至るまで、多くの評者によって試みられている。

朱葉会

一九一八（大正7）年に創立の日本初の女流洋画研究団体。会の命名者は与謝野晶子。発起人は小寺（尾島）菊子、津田（山脇）敏子、有島信子ら。岡田三郎助、安井曾太郎、有島生馬といった有力画家を顧問に迎え、一九一九（大正8）年に三越で開催された第一回展覧会には二七人が出展、当時の新聞評によると、「女子美術の出身で純然たる作家と画家の夫人と名流婦人の三様に区別」（『東京朝日新聞』一九一九・一・二〇）される寄り合い所帯であったらしい。次第にプロ団体としての性格を強め、大平洋戦争末期、活動中止期があったが、一九四七（昭和22）年再開した時には男性の顧問制度を廃止した。以来現在に至るまで活動を続けている。

『女学世界』

『女学世界』は一九〇一（明治34）年博文館が発刊、一九二三年の終刊までに三五〇冊刊行した。「女学」の語は先行の『女学雑誌』（一八八五年巌本善治創刊、最初の婦人雑誌）からとり、女性の啓蒙を促すことを目的としており、「女学生」及びその上の年齢層——家庭婦人にまで対象を広げている。発刊に際し「女子教育の欠ける所を補い」と述べるが、良妻賢母教育を編集方針とした。

『女子文壇』と『文章世界』

ともに文芸投稿を主体とする月刊雑誌の代表格として知られ、全国に投稿家が広がっていた。『女子文壇』は一九〇五（明治38）年一月東京女子文壇社が女性を対象に創刊、一九一一三年八月まで一三二冊刊行した。詩人河井酔茗が編集主任として少女たちの文学で身を立てる夢に光を当て才を競わせた。特に地方で周囲の無理解に悩み、東京への脱出を夢見る若い女性たちにとって作品が活字となり、入選すればかなりの賞金がつくという喜びは大きかったにちがいない。「誌友倶楽部」での読者交歓も盛んで、政治的時論の投稿は禁じるとの一文も掲げられている。投稿項目は短歌、俳句、詩、小説、写生文、評論、おとぎ話、日記、消息文など多彩で、ジャンルごとに有名作家が選に当たるが詩の横瀬夜雨、短歌の与謝野晶子に人気が集まった。思想家や教育者が女性の生き方を説いた文章も多く、ここで育成された人々が『青鞜』の呼びかけに応えて入社した。水野仙子、山田邦子、生田花世、加藤みどり、望月麗、原田琴子、三ヶ島葭子、原阿佐緒などである。

『文章世界』は一九〇六年三月、博文館が作文練成の雑誌として刊行したが、自然主義作家である編集者田山花袋がその傾向の作品を重んじて掲載したため自然主義文学の牙城の観があった。国木田独歩、島崎藤村、岩野泡鳴、島村抱月、二葉亭四迷などが執筆して内外文壇の新機運を教えた。物河鈴子も投稿していた。後に文壇で活躍する作家の多くが熱心な投稿者だった。一九二〇年まで二一六冊。

*『新真婦人』→次項

新真婦人会

一九一三（大正2）年三月、西川文子、宮崎光子、木村駒子が発起人となり創立。「第一回婦人雄弁会」を開催、四月には三人の共著『新しき女の行くべき道』を刊行。五月には女性雑誌『新真婦人』を新真婦人社から創刊、一九二三（大正12）年九月の第一二四号まで続いた。『新真婦人』は婦人問題の研究を目的とした啓蒙的性格が強く、広く社会的実践も目指したもので社会主義者を含む幅広い人々が寄稿している。青鞜社講演会で宮崎光子の夫宮崎虎之助が、岩野泡鳴の演説中演壇にあがって引きずり下ろされるという事件があったため、青鞜社に対抗して作られたと当時報じられたが、西川文子はのちに対抗意識はなかったと『平民社の女　西川文子自伝』（青山館、一九八四）に書いている。

新婦人協会

平塚らいてうと市川房枝によって創立された日本最初の市民的婦人運動団体。綱領には男女の機会均等、母と子の権利の擁護などを掲げている。「治安警察法第五条の修正」と「花柳病男子の結婚制限法制定」を具体目標に一九二〇（大正9）年三月に発会、同年一〇月に機関誌『女性同盟』を発刊した。

らいてうには「『青鞜』運動の末期において」突き当たった「社会に、政治につながるところの堅い壁を打ち破るための婦人の政治的、社会的な団体運動への衝動が」（『元始、女性は太陽であった』）あり、その構想も多岐に渡っていたが、つねに財政難に苦しめられた。地道で精力的な請願活動の結果、一九二二（大正11）年に治安警察法第五条二項の修正を成功させたが同年解散。

坂本（高田）真琴、荒木郁子、遠藤（岩野）清子、原田（安田）皐月ら二〇人前後の旧青鞜社員が参加した。

＊『スバル』→『明星』（第一次）と『スバル』

青鞜研究会

青鞜研究会は青鞜社概則第六条の「二、毎月一回社員の修養及び研究会を開くこと」をもとに実施された。一九一二年四月から本郷区駒込蓬莱町万年山勝林寺で、毎週二回の予定で開始された。会費は五〇銭であった。第一回は、生田長江が「モーパッサンの短編」を、阿部次郎が「ダンテの神曲」を講義している。らいてう、尾竹紅吉、小林哥津、斎賀琴等が常連であった。この研究会には興味本位で参加されては困ると銘打ったものの、出席者は一〇人前後で、少なかったという。その後研究会は一時休会し、一〇月より再開されたが、翌年四月開催予定の「青鞜社文芸研究会」に移行される形となり、一月頃にはなくなっていたようである。

＊青鞜社規約→青鞜社のシステム

青鞜社のシステム

青鞜社は同人結社として出発し、その機関誌として『青鞜』があった。

最初の概則では、社の目的は「女流文学の発達を計り、各自天賦の特性を発揮せしめ、他日女流の天才を生まむ事」にあり、

社員――本社の目的に賛同する女流文学者、将来女流文学者たらんとする者及び文学愛好の女子は人種を問わず

賛助員―本社の目的に賛同する女流文壇の大家

客員――本社の目的に賛同する男子にて社員の尊敬するに足ると認めたる人

の三種類を設けた。

社員は月「凡《およそ》三拾銭」の社費納入の義務があった。また社員の選挙で選ばれた係員が、編集、庶務、会計にあたることとなっていた。

三巻一〇号（一九一三・一〇）に、概則が改正され、社の目的は「女子の覚醒を促し、各自天賦の特性を発揮せしめ、他日女流の天才を生まむ事」となり、

係員――本社の目的に賛同するのみならず、本社の事業を

自己の生命とするものにして専ら幹部にありて直接本
社の事業に従事し、自己にその責任を負うもの
社員――本社の目的に賛同するのみならず本社の事業を自
己の生命とするもの

と、より積極的に青鞜社に関わることを求められた。

賛助員制度は残ったが客員は廃止された。

社員は社費の納入からは解放され、係員は多少の報酬を得られることと定められた。

また、新たに「青鞜社の事業を完成せしめんがために経済上の補助をなすを以って目的とす」る「青鞜社補助団」を創設し会員を募集。甲種会員月一円、乙種会員月五〇銭の会費を集めた。

五巻一号（一九一五・一）から『青鞜』を譲り受けた伊藤野枝は、社員組織と規約を廃棄、代わって無規則、無方針、無主義を宣言した。ここにおいて青鞜社は事実上解散、残った雑誌『青鞜』は「すべての婦人達に提供」され、ただし「原稿選択」はすべて野枝に一任ということになった。男子の寄稿は認められなかった。

青鞜社文芸研究会

『青鞜』への世論の声が厳しくなるなかでの社員の結束と、「自分自身を守り、自分を育てることに専念すべき」という目的でらいてうが『青鞜』「第二の出発」として企画した。さらに地方の社員のための「青鞜社文芸研究会講義録」が企画された。「文芸研究会」は公開で、社員外から会員を募集し、「講義録」はこの研究会の講師の話である。講師は阿部次郎が哲学史、文明史等、生田長江が社会学、美学等、他に高村光太郎、馬場孤蝶等も。なかでも島村抱月の「婦人問題之変遷」は目玉の一つであった。

一九一三年四月七日、午後六時、麹町区内幸町二丁目議員倶楽部内でと予定されたが、会員が集まらず中止となった。

『青鞜小説集　第一』

一九一三年二月、青鞜社から刊行された小説集。全一八編の作品は、『青鞜』創刊から一年あまり経った、同誌に掲載されたなかから選ばれている。作品選択については、主に平塚らいてうと生田長江ではないかと言われている。著者には、野上弥生子、小金井喜美子、岡田八千代、森しげ、小笠原貞、荒木郁子、茅野雅子、人見直等と有名無名様々である。これら作品は主に「男女両性の葛藤が主要なテーマ」となっている。特に岩野清子「暗闇」、神近市子「手紙の一つ」、加藤みどり「執着」は「男女の性問題を正面からとらえている」内容である。らいてうは小説集を「今後も一年に一度」刊行したいと述べていたが、小説集「第二」へ継続することはなかった。

青鞜の三論争

性に対する無知と禁欲が「良家の子女」の条件であった時代、『青鞜』の女たちはタブーを破り、小説や実録という形で「性」を語りはじめた。それらの語りに、『青鞜』の内外が様々な反応を示して成立したのが、一般に「貞操」「堕胎」「廃娼」と括られる三つの論争である。

「貞操論争」のきっかけを作ったのは、生田花世の「食べることと貞操と」（『反響』一九一四・九）である。彼女は、職場でのセクハラから避難してきた千原与志に触発されて自らの「苦い盃」の体験を書き、女子労働を巡る社会状況を告発した。論争は彼女の思惑を越えて、「売春の是非」、「未婚者の処女性の価値」、「生殖に繋がらない性」といった多様な方向に拡がっていった。

「堕胎論争」は原田（安田）皐月の小説「獄中の女より男に」（『青鞜』五―六）に始まる。刑法堕胎罪による国家の生殖コントロールに対して、自己決定を主張した大胆な問題提起であったが、男性論者をも交えた論戦は、次第に避妊の是非に論点を移し、今一つ深まりを欠いた。

「廃娼論争」は、伊藤野枝の「傲慢狭量にして不徹底なる日本婦人の公共事業に就いて」（『青鞜』五―一一）に端を発した。上中流婦人団体の慈善事業の欺瞞性を攻撃した野枝らしい文章であったが、廃娼運動についての一文が売春肯定と受け取られ、青山（山川）菊栄の批判を呼び込んだが、この論争の終結を待たずして『青鞜』の命脈は尽きた。

赤《せき》瀾《らん》会

一九二一（大正一〇）年四月に結成された日本最初の社会主義女性団体。発起人は九津見房子、秋月静枝、橋浦はる、堺真柄の四人で、山川（青山）菊栄と伊藤野枝が顧問格として参加している。同年五月一日の第二回メーデーに女性として初めて参加し、検束された様子が大きく新聞で報道された。その時まいたビラ「婦人に檄す」は山川菊栄の手によるもので、菊栄は新婦人協会に対して厳しい批判的姿勢をとった。会員は社会主義に関わる人々の家族が中心で、前年一二月に結成された日本社会主義同盟の婦人部のような性格を持つ。講演会なども開いたが大衆的組織として発展できず、のちに会の活動は山川菊栄の「八日会」に引き継がれた。

『創作』（第一期）

一九一〇（明治43）年三月、東雲堂書店から創刊された詩歌総合雑誌。翌一九一一年一〇月の終刊まで全二〇冊。東雲堂若主人で歌人の西村陽吉が若山牧水に編集を依頼し、前田夕暮が協力、詩歌・小説・評論と多彩な編集で、自然主義的短歌の若いリーダーによる清新で活気のみなぎる誌面は歌壇内外から注目され、新しい詩歌の時代にふさわしい文芸雑誌として多くの読者を獲得し、明治末期における詩歌の発展と新人の育成に寄与した。牧水、夕暮のほか石川啄木、窪田空穂、北原白秋、土岐哀果や早稲田系の若い人々の執筆が多い。三ヶ島葭子、原阿佐緒、山田邦子、矢沢孝子、茅野雅子なども出詠している。

第二期、第三期は牧水主宰の創作社の結社雑誌として刊行、牧水没後は喜志子夫人が、その後は長男旅人が受け継いだ。

た

大逆事件

現実味に乏しい明治天皇暗殺計画が、検事の「筋書き」により幸徳秋水を軸にしてまとめられ拡大解釈された「事件」。一九一〇（明治43）年五月から幸徳秋水をはじめとして多数が逮捕され、二六人が大逆罪で起訴された。非公開、被告側の証人を認めない大審院での一審即決の裁判が行われ、翌年一月八日、二四人に死刑判決が出た（のち一二人は減刑）。一月二四日には幸徳ら一一人、二五日には管野須賀子の死刑が執行された。この「事件」は社会に大きな衝撃を与え、特に社会主義と労働運動は弾圧を受けて活動が非常に困難な「冬の時代」を迎えた。

＊堕胎論争 → 青鞜の三論争

治安警察法第五条改正の請願運動

治安警察法は一九〇〇（明治34）年、それまでの集会及び政社法（一八九〇）を強化して公布された。この第五条では、女子の政治結社への加入や政治集会への参加を禁止しており、女性の政治活動の自由は認められていなかった。この条文の改正を求めて長い間運動が続けられた。一九〇五（明治38）年に平民社周辺の女性たちが中心になって、請願書を衆議院に提出したのを皮切りに、一九〇六年、一九〇七年と請願は続けられたが、法律改正には至らなかった。「大逆事件」で一旦は運動を中止せざるを得なかったが、その後新婦人協会などでも運動が続けられた結果、一九二二年に第五条第二項が改正されて女性も政治集会参加の権利を獲得した。

＊貞操論争 → 青鞜の三論争

な

『女人芸術』

一九二八年七月から一九三二年六月。発行は、女人芸術社。発行者は長谷川時雨。全四八冊。『青鞜』の流れをくむ文芸雑誌。『女人芸術』は、時雨の夫三上於菟吉の資金援助により、全女性の文学表現の場、新人女性作家の育成の場として創刊された。円地文子、林芙美子、松田解子、矢田津世子等を輩出した。だが次第に婦人解放をマルクス主義に求めた内容は、三回の発禁を受け、そのため資金面が悪化し、終刊となる。附録『女人大衆』の発行や各地に支部を置き、愛読者を「女人連盟員」として講演会等の活動をした。時雨と岡田八千代により、演劇が主な内容の『女人芸術』(前期)が一九二三年七月創刊されていたが、関東大震災により二号で終刊している。

は

＊廃娼論争　→　青鞜の三論争

『反響』

安城市の僧侶安藤枯山を金主に、森田草平、生田長江の主宰で一九一四(大正3)年に発刊された評論雑誌。文芸雑誌の体裁で出発し、間もなく一〇〇〇円の保証金を積んで、社会批評に力点を移す。漱石門下などの文学者に加え、堺利彦といった社会主義者、伊藤証信といった宗教関係者、生田花世、岩野清(子)、伊藤野枝ら『青鞜』関係者らが執筆し、初期大正デモクラシーの豊かな一断面を見せる雑誌であった。

長江と堺、阿部次郎間の「実社会論争」、馬場孤蝶の議員立候補の舞台であり、また「貞操論争」のきっかけとなった生田花世の「食べることと貞操と」が発表されたのも『反響』であったが、発禁が重なり翌年九月に終刊となった。

『ビアトリス』

一九一六年七月から一九一七年四月。発行はビアトリス社。発起人生田花世、山田たづ等。賛助員は平塚らいてう、生田長江等である。「文芸を愛好及び創作する女性」を目的とした女性文芸雑誌で、『青鞜』終刊後、創作発表の場として創刊された。しかし『ビアトリス』に集まった社員は、純粋な文芸作品よりも、婦人問題を扱った「『青鞜』の流れを引く、らいてう、斎賀琴、岡田ゆき、山田わか」等で、「『青鞜』の後継誌としての『ビアトリス』を求めた」ため、生田花世等の意図する純粋な女性文芸雑誌とはならなかった。そのため社員間の文学作品への方向性の相違は埋めがたく、一年にみたず終刊に至った。

文芸協会

文芸協会は一九〇六(明治39)年、早稲田大学教授の坪内逍遥が設立した結社。機関雑誌は『早稲田文学』。文芸美術演芸の改善進歩およびその普及を目的としていたが、発会式の演劇部の余興をきっかけに、演劇に主力を注ぐことになった。一九〇九(明治42)年、坪内邸内に付属演劇研究所を設け、翌々年には純然たる演劇団体に改組、新劇運動の陣頭にたつが、一九一三（大正2）年、研究所一期生の松井須磨子と、協会幹事の島村抱月の恋愛をきっかけに解散、無名会と舞台協会に分かれた。また、抱月、須磨子は、一九一四（大正3）年に「芸術座」を旗揚げし、芸術性と大衆性との折衷的な演劇で成功した。なお青鞜社社員の林千歳は、演劇研究所での須磨子の一期後輩である。

＊『文章世界』→『女子文壇』と『文章世界』

芳舎名簿

青鞜社は、おそらくは一九一二年末に、「社員」と「賛助員其他関係者」の住所付きの名簿を作成した。『青鞜社の規則と名簿』と題された小冊子で、地方の社員にまで配布された。一九六〇年、名古屋のかつての青鞜社員青木穠（子）は、これを、自身の歌誌『明鏡』の随想「芳舎漫筆」中に写しとったが、後、小冊子は行方知れずとなった。

これについては堀場清子の詳細な研究「青木穠と唯一の青鞜社名簿」（『文学』一九八八・七）があるが、堀場は、原本の『青鞜社の規則と名簿』（小冊子）と、穠の写筆による『明鏡』誌上の名簿（芳舎名簿）を厳密に区別しており、当人名事典製作にあたっても、堀場の分類に従った。

＊補助団→青鞜社のシステム

母性保護論争

一九一八（大正7）〜一九年を中心に、何年にもわたって、与謝野晶子、平塚らいてう、山川菊栄、山田わかによって行われた。女性解放をめぐって、経済的自立と母性保護、社会や国家像についての論争が繰り広げられた。晶子は国家による母性保護を「依頼主義」とし、労働による女性の経済的、精神的自立を主張した。らいてうは子どもを産み育てることは国家的事業であるとし、国家による経済的扶助を含む母性保護を主張した。わかは育児は社会的、国家的事業であるとし、母性に婦人の存在意義を見る。菊栄は出産や育児は社会国家のためではなく、女性解放は社会主義社会において初めて可能になるとした。

ホワイトキャップ党

「ホワイトキャップ党」党長代理を名乗るものからの福島消印の脅迫状が青鞜社に届いたのは、一九一三（大正2）年四月のこと。「青鞜社中第一期ニ殺スベキモノ」として「岩野きよ、林千歳、伊藤野枝、荒木いく」を挙げた稚拙な文章は、『青鞜』六月号の「編集室より」に、紹介されている。

同じ時期、文部省は婦人雑誌関係の反良妻賢母主義的婦人論の取締方針を決定、『青鞜』はその主要標的であり、警視庁高等検閲係から呼び出されたり、らいてうの『円窓より』が発禁に処されたりという逆風の最中にあった。社員たちは、強気にこの脅迫を受け止めているが、官のみならず、「大衆からの暴力」に「新しい女」たちがさらされてはじめていたことの、象徴的な出来事であった。

ま

『明星』(第一次)と『スバル』

『明星』は「新詩社」主宰の与謝野鉄幹により一九〇〇（明治33）年四月創刊、一九〇八年一一月一〇〇冊をもって終刊となる。五号まではタブロイド版。詩歌を中心とし創作、評論、翻訳に西洋名画を付して紹介、また藤島武二などの挿絵やアールヌーボー的絵画が「詩美を楽しむ」誌風にマッチしている。「自我の詩」を唱える鉄幹のもとに若い才能が集い、女性が多く活躍して華やぎを増幅していた。その頂点に立つのは『みだれ髪』の与謝野晶子で以後も「新詩社」に君臨した。『明星』（第一次）に平塚明（らいてう）の短歌が二回三九首掲載されている。

『スバル』（昴）は『明星』終刊二か月後の一九〇九（明治42）年一月「新詩社」の若手同人らが刊行、出資者の平出修宅が発行所となる。森鷗外が指導し誌名もメーテルリンクの出した象徴主義の詩誌にちなんで決定した。詩歌のほか小説、戯曲、訳詩などジャンルにとらわれず個性の開花をめざした。一九一三年一二月までに六〇冊を刊行、翌月後続誌『我等』が発刊となる。これら新詩社系詩歌雑誌の歌人である茅野雅子、岡本かの子、原田琴子、矢沢孝子、三ヶ島葭子、原阿佐緒などが『青鞜』で活躍した。

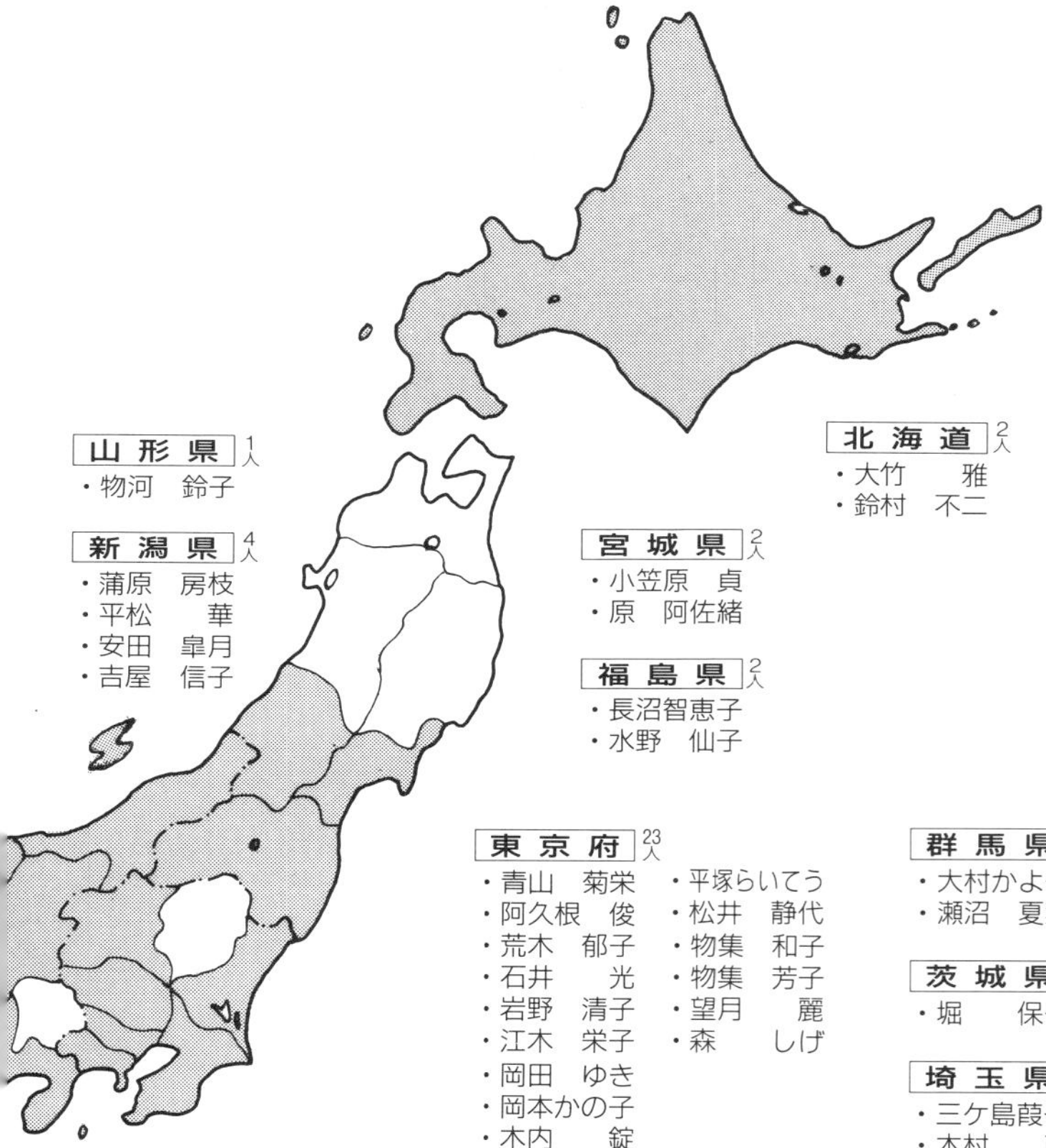

北海道 2人
- 大竹　　雅
- 鈴村　不二

山形県 1人
- 物河　鈴子

新潟県 4人
- 蒲原　房枝
- 平松　　華
- 安田　皐月
- 吉屋　信子

宮城県 2人
- 小笠原　貞
- 原　阿佐緒

福島県 2人
- 長沼智恵子
- 水野　仙子

東京府 23人
- 青山　菊栄
- 阿久根　俊
- 荒木　郁子
- 石井　　光
- 岩野　清子
- 江木　栄子
- 岡田　ゆき
- 岡本かの子
- 木内　　錠
- 国木田治子
- 小林　哥津
- 武山　英子
- 田沢　　操
- 田村　俊子
- 中野　　初
- 長谷川時雨
- 林　　千歳
- 平塚らいてう
- 松井　静代
- 物集　和子
- 物集　芳子
- 望月　　麗
- 森　　しげ

群馬県 2人
- 大村かよ子
- 瀬沼　夏葉

茨城県 1人
- 堀　　保子

埼玉県 2人
- 三ケ島葭子
- 木村　　政

千葉県 2人
- 斎賀　　琴
- 佐久間　時

静岡県 1人
高田　眞琴

神奈川県 2人
- 岩渕　百合
- 山田　わか

愛知県 7人
青木　穠子
青井　禎子
片野　　珠
加藤　壽子
- 岸　　照子
- 原田　琴子
- 山田　澄子

『青鞜』関係者の出生地

88人　30道府県

福井県 1人
・宮城　房子

富山県 2人
・尾島　菊子
・尾竹　紅吉

長野
・加藤み
・五明倭
・四賀
・世良田
・龍野と
・松井須
・若山喜

広島県 1人
・岡田八千代

兵庫県 2人
・川端　千枝
・矢沢　孝子

岡山県 2人
・竹井たかの
・福田　英子

岐阜県 4人
・上田　　君
・上野　葉子
・柴田　かよ
・千原　代志

福岡県 3人
・伊藤　野枝
・田原　　祐
・山本　　龍

島根県 2人
・小金井喜美子
・上代　たの

佐賀県 1人
・神崎　　恒

長崎県 1人
・神近　市子

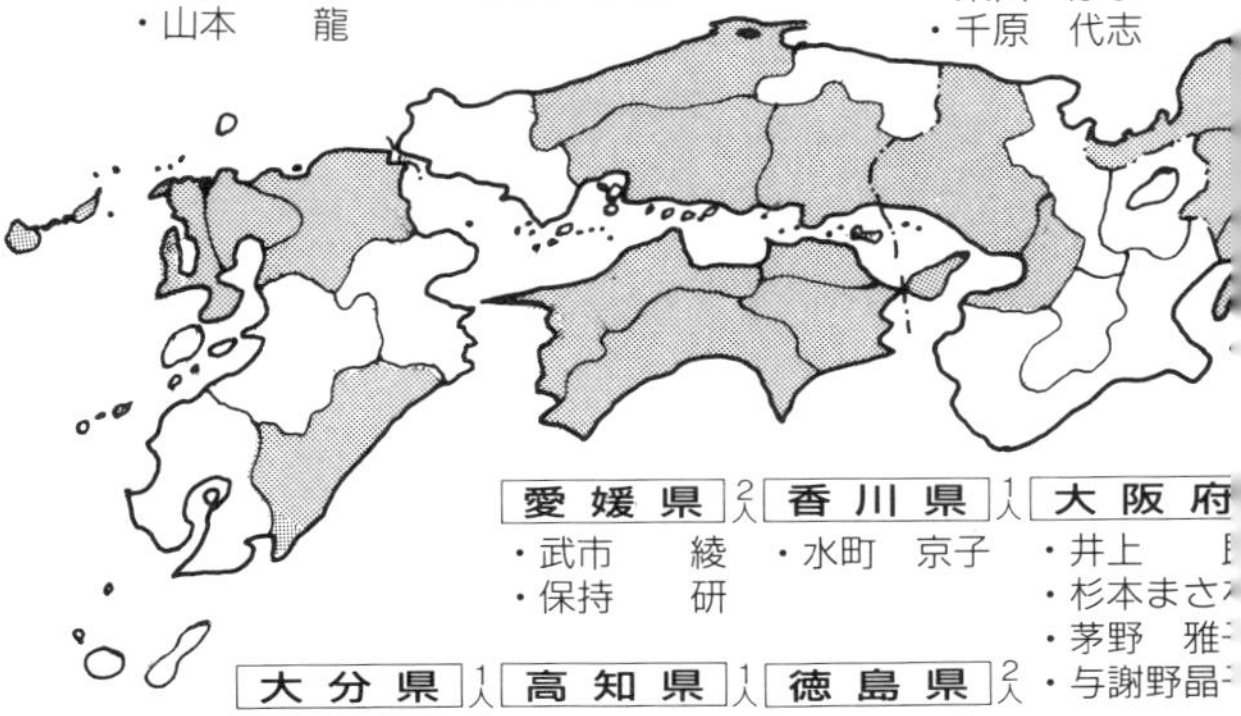

愛媛県 2人
・武市　　綾
・保持　　研

香川県 1人
・水町　京子

大阪府
・井上
・杉本まさ
・茅野　雅
・与謝野晶

大分県 1人
・野上弥生子

高知県 1人
・松村　とし

徳島県 2人
・生田　花世
・山田　邦子

（作成　折井美耶子）

調査中の『青鞜』の人々

現在、らいてう研究会で調査中の『青鞜』関係者名を五十音順に掲げた。「　」内は、『青鞜』に掲載された作品名。（　）内は、掲載誌の巻数と号数、また、▽は現在わかっている情報である。住所は「芳舎名簿」による。

青木しげ子（あおき　しげこ）「十五のS子と社会と」（6-1）

あげは（あげは）「市村座の『丁字みだれ』」（3-12）

浅野友（あさの　とも）「未来の王国」（訳）（3-5・6・7）

畔蒜こと子（あびる　ことこ）「青鞜詠草」（5-9・10・11）「母のなげき」（6-1）▽『女子文壇』に名前、千葉の人。

天野たつ子（あまの　たつこ）「九月の歌壇より」（5-9）

荒木亀子（あらき　かめこ）「八月の歌壇より」（5-8）「九月の歌壇より」（5-9）▽『水甕』に参加。

荒木滋子（あらき　しげこ）「うづ」（5-9・10）▽荒木郁子の姉、荒木道子の母。

有田勢伊（ありた　せい）「青鞜社詠草」（5-2）「A子とK子」（5-3）「おぼろ夜」（5-4）

伊草武良（いぐさ　むら）

石倉さと子（いしくら　さとこ）「青鞜社詠草」（5-8）

石崎春五（いしざき　しゅんご）表紙絵（2-5）▽津田（山脇）敏子か。

市原次恵（いちはら　つぎえ）▽お茶の水高女でらいてうと同級生、海賊組のひとり、父は横浜市長。女高師付属保母養成所をでて保母となる。

伊藤澄江（いとう　すみえ）

伊藤智恵（いとう　ちえ）「青鞜社詠草」（3-11）

伊藤徳（いとう　とく）

猪野武（いの　たけ）

井淵はな子（いぶち　はなこ）「十月短歌抄」（5-10）▽『潮音』に参加。

岩岡菊（いわおか　きく）

磐城浪人（いわき　なみと）「青鞜詠草」（5-9）

上田朝（野）（うえだ　あさ）▽奈良県山辺郡二階堂村西井戸堂。

大根田小夜（おおねた　さよ）「青鞜詠草」（5-10）

岡清（子）（おか　きよ）

岡本都夜子（おかもと　つやこ）「八月の歌壇より」（5-8）▽『水甕』に参加。

小野幸子（おの　さちこ）「十月短歌抄」（5-10）▽『水甕』に参加。

唐沢うし（からさわ　うし）「九月の歌壇より」（5-9）▽『アララギ』に参加。

辛島きみ（からしま　きみ）

川田よし（かわだ　よし）「青鞜社詠草」（3-12）「脱れられぬ人」（4-1）「紅き木の芽」（4-4）「ゆくものよ」（4-9）「山と海と」（4-9・10）「女友達」（5-3）▽女子美出身か。

北原末（子）（きたはら　すえ）「おもふこと―青鞜社同人詠草」（2-9）▽赤坂区青山穏田一九に母と妹の遺児とくらす。『読売新聞』M45・6・12に「新しい女」。高知出身。

北村蕾匂（きたむら　？）『ホノホ』

木下桂子（きのした　けいこ）「青鞜詠草」（5-10）

木村幸（きむら　さち）▽大阪市北区堂島裏一-二八

清川二葉（きよかわ　ふたば）

久保田富江（くぼた　とみえ）「姉」（5-8）▽『第三帝国』『反響』『ビアトリス』にも書いている。

久保田ふじ（くぼた　ふじ）「八月の歌壇より」（5-8）▽１８８６・５・１長野県下諏訪生まれ。本名ふじの。小学校教師のあと島木赤彦と結婚。『アララギ』入会。『苔桃』など四冊の歌集がある。１９６５・12・17没。

久保野清子（くぼの　きよこ）「青鞜詠草」（5-10）

小磯とし（こいそ　とし）「日記の中より」（2-6）▽本郷区曙町一六。大森の新年会出席。青鞜研究会の常連。

小暮さゆめ（こぐれ　さゆめ）「青鞜詠草」（5-10）

児島てるを（こじま　てるを）「青鞜社詠草」（2-11・12）「詠草」（3-2）

小谷清子（こたに　きよこ）「八月の歌壇より」（5-8）「九月の歌壇より」（5-9）「十月短歌抄」（5-10）▽『詩歌』同人。

後藤静代（ごとう　しずよ）

小室常（子）（こむろ　つね）▽芝区三田四丁目　畠中方。

阪元さちこ（さかもと　さちこ）「十月短歌抄」（5-10）▽『水甕』に参加。

佐藤欽子（さとう　きんこ）「白刃の跡」（5-9）「暗潮―再び海に行きし従弟のために」（6-1）

里見マツノ（さとみ　まつの）「雑記帳より」（5-1）「手紙」（5-2）

真田さよ（さなだ　さよ）

小百合（さゆり）「九月の歌壇より」（5-9）

沢田小鳥（さわだ　ことり）「青鞜詠草」（5-9）

鞆音（秀鞆音）（しゅう　ともね）「青鞜詠草」（5-9・10）▽『ビアトリス』に参加。

白井英子（しらい　ひでこ）「九月の歌壇より」（5-9）

白川智恵（しらかわ　ちえ）「星の澄める夜」（3-7）「をぐらき夏」（3-9）「束の間の明るみ」（3-11）

新堀亀子（しんぼり　かめこ）「十月短歌抄」（5-10）▽『水甕』に参加。

菅原初（すがわら　はつ）「旬日の友」（5-3）「寂」（5-4）

須藤みどり（すどう　みどり）「十月短歌抄」（5-10）▽『水甕』に参加。

住吉哀歌（すみよし　あいか）「青鞜詠草」（5-9・10）

高木意静（たかぎ　いせい）▽京都府船井郡園部村園部。

高橋鶴枝（たかはし　つるえ）

高橋葉子（たかはし　ようこ）「十月短歌抄」（5-10）▽『水甕』に参加。

多賀巳都（たが　みつ）▽釜山富平町四丁目。

ちよ子（ちよこ）「夜明の灯」（1-3）

築地藤子（つきじ　ふじこ）「九月の歌壇より」（5-9）▽1896・9・2横浜に生まれる。本名別所仲子。県立第一高女卒。『アララギ』に入会。1918結婚。夫とボルネオなどに住む。『椰子の葉』を出版。1993・6・6没。

鶴本よね（つるもと　よね）「十月短歌抄」（5-10）▽『潮音』に参加。

出口郁（出久智郁子）（でぐち　いく）「雑感」（5-1）「青鞜詠草」（5-9）▽原田皐月のところに下宿か。

戸沢はつ（とざわ　はつ）▽創刊号社員。

土橋尭子（どばし　あきこ）「青鞜詠草より」（5-8）

永井芳子（ながい　よしこ）「青鞜詠草」（5-9・10・11）

長岡とみ子（ながおか　とみこ）「八月の歌壇より」（5-8）「九月の歌壇より」（5-9）「十月短歌抄」（5-10）▽『水甕』に参加。

中津江天流（なかつえ　てる）▽『女子文壇』M44・7月号個人消息、芝区神明町25。

中村はる（なかむら　はる）

永安初（はつ子）（ながやす　はつ）「蛇影」（2-4）▽麻布区竹谷町二番地二号。

成川良（なるかわ　よし）▽麻布区飯倉町三-二七。

西田時子（にしだ　ときこ）

西端さかゑ（にしはた　さかえ）▽新婦人協会会員、和歌山。

楡木まさを（にれき　まさを）「青鞜詠草より」（5-8）

野村香女（のむら　かめ）

橋爪梅（うめ）（はしづめ　うめ）「我が扉」（2-3）「野の声」（2-6）
長谷川清子（はせがわ　きよこ）「八月の歌壇より」（5-8）「九月の歌壇より」（5-9）▽『水甕』に参加。
畠山敏子（はたけやま　としこ）
服部胡頽子（はっとり　？）「九月の歌壇より」（5-9）▽『アララギ』に参加。
浜小路浪子（はまこうじ　なみこ）「青鞜詠草」（5-11）
浜野雪（はまの　ゆき）「蝙蝠」（4-4）「はつ秋」（4-11）「こゝのつの頃」（5-5）「真実の心より」（5-7）「七月末の日記より」（5-8）「夜から朝へ」（5-10）
早川八重（はやかわ　やえ）▽日本橋区馬喰町一-一〇佐々木方。
林きみ（はやし　きみ）
日枝みどり（ひえだ　みどり）「青鞜詠草より」（5-8）「青鞜詠草」（5-10）
人見直（ひとみ　なお）「教会と魔術と鳥と」（2-8）「僂」（2-10）「復讐」（3-2）「銀笛の悲しみ」（3-5）▽『青鞜小説集1』、麻布区新堀町四
深見よし（ふかみ　よし）「死に行くみち」（3-5）
福田あや子（ふくだ　あやこ）
舟曳みき（ふなびき　みき）
本庄夏葉（ほんじょう　かよう）「生き路」（6-2）
籬良（まがき　りょう）
牧野君江（まきの　きみえ）「習作」（4-11）「一ぱいの湯の味」（5-2）▽釜山宝永町二-五〇
増田初（ますだ　はつ）「マルゴ」（2-6）「妻」（2-8）「沈黙」（2-11）「新しき望多き地へ」（3-1）「新しき幸ある国へ」（3-5・6）（すべて翻訳）▽麻布区狸穴町五六
ますみ（ますみ）「夜明の灯」（1-3）
松井百合（まつい　ゆり）▽1885・12・11東京で生まれる。沼田笠峰と結婚。本名沼田ふく。麻布区山元町五五。『少女世界』の愛読者会「少女読書会」のリーダー的存在。1974・4没。
松尾豊子（まつお　とよこ）
松平操子（まつだいら　そうこ）「八月の歌壇より」（5-8）「十月短歌抄」（5-10）▽『水甕』に参加。
丸島春枝（まるしま　はるえ）「徹底せざる婦人問題に対して」（3-12）
三浦ふくろ（みうら　ふくろ）
三浦無司子（みうら　むしこ）「束の間のよろこび」（6-1）
三島絹（きぬ子）（みしま　きぬ）「ゐねむり」（2-5）▽『スバル』に小説あり。牛込区弁天町一四　江川方。
三島塔（子）（みしま　とう）▽府下日暮里一三。「帝劇に

いた華やかな娘」（『元始』）。『スバル』に小説あり。

木菟女（みみずくめ）「芸術座の初演を見て」（3-10）「本郷座の孤城落城月」（3-12）▽長谷川時雨か。

宮崎光（みやざき　みつ）「諸姉に望む」（3-1）▽真婦人会。宮崎虎之助の妻。

無名氏（むめいし）「『人形の家』に似た戯曲」（2-1）

無門照子（むもん　てるこ）「乙女椿零るゝ時、夕陽、流れ、抑圧」（5-11）

村上妙（むらかみ　たえ）▽本郷区根津宮永町三五。

村木きよ（むらき　きよ）「青鞜社詠草」（2-12）（3-11）

本山かじか（もとやま　かじか）「青鞜詠草」（5-11）

森下テル（もりした　てる）

森山よしの（もりやま　よしの）「八月の歌壇より」（5-8）「九月の歌壇より」（5-9）▽『アララギ』に参加。

柳清美（やなぎ　きよみ）「われ死なば」（2-1）▽『少女世界』

山田お葉（やまだ　およう）「九月の歌壇より」（5-9）「十月短歌抄」（5-10）▽『潮音』に参加。

山田秀（やまだ　ひで）▽横浜市神奈川青木町七三。

山の井みね子（やまのい　みねこ）「淋しき心」（5-4）「青鞜詠草」（5-11）

山本茂登子（やまもと　もとこ）「九月の歌壇より」（5-9）▽『水甕』に参加。

よし子（よしこ）「青鞜社詠草」（5-2）

吉原瑳智（よしはら　さち）

吉原芳子（よしはら　よしこ）「青鞜詠草」（5-9・10）

米川文子（よねかわ　ふみこ）「旅の付録」（4-10）

米倉久子（よねくら　ひさこ）「十月短歌抄」（5-10）▽『潮音』に参加。

霊千代（読み不明）「青鞜詠草」（5-9・10）

日本女子大学・学部系統図

『図説日本女子大学の八十年』（昭和五六年一一月）による。

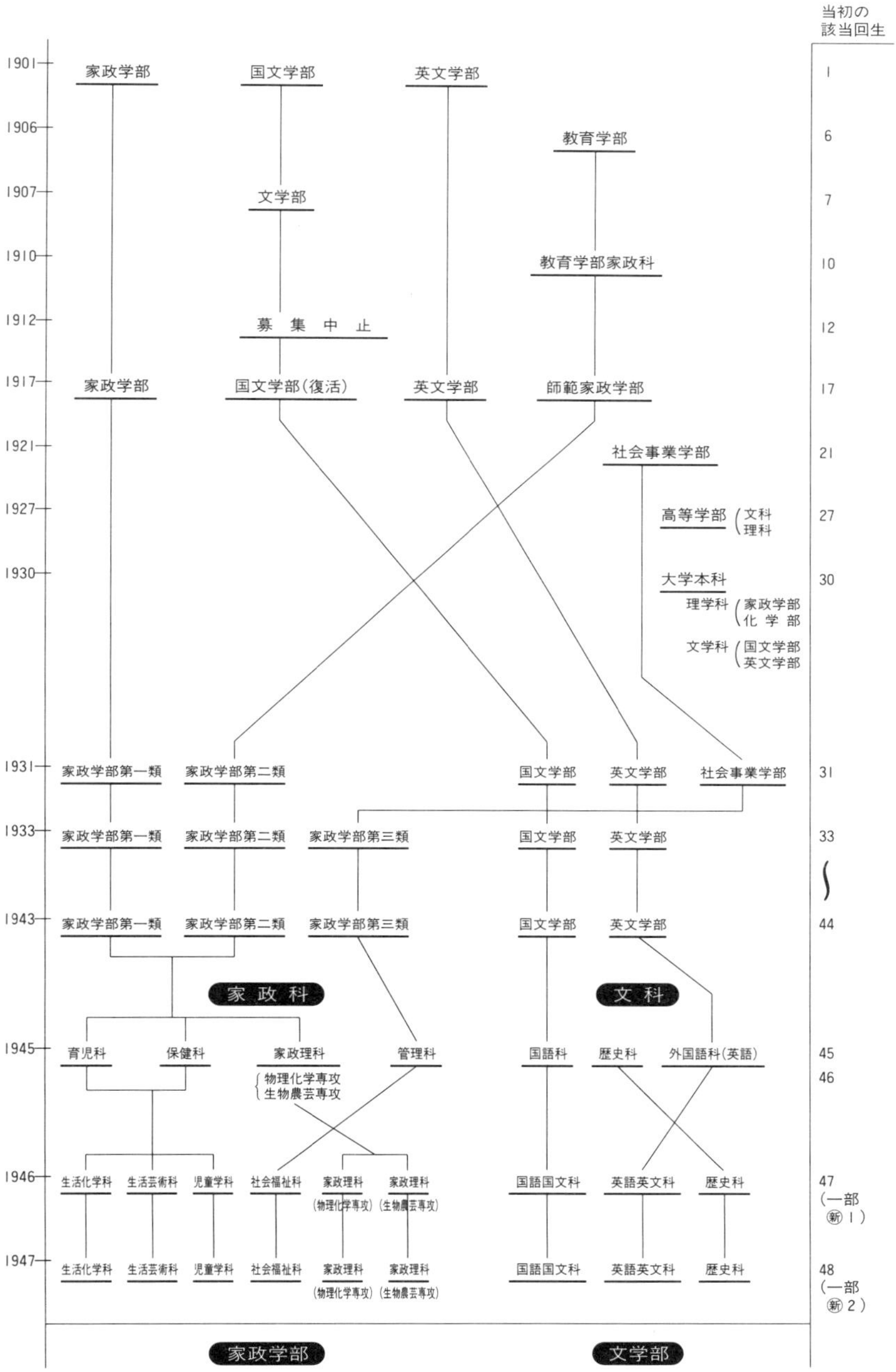

当初の該当回生
1901 家政学部 国文学部 英文学部 1
1906 教育学部 6
1907 文学部 7
1910 教育学部家政科 10
1912 募 集 中 止 12
1917 家政学部 国文学部(復活) 英文学部 師範家政学部 17
1921 社会事業学部 21
1927 高等学部 (文科 理科) 27
1930 大学本科 30
理学科 (家政学部 化 学 部)
文学科 (国文学部 英文学部)
1931 家政学部第一類 家政学部第二類 国文学部 英文学部 社会事業学部 31
1933 家政学部第一類 家政学部第二類 家政学部第三類 国文学部 英文学部 33
1943 家政学部第一類 家政学部第二類 家政学部第三類 国文学部 英文学部 44
家 政 科
文 科
1945 育児科 保健科 家政理科 管理科 国語科 歴史科 外国語科(英語) 45
物理化学専攻
生物農芸専攻
46
1946 生活化学科 生活芸術科 児童学科 社会福祉科 家政理科(物理化学専攻) 家政理科(生物農芸専攻) 国語国文科 英語英文科 歴史科 47 (一部 新1)
1947 生活化学科 生活芸術科 児童学科 社会福祉科 家政理科(物理化学専攻) 家政理科(生物農芸専攻) 国語国文科 英語英文科 歴史科 48 (一部 新2)
家政学部
文学部

『青鞜』の歌人系譜図（明治〜大正中心）

村岡嘉子

『青鞜』全五二冊には、詩九七編、短歌三〇六一首、俳句一三九句が掲載されており、文学色を加味している。特に短歌には五五名もの有名無名の歌人が参加した。多くは新詩社『明星』の女王与謝野晶子の影響によるものだが、自然主義的短歌の旗手として若山牧水、前田夕暮が『創作』『詩歌』を創刊すると新風を希求してそこにも参加している。この時期の歌壇はまだ生成期であり、文芸理念より人間関係が優先し、所属歌誌に縛られることなく多誌に出詠していたことを左図が示している。

会員の作品とは別に、交換誌からの抜粋によると思われる、延べ六二人の作一五三首も掲載され、当時の歌壇の傾向を知ることができる。

これらは『青鞜』終刊直前の五巻八号「八月の歌壇より」、同九号「九月の歌壇より」、同一〇号「十月短歌抄」と三回にわたり連続掲載された。発行責任者となった野枝の誌面改新の試みの一つであり、「短歌募集」の記事も目につく。購読者獲得の意図がうかがえる。『青鞜』の歌人が各歌誌で活躍し、ここにも多く採られているのは力量から当然として、『青鞜』の歌人以外にも目配りを利かせている。本文中に取り上げた歌人は、川端千枝、四賀光子、世良田優子、水町京子、若山喜志子の五名のみだが、図中●印を付した歌人はこの欄に抜粋されていることを示す。富本一枝（紅吉）が『反響』に発表した二首も五巻九号で見ることができる。

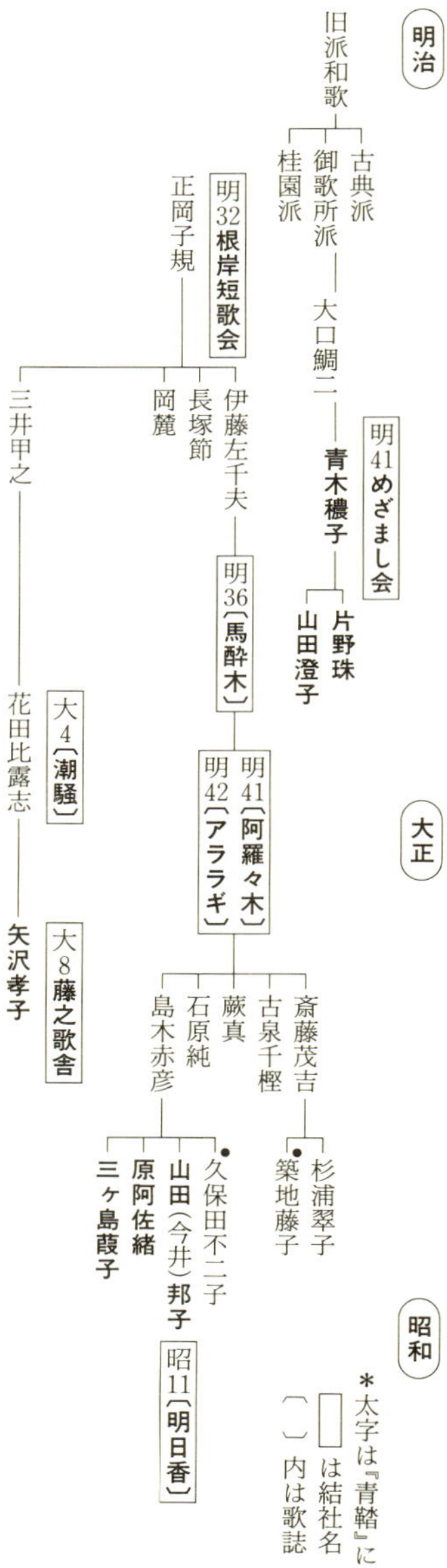

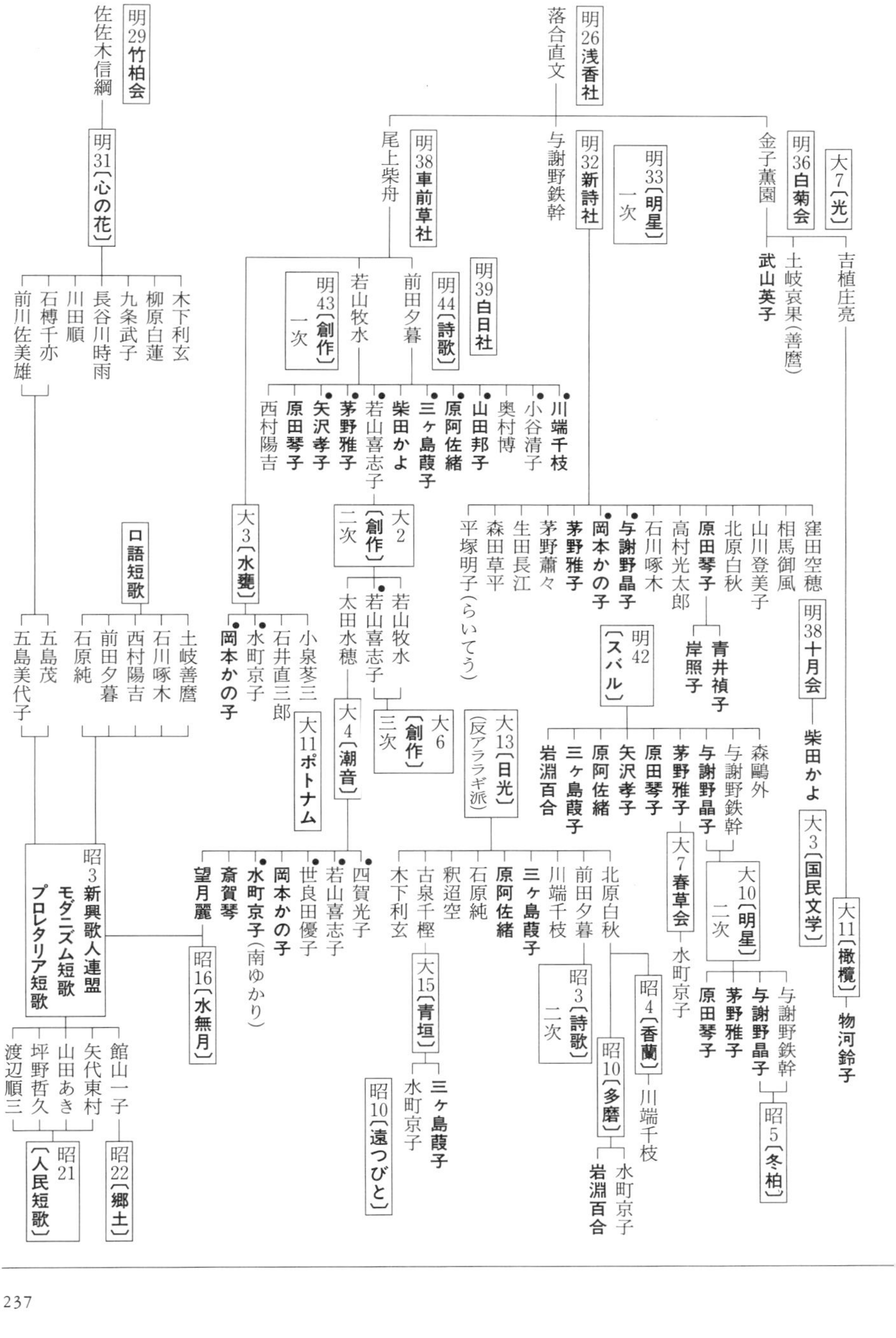
落合直文
明26 浅香社
与謝野鉄幹
明32 新詩社
明33〔明星〕一次
尾上柴舟
明38 車前草社
金子薫園
明36 白菊会
大7〔光〕
武山英子
土岐哀果（善麿）
吉植庄亮
若山牧水
明43〔創作〕一次
前田夕暮
明44〔詩歌〕
明39 白日社
西村陽吉
原田琴子
矢沢孝子
茅野雅子
若山喜志子
柴田かよ
三ヶ島葭子
原阿佐緒
山田邦子
奥村博
小谷清子
川端千枝
平塚明子（らいてう）
森田草平
生田長江
茅野蕭々
茅野雅子
岡本かの子
与謝野晶子
石川啄木
高村光太郎
原田琴子
北原白秋
山川登美子
相馬御風
窪田空穂
岸照子
青井禎子
明38 十月会
柴田かよ
大3〔国民文学〕
大11〔橄欖〕
物河鈴子
明42〔スバル〕
岩淵百合
三ヶ島葭子
原阿佐緒
矢沢孝子
原田琴子
茅野雅子
与謝野晶子
与謝野鉄幹
森鷗外
大7 春草会
水町京子
大10〔明星〕二次
原田琴子
茅野雅子
与謝野晶子
与謝野鉄幹
昭5〔冬柏〕
佐佐木信綱
明29 竹柏会
明31〔心の花〕
前川佐美雄
石榑千亦
川田順
長谷川時雨
九条武子
柳原白蓮
木下利玄
口語短歌
五島美代子
五島茂
石原純
前田夕暮
西村陽吉
石川啄木
土岐善麿
大3〔水甕〕
岡本かの子
水町京子
石井直三郎
小泉苳三
大11 ポトナム
大2〔創作〕二次
太田水穂
若山喜志子
若山牧水
大6〔創作〕三次
大4〔潮音〕
大13〔日光〕（反アララギ派）
昭3 新興歌人連盟 モダニズム短歌 プロレタリア短歌
望月麗
斎賀琴
水町京子（南ゆかり）
岡本かの子
世良田優子
若山喜志子
四賀光子
昭16〔水無月〕
木下利玄
古泉千樫
釈迢空
石原純
原阿佐緒
三ヶ島葭子
川端千枝
前田夕暮
北原白秋
大15〔青垣〕
水町京子
三ヶ島葭子
昭10〔遠つびと〕
昭3〔詩歌〕二次
昭4〔香蘭〕
川端千枝
昭10〔多磨〕
岩淵百合
水町京子
渡辺順三
坪野哲久
山田あき
矢代東村
館山一子
昭21〔人民短歌〕
昭22〔郷土〕

『青鞜』関係 記念館等案内

名称（関係人物名）	所在地	電話番号
■原阿佐緒記念館（原阿佐緒）	〒九八一―三六二四 宮城県黒川郡大和町宮床字八坊原一九―二	〇二二―三四六―二九二五
■阿部記念館（阿部次郎）	〒九九九―六八二一 山形県飽海郡松山町大字山寺字宅地	〇二三四―六二―二九二五
■阿部次郎記念館（阿部次郎）	〒九八〇―〇八一三 宮城県仙台市青葉区米ヶ袋三―四―二九	〇二二―二六七―三三八四
■安達町智恵子記念館（長沼（高村）智恵子）	〒九六九―一四〇四 福島県安達郡安達町油井字漆原三六	〇二四三―二二―六一五一
■今井邦子文学館（山田（今井）邦子）	〒三九三―〇〇一六 長野県諏訪郡下諏訪町湯田坂中山道茶屋松屋	〇二六六―二八―九三二九
■三ヶ島葭子資料室（三ヶ島葭子）	〒三五九―一一六四 埼玉県所沢市三ヶ島五―一六三九―一 三ヶ島公民館内	〇四二―九四八―一二〇四
■早稲田大学坪内博士記念演劇博物館（松井須磨子）	〒一六九―〇〇五一 東京都新宿区西早稲田一―六―一 早稲田大学内	〇三―五二八六―一八二九
■鷗外記念本郷図書館（小金井喜美子・森しげ）	〒一一三―〇〇二二 東京都文京区千駄木一―二三―四	〇三―三八二八―二〇七〇

記念館等（関係人物）	郵便番号	所在地	電話番号
■上代タノ平和文庫（上代タノ）	〒一一二－八六八一	東京都文京区目白台二－八－一 日本女子大学図書館内	〇三－三九四三－三一三一〈内線七七三二〉
■吉屋信子記念館（吉屋信子）	〒二四八－〇〇一六	神奈川県鎌倉市長谷一－三－六	〇四六七－二三－三〇〇〇（鎌倉市役所）
■岡本かの子文学コーナー（岡本かの子）	〒二一一－〇〇五二	神奈川県川崎市中原区等々力一－二 川崎市民ミュージアム内	〇四四－七五四－四五〇〇
■森田草平記念館（森田草平）	〒五〇二－〇八五一	岐阜県岐阜市鷺山三八七－一	〇五八－二三三－二一四七
■名古屋市短歌会館（青木穠子）	〒四六〇－〇〇〇三	愛知県名古屋市中区錦二－一三－二三	〇五二－二三一－二二三三
■与謝野晶子文芸館（与謝野晶子）	〒五九〇－〇〇一四	大阪府堺市田出井町一－二－二〇〇 ベルマージュ堺弐番館	〇七二－二二二－七二二七
■岩野泡鳴展示コーナー（岩野泡鳴）	〒六五六－〇〇二四	兵庫県洲本市山手一－一－二七 洲本市立淡路文化史料館	〇七九九－二四－三三三一
■富本憲吉記念館（富本憲吉・一枝（尾竹紅吉））	〒六三九－一〇六一	奈良県生駒郡安堵町東安堵一四四二	〇七四三－五七－三三〇〇
■生田花世コーナー（生田花世・生田春月）	〒七七九－〇一〇〇	徳島県板野郡板野町犬伏字東谷一三－一 板野町立文化の館内	〇八八－六七二－五八八八
■野上弥生子文学記念館（野上弥生子）	〒八七五－〇〇四一	大分県臼杵市浜町五三八	〇九七二－六三－四八〇三

個人別参考文献一覧

青井禎子

・名古屋女性史研究会『母の時代　愛知の女性史』（風媒社　一九六九）
・堀場清子「青木穠と唯一の青鞜社名簿」（『文学』一九八八・7）

青木穠子

・異相雅子「短歌会館への道―歌人・青木穠子」（『東海文学』26号　一九六六）
・名古屋女性史研究会『母の時代　愛知の女性史』（風媒社　一九六九）
・名古屋市教育委員会『青木穠子遺歌集』（一九七五）
・名古屋市教育委員会編『芳舎漫筆』（一九七五）

青山菊栄

・『山川菊栄集』全10巻（岩波書店　一九八一）
・鈴木裕子編『山川菊栄評論集』（岩波文庫　一九九〇）
・山川菊栄『女二代の記』（日本評論新社　一九五六→東洋文庫　平凡社　一九七二→『山川菊栄集』第9巻　一九八二）
・外崎光広・岡部雅子『山川菊栄の航跡―「私の運動史」と著作目録』（ドメス出版　一九七六）
・歴史科学協議会編『近代日本女性史への証言―山川菊栄』（ドメス出版　一九七九）

阿久根俊

・『花紅葉』（日本女子大学校桜楓会刊行物）
・『桜楓会通信』（日本女子大学校桜楓会刊行物）
・『家庭週報』（日本女子大学校桜楓会刊行物）
・『桜楓会会員名簿』（日本女子大学同窓会名簿）

荒木郁子

・荒木郁子『火の娘』（叢書『青鞜の女たち』第6巻　復刻版　不二出版　一九八五）
・中尾富枝「荒尾ゆかりの『青鞜』作家　荒木郁子」（くまもとの女性史編さん委員会『くまもとの女性史』熊本日日新聞情報文化センター　二〇〇〇）

生田花世

・戸田房子『詩人の妻　生田花世』（新潮社　一九八六）
・和田艶子『鎮魂―生田花世の生涯』（大空社　一九九五）
・米田佐代子「『青鞜』と「社会」の接点」（『山梨県立女子短期大学紀要』24号　一九九一）

石井光子

・田坂ゆたか・松村三春・森まゆみ他「明治のユニバーサルマン

石井柏亭」（『谷中・根津・千駄木』59号　一九九九・10）
・石井潤編『白亭自伝』（中央公論美術出版　一九七一）
・『石井柏亭絵の旅』（渋谷区立松濤美術館　二〇〇〇）
・米倉守編『石井鶴三書簡集Ⅱ』（形成社　一九九七）

伊藤野枝
・『定本　伊藤野枝全集』全4巻（學藝書林　二〇〇〇）
・井手文子『自由それは私自身　評伝・伊藤野枝』（筑摩書房　一九七九）
・岩崎呉夫『炎の女・伊藤野枝伝』（七曜社　一九六三）

井上民
・『花紅葉』（日本女子大学校桜楓会刊行物　一九〇五～一九一六）
・『桜楓会通信』（日本女子大学校桜楓会刊行物）
・『桜楓会会員名簿』（日本女子大学同窓会名簿）

岩野清子
・岩野清『愛の争闘』（復刻版　不二出版　一九八六）
・尾形明子「『青鞜』のひと　遠藤清子伝」（『信州白樺』第53～55合併号　一九八三）
・尾形明子「評伝　青鞜のひと　遠藤清子」（『東京女学館短期大学紀要』第19輯　一九九七）
・三鬼浩子「遠藤清─法の中の女性像との格闘を中心に」（『史艸』38号　一九九七）
・折井美耶子「岩野清子の『同居請求訴訟』とらいてう」（平塚らいてうを読む会編『らいてう、そして私』Ⅲ　一九九一）

岩淵百合
・江刺昭子「神奈川の青鞜社・新婦人協会会員」（史の会編『史の会研究誌』2号　一九九三）
・上杉孝良「岩淵百合子　『青鞜』の歌人」（『広報よこすか』487号　一九九〇）
・折井美耶子「岩淵百合　横須賀文学サロンの女主人」（平塚らいてうを読む会編『青鞜の五〇人』　一九九六）

上田君（阿久根俊の項参照）
・上田君子『黒牡丹』（樋口隆文堂　一九一三）
・上田君子『句文集　旅路』（私家版　一九六六）
・大垣市文教協会編「『青鞜』に参加し文学に情熱を傾けた上田君子」（『郷土大垣の輝く先人』大垣市文教協会　一九九四）
・上田敏郎「母　上田君について」（『いしゅたる』10号　一九八九）
・『桜楓新報』（日本女子大学桜楓会月刊刊行物　一九五一～）

上野葉子
・『葉子全集』全2巻（叢書『青鞜の女たち』第12巻　復刻版　不二出版　一九八六）
・上野遙「母　上野葉子の生涯と『青鞜』」（『いしゅたる』10号　一九八九）

江木栄子
・磯村春子『今の女』（文明堂　一九一三）
・『冷灰全集』（冷灰全集刊行会　一九二七）
・早川徳次『私と事業』（衣食住社　一九五八）

・会田範治・原田琴乃『近世女流文人伝』（明治書院　一九六〇）
・長谷川時雨『近代美人伝』（岩波文庫　一九八五）

大竹雅（阿久根俊の項参照）

大村かよ子（阿久根俊の項参照）

・青木生子『近代史を拓いた女性たち　日本女子大学に学んだ人たち』（講談社　一九九〇）
・出淵敬子「祖母・母・子三代、女子大学に学んで」（『成瀬記念館』No.1　日本女子大学成瀬記念館　一九八五）
・『桜楓新報』（日本女子大学桜楓会月刊刊行物　一九五一〜）

小笠原貞

・X生稿『新しき女』（聚精堂　一九一三）
・『定本　伊藤野枝全集』第1巻（學藝書林　二〇〇〇）
・『福島民報百年史』（福島民報社　一九九二）
・奥村一「小笠原貞子のユニーク人生」（『いしゅたる』10号　一九八九）
・衆議院・参議院『議会制度百年史衆議院名鑑』（大蔵省印刷局　一九九〇）

岡田八千代

・岡田八千代『若き日の小山内薫』（復刻版　近代作家研究叢書50　日本図書センター　一九八七）
・『明治文学全集82』（筑摩書房　一九六五）

岡田ゆき

・岩田ななつ「『青鞜』の作家たち　岡田ゆき」（『国文鶴見』34号　一九九九）

岡本かの子

・『岡本かの子全集』（筑摩書房　一九九四）
・古屋照子『華やぐいのち―評伝岡本かの子』（南北社　一九六七）
・瀬戸内晴美『かの子繚乱』（講談社　一九六五）
・岡本一平『かの子の記』（復刻版　大空社　一九八九）
・熊坂敦子『岡本かの子の世界』（冬樹社　一九七六）

尾島菊子

・杉本邦子「尾島菊子」（『日本児童文学大系』ほるぷ出版　一九七八）
・島尻悦子「評伝小寺（尾島）菊子」（『学苑』309号　昭和女子大学光葉会　一九六五）

尾竹紅吉

・折井美耶子『薊の花　富本一枝小伝』（ドメス出版　一九八五）
・『番紅花』（復刻版　不二出版　一九八四）
・渡邊澄子『青鞜の女・尾竹紅吉伝』（不二出版　二〇〇一）

片野珠

・名古屋女性史研究会『母の時代　愛知の女性史』（風媒社　一九六九）
・『名古屋新聞』一九一二・6・27
・『扶桑新聞』一九一三・2・26、同8・4

加藤籌子

・陸井清三『小栗風葉資料集』（私家版　一九三五）
・『近代文学研究叢書24』（昭和女子大学近代文学研究所　一九六五）

・岡保生『評伝小栗風葉』（桜楓社　一九七一）
・野口冨士男『誄歌《るいか》』（河出書房新社　一九八三）
・小中陽太郎『青春の夢　風葉と喬太郎』（平原社　一九九八）

加藤みどり

・岩田なつ「加藤みどり小伝」（『国文鶴見』25　一九九〇）
・久村葵「母加藤みどりの想い出」（『いしゅたる』12号　一九九一）
・堀場清子「『青鞜』の女加藤みどり」（『世界と人口』２０７号　一九九一）
・岩田なつ『青鞜の女　加藤みどり』（青弓社　一九九三）

神近市子

・神近市子『神近市子自伝―わが愛わが闘い』（講談社　一九七二）
・神近市子『引かれものの唄』（復刻版　不二出版　一九八六）
・神近市子・鈴木れいじ『神近市子1・2・3』（武州工房　一九八六～八七）
・神近市子『女性思想史』（亜紀書房　一九七四）
・加賀山亜希「戦時期『婦人文芸』に見る抵抗の一形態」（『歴史評論』一九九七・8）

川端千枝

・杉村けい子『川端千枝の想い出』（短歌新聞社　一九六七）
・村岡嘉子『金の向日葵―前田夕暮の生涯』（角川書店　一九九三）
・村岡嘉子「川端千枝」（『氷原』二百号記念号　氷原短歌会　一九九〇）

神崎恒（阿久根俊の項参照）

・X生稿『新しき女』（聚精堂　一九一三）
・平井恒子『明日の女性』（長崎書店　一九四一）
・『市川房枝自伝　戦前編』（新宿書房　一九七四）
・『桜楓新報』（日本女子大学桜楓会月刊刊行物　一九五一～）

蒲原房枝

・『泡鳴全集』（広文庫　一九七二）
・『岩野泡鳴全集』（臨川書店　一九九七）
・舟橋聖一『岩野泡鳴伝』（角川選書　一九七一）
・『明治大正文学研究』（一九四九　創刊号）

木内錠（阿久根俊の項参照）

・小林哥津「青鞜雑記」（『素面』28号～34号　一九六八・12～一九七〇・5）
・鳥井衡子「木内錠」（近代女性文化史研究会編『大正期の女性雑誌』大空社　一九九六）
・鳥井衡子「忘れられた人木内錠」（日本女子大学平塚らいてう研究会編『らいてうを学ぶなかで』一九九七）

岸照子

・名古屋女性史研究会『母の時代　愛知の女性史』（風媒社　一九六九）
・『扶桑新聞』（一九一三・3・6）

木村政

・中井良子「らいてうの同級生木村政のこと」（日本女子大学平塚らいてう研究会編『らいてうを学ぶなかで』一九九七）

国木田治子
・本多浩「国木田治子未亡人聞書」（『明治文学全集』筑摩書房 一九七四）

小金井喜美子
・『小金井良精日記』（小金井純子氏蔵 一八八〇〜一九四二）
・『明治文学全集82』（筑摩書房 一九六五）
・星新一『祖父・小金井良精の記』（河出書房新社 一九七四）
・小金井喜美子『森鷗外の系族』（復刻版 日本図書センター 一九八六）
・小金井喜美子『鷗外の思い出』（岩波文庫 一九九九）

小林哥津
・小林哥津「『清親』考」（素面の会 一九七五）
・吉田漱『開化期の絵師「清親」』（緑園書房 一九六四）
・浜川博「小林清親の娘哥津と平塚らいてう」（『月刊ペン』一九七六・10）
・小林理子「母 小林哥津のこと」（『いしゅたる』10号 一九八九）
・小林哥津「『青鞜』雑記」（『素面』28号〜34号 一九六八・12〜一九七〇・5）

五明倭文子
・五明しづ「新聞記者になってから」（『婦人公論』2巻12号 一九一七）
・五明しづ「男の中の女」（『婦人公論』3巻6号 一九一八）
・坂本紅蓮洞「山から出た新しい女―信濃が生んだ名物女―」（『女の世界』3巻12号 一九一七）
・有賀義人『松本近代１００年の軌跡』上巻（銀河書房 一九九〇）

斎賀琴
・原田琴子 歌集『さざ波』（私家版 一九六二）
・斎賀泉「母・斎賀琴子のこと」（『いしゅたる』10号 一九八九）
・原田洋「母のこと」（『いしゅたる』12号 一九九一）
・成沢栄寿「原田琴子の反戦思想と家族制度批判」（『長野県短期大学紀要』47号 一九九二）
・中井良子「原田琴子の人と思想」（近代女性文化史研究会『大正期の女性雑誌』大空社 一九九六）

佐久間時（阿久根俊の項参照）

四賀光子
・太田青丘編『定本 四賀光子全歌集』（柏葉書院 一九七六）
・『潮音』「四賀光子追悼特集号」（潮音社 一九七六・10）
・潮音社編『花紅葉』（四賀光子米寿記念文集 一九七二）

柴田かよ
・鈴木芙美子「青鞜の女・柴田かよ―愛の軌跡―」（『東海考現』創刊号 一九九〇）
・平塚らいてう『わたくしの歩いた道』（新評論社 一九五五）

上代たの（阿久根俊の項参照）
・青木生子『近代史を拓いた女性たち 日本女子大学に学んだ人たち』（講談社 一九九〇）
・日本女子大学英文学科七十年史編集委員会編『日本女子大学英

文学科七十年史』（一九七六）
・上代たの文集編集委員会編『上代たの文集』（一九八四）

杉本まさを

・岩田なつ「『青鞜』の文学　杉本まさをの場合」（『国文鶴見』30号　一九九五）

鈴村不二（阿久根俊の項参照）

・日本女子大学英文学科七十年史編集委員会編『日本女子大学英文学科七十年史』（一九七六）
・高田慎吾『児童問題研究』（復刻　『日本児童問題文献選集』5　日本図書センター　一九八三）
・『渡辺海旭　矢吹慶輝　小沢一　高田慎吾集』（復刻　『社会福祉古典叢書』6　鳳書院　一九八二）

瀬沼夏葉

・昭和女子大学近代文学研究室編『近代文学研究叢書』15（昭和女子大学近代文学研究所　一九六〇）
・中村喜和「瀬沼夏葉　その生涯と業績」（『人文科学研究』14号　一九七二）
・浅田晃彦「ロシア文学、翻訳紹介の先駆者瀬沼夏葉とチェーホフ」（『群馬風土記』9～12号　群馬出版センター　一九八九）
・市川速男「紅葉門下の瀬沼夏葉―入門とロシア文学作品の「共訳」をめぐって―」（『大阪城南女子短期大学研究紀要』28巻　一九九四）
・中村健之介「ニコライ堂と明治の女たち」（『窓』１００～１０6号　一九九七～一九九八）

世良田優子

・太田水穂「夭折五作家に就いて」（『太田水穂全集　第十巻雑纂編』　近藤書店　一九五九）
・樋口昌訓『若山喜志子私論　第五部』（日本ハイコム　一九九六）

高田真琴

・榊原温子「最後の一人になった行動のひと」（女性の歴史研究会編『新婦人協会の研究』第1号　一九九八）

竹井たかの（阿久根俊の項参照）

武市綾（阿久根俊の項参照）

・『東京都教育史資料体系　九巻』（一九七四・3）
・衆議院・参議院『議会制度百年史衆議院名鑑』（大蔵省印刷局　一九九〇）

武山英子

・山崎敏夫編『明治文学全集64』（筑摩書房　一九六八）
・武山英子『傑作歌選第二集・武山英子』（抒情詩社　一九一五）

田沢操

・吉村幸夫編『日本婦人録　第一輯』（『日本人物情報大系　女性録編』皓星社　一九九九　再録）
・神奈川県近代美術館『田邊至自選展目録』（一九五五）
・永井紀代子「誕生・少女たちの解放区―『少女世界』と「少女読書会」（『男と女の時空・日本女性史再考（近代）』藤原書店　一九九五）

龍野ともえ（阿久根俊の項参照）

・『長野県歴史人物大事典』（郷土出版社　一九八九）

・『歴代国会議員名鑑　II上』（昭和3年版）

・『大衆人事録（昭和3年版）』（『大正人名辞典　II上』日本図書センター　一九八九　再録）

田原祐（阿久根俊の項参照）

田村俊子

・『田村俊子作品集』1～3（オリジン出版センター　一九八七～八八）

・丸岡秀子『田村俊子とわたし』（ドメス出版　一九七七）

・工藤美代子・S・フィリップス『晩香坡の愛　田村俊子と鈴木悦』（ドメス出版　一九八二）

・渡辺澄子「佐藤（田村）俊子と『女聲』」（『日本近代女性文学論─闇を拓く』　世界思想社　一九九八）

・黒澤亜里子「近代日本文学における《両性の相剋》問題─田村俊子の「生血」に即して」（『ジェンダーの日本史』上　東京大学出版会　一九九五）

茅野雅子（阿久根俊の項参照）

・青木生子『茅野雅子　その生涯と歌』（明治書院　一九六八）

・青木生子『近代史を拓いた女性たち　日本女子大学に学んだ人たち』（講談社　一九九〇）

・『桜楓新報』（日本女子大学桜楓会月刊刊行物　一九五一～）

千原与志

・吉村睦人歌集『吹雪く屋根』（短歌新聞社　一九八三）

・吉村睦人歌集『動向』（短歌新聞社　一九八九）

・高山桜子「想夫恋」他四篇（『濃飛人』岐阜県人会　一九六五・2・11、一九六六・2・9、一九七一・9）

長沼智恵子

・北川太一編『アルバム高村智恵子─その愛と美の軌跡─』（二本松市教育委員会刊　一九九〇）

・佐々木隆嘉『ふるさとの智恵子』（桜楓社　一九七八）

・黒澤亜里子『女の首─逆光の「智恵子抄」』（ドメス出版　一九八五）

・上杉省和『智恵子抄の光と影』（大修館書店　一九九九）

・池川玲子「『青鞜』グラフィック」（米田佐代子・池田恵美子編『青鞜を学ぶ人のために』　世界思想社　一九九九）

中野初

・大谷晃一『おんなの近代史』（講談社　一九七二）

・水原康子「『おはつさま』のこと」（『いしゅたる』12号　一九九一）

・斎藤令子「『青鞜』創刊号の編集・発行人の中野初」（『桜楓新報』526号　一九九五）

野上弥生子

・『野上弥生子全集』全23巻　別巻3（岩波書店　一九八〇～一九八二　第II期　全29巻　岩波書店　一九八六～一九九一）

・渡邊澄子『野上弥生子の文学』（桜楓社　一九八四）

・渡邊澄子「戦争下の野上弥生子」（『季刊文学的立場』第II期3号所収　一九七〇）

・中西芳絵「野上弥生子と『青鞜』─伊藤野枝との友誼を中心に

―」（『信州白樺』53～55合併号　一九八二）
・中村智子『人間野上弥生子』（思想の科学社　一九九四）

長谷川時雨
・『長谷川時雨全集』全5巻（不二出版　一九九三）
・長谷川仁・紅野敏郎編『長谷川時雨　人と生涯』（ドメス出版　一九八二）
・岩橋邦枝『評伝　長谷川時雨』（筑摩書房　一九九三）
・尾形明子『「輝ク」の時代―長谷川時雨とその周辺』（ドメス出版　一九九三）
・尾形明子『「女人芸術」の世界―長谷川時雨とその周辺』（ドメス出版　一九八〇）

林千歳
・杉浦絃三『女優かが美』（『日本人物情報大系　女性叢伝編』皓星社　一九九九　再録）
・羽太鋭治『キネマ・スターの素顔と表情』（南海書院　一九二八）
・秋葉太郎『日本新劇史　下巻』（理想社　一九五六）
・松本克平『日本新劇史／新劇貧乏物語』（筑摩書房　一九六六）

原阿佐緒
・小野勝美『涙痕―原阿佐緒の生涯』（至芸出版社　一九九五）
・大原富枝『原阿佐緒』（講談社　一九九六）

原田琴子
・野田宇太郎編『明治文学全集74』（筑摩書房　一九六六）
・小泉苳三『近代短歌史　明治篇』（白楊社　一九五五）
・新間進一『近代短歌史』（塙新書　一九六八）
・中山恵子「青鞜社の名古屋会員」（『母の時代・愛知の女性史』名古屋女性史研究会　風媒社　一九六九）
・村岡嘉子「詩歌にみる社会との接点」（米田佐代子・池田恵美子編『『青鞜』を学ぶ人のために』　世界思想社　一九九九）

平塚らいてう
・『平塚らいてう著作集』全7巻（大月書店　一九八三～一九八四）
・小林登美枝『平塚らいてう』（清水書院　一九八三）
・小林登美枝・米田佐代子編『平塚らいてう評論集』（岩波文庫　一九八七）
・米田佐代子「『青鞜』と「社会」の接点」（『山梨県立女子短期大学紀要』24号　一九九一）
・米田佐代子・石崎昇子「『青鞜』におけるセクシュアリティの探求―平塚らいてうと小倉清三郎の接点」（『山梨県立女子短期大学紀要』32号　一九九九）

平松華（阿久根俊の項参照）

福田英子
・村田静子・大木基子編集『福田英子集』（不二出版　一九九八）
・村田静子『福田英子―婦人解放運動の先駆者』（岩波新書　一九五六）
・絲屋寿雄「福田英子の生涯」（『近代日本史料』4　一九五六）
・江刺昭子「影山英子と女子教育」（『信州白樺』53・54・55合併号　一九八三）

・岡山女性史研究会・香山加恵「岡山女子懇親会について」（総合女性史研究会編『日本女性史論集10　女性と運動』吉川弘文館　一九九八所収）

堀保子

・鈴木裕子編『資料　平民社の女たち』（不二出版　一九八六）
・鈴木裕子編『家庭雑誌』解説（復刻版　不二出版　一九八三）
・『堺利彦全集』第1巻（法律文化社　一九七〇）
・近藤真柄『わたしの回想』（ドメス出版　一九八三）
・河原彩「堀保子小論」（『総合女性史研究』17号　二〇〇〇・3）

松井静代

・吉田静代『ひとつの流れ』（光風社　一九七七）
・吉田静代編著『料理小説集』（復刻版　ゾーオン社　一九九五）

松井須磨子

・松井須磨子『牡丹刷毛』（復刻版　不二出版　一九八六）
・川村花菱『随筆　松井須磨子』（青蛙房　一九六八）
・戸板康二『物語近代日本女優史』（中央公論社　一九八〇）
・小林美恵子「実像　松井須磨子」（『長野市民新聞』一九九八・8・18～二〇〇〇・2・15）
・小林美恵子「カチューシャの唄」（『松代南長野新聞』一九九七・8・8～一九九八・6・26）

松村とし（阿久根俊の項参照）

・『桜楓新報』（日本女子大学桜楓会月刊刊行物　一九五一～）

三ヶ島葭子

・枡本良・福原滉子・川合千鶴子・成瀬晶子共著『三ヶ島葭子研究』（古川書房　一九七六）
・倉片みなみ編『定本　三ヶ島葭子全歌集』（短歌新聞社　一九九三）
・倉片みなみ編『三ヶ島葭子日記上・下巻』（至芸出版社　一九八一）
・三ヶ島葭子の会編『三ヶ島葭子』（所沢市教育委員会　一九九四）

水野仙子

・川浪道三編『水野仙子集』（叢文閣　一九二〇）
・五十嵐圭「評伝水野仙子」（『学苑』294号　昭和女子大学光葉会　一九六四）
・依田博「水野仙子について—仙子とその背景—」（『愛と苦悩の人・田山花袋』教育出版センター　一九八〇）
・尾形明子「水野仙子ノート　その生と文学と」（『東京女学館短期大学紀要』8　一九八六）
・武田房子『水野仙子　理智の母親なる私の心』（ドメス出版　一九九五）

水町京子

・遠つびと短歌会編『水町京子歌集』（一九七六）
・遠つびと短歌会編『水町京子文集』（一九九一）

宮城房子

・武者小路房子「砕かれたる小さき魂」（『改造』一九二〇）
・阪田寛夫『武者小路房子の場合』（新潮社　一九九一）
・奥脇賢三『検証「新しき村」』（農山漁村文化協会　一九九八）

物集和子

・『いしゅたる』第12号（いしゅたる社　一九九一・9）
・物集高量『百歳は折り返し点』（日本出版社　一九七九）
・藤浪剛一『医家先哲肖像集』（図書刊行会　一九七七）
・藤浪剛一『日本衛生史』（日新書院　一九四二）
・藤浪剛一『東西沐浴史』（人文書院　一九四四）

物集芳子

・山下武「女流探偵作家第一号・大倉燁子」（『「新青年」をめぐる作家たち』筑摩書房　一九九六）
・岩田なつ「『青鞜』の作家たち　物集芳子」（『国文鶴見』33号　一九九八）

望月麗

・望月れい子「反抗心から道へ」（『潮音』一九二八・4）
・河井酔茗「女子文壇を憶ふ会」（『女性時代』一九三四・9）
・『女流年刊歌集』（歌壇新報社編　昭和一〇・一二年度）
・『和歌文学大辞典』（明治書院　一九六二）
・太田青丘『太田水穂と潮音の流れ』（短歌新聞社　一九七九）

物河鈴子

・真壁仁「村岡黒影」（『文学のふるさと山形』郁文堂書店　一九七二）
・酒井忠康編『関根正二遺稿・追想』（中央公論社　一九八五）
・『詩歌』（復刻版　教育出版センター　一九七八）

森しげ

・『明治文学全集82』（筑摩書房　一九六五）
・森茉莉『父の帽子』（講談社文芸文庫　一九九一）
・金子幸代『鷗外と〈女性〉』（大東出版社　一九九二）
・中野重治『鷗外、その側面』（ちくま学芸文庫　一九九四）
・森類『鷗外の子供たち』（ちくま文庫　一九九五）

矢沢孝子

・『矢沢孝子歌集』（あけび歌会　一九五二）
・山崎敏夫編『明治文学全集64』（筑摩書房　一九六八）
・明石利代『関西文壇の形成』（前田書店出版部　一九七五）
・道浦母都子「矢沢孝子―ひとに許さぬ」（『乳房のうたの系譜』筑摩書房　一九九五）

安田皐月

・原田稔「編集者への手紙」（『いしゅたる』12号　一九九一）
・石崎昇子「限りなき自我の主張　安田皐月」（平塚らいてうを読む会編『青鞜の五〇人』一九九六）
・伊藤知子「安田（原田）皐月の経歴について」（熊本大学文学部史学科文化史コース卒論　一九九七）
・石崎昇子「『青鞜』におけるセクシュアリティの問題提起」（米田佐代子編『青鞜を学ぶ人のために』世界思想社　一九九九）
・武石みどり「原田潤―その筆跡と生涯」（『東京音楽大学研究紀要23集』一九九九）

保持研

・米田佐代子「『青鞜』とその時代」（米田佐代子編『青鞜を学ぶ人のために』世界思想社　一九九九）

・池川玲子「青鞜の月―保持白雨覚え書」（『燧』12号　一九九三、13号　一九九五）
・永井紀之「今治北高校百年史編集余話　愛媛県立今治高等女学校第一回卒業生保持研について」（『研究紀要』13号　愛媛県立今治北高等学校　一九九七）

山田邦子
・『今井邦子短歌全集』（短歌新聞社　一九七〇）
・川合千鶴子『鑑賞　今井邦子の秀歌』（短歌新聞社　一九八五）
・堀江玲子『今井邦子の短歌と生涯』（短歌新聞社　一九九八）
・『明日香』今井邦子追悼号（一九四八・8）

山田澄子
・名古屋女性史研究会『母の時代　愛知の女性史』（風媒社　一九六九）
・青柳有美「夢に生き夢に死せる名古屋の佳人」（『女の世界』第1巻第8号　一九一五）

山田わか
・五味百合子「山田わか」（『社会事業に生きた女たち』ドメス出版　一九七三）
・佐治恵美子「山田わかと母性主義」（『お茶の水史学―人文科学紀要』18号　一九七五）
・山崎朋子『あめゆきさんの歌―山田わかの数奇なる生涯』（文藝春秋社　一九七八）
・香内信子「山田わか著『女・人・母』解説」（叢書『青鞜の女たち』13巻　不二出版　一九八六）
・石崎昇子「四谷がはぐくんだ山田わか」（新宿区地域女性史編纂委員会編『新宿ゆかりの女性たち』一九九四）

山本龍（松村としの項参照）

与謝野晶子
・『定本　与謝野晶子全集』全20巻（講談社　一九七九）
・逸見久美『評伝与謝野鉄幹晶子』（八木書店　一九七五）
・高良留美子「与謝野晶子と『青鞜』」（『想像』50・56号　一九九〇・10、一九九二・4）
・中島美幸「革命的自己の表出」（『「青鞜」を読む』學藝書林　一九九八）
・村岡嘉子「詩歌にみる社会との接点」（米田佐代子・池田恵美子編『青鞜を学ぶ人のために』世界思想社　一九九九）
・鹿野政直・香内信子編『与謝野晶子評論集』（岩波文庫　一九八五）

吉屋信子
・『吉屋信子全集』全12巻（朝日新聞社　一九七五）
・川崎賢子「吉屋信子論　欲望する少女を発見しつつ、少女の欲望を禁欲した〈作家〉のために」（『少女日和』青弓社　一九九〇）
・吉川豊子「『青鞜』から「大衆小説」作家への道―吉屋信子『屋根裏の二処女』」（『フェミニズム批評への招待―近代女性文学を読む』學藝書林　一九九五）
・駒尺喜美『吉屋信子　隠れフェミニスト』（リブロポート　一九九四）

・田辺聖子『ゆめはるか吉屋信子』上・下（朝日新聞社　一九九九）

若山喜志子

・若山旅人編『若山喜志子全歌集』（短歌新聞社　一九八一）
・樋口昌訓『若山喜志子私論』第5部（日本ハイコム　一九九六）

阿部次郎

・『阿部次郎全集』第17巻（角川書店　一九六六）

生田春月

・『生田春月全集』第10巻（新潮社　一九三一）
・二十日会同人『生田春月読本』（生田春月読本刊行会　一九七三）
・戸田房子『詩人の妻　生田花世』（新潮社　一九八六）
・中村武羅夫「明治大正の文学者」（『明治大正文学回想集成』第16巻　日本図書センター　一九八三）

生田長江

・『生田長江全集』（大東出版会　一九三六）
・遠藤一夫編『生田長江の人と業績』（生田長江顕彰会　一九五七）
・昭和女子大学近代文学研究室『近代文学研究叢書40』（昭和女子大学近代文学研究所　一九七四）
・米田佐代子「『青鞜』と『社会』の接点―らいてうと長江を中心に」（『山梨県立女子短期大学紀要』第24号　一九九一）
・島比呂志「宿命への挑戦―生田長江の生涯」（『「らい予防法」と患者の人権』社会評論社　一九九三）
・池川玲子「生田長江と『青鞜』―幻の演説をめぐって」（新・フェミニズム批評の会編『『青鞜』を読む』學藝書林　一九九八）

岩野泡鳴

・亀井俊介「異端詩人岩野泡鳴」（『講座比較文学第2巻』東大出版会　一九七三）
・伴悦『岩野泡鳴―「五部作」の世界―』（明治書院　一九八二）
・鎌倉芳信『岩野泡鳴研究』（有精堂　一九九四）
・『岩野泡鳴全集』全16巻・別巻1（臨川書店　一九九四～七）
・大久保典夫「泡鳴をめぐる女たち―『愛の争闘』の背景」（『日本語日本文学』第4号　一九九八）

大杉栄

・大沢正道『大杉栄研究』（法政大学出版局　一九七一）
・鎌田慧『大杉栄　自由への疾走』（岩波書店　一九九七）
・鈴木正「大杉栄の『新しい女』をよむ」（『信州白樺』53～55合併号　一九八三）
・秋山清『大杉栄評伝』（思想の科学社　一九七六）
・板垣哲夫「大杉栄の思想」（『近代日本のアナーキズム思想』吉川弘文館　一九九六）

奥村博

・奥村博史『めぐりあい』（現代社　一九五六）
・奥村博史『裸婦素描集』（平凡社　一九六四）
・奥村博史『わたくしの指環』（中央公論美術出版社　一九六五）
・築添正生「祖父　奥村博史」(1)～(5)（『虚無思想研究』9・12・14・15・16号　一九九二～二〇〇〇）
・折井美耶子「奥村博史のこと」（『婦人通信』一九九〇・5）

・村岡嘉子『金の向日葵―前田夕暮の生涯』（角川書店　一九九三）

小倉清三郎

・小倉ミチヨ「小倉清三郎と相対会」（『人間探求』一九五〇・10）
・澤地久枝「性の求道者・小倉ミチヨ」（『昭和史の女』文芸春秋　一九八〇）
・『幻の性文献全集「相対」』（三崎書房　一九七二）
・米田佐代子・石崎昇子「『青鞜』におけるセクシュアリティの探求―平塚らいてうと小倉清三郎の接点」（『山梨県立女子短期大学紀要』32号　一九九九）

辻潤

・『辻潤著作集』全6巻・別巻1（オリオン出版社　一九六九〜七〇）
・『辻潤全集』全8巻・別巻1（五月書房　一九八二）
・玉川信明『辻潤評伝』（三一書房　一九七七）
・松尾季子『辻潤の思い出』（「虚無思想研究」編集委員会　一九八七）
・『辻まこと全集』1・2（みすず書房　二〇〇〇）

富本憲吉

・高井陽・折井美耶子『薊の花―富本一枝小伝』（ドメス出版　一九八五）
・『富本憲吉全集』（小学館　一九九五）
・『「モダンデザインの先駆者　富本憲吉展」カタログ』（朝日新聞社　二〇〇〇）

西村陽吉

・藤沢全『啄木哀果とその時代』（桜楓社　一九八三）
・斉藤英子『啄木と西村陽吉』（短歌新聞社　一九九三）
・斉藤英子『西村陽吉』（短歌新聞社　一九九六）
・西村辰五郎『いのちの自覚』（厚生閣　一九三八）
・伊藤野枝「雑音」（『定本　伊藤野枝全集』第一巻　學藝書林　二〇〇〇）

馬場孤蝶

・木戸昭平『馬場孤蝶』（高知市民図書館　一九八五）
・松尾尊兊「一九一五年の文学界のある風景と最晩年の漱石」（『文学』一九六八・10）

森田草平

・『森田草平選集』（理論社　一九五六）
・根岸正純『森田草平の文学』（桜楓社　一九七六）
・昭和女子大学近代文学研究室『近代文学研究叢書67』（昭和女子大学近代文学研究所　一九九三）
・佐々木英昭『「新しい女」の到来―平塚らいてうと漱石―』（名古屋大学出版会　一九九四）

山田嘉吉

・沢田撫松『大正婦人立志伝』（『日本人物情報体系』3巻　皓星社　一九九九　再録）
・五味百合子「山田わか―人と歩み」（『社会事業史研究』8号　一九八〇）
・石崎昇子「山田語学塾・女たちの十字路」（新宿区地域女性史

編纂委員会『新宿　女たちの十字路』ドメス出版　一九九七）

・今井小の実「新婦人協会とハルハウス―平塚らいてうと母性保護思想の実践と山田嘉吉・わか夫妻の果たした役割」（『社会福祉学』58号　一九九八）

イプセン

・原千代海『イプセン　生涯と作品』（玉川大学出版部　一九八〇）

ウォード

・『新版世界人名辞典　西洋編』（東京堂出版　一九八四）

・『婦人と新社会』（一九二五・3）

・『アメリカ古典文庫20　社会進化論』（研究社出版　一九七五）

・ウォード著・石川功訳『純正社会学』（新潮社　一九二四）

・新明正道『社会学史概説』（岩波書店　一九七一）

エリス

・エリス著・佐藤春夫訳『性の心理』全6巻（未知谷　一九九五～九六）

・「H・H・エリス　性の心理学」『世界教養全集33』（平凡社　一九六三）

・エリス著・前島昌平訳『夢の世界』（岩波書店　一九四一）

・Encyclopedia of Psychology, John Wiley & Sons, 1984

・My Life, by H. Ellis, William Heineman Ltd., 1940

ケイ

・小野寺信・百合子訳『恋愛と結婚』（新評社　一九九七）

・金子幸子『近代日本女性論の系譜』（不二出版　一九九九）

ゴールドマン

・エマ・ゴールドマン著・はしもとよしはる訳『アナキズムと女性解放』（ＪＣＡ　一九七八）

・大杉栄・伊藤野枝『乞食の名誉』（聚英閣　一九二〇）

・ディル・スペンダー著・原恵理子他訳『フェミニスト群像』（勁草書房　一九八七）

シュライナー

・ジョイス・バークマン著・丸山美知代訳『知られざるオリーブ・シュライナー』（晶文社　一九九二）

・高野重三『婦人問題早わかり』（警醒社　一九一四）

・山本博子「オリーブ・シュライナー論」（『宇都宮短期大学研究紀要』13号　二〇〇二）

ズーダーマン

・橋田東聲『マグダ及其研究ズーデルマン作』（世界学芸エッセンスシリーズ36　青年学芸社　一九一四）

ニアリング

・スコット・ニアリング著・雪山慶正訳『今日のアメリカ』（岩波書店　一九五六）

あとがき

私たちの研究会は、一九九六年『「青鞜」の五〇人』という冊子を自費出版しました。幸いこの『五〇人』は好評で、宣伝したわけでもないのに全国の多くの方からご注文をいただきました。お読みになったたくさんの方から励ましの言葉をいただきましたが、なかには貴重な苦言を呈して下さった方もいらっしゃいました。私たちの研究会は専門家の集団というわけではなく、仕事を持つ者も、主婦も、また他分野の研究者もいます。そのため内容的に不十分だったり、また著名な人の先行研究の読み込みが足りなかったり、全体的に不統一だったりと未熟な点の多々ある冊子でした。しかし私たちは読者からの反響を読んだり聞いたりするなかで、今度はもう少しきちんと、それも「五〇人」ではなく「一〇〇人」にしたいと話し合ってきました。そして五年、何とか形にすることができたのがこの本です。会員の条件は変わっていませんし、内容的にもまだまだ未熟です。しかし会員一人ひとりが実に熱心に対象に迫って調べる、遺族を捜しだし聞き取りにでかけるといった努力によって、いままで全く手懸りさえもないのではと思われた人の生涯が少しでもわかってきたときのみんなの喜び。ささいな情報でもあれば交換しあい励ましあう、こうした集団研究の結果としてできたのがこの本です。

平塚らいてうの生涯の活動のなかでも『青鞜』は一番よく知られており研究も進んでいますが、その『青鞜』でさえそこに関わった人びとは一部の著名な人を除いてあまり知られていませんでした。堀場清子氏は『青鞜の時代』で「青鞜参加者名簿」をつくり社員と見なされる人に社員番号を付しており、その番号は八七号まで数えられています。『青鞜』には社員名簿が残されておらず、『青鞜』各号に入社記録は記載されていますが、すべてを網羅しているわけではなく、しかも固有名詞でありながら誤植が多いのです。また、改姓、改名、筆名などもあります。また『青鞜』は途中で組織替えをしており、補助団員、甲種会員、乙種会員、といった区別も設けられています。そして何よりも創刊時に「女流文壇の大家」として賛助員に名を連ねた与謝野晶子ら七人は、その社員番号から除かれています。また社員として登録されてはいないが、寄稿している人もいます。こうした人を数えると「ざっと一五〇人ほど」と『五〇人』のなかで書きました。しかし今回ミニ評伝を載せることができた八八人、そして「Ⅲ資料」に付した一二〇人を加えると、約二〇〇人の女性が『青鞜』に関わっていたと推測することができます。

私たちは『五〇人』を踏襲したうえで社員と限定することなく、『青鞜』にかかわった女性たちをできるだけ多くというのが当初の目標でした。しかし話し合いを重ねるうちに、女性だけでは不十分という結論になりました。それは手懸りのある女性が少ないということだけでなく、『青鞜』を考えるとき女性だけでいいのかという本質にかかわることとでした。もちろん『青鞜』は「女性による女性のための雑誌」としてつくられたことは周知の事実です。しかし『青鞜』の周辺には幾多の男性たちがおり、その人びとの影響と支援を抜きに『青鞜』を考えることはできません。また社員たちに多大な影響を与えたという点で、外国の思想家たちを忘れ去ることもできません。ということで、『青鞜』の女性たち八八人をメインとしながらも、本書では男性および外国人をも限られた人数ながら収録し、「青鞜の一一〇人」となりました。本書がきっかけとなって、今後『青鞜』の女性たちに関する情報がより多く掘り起こされることを期待しています。

おわりに、執筆して下さった元会員の米田佐代子さん、岩田なつさん、聞き書きにご協力いただいた方がた、そして本書の企画に賛同し、終始お世話下さった大修館の細川研一さん、長期間にわたって辛抱強く支えて下さった今城啓子さんに心から御礼申し上げます。

二〇〇一年三月（『青鞜』創刊九〇周年に）

折井美耶子

ら

た

さ

か

索引

＊太数字は、本文「II」に項目があることを示す。

■執筆者（五十音順）

飯村しのぶ
井口　陽子
*池川　玲子
*池田恵美子
*石崎　昇子
井上美穂子
岩田ななつ
小俣　光子
*折井美耶子
*加賀山亜希
河原　彩
篠宮　芙美
清水　和美
鳥井　衡子
*南川よし子
*村岡　嘉子
*室　ゆかり
本吉志津子
安諸　靖子
山城屋せき
山本　博子
米田佐代子
吉岡　真美

*＝編集委員

［図版・写真提供者］

石井　京
門田　敏
小林　理子
原田　洋
吉村　睦人
名古屋市短歌会館
日本女子大学成瀬記念館

『青鞜』人物事典 ―110人の群像―

2001年5月24日　初版発行

編著者　らいてう研究会

発行者　鈴 木 一 行

発行所　株式会社　大 修 館 書 店
101-8466　東京都千代田区神田錦町3-24
電話 03(3294)2354(編集) 03(3295)6231(販売)
振替 00190-7-40504
[出版情報] http://www.taishukan.co.jp

印刷／錦明印刷　製本／三水舎　装幀／山崎登
Printed in Japan　ISBN4-469-01266-1